El árbol de la ciencia

Pío Baroja y Nessi

간헐들의 나날

대산세계문학총서 063
피오 바로하 지음 조구호 옮김

문학과지성사
2007

대산세계문학총서 **063**_소설
과학의 나무

지은이__피오 바로하
옮긴이__조구호
펴낸이__채호기
펴낸곳__㈜문학과지성사

등록__1993년 12월 16일 등록 제10-918호
주소__서울 마포구 서교동 395-2(121-840)
전화__02)338-7224
팩스__02)323-4180(편집)   02)338-7221(영업)
전자메일__moonji@moonji.com
홈페이지__www.moonji.com

제1판 제1쇄__2007년 7월 27일

ISBN 978-89-320-1800-3
ISBN 978-89-320-1246-9(세트)

한국어판 ⓒ 조구호, 2007

이 책의 판권은 옮긴이와 ㈜문학과지성사에 있습니다.
양측의 서면 동의 없는 무단 전재 및 복제를 금합니다.

이 책은 대산문화재단의 외국문학 번역지원사업을 통해 발간되었습니다.
대산문화재단은 大山 愼鏞虎 선생의 뜻에 따라 교보생명의 출연으로 창립되어
우리 문학의 창달과 세계화를 위해 다양한 공익문화사업을 펼치고 있습니다.

차례

제1장 어느 대학생의 마드리드 생활 7
제2장 흡혈 파리들 69
제3장 슬픔과 고통 116
제4장 탐구 141
제5장 시골에서 겪은 일 168
제6장 마드리드에서 겪은 일 224
제7장 자식 경험 270

옮긴이 주 290
옮긴이 해설·선과 악을 알게 하는 나무와 생명나무 298
작가 연보 307
기획의 말 311

제1장 어느 대학생의 마드리드 생활

안드레스 우르타도 대학 생활을 시작하다

10월 어느 날 오전 열 시쯤이었다. 건축학부 강의동 마당에는 여러 무리의 학생들이 강의실 문이 열리기만을 기다리고 있었다.

젊은 학생들이 교문을 통해 학부 마당으로 들어와서는 서로 어울려 인사를 나누고, 깔깔 웃어대며 대화를 하고 있었다.

건축학부 강의동 마당에서 기다리고 있던 그 학생들은 미래의 건축가들이 아니라 미래의 의사와 약사들이었다. 이것은 스페인에 전통적으로 내려오는 특이한 현상들 가운데 하나였다.

그 당시 의학과와 약학과 신입생들이 수강하던 일반화학 강의는 대학 강의실로 변한 산 이시도로 고등학교의 고색창연한 부속 성당에서 실시되었고, 강의실로 들어가는 출입구는 건축학부 강의동을 통하게 되어 있었다.

강의실로 들어가려는 그 많은 학생들이 드러내고 있던 조바심은 대학

생활이 시작되는 강의 첫날이라는 것을 생각할 때 굳이 설명하지 않아도 쉽게 이해되는 문제였다.

고등학교를 졸업하고 대학에 들어가는 학생들에게 대학 생활은 항상 어떤 환상을 심어주고, 자신이 더 성숙해졌다는 믿음을 주고, 자신의 삶에 변화가 올 수밖에 없다는 생각을 하게 만든다.

안드레스 우르타도는 자신이 그 많은 학생 속에 끼여 있다는 사실을 새삼 깨닫고는 약간은 놀란 기분으로 강의동 벽에 등을 기대고 선 채 마당 한쪽 모퉁이에 있는, 자신들이 들어가야 할 문을 주의 깊게 바라보고 있었다.

학생들은 극장 입구에 늘어서 있는 관객처럼 문 앞에 모여 있었다.

여전히 강의동 벽에 기대어 서 있던 안드레스에게 누군가가 팔을 붙잡으며 아는 체를 해왔다.

"어이, 친구!"

몸을 돌려서 그를 쳐다보았다. 고등학교 때의 친구인 훌리오 아라실이었다.

두 사람은 산 이시도로 고등학교 동창이었다. 하지만 안드레스는 오랫동안 훌리오를 보지 못하고 지냈었다. 그가 고등학교의 마지막 학년을 어느 지방 학교에서 보냈다는 소문이 있었다.

"어? 너도 여기 들어왔냐?" 훌리오가 안드레스에게 물었다.

"보다시피."

"과는?"

"의학과야."

"이 친구야! 나도 그래. 그럼 우리 함께 공부하겠구나."

훌리오는 자기보다 나이가 더 들어 보이는 동료와 함께 있었다. 황금

빛 수염을 기른 그 동료는 눈이 맑은 사람이었다. 그 청년과 훌리오는 서로 만나게 되어 반갑다거니 놀랍다거니 하면서, 와자그르르 웃고 떠드는 다른 학생들을 흉보고 있었는데, 그 학생들 대부분은 지방 출신이었다.

강의실 문이 열리자 학생들은 아주 재미있는 광경을 보러 가는 구경꾼들처럼 우르르 몰려 들어갔다.

"앞으로 쟤들 어떤 모습으로 강의실에 들어가게 될지 며칠 안으로 속속들이 다 보게 될 거야." 훌리오가 빈정거렸다.

"저렇게 서둘러 들어갈 때처럼 서둘러 나오게 되겠지." 훌리오의 친구가 맞장구를 쳤다.

훌리오와 그의 친구, 그리고 안드레스는 나란히 앉았다. 강의실은 산 이시도로 고등학교가 예수회 소속이었을 때 부속 성당으로 사용하던 곳이었다. 천장에는 조르다엔스¹풍의 거대한 인물상들이 그려져 있고, 스코티야²의 귀퉁이들에는 네 명의 복음전도자가, 중앙에는 인물상 몇 개와 성경 속의 장면들이 그려져 있었다. 바닥에서부터 천장 부근까지 길다란 계단식 나무 좌석이 깎아지를 듯 층층이 놓여 있고, 중앙에 통로 하나가 아래에서 위로 나 있는 강의실 구조가 흡사 극장 맨 위층 관람석과 비슷하게 보였다.

계단식 좌석이 위까지 거의 찼는데도 교수는 아직 들어오지 않고 있었다. 학생들이 와자지껄하게 떠들어대고 있는 가운데 누군가 지팡이로 교실 바닥을 쿵쿵 찍어대기 시작하자 많은 학생들이 그를 따라하게 되면서 큰 소동이 벌어졌다.

이내 연단 구석에 있는 작은 문이 열리더니 옷을 아주 잘 차려입은 노신사가 젊은 조교 둘을 대동하고 나타났다.

교수와 조교들이 연극배우처럼 등장하자 학생들이 웅성거렸다. 한 대담한 학생이 박수를 치기 시작했는데 노교수가 기분 나빠하기는커녕 답례까지 하는 것을 보고는 모두 더 세게 박수들을 쳐댔다.

"웃기고들 있네." 안드레스가 말했다.

"교수는 그렇게 생각하지 않는 것 같은데." 훌리오가 웃으며 대꾸했다. "어쨌든 박수 받는 걸 좋아하는 얼치기 교수 같으니까 우리도 박수를 치자."

교수는 허영심이 강하고 우스꽝스러운, 조금 덜 떨어진 남자였다. 파리에서 유학을 했다던 교수는 허풍 심한 프랑스 사람처럼 제스처와 자세가 거만했다.

노교수는 몹시 거드름을 피우고, 약간은 감상적인 면모를 드러내면서 강렬한 어조로 학생들에게 인사말을 늘어놓기 시작했다. 그는 학생들에게 자신의 스승 리비히, 친구 파스퇴르, 동창 베르틀로,[3] 과학, 현미경에 관해 얘기했다.

길게 늘어뜨린 백발, 잘 다듬어놓은 턱수염, 말을 할 때마다 흔들거리는 끝이 뾰족한 염소수염, 탁하고 근엄한 목소리 때문에 드라마 속의 엄격한 아버지 같은 느낌을 주고 있었다. 이런 모습을 본 학생 하나가 소리야의 극작품에 등장하는 난봉꾼 돈 디에고[4]가 라우렐 객줏집으로 들어서면서 읊었던 시구를 높고 우렁찬 목소리로 읊어댔다.

나와 한 핏줄인 남자여,
황폐해진 이 저택으로 내려올지니.

무례하게 시구를 읊어대는 학생 옆에 앉았던 학생들이 웃음을 터뜨렸고, 나머지 학생들은 소란을 피우고 있는 그 학생들을 쳐다보았다.

"거기 뭡니까? 무슨 일이죠?" 교수가 안경을 쓰고 연단 난간으로 다가가면서 말했다.

"누구 거기서 편자를 잃어버리기라도 한 겁니까? 울부짖는 그 나귀 옆에 있는 학생들은 나귀의 발길질이 필시 치명적일 것이니, 그 나귀로부터 아주 멀찍이 떨어져 있을 것을 요청하는 바입니다."

학생들이 박장대소를 하고 교수가 예의 그 점잖고 장황스러운 작별 인사를 하면서 교실을 떠남으로써 수업은 끝났고, 학생들은 일부러 과장되게 박수를 쳐댔다.

함께 교실을 나온 안드레스 우르타도와 훌리오 아라실은 황금빛 수염을 기른, 몬타네르라는 청년과 함께 동물학과 식물학 강의를 들으러 대학 본관으로 향했다.

학생들은 화학 강의 시간에 발생했던 소동을 식물학 강의 시간에도 반복하려 했다. 하지만, 냉랭하고 성깔 있어 보이는 노교수는 학생들을 보자마자 선수를 치고 나서며 자기는 광대가 아니니 누구든 자기를 비웃지도, 자기에게 박수를 치지도 말라고 했다.

강의가 끝나자 몬타네르, 훌리오, 안드레스는 학교를 나와 시내로 향했다.

안드레스는 훌리오가 자기보다 나은 면모들을 일부 지니고 있다는 점을 인정하고 있었다고는 해도 그에 대한 반감이 아주 컸다. 더불어 몬타네르에게는 더 큰 반감을 지니고 있었다.

몬타네르와 안드레스 사이의 대화는 처음부터 썩 부드럽지 못했다. 몬타네르는 사사건건 공격적인 태도까지 드러내며 완강하게 말했다. 그는 스스로를 모든 계층의 사람을 두루 알고, 경험이 풍부하며, 수완이 좋은 남자라 믿고 있었다. 안드레스는 여러 번 그에게 거칠게 대거리를 했다.

이렇듯, 두 동창은 처음 만나 이야기를 나누면서부터 서로 아옹다옹 했다. 안드레스는 공화파고 몬타네르는 왕당파였다. 안드레스는 부르주아의 적이고 몬타네르는 부유한 귀족 계층을 지지하고 있었다.

"그만들 좀 해." 훌리오가 여러 번에 걸쳐 말했다. "군주제를 지지하는 거나 공화파가 되는 거나, 둘 다 아주 어리석은 짓이야. 가난한 사람을 옹호하는 거나 부자를 옹호하는 거나, 둘 다 아주 바보 같은 짓이라니까. 돈을 넉넉하게 벌고, 저런 작은 차라도 한 대 굴리는 게 중요한 거라구." 훌리오가 차 한 대를 가리키며 말했다. "그리고 아름다운 여자를 소유하는 거야."

안드레스와 몬타네르 사이에 존재하던 적대감은 서점 진열대 앞에서까지 표출되었다. 안드레스는 자연주의 작가들을 옹호했지만 몬타네르는 그들을 좋아하지 않았다. 안드레스는 에스프론세다'에 열광하고 있었지만 몬타네르는 소리야에 열광하고 있었다. 이렇듯, 두 사람은 서로를 전혀 이해하지 못하고 있었다.

그들은 푸에르타 델 솔'을 거쳐 산 헤로니모 거리로 접어들었다.

"이제 집에 갈래." 안드레스가 말했다.

"너 어디 사니?" 훌리오가 안드레스에게 물었다.

"아토차 거리에 살아."

"그럼 우리 셋은 가까운 곳에서 살고 있는 거네."

함께 안톤 마르틴 광장까지 간 그들은 서로 서먹서먹한 감정을 지닌 채 헤어졌다.

대학생들

그 당시 마드리드는 여전히 낭만주의적 정신을 보존하고 있는 몇 안 되는 도시들 가운데 하나였다.

모든 시민은 의심할 필요 없는 삶에 관한 일련의 실제적인 공식을 지니고 있었는데, 그것은 인종, 역사, 물질적·도덕적인 분위기로부터 창출된 것이다. 사물을 인지하는 특별한 방법인 그런 양식들은 유용하고, 간단명료하며, 종합적인 특성을 지닌 실용주의를 이룬다.

국가적 실용주의는 국민에게 자유롭게 현실에 접근할 수 있는 통로를 제공해주는 동안에는 자신의 임무를 잘 수행할 수 있다. 하지만 이 통로가 막히면 국가가 비정상이 되고, 분위기가 침체되며, 관념과 행위가 허위적인 면모를 드러내게 된다. 몇 년 전부터 마드리드는 새로운 변화를 시도하지 않는 구태의연한 실용주의의 부산물인 허구적 분위기 속에 빠져 있었다.

스페인의 다른 도시들은 개혁과 변화의 필요성에 대해 어느 정도 인식하고 있었다. 하지만 마드리드는 호기심도 변화에 대한 욕구도 없이 계속해서 답보 상태에 머물고 있었다.

마드리드에서 공부하는 학생들, 무엇보다도 지방 출신 학생들은 즐기고, 놀고, 여자들의 꽁무니나 쫓아다니겠다는 생각, 즉 돈 후안[7]적인 정신을 지닌 채 수도(首都)로 오고 있었다. 거드름이 몸에 밴 그 화학과 교수가 말했다시피, 그들은 산소를 지나치게 많이 함유한 분위기 속에서 스스로를 재빨리 불태워버리겠다는 생각들을 하고 있었다.

종교적인 의미는 퇴색했다. 대부분의 학생에게 종교는 별다른 의미가 없었으며, 그들은 종교를 위대한 것이라 여기지도 않고 있었다. 19세기

말 학생들은 한결같이 17세기 학생들의 정신, 즉 어떻게 해서든지 난봉꾼 돈 후안을 닮고, 그처럼 살고 싶다는 환상을 지닌 채 수도로 몰려오고 있었던 것이다.

유혈이 낭자하게, 불처럼 뜨겁게
사랑하고 도전하리.

교양 있는 학생들이 현실 안에서 사물을 보고자 하고, 조국에 대한 그리고 세상에서 해야 할 역할에 대한 명확한 이념을 찾으려 애썼건만 그 뜻을 제대로 이루지 못하고 있었다. 사실상 스페인에서는 유럽의 다른 문화가 제대로 수용되지 못하고, 그나마 수용된다고 해도 기술적인 문제에만 국한되어 있었다. 신문들은 지극히 설익은 이념만을 제시하고 있었다. 스페인이 지닌 위대성이 일종의 국제적인 악의에 의해 스페인 밖에서는 축소되거나 과장될 수도 있다고 믿어지는 게 일반적인 경향이었다.
만약 프랑스나 독일에서 스페인이 지닌 것들에 관해 언급하지 않거나 조롱한다면, 그 이유는 그들이 우리를 증오하고 있기 때문이라는 식이었다. 우리 나라에는 카스텔라르, 카노바스, 에체가라이[8] 등 다른 나라 사람들의 시기와 질투를 사는 위대한 인물들이 있다는 것이다. 이렇듯 스페인 전체, 어느 곳보다도 마드리드에는 터무니없는 낙관주의적 분위기가 지배하고 있었다. 무엇이든 스페인 것이 최고라는 생각이었다.
자연스럽게 거짓을 믿고, 격리되어 있는 가난한 나라에 대해 환상을 품는 경향은 사상을 침체시키고 화석화하는 데 일조하고 있었다.
이처럼 정체되고 위선적인 분위기는 학교에도 그대로 반영되었다. 안드레스는 의학을 공부하기 시작하면서 그 점을 확인할 수 있었다. 의대

교수들은 아주 늙은 노인네들이었고, 일부는 50년 가까이 학생들을 가르치고 있었다.

그런 교수들이 지닌 영향력과 무용한 것에 대한 스페인 특유의 호의, 그리고 존경심 때문에 당국에서는 그들을 퇴직시키지 못하고 있는 게 분명했다.

무엇보다도 산 이시도로 고등학교의 부속 성당에서 이루어지던 화학 강의는 수치스러운 것이었다. 그 노교수는 뛰어난 화학자들이 행하던 프랑스 학교에서의 강연을 되풀이했고, 질소와 염소의 추출에 대해 설명하는 것을 흡사 위대한 발견이나 하고 있다는 듯 확신에 찬 모습이었다. 그리고 학생들이 자기에게 박수치는 걸 좋아하는 사람이었다. 마술사처럼 박수를 받으며 퇴장하기 위해 강의 말미에 놀랄 만한 실험 결과들을 내놓음으로써 자신의 유치한 허영심을 충족시키고 있었다.

그때마다 학생들은 깔깔대며 박수를 쳐댔다. 학생들 가운데는 더 이상 강의를 듣고 싶지 않다는 생각이 들면 도중에 자리를 박차고 나가버리는 이도 가끔 있었다. 도망가는 학생이 계단식 강의실 계단을 내려올 때는 발소리가 요란했는데, 그 사이 자리에 앉아 있던 나머지 학생들은 발과 지팡이로 교실 바닥을 두드려대며 박자를 맞추었다.

강의 중에 잡담을 하고, 담배를 피우고, 소설책을 읽었으며, 그 누구도 교수의 강의를 듣지 않았다. 누군가는 나팔을 들고 강의에 참석해 교수가 물컵에 칼륨 한 조각을 넣을 태세를 취했을 때 주목을 끌려고 나팔을 두어 번 불어대기도 했고, 어떤 학생이 떠돌이 개를 데리고 들어와 개를 쫓아내느라 일대 소동이 벌어진 적도 있었다.

일부 후안무치한 학생들의 무례한 태도는 극에 달했다. 소리를 지르고, 나귀 울음소리를 내고, 교수의 강의를 방해했다. 이런 학생들이 저질러대는 웃지 못할 행위들 가운데 하나는 교수가 한 학생을 지적하면서 이름을 대라고 하면 그 학생이 다른 사람의 이름을 대는 것이었다.

"자네 말이야." 교수는 염소수염이 벌벌 떨릴 정도로 화가 나서 손가락으로 학생을 가리키며 물었다. "자네 이름이 뭔가?"

"누구 말이세요? 저요?"

"그래, 자네, 자네 말이야. 이름이 뭐냐니까?" 교수는 출석부를 들여다보면서 덧붙였다.

"살바도르 산체스인데요."

"알리아스 프라스쿠엘로래요."[9] 학생 하나가 교수로부터 지명당한 당사자에게 어울린다고 생각되는 이름을 댔다.

"내 이름은 살바도르 산체스거든요. 내 이름이 그렇다고 해서 거슬리는 사람이 있을지 모르겠지만, 만약 그런 사람이 있다면 말을 해줘요." 그 학생은 방금 전에 들린 목소리의 주인공이 있는 곳을 바라보고 기분 나쁘다는 표정을 지으면서 대꾸했다.

"꺼져버려!" 상대가 대꾸했다.

"오 예! 오 예! 나가버려! 나가라니까!" 학생 여럿이 소리를 질러댔다.

"좋아, 좋아. 됐어. 자네 나가게." 교수는 이 말썽꾸러기들이 어디까지 갈지 두려운 나머지 그렇게 말했다.

결국 그 학생은 교실을 나갔지만, 며칠이 지나자 또다시 유명 정치가나 투우사의 이름을 자기 이름인 양 말하는 그런 장난이 되풀이됐다.

첫 강의가 시작되고 나서 며칠 동안 안드레스는 그런 놀라운 현상에 적응하지 못하고 있었다. 모든 것이 황당하기 그지없었다. 그는 엄격하지만 동시에 애정 어린 훈육을 원하고 있었다. 하지만 강의는 학생들이 교수를 우롱하는 우스꽝스러운 모습으로 진행되고 있었다. 이처럼 학문 탐구를 위한 그의 준비 과정은 더 이상 불행할 수 없을 정도였다.

안드레스 우르타도와 그의 가족들

안드레스는 거의 매 순간 자신은 혼자고, 버려졌다는 느낌을 체험하고 있었다.

어머니의 죽음으로 큰 정신적 공백을 안게 된 그는 쉽게 슬픔에 빠지는 성향이 있었다.

안드레스의 가족 수는 상당히 많았다. 아버지와 5남매로 이루어져 있었다. 아버지 돈 페드로 우르타도는 마른 몸매에 키가 크고 잘생긴 남자로, 젊었을 때는 방탕한 생활을 했었다.

아버지는 광적인 이기주의에 사로잡혀 있었다. 스스로를 세상의 경심(傾心)이라 생각했다. 차분하지 못한 성격 때문에 변덕이 심했고, 귀족적인 감성과 평민적인 감성이 뒤섞여 있었다. 아버지의 사고와 행동 방식은 매우 특이해 도무지 종잡을 수가 없었다. 가정을 독단적으로 이끌었는데, 때로는 가정사를 골치 아파하면서 방치하기도 하고 때로는 독재와 전횡을 일삼았다. 그 점이 안드레스를 화나게 만들었다.

돈 페드로가 집을 관리하는 문제로 불평을 할 때면 자식들은 그 문제를 마르가리타에게 맡기라고 여러 번에 걸쳐 권유했다. 이제 스무 살이 된 마르가리타가 아버지보다 더 집 관리를 잘할 수도 있었지만 돈 페드로는 그렇게 하는 걸 원치 않고 있었다.

돈 페드로는 돈 쓰기를 좋아했다. 생필품을 구비하는 데 돈이 필요하다는 사실을 뻔히 알면서도 자신의 변덕을 충족시키기 위해 규칙적으로 2, 30두로씩 써대고 있었다.

돈 페드로는 가장 좋은 방을 쓰고 고급 속옷을 입었으며, 다른 식구들이 쓰는 면 수건을 쓸 수 없다면서 리넨 수건이나 실크 수건을 썼다. 카지노[10] 두 개에 출자하고 있었고, 사회적으로 지위가 높은 사람, 일부 귀족과 교류를 하고 있었으며, 자신들이 살고 있는 아토차 거리의 집을 관리하고 있었다.

돈 페드로의 부인이었던 페르미나 이투리오스는 한마디로 희생자였다. 그녀는 고통을 겪는 것이 여자의 자연스러운 운명이라 믿으며 평생을 살았다. 돈 페드로는 부인이 죽고 나서야 비로소 죽은 부인이 훌륭한 품성을 지닌 여자였다는 사실을 인정했다.

"너희는 어머니를 닮지 않았어." 돈 페드로는 자식들에게 늘 이렇게 말했다. "성모나 다름없었지."

안드레스는 아버지가 어머니에 대해 너무 자주 얘기해서 짜증이 날 때면, 죽은 사람을 제발 평화롭게 좀 놔두라고 거칠게 대꾸했다.

맏이 알레한드로와 막내 루이스는 아버지가 좋아하는 자식들이었다. 알레한드로는 좋지 않은 점에서 아버지 돈 페드로를 빼다 박은 인물이었다. 오히려 아버지보다 더 쓸모없고 더 이기적이었으며, 일이건 공부건 아무것도 하려 들지 않았다. 한 국가기관에 취직시켜놓았지만 그저 급료나 받기 위해 나다닐 뿐이었다.

알레한드로는 집에서 걸핏하면 낯 뜨거운 광경을 연출했다. 술집을 전전하며 밤늦은 시각에 잔뜩 취해 돌아와서는 토악질을 하는 등 온 식구를 괴롭히는 일이 한두 번이 아니었다.

안드레스가 대학 생활을 시작할 무렵 마르가리타는 스무 살 정도가 되어 있었다. 성격은 단호하고, 약간 냉정하고, 고집스럽고, 이기적인 아가씨였다.

마르가리타 아래로 페드로가 있었다. 그는 정신적인 면을 추구하기보다는 잘 먹고 잘사는 데 관심이 더 많았다. 변호사가 되겠다며 법학을 공부하고 있었는데, 수완이 좋아 학점은 그런대로 잘 받고 있었다. 하지만 대학 생활에는 도무지 신경을 쓰지 않았다. 극장에나 가고 옷이나 말쑥하게 차려입으려 했으며, 매달 애인을 바꿨다. 온갖 수단을 동원해 즐겁게 삶을 향유하고 있었다.

막내 루이시토"는 너댓 살쯤 되었을 때부터 건강이 썩 좋지 않았다.

가족 구성원의 정신적 성향은 아주 독특했다. 돈 페드로는 알레한드로와 루이스를 편애했고, 마르가리타를 맏이로 간주했다. 아들 페드로에게는 관심도 없었으며, 안드레스는 자기 생각대로 따라주지 않는다는 이유로 유독 미워했다. 돈 페드로에게서 부성애 같은 것을 발견하기는 무척 어려운 일이었다.

알레한드로는 아버지와 같은 식으로 식구들과 친소 관계를 유지하고 있었다. 마르가리타는 그 누구보다도 페드로와 루이시토를 좋아했고, 안드레스를 애틋하게 여겼으며, 아버지를 존경했다. 페드로는 약간 무심한 성격이었지만 마르가리타와 루이시토에게는 어느 정도 애정을 지니고 있었고, 안드레스에게는 칭찬을 아끼지 않았다. 안드레스는 막내동생을 무척 좋아했고, 페드로와는 자주 싸웠으며, 마르가리타에게 정을 느끼고 있었다. 안드레스는 알레한드로를 경멸했고, 아버지는 증오할 정도였다. 아버지는 도저히 견딜 수 없는 사람이라 생각했다. 그에게 아버지는 허풍쟁이에 이기적이고 게으르며, 자기 자신만 생각하는 사람이었다.

아버지와 안드레스 사이에는 절대적이고 완벽한 대립이 존재하고 있었기 때문에 그 어느 것에도 합치될 수 없었다. 매사에 의견이 대립되어 서로 트집을 잡았다.

고립 상태에서

나바라 주 출신인 안드레스의 어머니는 신앙심이 지나쳐서 자식들이 아홉 살이나 열 살이 되면 반드시 고해성사를 하도록 했다.

어렸을 때 안드레스는 고해소 근처에 간다는 생각만 해도 엄청난 두려움이 엄습했었다. 첫번째 고해성사를 보던 날을 잊지 않고 있다. 그 때까지 저지른 죄목이 아주 중요한 것이나 되는 것처럼 그의 기억 속에 모두 각인되어 있었다. 하지만 그날 신부님은 다른 용무로 무척 바빴기 때문에 그의 작은 도덕적 죄들에 대해 별다른 중요성을 부여하지 않은 채 그를 고해소 밖으로 내보냈다.

첫번째 고해성사는 안드레스에게 차가운 물을 뿌리는 것과 같았다. 페드로는 벌써 여러 차례 고해성사를 했지만 자신의 죄를 기억하는 데 애를 쓴 적이 없다는 말을 안드레스에게 했다. 두번째 고해성사에서 안드레스는 신부님에게 네 가지 이상은 말하지 않고 나오겠노라고 다짐했다. 세번째인가 네번째 고해성사 때부터는 죄책감 같은 건 전혀 느끼지도 않았고 죄를 제대로 털어놓지도 않은 채 영성체를 했다.

어머니가 세상을 뜨고 나서 언젠가 아버지와 마르가리타가 안드레스에게 부활절을 잘 지켰는지 물어왔을 때 안드레스는 그렇다고 덤덤하게 대답했다.

알레한드로와 페드로는 고등학교 과정을 어느 사립학교에서 마쳤다.

하지만 안드레스가 고등학교에 갈 차례가 되자 아버지는 사립학교 학비가 비싸다며 산 이시도로 고등학교에 입학시켜버렸기 때문에 그곳에서 버려진 것이나 다름없는 상태로 공부를 해야 했다. 그런 소외감에다 길거리 친구들과 어울려 다님으로써 안드레스는 정신적으로 소진되어버렸다.

어머니도 없이 외롭게 가족으로부터 격리되어 있다고 느꼈으며, 고독은 그를 편집증을 가진 우울한 소년으로 만들어버렸다. 그는 페드로와는 달리 사람들이 많은 곳에 가기를 싫어했다. 대신 자기 방에 틀어박혀 소설책이나 읽는 걸 더 좋아했다.

상상력이 불끈불끈 솟아나는 바람에 미리 지쳐버리기 일쑤였다. '지금은 이걸 하고, 나중에 이걸 해야지. 그다음에는?' 상상의 고리가 끊어질 줄 모르고 이어졌다. 한 가지를 해결하고 나면 계속해서 다른 생각이 줄줄이 떠올랐던 것이다.

고등학교를 마쳤을 때 안드레스는 의학을 전공하리라 결정해버렸다. 다른 사람과는 상의 한 번 하지 않았다. 아버지는 늘 이런 식으로 말했다. "네가 원하는 걸 공부해라. 그건 네 문제잖냐."

누구에게도 의지하지 말고 자신이 원하는 것을 하라고 조언했다 해도, 아버지는 내심 아들에게 화가 나 있었다.

돈 페드로는 아들에게 항상 뚱해 있었고, 아들이 비뚤어지고 반항적이라 여기고 있었다. 안드레스는 자기 권리라고 생각하는 것은 절대 양보하지 않았으며, 고집을 부리면서 난폭하고 공격적으로 아버지와 형들에게 대들었다.

마르가리타는 거의 항상 안드레스가 자기 방으로 가버리는 것으로 결말나는 이 싸움에 개입해야만 했다.

말다툼은 늘 사소한 것에서 시작되었다. 아버지와 아들 사이의 불일치에는 딱히 드러날 만큼 특별한 동기가 있지도 않았다. 하지만 그 불일치는 절대적이고 완벽했다. 일이 생겼다 하면 어김없이 대립했고, 부드러운 말 한마디 오간 적이 없었다.

일반적으로 말다툼의 동기는 정치적인 것이었다. 돈 페드로는 개혁파들을 놀려대면서 그들을 멸시하고 그들에게 욕설을 퍼부어댔다. 그러면 안드레스는 부르주아 계층과 사제들과 군대를 모욕하면서 대꾸했다.

돈 페드로는 점잖은 사람이라면 보수주의자가 될 수밖에 없다고 주장했다. 그에 따르면, 진보적인 정당들에는 반드시 쓰레기 같은 인간들이 끼여 있을 수밖에 없다는 것이었다.

돈 페드로에게 부자는 뛰어난 사람이었다. 부를 우연의 사물이 아니라 덕의 산물이라 간주하는 경향이 있었다. 게다가, 돈만 있으면 모든 것이 가능하다는 생각을 하고 있었다. 안드레스는 수많은 바보들, 부유층 자식들에게 빈번하게 발생하는 사례를 아버지에게 상기시키고, 어떤 사람이 황금이 가득 찬 궤짝을 지니고 있다고 해도 또 수백만의 영국계 은행들이 있다고 해도 그곳이 무인도라면 무슨 소용이 있겠냐는 주장을 굽히지 않았다. 하지만 아버지는 이런 논조에는 도무지 귀를 기울이려 하지 않았다.

위층에 사는 카탈루냐 출신 아버지와 아들 사이에는 우르타도 집안에서 벌어지던 논쟁과는 다른 양상의 논쟁이 벌어지고 있었다. 그 집에서는 아버지가 자유파고 아들이 보수파였다. 천진스러운 자유파인 아버지는 카스테야노가 서툴렀으며,[12] 아들은 빈정거리기를 아주 좋아하고 심보가 궂은 보수주의자였다. 그 집 정원으로부터 자주 카탈루냐 지방 어투가 뒤섞인 카스테야노가 천둥소리처럼 들려왔다.

"만약 글로리오사[13]가 발발하지 않았더라면 스페인의 과거는 뻔했을 거다."

잠시 후, 아들이 빈정거리며 대꾸했다.

"오, 글로리오사! 참 희한하고 웃기는 혁명이었죠!"

"또 부질없는 말다툼을 하고들 있군!" 마르가리타가 남동생 안드레스를 바라보며 비꼬는 표정으로 말했다. "세상사가 모두 자기들 말대로 해결될 것처럼 그런다니까!"

안드레스가 어른이 되어감에 따라 그와 아버지 사이의 적대감도 커져 갔다. 아들은 결코 아버지에게 돈을 요구하지 않았다. 아버지 돈 페드로를 자신과는 상관없는 타인으로 간주하고자 했다.

안드레스의 은둔처

우르타도 가족이 살고 있는 집은 돈 페드로가 학창 시절 알게 된 어느 후작의 소유였다.

그 집을 관리하며 집세 받는 일을 하던 돈 페드로는 자주 후작과 후작의 부동산에 대해 열을 내가며 이야기했다. 안드레스에게는 아버지의 그런 태도가 더할 나위 없이 천박하게 여겨졌다.

우르타도 가족은 사교술이 좋았다. 돈 페드로는 전횡을 일삼고 가정을 독단적으로 지배하고 있었지만 가족 이외의 사람들에게는 친절하기 이를 데 없었으며 필요에 따른 우정을 유지하는 법을 알고 있었다.

돈 페드로는 이웃 사람을 모두 알고 지냈으며, 아주 사근사근하게 대했다. 이웃 사람 모두에게는 지대한 관심을 지니고 있었지만 유독 다락방에 세 들어 사는 사람들에게만은 그렇지 않았고, 오히려 그들을 증오하기까지 했다.

돈이 바로 덕이라고 생각하고 돈으로 덕을 베풀 수 있다고 하는 그의 이론에 따르면 무산자는 불행한 사람과 동의어일 수밖에 없었다.

돈 페드로는 생각하고 말 것도 없이 구식이었다. 노동자도 하나의 인격체라거나 여자가 독립적인 존재가 되어야 한다는 생각은 그에게는 모욕이었고, 그를 공격하는 것이었다.

가난한 사람이 오직 가난 때문에 뻔뻔스럽고 천박한 짓을 할 때만 너그럽게 수용했다. 돈 페드로는 하대를 할 수 있는 사람들, 하층계급 젊은이들, 성매매 여성들, 노름꾼들에게만은 대단히 호의적이었다.

우르타도 가족이 살고 있는 집 4층의 한 방에는 늙은 상원의원의 보호를 받고 있는 전직 댄서 둘이 살고 있었다.

우르타도 가족은 그녀들을 '쪽진 머리' 여자로 알고 있었다.

그 별명은 늙은 상원의원이 좋아하던 아가씨로부터 나온 것이었다. 그 아가씨가 머리카락을 한가운데로 모아 조그맣게 쪽진 머리를 하고 다녔기 때문이었다. 루이시토가 그 아가씨의 쪽진 머리를 처음 보았을 때 '쪽진 머리 아가씨'라고 불렀고, '쪽진 머리'라는 별명은 나중에 그녀의 어머니와 이모에게까지 퍼졌다. 돈 페드로는 자주 두 전직 댄서를 언급하면서 칭송을 아끼지 않았다. 아들 알레한드로는 아버지가 한 말이 자기 친구가 하는 말이나 되는 것처럼 맞장구를 쳐댔다. 마르가리타가 댄서들의 자유분방한 삶을 암시하는 얘기를 진지하게 듣고 있는 사이에 안드레스는 경멸하는 듯한 태도로 고개를 돌려버렸다. 아버지의 추잡한 허세가 우스웠을 뿐 아니라 적절치도 않아 보인다고 생각했기 때문이다.

안드레스는 식사시간에만 가족과 함께했을 뿐 나머지 시간에는 모습을 드러내지 않았다.

고등학교에 다닐 때는 페드로가 거처하던 방에서 잤지만 대학에 들어가면서부터는 마르가리타에게 낡은 세간을 보관해두던 다락방으로 옮기게 해달라고 요청했다.

처음에 마르가리타는 그의 부탁을 거절했으나 시간이 지나 결국 받아들여주었고, 옷장과 트렁크를 치우게 함으로써 그 방을 쓰게 되었다.

옛 건축양식에 따라 지어진 집은 약간 신비롭다는 느낌마저 들었다. 많은 복도에, 휘어지고 꺾어지는 공간들이 있는 커다란 집이었다.

새롭게 옮긴 방으로 가려면 계단 몇 개를 올라가야 했기 때문에 안드레스는 완전히 독립적인 생활을 할 수 있었다.

다락방은 흡사 감방 같았다. 안드레스는 마르가리타에게 옷장 하나를 쓰게 해달라고 부탁해서 책과 서류로 채웠고, 벽에는 의사인 외삼촌 이투리오스가 준 인골들을 걸어두었다. 그렇게 하자 방이 마법사나 강신술사의 은신처 같은 분위기를 풍겼다.

안드레스는 그 방에서 제 마음대로 하고 살았다. 방이 조용하기 때문에 공부가 더 잘된다고 가족들에게 말했다. 하지만 자주 소설을 읽거나 멀거니 창문 밖을 바라보면서 시간을 보냈다.

창문 아래로 산타 이사벨 거리와 에스페란시야 거리에 있는 집들의 뒷모습과 안마당, 헛간 몇 개가 보였다.

안드레스는 창문을 통해 보이는 것들에 허구적인 이름을 붙여주었다. 신비로운 집, 계단 집, 십자가 탑, 검은 고양이 다리, 물탱크 지붕 등…….

안드레스의 집 고양이들은 창문을 통해 밖으로 나가서는 이웃집들의 헛간과 발코니를 오가며 긴 소풍을 즐겼고, 부엌에서 도둑질도 했다. 어느 날인가는 그놈들 가운데 하나가 입에 메추리를 물고 나타난 적도 있었다.

루이시토는 자주 형의 방에 놀러 가서 고양이들이 장난치는 모습을 아주 흡족한 표정으로 지켜보고, 인골들을 신기한 듯 바라보았다. 그에게는 모든 것이 대단한 흥밋거리였다. 항상 동생을 대단하게 생각하고 있던 페드로 역시 동생을 만나러 그 밀실로 가서는 동생이 무슨 희한한 동물이나 되는 양 감탄하기 일쑤였다.

1학년 말, 안드레스는 학점이 나쁘게 나올까 봐 몹시 두려워하기 시작했다. 학과목들은 그 누구라도 멀미가 나게 만들었다. 책은 너무 두꺼웠고, 교과 내용을 제대로 이해할 시간도 없었다. 게다가 강의가 멀리 떨어져 있는 각기 다른 강의실에서 이루어졌기 때문에 이리저리 옮겨다니느라 시간을 허비했으며, 그로 인해 정신까지 산만해졌다.

이 모든 것은 전적으로 안드레스 자신이 해결해야 할 문제였음에도 불구하고 자주 훌리오, 몬타네르와 함께 강의를 빼먹고 왕궁 앞 광장이나 레티로 공원에 가 있다가 밤이 되면 공부는 하지 않고 소설을 읽는 데 몰두하곤 했다.

오월이 되었다. 안드레스는 그동안 허비해버린 시간을 보상이라도 받겠다는 듯 교재들을 들이팠다. 학점이 나쁘게 나올까 봐, 무엇보다도 나쁜 학점 때문에 아버지로부터 꾸지람을 들을까 봐 상당한 공포를 느끼고 있었는데, 아버지는 틀림없이 이렇게 말할 것이었다. "그래서, 난 네가 너무 고독하게 지낼 필요가 없다고 생각하는 거다."

안드레스 스스로도 놀랄 정도로 네 과목을 통과했지만 당연하게도 마지막 과목, 즉 화학 시험에서 낙제를 하고 말았다. 그런 사소한 과실 정도는 가족에게 고백하고 싶지 않았기 때문에 그저 화학 시험을 치르지 않았다고 꾸며댔다.

"참 대단한 동생이로군!" 알레한드로가 안드레스에게 말했다.

안드레스는 여름에 열심히 공부하기로 작정했다. 그곳, 자신의 다락방에서 아주 차분하게 맘대로 잘 지낼 수 있을 것 같았다. 하지만 곧 자신의 의도를 망각해버렸다. 공부는 하지 않고, 이웃집을 드나드는 사람들을 창문을 통해 망원경으로 관찰하며 시간을 허비하는 경우가 허다했다.

아침이면 늘 멀리 떨어진 발코니에 소녀 둘이 나타났다. 안드레스가 잠자리에서 일어날 때면 소녀들은 벌써 발코니에 나와 있었다. 소녀들은 머리를 빗어 리본으로 묶었다.

소녀들의 얼굴이 선명하게 보이지는 않았다. 망원경의 측정거리가 짧은 데다 색수차 보정(色收差 補正) 렌즈가 아니어서 보는 각도에 따라 사물의 색이 달리 보였기 때문이다.

소녀들의 앞집에 살고 있던 소년이 항상 거울을 이용해 소녀들에게 햇빛을 반사시켰다. 소녀들은 소년을 꾸짖고 위협했지만 결국 제풀에 꺾여 발코니에 앉아 뜨개질을 했다. 안드레스의 다락방 옆 다락방에는 잠자리에서 일어나자마자 화장을 하는 여자가 살고 있었다. 누가 엿보고 있다는 생각 같은 건 전혀 하지 않는지 아주 진지하게 화장하는 데만 열중했다. 진정한 예술작품 하나를 만들고 있음에 틀림없었다. 가구에 옻칠을 하고 있는 장인 같은 모습이었다.

안드레스는 줄곧 책을 읽어댔지만 내용을 전혀 이해할 수 없었다. 재시험이 시작되었다. 화학의 기본이 되는 몇 가지 문제를 제외하고는 답을 거의 쓸 수 없었다.

누군가에게 자문을 구해볼까 생각했다. 아버지에게는 어떤 말도 하기 싫었다. 외삼촌 이투리오스의 집에 가서 그동안 생긴 일에 관해 설명했다. 외삼촌이 물었다.

"화학에 관해 아는 게 뭐 있냐?"

"아주 조금밖에 모르는데요."

"공부를 안 한 거냐?"

"했죠. 그런데 하는 즉시 잊어버린단 말이에요."

"그러니까 공부하는 법을 제대로 알아야지. 학점을 잘 받는다는 건 기억력에 관한 문제야. 최소한의 데이터라도 완전히 정복할 때까지 배우고 반복해서 익히는 거야……. 하지만 지금은 그렇게 할 때가 아니다. 편지 한 통을 써줄 테니 그 교수님 댁으로 가거라."

교수를 만나러 갔다. 교수는 안드레스를 갓 입대한 병사처럼 취급했다.

며칠 뒤 실시된 시험은 증오스러울 정도였다. 안드레스는 적잖이 놀랐다. 너무나 부끄러워 멍한 상태로 자리에서 일어섰다. 학점이 제대로 나올 리가 없다고 확신하며 결과를 기다렸다. 하지만 대단히 놀랍게도 시험에 통과하고 말았다.

해부학 교실

다음 학기는 과목 수도 적고 더 쉬웠으며 머릿속에 담아둘 것도 별로 많지 않았다.

그럼에도 불구하고 해부학만은 실험 실습을 원활하게 하기 위해 훨씬 더 조직적인 기억력을 요구하고 있었다.

학기가 시작된 지 몇 개월이 지났을 무렵 날씨가 차가워진 때에 해부학 강의가 시작되었다. 50명 또는 60명의 학생이 다섯 명씩 열 개 또는 열두 개의 탁자에 배정되었다.

같은 탁자에 몬타네르, 훌리오 아라실 그리고 안드레스 우르타도가 배정되었고, 그 작은 그룹의 다른 구성원들에 비해 조금 뛴다고 생각되는 학생 둘이 끼여 있었다.

안드레스와 몬타네르는 특별한 이유도 없이 지난 학기에 서로 적대적이었다가 그 다음 학기에는 아주 친한 사이가 되어 있었다.

안드레스는 해부학 실습을 할 때 입을 작업복, 즉 검은 천에 소매는 노란 고무로 만든 가운을 만들어달라고 마르가리타에게 부탁했다.

마르가리타는 안드레스에게 가운을 만들어주었다. 이런 가운은 해부할 때 떨어져 나온 찌꺼기가 소매에 달라붙었다가 마르면 눈에 띄기 때문에 항상 지저분했다.

대부분의 학생들은 원시적인 잔인성을 물려받은 사람들처럼 해부학 실험실로 가서 시체에 메스를 박고 싶어 안달을 했다.

그런 학생들은 한결같이 주검이 재미있는 물건이라도 되고, 그곳에 도착한 불행한 사람들의 창자를 꺼내고 몸뚱이를 조각 내는 것이 즐겁다는 듯 주검을 마주한 채 태연하고 거리낌 없이 행동하면서 일종의 우월감까지 드러냈다.

해부학 시간에 학생들은 주검을 익살스럽게 만들어놓는 걸 즐겼다. 시체 입에 삼각모자를 씌워놓거나 종이로 만든 우산을 꽂아놓기도 했다.

약간은 소심하다고 알려져 있던 친구를 다음과 같이 놀려댄 어느 2학년 학생에 관한 얘기가 인구에 회자되고 있었다. 그 학생은 시체에서 떼어낸 팔을 들고 망토를 쓴 채 악수를 하려고 친구에게 접근했다.

"안녕, 어떻게 지내?" 그가 시체에서 떼어낸 손을 망토 아래로 내밀며 친구에게 말했다. "좋아, 넌?" 상대방은 이렇게 대답하면서 친구가 내민 손을 잡았다. 그런데 손이 몹시 차가웠다. 그는 몸을 벌벌 떨기 시작했고, 망토 아래로 나와 있는 팔이 시체에서 떼어낸 것이라는 사실을 알고는 질겁을 하고 말았다.

그 당시 발생했던 다른 사건에 관해서도 학생들 사이에 말들이 많았다. 대학병원 신경과 전문의 하나는 담당 환자가 죽자 그를 검시하고 나서는 뇌를 꺼내 자기 집에 갖다놓으라고 지시했다.

인턴 하나가 죽은 환자의 뇌를 꺼낸 뒤 병원 사환을 시켜 의사의 집으로 보냈다. 꾸러미를 받아든 그 집 하녀는 사람의 뇌를 쇠골로 착각하고 부엌으로 가져가서는 음식을 만들어 의사 가족에게 먹였다.

이와 비슷한 얘기들이 많이 떠돌았다. 사실이든 아니든 다들 무척 재미있어라 했다. 의대생들은 학과 특유의 성향을 공통적으로 지니고 있었다. 죽음을 경시하는 성향이었다. 그들은 외과적 잔인성에 상당히 열광했고, 섬세한 감수성을 매우 천시했다.

안드레스는 다른 학생들에 비해 더 민감한 편은 아니었다. 그 역시 전혀 개의치 않고 시체들을 보고, 열고, 자르고, 토막 냈다.

그의 심사를 건드렸던 것은 병원 시체실에서 시체를 싣고 와 차에서 꺼내는 과정이었다. 담당 직원들은 시체의 팔과 다리를 붙잡아 차에서 내린 뒤 바닥에 짐짝처럼 부려놓았다.

시체들은 거의 항상 미라처럼 피골이 상접해 있거나 누렇게 변색되어 있었다. 시체가 돌 바닥에 부딪치면 탄력 없는 물건이 떨어질 때처럼 불쾌하고 이상한 소리가 났다. 그러고 나서 직원들은 시체 다리를 붙잡아 하나씩 바닥으로 질질 끌어 해부학 실험실 창고가 있는 마당으로 내려갔는데, 돌계단을 내려갈 때는 시체 머리가 탁탁 음산한 소리를 내며 계단에 부딪쳤다. 그 장면을 보고 있노라면 소름이 쫙 끼칠 정도였다. 승자들이 패자들을 질질 끌고 가는 선사 시대의 어느 전투나 로마 시대의 원형경

기장에서 벌어지던 검투의 피날레 같았다.

　안드레스는 소설 속의 주인공이 되어보기도 하고 삶과 죽음에 관해 숙고해보기도 했다. 만일 그렇게 시체실로 끌려가는 그 불행한 사람들의 어머니들이 아들의 비참한 최후를 어슴푸레하게라도 보았더라면 차라리 아들이 죽어 새로 태어나기를 더 원했을 것이라는 생각이 들기도 했다.

　안드레스의 마음을 상하게 한 것이 또 있었다. 해부학 실습이 끝난 뒤 남은 시체 조각들이 몇 개의 빨간 실린더 형 솥에 넣어지는 과정과 솥 안에 들어 있는 간과 뇌 덩어리들 사이로 드러나 있는 손, 폐 조직 가운데에 박혀 있는 칙칙하고 흐릿한 눈을 보는 일이었다.

　그런 광경을 볼 때마다 역겨움을 느꼈지만 기가 꺾이지는 않았다. 어찌 되었든 해부학 강의와 실습은 안드레스의 흥미를 유발시키고 있었다.

　삶에서 예기치 않게 발생하는 일들에 대한 이런 호기심과 아주 인간적인 탐구 본능 때문에 안드레스는 거의 모든 학생과 마찬가지로 다양한 경험을 쌓아가고 있었다.

　그런 것들을 더 강렬하게 느낀 학생들 가운데 하나는 훌리오의 카탈루냐 출신 친구였다. 그는 아직도 고등학교에서 공부하고 있었다.

　그의 이름은 하이메 마소였다. 머리통이 유난히 작고, 검은 머리카락에는 윤기가 자르르 흘렀으며, 누리끼리한 기색이 감도는 하얀 얼굴에 턱이 긴 청년이었다. 썩 영리하지는 않았지만 신체기관들의 기능에 관해 호기심이 많았다. 허가를 받고 주검에서 나온 손이나 팔을 집으로 가져가서는 자기 맘대로 박제를 해놓기도 했다. 소문에 따르면 그는 시체 찌꺼기를 화분에 거름으로 주고 그 화분들을 자신이 미워하던 이웃 귀족 집 발코니로 내던지곤 한다는 것이었다.

　모든 면에서 특별했던 하이메는 삐딱한 면모를 지니고 있었다. 그는 미신에 사로잡혀 있었다. 길거리를 걸을 때도 절대로 보도로 걷지 않고 길 한가운데로만 걸었다. 어디를 다닐 때는 끊어지지도 않고 보이지도 않는 끈 하나를 흔적처럼 남겨둔다고 농담 반 진담 반으로 말했다. 그래서, 어느 카페나 극장에 드나들 때도 그 신비로운 끈을 거두어들이기 위해서라는 듯 들어갈 때 통과한 바로 그 문을 통해 나왔다.

다른 특성도 지니고 있었는데, 그것은 누가 뭐라 해도 굴하지 않고 바그너를 광적으로 좋아한다는 것이다. 이 점은 훌리오와 안드레스, 그리고 그 밖의 다른 학생들이 보이는 음악에 대한 무관심과는 대비되었다.

훌리오는 주변에 친구들을 무더기로 모아놓고 그들을 마음대로 부리며 귀찮게 했다. 그들 사이에 하이메도 끼여 있었다. 훌리오는 하이메와 약속을 해놓고도 번번이 어기고, 하이메를 놀려대고 광대 취급을 했다.

훌리오는 거의 항상 사납지는 않지만 오만한 여성적 성향의 잔인성을 드러냈다.

훌리오, 몬타네르, 안드레스는 대다수 마드리드 출신 학생들처럼 지방 출신 학생들과는 거의 어울리지 않았다. 그들을 몹시 업신여기고 있었다. 지방 출신 학생들이 지방 카지노에 들락거린 얘기며 애인들에 관한 얘기며 만차나 엑스트레마두라의 공공장소에서 벌인 몰상식하고 방탕한 짓거리에 관한 얘기를 할라치면 그런 것은 평민들이나 하고, 하층 사람들이나 좋아할 짓이라고 치부해버렸다.

이런 귀족적인 성향은 안드레스보다는 훌리오와 몬타네르에게서 훨씬 더 두드러졌다. 그런 성향 때문에 그들은 시끌벅적하거나 속물적이거나 저급한 것을 피했다. 지방 출신 학생들이 드나드는 싸구려 도박판을 혐오했다. 바보처럼 적은 판돈을 내걸고 당구를 치거나 도미노 게임을 하느라 낙제를 밥먹듯 해댄다는 것이었다.

마드리드에 사는 집안 좋은 귀공자의 이상과 삶을 수용하도록 유도하는 친구들의 영향에도 불구하고 안드레스는 이를 거부했다.

그는 가족과 동급생들의 행동과 책의 영향, 약간은 이질적인 지식과 자료의 도움을 받아 자신만의 정신세계를 형성해가고 있었다.

그의 서고에는 잡동사니가 늘어갔다. 일부는 외삼촌 이투리오스에게서 받은 의학과 생물학에 관한 고서들이었고, 다른 것은 대부분 집에서 발견한 소책자들과 소설들이었다. 일부는 서점을 돌아다니며 헐값에 사모은 것들이었다. 가족과 친구처럼 지내는 어느 할머니가 안드레스에게 화보집 몇 권과 티에르[14]가 지은 『프랑스 혁명사』를 주었다. 책 읽기를 서른 번이나 시도했다가 번번이 싫증이 나서 도중에 팽개쳐버리고 말았다. 그러다 결국 다 읽었고, 책은 안드레스의 마음을 사로잡았다. 티에르의 역사책 다음으로 라마르틴[15]의 『지롱당원들』을 읽었다.

안드레스는 젊은이 특유의 약간은 직선적인 논리를 동원해가며 프랑스 혁명의 가장 위대한 인물은 생쥐스트[16]라고 믿기에 이르렀다. 안드레스는 대부분의 책 첫 페이지에 주인공 이름을 써놓고는 찬란한 태양을 바라보듯 응시하기도 했다.

그는 이런 우스꽝스러운 열정을 비밀리에 간직하고 있었지만 그것을 친구들에게 밝히고 싶어하지는 않았다. 혁명적인 애정과 증오를 간직하고 있었지만 그 애정과 증오가 그의 방에서 나오지 않고 있었던 것이다. 이런 식으로 산 카를로스 캠퍼스 복도에서 동급생들과 대화를 할 때나 다락방의 고독 속에서 꿈을 꾸고 있을 때는 자신이 그들과 다르다고 느꼈다.

안드레스에게는 오후가 되면 만나는 친구가 둘 있었다. 훌리오, 몬타네르와 더불어 논쟁하던 것과 같은 문제로 그들과 논쟁을 벌였고, 그 논쟁을 통해 그들과 자신의 관점을 비교 평가할 수 있었다.

고등학교 동창인 이 친구들 가운데 하나는 공학을 공부하는 라파엘 사뉴도였고, 다른 하나는 병을 앓고 있던 페르민 이바라였다.

토요일 밤이면 안드레스는 마요르 거리에 있는 시글로 카페에서 라파엘을 만났다.

어렸을 때는 안드레스 자신과 썩 잘 맞았던 친구 라파엘의 기호와 이상이 시간이 흘러감에 따라 어떻게 달라지고 있는지를 실감하고 있었다.

라파엘과 그의 동급생들은 카페에서 왕립오페라단 공연 등 음악에 관한 것만 얘기했다. 무엇보다도 바그너에 관한 것은 그들이 즐겨 얘기하던 테마였다. 그들에게 과학이니 정치니 혁명이니 스페인이니 하는 것들은 바그너 음악에 비하면 아무런 의미도 없었다. 바그너는 메시아였고, 베토벤과 모차르트는 선구자였다. 물론 바그너는 이제 메시아도 아니고 선배 음악가들의 명성에 걸맞는 후계자는 더더욱 아니라면서 바그너를 거부하고자 하던 일부 베토벤 추종자도 있었다. 그들은 그의 교향곡 5번과 9번에 관해서만 침을 튀기며 얘기했다. 음악에 관심이 없던 안드레스에게는 이런 대화가 답답하게만 느껴졌다.

안드레스는 음악에 대한 그런 기호가 정신적인 성숙을 의미한다는, 일반적이고 세속적인 생각은 정확하지 않다고 믿게 되었다. 적어도 그가 알고 있던 경우에서는 정신적인 성숙이 확인되지 않고 있었다. 라파엘의 친구인 대단한 음악 애호가 학생들 가운데 많은 수는, 아니 거의 모두는 야비하고 의도가 불순했으며 질투심이 많았던 것이다.

모든 면에서 분명하게 짚고 넘어가는 걸 좋아하던 안드레스는 음악이 지닌 모호성 때문에 질투심 많은 사람들과 망나니들이 모차르트의 멜로디나 바그너의 화음을 듣게 되면 어떤 중성화 물질을 흡입했을 때 위산과다가 진정되듯 좋지 못한 감정들을 불러일으키는 사악한 심성을 떨궈버리고 편안하게 쉬게 된다고 확신했다.

라파엘이 드나들던 시글로 카페의 손님 대다수는 학생이었다. 물론 테이블 하나를 독차지한 채 죽치고 앉아 종업원을 실망시키는 가족 단위 손님들도 있었고, 태도가 수상쩍은 아가씨도 몇 있었다.

아가씨들 가운데 어머니와 함께 있던 아주 예쁜 금발머리 아가씨가 관심을 끌었다. 몸이 뚱뚱한 어머니는 납작코에 뻐드렁니였으며, 시선은 멧돼지 같았다. 이 여자의 과거에 관해서는 익히 알려져 있었다. 그 아가씨의 아버지인 어느 상사와 함께 몇 년을 살고 나서 독일 시계공과 결혼했지만, 그 시계공까지도 그녀의 망나니짓에 질린 나머지 결국 그녀를 강제로 내쫓아버렸다는 것이었다.

라파엘과 친구들은 세상 온갖 것에 대해 험담을 하고 나서 그 카페의 피아니스트와 바이올리니스트에 관해, 그리고 베토벤의 어느 소나타나 모차르트의 어느 미뉴에트에 관해 이러쿵저러쿵 코멘트를 하면서 토요일 밤을 보냈다. 얼마 뒤 안드레스는 그곳은 자신이 머물 곳이 아니라는 사실을 깨닫고 발길을 끊어버렸다.

안드레스는 밤에 플라멩코 여 가수와 여자 무용수가 공연을 하는 라이브 카페에 자주 갔었다. 플라멩코 춤을 좋아했는데, 멜로디가 단순한 것이면 노래도 좋아했다. 하지만 작고 가는 봉을 들고 의자에 앉아 노래에 추임새를 넣고 봉으로 박자를 맞추면서 아주 슬픈 표정을 짓곤 하던 뚱뚱보 남자 단골손님들은 혐오했다.

상상력이 풍부한 안드레스는 급기야는 위험한 것들까지 상상하곤 했는데, 애써 그런 위험한 것들에 도전해 이겨내려 시도하기도 했다.

아주 은밀하게 영업을 하는 라이브 카페와 도박장이 몇 있었다. 안드레스는 그런 위험한 곳에 마음이 끌렸다. 그중 하나가 브리얀테 카페였다.

그곳에는 건달들, 여자 종업원들, 여자 무용수들이 무리를 지어 있었다. 또 하나는 유리창이 초록색 커튼으로 가려져 있는 막달레나 거리의 어느 도박장이었다. 안드레스는 '전혀 두렵지 않아, 여긴 들어가봐야 돼'라고 되뇌면서도 두려움으로 몸을 벌벌 떨며 안으로 들어갔다.

안드레스의 마음속에는 온갖 두려움이 교차하고 있었다. 어느 시기에는 칸딜 거리에서 특이한 분위기를 지닌 창녀를 사귄 적도 있었다. 어두운 그림자가 드리워진 검은 눈을 지닌 그녀가 미소를 지을 때마다 하얀 이가 드러났었다.

그녀를 처음 보는 순간 안드레스는 전율을 느끼며 몸을 부르르 떨기 시작했었다. 어느 날 그녀의 말투에 갈리시아 지방의 억양이 섞여 있다는 사실을 알게 되었고, 그 이유가 무엇인지는 정확히 몰랐지만 모든 공포가 싹 사라져버렸다.

일요일 오후가 되면 급우 페르민 이바라의 집에 놀러 가곤 했다. 관절염을 앓고 있던 페르민은 쉽게 풀어 쓴 과학책을 읽으며 소일하고 있었다. 페르민의 어머니가 아들을 아이로 생각하고 사준 기계장치가 달린 장난감들을 갖고 놀기도 했다.

안드레스는 페르민에게 자기가 그동안 했던 일에 관해, 해부학 강의와 라이브 카페, 마드리드의 밤 생활에 관해 얘기해주었다.

많은 걸 포기하고 지내던 페르민은 큰 호기심을 드러내며 안드레스가 들려주는 얘기를 들었다. 그런데 우스꽝스럽고 터무니없는 현상이 나타났다. 안드레스가 병들어 있는 불쌍한 친구의 집을 나서면서 자기 삶이 그런대로 즐겁다는 생각을 했던 것이다.

타인의 삶과 자신의 삶을 비교하는 데서 비롯된 심술궂은 생각이었을까? 몸이 불편하고 병약한 친구 옆에서 자신은 강하고 건강하다고 느꼈던 것일까?

 그런 순간들 외에는 공부, 토론, 집, 친구, 외출 같은 것에 관해 생각했다. 이 모든 것은 그의 생각과 뒤섞여 그의 정신에 고통과 번뇌를 유발시키기 일쑤였다. 일반적인 삶은, 특히 자신의 삶은, 추악하고 혼란스럽고 고통스럽고 제어하기 어려운 사안처럼 보였던 것이다.[17]

훌리오와 몬타네르

 훌리오, 몬타네르, 안드레스는 첫번째 해부학 강의를 행복하게 마무리지었다. 훌리오는 아버지의 근무지인 갈리시아로, 몬타네르는 시에라 지방 어느 마을로 갔고, 안드레스는 친구들이 떠나고 없는 마드리드에 홀로 남게 되었다.

 여름은 길고 지루했다. 오전에는 마르가리타, 루이시토와 함께 레티로 공원에 가서 함께 달리기도 하고 놀기도 했다. 오후와 밤에는 집에 있으면서 수년 동안 신문지상에 발표되었던 연재소설을 읽었다. 아버지 뒤마, 외젠 쉬, 몽테팽, 가보리오, 브래든 여사[18] 등의 작품이 그가 즐겨 읽던 것들이었다. 하지만 안드레스가 읽은 문학 즉 범죄, 모험, 미스터리 소설들은 이내 그를 지루하게 만들었다.

 새 학기 강의가 시작되고 며칠간은 그런대로 즐겁게 지냈다. 가을로 접어든 이 며칠 동안 식물원 앞 프라도 거리에서 '9월 축제'[19]가 열리고 있었다. 장난감을 파는 노점에는 회전목마도 있었고, 과녁 맞추기 놀이마당도 열렸다. 호도, 편도, 산사 열매가 엄청나게 쌓여 있었다. 책 가판대들도 있어서 책 애호가들은 먼지가 잔뜩 묻은 낡은 책을 이리저리 돌려보고 책장을 뒤적거려보기도 했다. 축제가 열리는 동안 안드레스는 단 하루도 거르지 않고, 안경을 쓰고 검은 옷을 입은 학자 티 나는 점잖은 신사와 낡은 사제복을 입은 비쩍 마른 신부 사이에서 책을 뒤적거리며 하루 시간을 보냈다.

    새 학기 강좌에 관해 환상 같은 것을 지니고 있던 안드레스는 생리학을 공부할까 생각하고 있었다. 생명의 기능에 관한 공부가 소설만큼, 아니 그보다 더 재미있을 것 같았다. 하지만 그것은 오산이었고, 사실 재미있지도 않았다. 우선은 교재가 엉터리였다. 프랑스 서적들을 짜깁기해서 펴낸 것으로, 서술도 명확하지 않고 열의도 담겨 있지 않았다. 그 책을 읽으면서도 생명의 메커니즘에 관해 명확한 개념을 정립시킬 수가 없었다. 저자에 따르면, 인간이란 어느 정부 부처의 각 부서처럼 서로 완벽하게 분리되어 있는 일련의 기관들을 몸속에 지니고 있는 하나의 캐비닛처럼 보인다는 것이었다.

    그리고 교수는 자신이 설명하는 것에 대해 애정이라고는 전혀 없는 사람이었다. 그는 짜증나는 원로원 회원으로, 원로원에서 바보 같은 것들에 관해 토론하고, 선조들의 부질없는 꿈을 되살리면서 오후를 보내고 있었다.

    그런 텍스트와 교수를 통해서는 그 누구도 삶의 학문을 진지하게 탐구해보겠다는 의욕을 전혀 느낄 수 없는 지경이었다. 그런 식으로 훑고 지나가버렸기 때문에 생리학이라는 학문은 재미나 매력이라고는 전혀 없는, 그저 따분하고 시시한 어떤 것으로 보였다.

    안드레스는 진정으로 실망하고 있었다. 생리학을 본과를 마무리하기 위해 제거해야 할 장애물들 가운데 하나로 생각하고는 다른 모든 과목처럼 열의 없이 수강할 수밖에 없었다.

생리학이 일련의 장애물이라는 이런 생각은 훌리오에게서 나온 것이었다. 그는 자신들이 재미있는 과목을 발견할 수 있으리라 기대한다는 것은 미친 짓이라 간주해버렸다.

이 점에서, 아니 거의 모든 점에서 훌리오의 생각이 옳았다. 그의 탁월한 현실 감각은 그를 속이는 경우가 거의 없었다.

그 과정에서 안드레스는 훌리오 아라실과 충분히 친해졌다. 훌리오는 안드레스보다 나이가 한 살 또는 한 살 반 정도 많았고, 더 남자다워 보였다. 가무잡잡한 피부에, 불룩 튀어나온 두 눈은 반짝반짝 빛났고, 얼굴에는 활기가 가득 했으며, 어떤 현상이든 쉽게 설명했고, 두뇌 회전이 빨랐다.

훌리오가 이런 조건을 지녔기 때문에 누구든 훌리오가 호감 가는 사람이라 생각할 수도 있었을 것이다. 하지만 실제로는 모든 게 정반대였다. 그를 알고 있는 사람들 대부분은 그에게 별다른 호감을 느끼지 못하고 있었다.

훌리오는 나이 든 고모들과 함께 살고 있었다. 어느 주도(州都)에서 직장에 다니고 있는 그의 아버지는 직급이 아주 낮았다. 훌리오는 당시 병원 채용 시험에 합격해 막 의사 자리를 얻은 사촌 형 엔리케 아라실에게 도움을 요청할 수도 있었고, 사촌 형 역시 훌리오를 도와줄 수도 있었지만, 아주 독립적인 태도를 취했다. 훌리오는 그 누구의 도움도 원치 않고 있었다. 사촌 형을 만나려 하지도 않았다. 모든 것을 혼자 힘으로 처리하려 했는데, 현실주의적 성향을 지닌 그가 남의 도움을 받는 것을 이처럼 거부한다는 것은 약간 모순이었다.

재주가 뛰어난 훌리오는 공부를 거의 하지 않았다. 하지만 전 과목을 모조리 통과했다. 그는 자기보다 덜 영리한 친구들을 찾아 이용하기도 했다. 하지만 어느 친구가 자기보다 조금만 더 우월해도, 그 친구를 멀리해 버렸다. 훌리오는 자기보다 키가 큰 친구와 산책하는 것도 짜증이 난다고 안드레스에게 고백하기에 이르렀다.

훌리오는 모든 잡기를 아주 쉽게 배웠다. 그의 부모는 희생을 감수해 가면서까지 그의 책값과 등록금, 옷값을 지불했다. 고모는 조카가 간간이 극장에라도 갈 수 있도록 매달 1두로씩의 용돈을 주었다. 하지만 훌리오는 친구들과 카드게임을 해서 용돈을 조달했고, 그렇기 때문에 카페나 극장에 가고 담배를 사고도 한 달이 지날 즈음에는 고모가 준 1두로뿐만 아니라 2, 3두로의 돈이 남아 있었다.

제법 말쑥한 훌리오는 머리며 수염, 손톱을 잘 다듬어 멋을 내는 것을 좋아했다. 내심 커다란 권력욕을 지니고 있었지만 그 권력욕을 광범위한 영역에 펼칠 수가 없었고, 어떤 계획을 꾸밀 줄도 몰랐다. 그가 지닌 권력욕과 재주는 모두 자잘한 일을 하는 데 사용될 뿐이었다. 안드레스는 고집스럽지만 무익한 판단에 따라 매번 같은 길을 빙빙 도는 활동적인 곤충들과 훌리오를 비교해보기도 했다.

훌리오가 관심 있게 생각하던 것들 가운데 하나는 마드리드에 무수한 해악과 부패가 존재한다는 점이었다.

그는 정치가들의 뇌물 수수 행위, 여자들의 의지박약 등 사회적인 자포자기 현상이라 할 수 있는 테마라면 모두 좋아했다. 어느 여배우가 비중 있는 역을 맡았다는 이유로 혐오스러운 늙은 기업가와 스캔들을 일으키고 있는 것이나, 겉으로는 정결하게 보이는 여자도 매춘부가 될 수 있다는 사실이 그를 매료시켰다.

섬세한 감성을 소유한 남자라면 반감을 가질 수 있는 돈의 그런 절대적인 위력이 훌리오에게는 뭔가 숭고하고 감탄할 만한 것처럼 보이기도 했고, 황금의 힘에 의해 이루어지는 대참사처럼 보이기도 했다.

훌리오는 진정한 페니키아인이었다. 마요르카 태생인 그의 몸속에는 셈족의 피가 흐르고 있는 것 같았다. 그 피가 썩 넉넉하게 섞여 있지는 않았을지라도, 적어도 종족의 성향만은 온전하게 내재되어 있었다. 동양을 여행하겠다는 꿈을 지니고 있던 훌리오는 돈이 생기면 맨 먼저 이집트와 소아시아에 가볼 거라고 늘 다짐했다.

안드레스의 외삼촌인 의사 이투리오스는, 자의적인 판단이긴 했지만, 스페인에는 두 가지 유형의 도덕적 관점, 즉 이베리아적인 것과 셈적인 것이 있다고 항상 주장했다.[20] 그의 주장에 따르면, 이베리아적 유형에는 종족의 강인성과 호전성이 내포되어 있고, 셈적 유형에는 탐욕적이고, 음모를 꾸미기 좋아하고, 장사 수완이 좋은 성향이 내포되어 있다는 것이었다.

훌리오는 셈적 유형의 전형적인 모델이었다. 그의 조상은 지중해 연안 어느 지역에서 활동하던 노예 상인이었음에 틀림없었다. 훌리오는 애국주의, 전쟁, 부, 귀하고 가치 있는 것 등 과격하고, 품위 있고, 고상한 것은 뭐든지 넌더리를 냈고, 좋은 것을 살 돈이 없었기 때문에 가짜를 지니고 다녔으며, 좋은 것보다는 모조품을 더 좋아했다.

훌리오는 돈에 대해, 특히 스스로 노력해서 번 돈에 대해서는 대단한 의미를 부여하고 있었는데, 그런 만큼 돈을 번다는 게 얼마나 어려운지 확인하는 것을 좋아했다. 돈이 그의 신이자 우상이었기 때문에 돈을 지나치게 쉽게 번다는 사실은 그에게 악처럼 여겨졌을 것이다. 힘들이지 않고 얻은 천국은 신자를 감동시키지 못한다는 논리였다. 적어도 영광이 지닌 가치의 반은 그 영광을 얻기가 어렵다는 데 있다는 것이다. 이처럼 돈을 벌기가 어렵다는 사실은 훌리오가 느끼는 큰 기쁨 가운데 하나였다.

훌리오가 지니고 있던 다른 조건들 가운데 하나는 매사를 상황 논리에 따른다는 것이었다. 그에게 온전히 싫은 것은 하나도 없었다. 필요하다고 생각되는 것이라면 모두 수용했다.

그는 일정량의 돈으로 얻을 수 있는 쾌락의 양이 어느 정도인지 개미같은 선견지명으로 계산해냈다. 이것은 그가 가장 많은 관심을 갖고 있던 문제들 가운데 하나였다. 그는 유태인 세리(稅吏)처럼 엄밀한 눈으로 지상의 부를 바라보고 있었다. 따라서 30센티모짜리 물건을 20센티모 값에 샀다는 사실을 알게 되면 진정으로 불쾌감을 느꼈다.

훌리오는 반은 자연주의적이고 반은 연애적인 분위기를 추구하는 프랑스 작가들이 쓴 소설을 읽었다. 한편으로는 화려하고 한편으로는 타락한 파리의 삶에 관한 이야기들이 그를 매료시켰던 것이다.

이투리오스의 분류가 확실하다면, 몬타네르 역시 이베리아적 타입이라기보다는 셈적 타입이었다. 그 역시 과격한 것의 적이자, 고상하고 게으르고 조용하고 편안한 것의 적이었다.

몬타네르의 실제 성격은 온순했지만, 첫인상은 약간 엄격하고 열정적이라는 느낌을 주기도 했다. 그것은 아버지, 어머니, 그리고 여러 노처녀 누나들로 이루어진 엄격하고 매정한 가족의 분위기를 반영하는 것에 불과했다.

안드레스가 몬타네르의 속마음을 제대로 알게 되었을 때 몬타네르는 비로소 안드레스의 친구가 될 수 있었다.

이들 동기 셋이 학기를 마쳤다. 훌리오는 여름 방학이면 매번 그렇듯 가족이 있는 곳으로 떠났고, 몬타네르와 안드레스는 마드리드에 남았다.

여름은 질식할 정도로 무더웠다. 밤이면 몬타네르는 저녁식사를 끝내고 나서 안드레스의 집에 놀러 오곤 했고, 두 친구는 종종 카스테야나 거리와 프라도 거리를 함께 거닐기도 했다. 당시 그 길들은 따분하고 께느른한 먼지투성이 시골 길 같은 모습을 하고 있었다.

여름 방학이 끝나갈 무렵 한 친구가 몬타네르에게 부엔 레티로 공원 입장권 한 장을 주었다. 두 사람은 매일 밤 그곳에 갔다. 옛날 오페라들을 감상하기도 했는데, 공원을 가로지르는 롤러코스터 승객들이 질러대던 비명 소리 때문에 오페라 감상에 방해를 받기도 했다. 아가씨들 꽁무니를 따라다니기도 하고, 그곳에서 나와 프라도 거리의 야외 찻집에 앉아 오르차타[21]나 레몬주스를 마시기도 했다.

안드레스와 마찬가지로 몬타네르도 거의 항상 훌리오에 대해 험담을 했다. 이기적이고, 인색하고, 야비하고, 다른 사람을 위해서는 아무것도 할 줄 모른다는 데 두 사람의 의견이 일치하고 있었다. 그럼에도 불구하고 훌리오가 마드리드에 도착하면 두 사람은 항상 훌리오와 어울려 다녔다.

삶의 공식

4학년이 된 이듬해는 학생들, 특히 안드레스 우르타도의 호기심을 매우 자극시킨 한 해였다. 돈 호세 데 레타멘디의 강의 때문이었다. 레타멘디는 몇 년 전부터 스페인에 알려지기 시작한 지식인들, 즉 피레네 산맥만 넘어가면 이름조차 알려져 있지 않은 그런 지식인들 가운데 하나였다. 그처럼 중요한 천재들이 그토록 유럽에 알려져 있지 않았던 이유는 다음과 같은 터무니없는 가설, 즉 확실하게 옹호할 수 있는 사람은 아무도 없다 할지라도 모든 사람이 인정하고는 있던 가설에 의해 설명될 수 있었다. 다시 말하면, 스페인이 지닌 위대한 것은 외국에서는 사소한 것이 되고,

반대로 외국의 위대한 것은 스페인에서 사소한 것이 된다고 하는, 소위 '국제적인 증오와 불신'에 관한 가설이다.

키가 작고, 뼈가 앙상하게 드러날 정도로 깡마른 레타멘디는 회색 장발에 흰 수염을 기르고 있었다. 얼굴은 일면 독수리를 연상시켰다. 매부리코에 퀭하게 들어간 두 눈은 초롱초롱했다. 프랑스 사람들의 표현을 빌리자면, 머리만 있는 사람 같았다. 항상 허리가 잘록한 프록코트를 입고, 소르본 대학교의 머리를 길게 늘어뜨린 교수들이 쓰는 고전적 스타일의 챙이 반반한 실크 모자를 쓰고 다녔다.

산 카를로스 캠퍼스에는 레타멘디가 천재라는 소문이 명백한 진실처럼 떠돌아다녔다. 시대를 앞서가는 열정적이고 총명한 남자들 가운데 하나라는 것이었다. 그가 반은 철학적이고 반은 문학적인 용어를 엄청나게 구사해가며 말을 하고 글을 써댔기 때문에 모두 그를 난해한 사람으로 인식하고 있었다.

삶의 본질에 접근할 수 있는 무언가를 찾는 데 혈안이 되어 있던 안드레스는 레타멘디가 쓴 책을 열심히 읽기 시작했다. 생물학에 수학을 적용시킨 것은 감탄할 만했다. 안드레스는 이내 그의 열렬한 팬이 되었다.

하나의 진실을 소유하고 있다고 믿는 사람들이라면 한결같이 그 진실을 통해 타인의 사상을 전향시키려는 성향을 어느 정도는 지니고 있듯이, 안드레스는 라파엘과 다른 친구들이 모이던 카페로 가서 레타멘디의 학설에 관해 말하고, 설명하고, 견해를 피력했다.

항상 그렇듯, 라파엘은 공대 학생 여럿과 함께 있었다. 그들과 합석한 안드레스는 그들을 자신이 원하던 영역으로 데려갈 수 있는 첫번째 기회를 얻었다는 듯이 그들에게 레타멘디의 삶의 공식을 펼쳐놓고 그 공식에 관해 저자가 추론했던 것을 설명하려 시도했다.

레타멘디에 따르면, 삶이라는 것은 개인의 에너지와 우주 사이에 존재하는 하나의 비결정론적인 작용으로, 그 작용은 더하기, 빼기, 곱하기, 나누기 기능일 뿐인데, 더하기나 빼기나 나누기가 될 수 없으면 곱하기가 되어야 한다고 안드레스가 말했을 때 라파엘의 친구들 가운데 하나가 피식 웃었다.

"왜 그렇게 웃는 거지?" 안드레스는 의아하게 생각하며 반문했다.

"자네가 말하는 모든 것에 일정량의 궤변과 허위가 들어 있기 때문이야. 우선, 더하기, 빼기, 곱하기, 나누기 말고도 수많은 수학적 기능들이 있어."

"어떤 건데?"

"제곱을 할 수도 있고, 제곱근을 찾을 수도 있어……. 그리고 말이야, 설령 기본적인 사칙연산밖에 없다고 해도, 삶의 에너지와 우주라는 두 요소가 충돌할 때, 둘 가운데 하나는 적어도 상이하고 복잡한데, 더하기, 빼기, 나누기가 없음에도 불구하고 곱하기가 있다고 한다는 건 이치에 닿지 않지. 게다가, 왜 더하기가 있을 수 없고, 왜 빼기가 있을 수 없으며, 왜 나누기가 있을 수 없는지 그 이유를 증명할 필요가 있다는 거야. 그리고 나서, 왜 두 가지 또는 세 가지 기능이 동시에 이루어질 수 없는지도 증명해야 한다는 거지. 더 이상 말할 필요도 없어."

"하지만 그건 추론해보면 알 수 있는 문제잖아."

"아냐. 자네에게는 미안한 말이지만, 그렇지 않아." 그 학생이 반박했다. "예를 들어, 그 여자와 나 사이에 많은 수학적 기능들이 있을 수 있어. 우리 두 사람이 서로 도와서 동일한 물건을 만들어낸다면 그건 더하기고, 그녀가 한 가지를 원하는데 내가 반대해서 우리 둘 가운데 하나가 이기면 그건 빼기고, 만약 우리 둘 사이에 아들 하나가 있다면 그건 곱하기고, 내가 그녀를 박살내거나 그녀가 날 박살내면 그게 바로 나누기지."

"농담 한번 잘 하는군." 안드레스가 말했다.

"물론 이건 농담이지. 자네 교수님이 하신 농담과 같은 방식으로 한 농담 말이야. 하지만 진실된 것도 있어. 삶의 힘과 우주 사이에는 각기 다른 무수한 기능들이 있다는 거지. 모든 걸 더하고 빼고 곱할 수도 있고, 게다가 수학적으로 표현하지 못하는 다른 기능들이 있을 가능성은 아주 높아."

자신의 논리를 공대생들에게 관철시킬 수 있다고 믿고 카페에 갔던 안드레스는 자신의 패배를 인정해야 했을 때 약간은 당황하고 풀이 죽어버렸다.

안드레스는 다시 레타멘디의 책을 읽고 계속해서 그의 설명을 들어나갔다. 그 결과 처음에는 진지하고 심오하게 보이던 삶의 공식과 추론들이 일부는 기발하고 일부는 평범했지만, 형이상학적이거나 선험적인 현실성이 완전히 결여된 요술 같은 장난에 불과하다는 사실을 깨닫게 되었다.

이 모든 수학적 공식과 그 전개 과정은 어리석은 교수들과 학생들이 마치 예언자의 통찰이나 되는 것처럼 차용하는 수사학적 개념들로 치장되고 하나의 과학적 도구로 위장된, 통속적인 것에 불과했다.

제대로 알고 보면, 독수리 같은 눈초리에 머리를 길게 늘어뜨린 그 신사는 예술·과학·문학 애호가였고, 한가한 시간에는 화가였고, 친가와 외가의 영향을 받아 바이올리니스트, 작곡가였으며, 천재였다. 지중해 출신 특유의 그 현란한 자질과 무책임한 어리석음을 통해 이것저것 되는 대로 다 뒤섞는 사람이었다. 그가 실제로 지닌 유일한 장점은 문학가적인 조건을 갖춘 언변이 뛰어난 사람이라는 것이었다.

어찌 되었든, 레타멘디의 다변은 안드레스에게 철학적 세계에 들어가

보고 싶은 욕망을 유발시켰다. 안드레스는 그 철학적 세계를 탐사해볼 목적으로 칸트와 피히테, 그리고 쇼펜하우어의 책들을[22] 저렴한 가격으로 공급하는 출판사들의 판본으로 샀다.

먼저 피히테의 『지식학』을 읽었지만 전혀 이해할 수 없었다. 번역자 자신도 자기가 번역한 것을 이해하지 못했다는 인상을 받았다. 그리고 나서는 『여록(餘錄)과 보유(捕遺)』[23]를 읽기 시작했는데, 상당히 상큼하고 천진스럽기까지 한 책으로, 예상보다 더 재미있었다. 마지막으로 『순수이성 비판』을 해독하려 했다. 애써 주의를 기울이면 수학적 법칙의 전개 과정을 따라가는 사람처럼 저자의 논리를 따라갈 수 있다는 사실을 알게 되었다. 하지만 칸트를 이해하기에는 자신의 머리가 너무 큰 노력을 필요로 한다고 느꼈기 때문에 나중에 읽기로 하고 그만두었고, 대신 쇼펜하우어의 책을 읽어나갔는데, 유머러스하고 재미있는 조언자처럼 매력적인 면을 지니고 있었다.

일부 현학적인 사람들은 비상한 지성을 지닌 한 인간의 작업이 실크 모자나 된다는 듯, 쇼펜하우어는 한물갔다고 안드레스에게 말하기도 했다.

안드레스의 철학 탐구에 놀란 급우들이 그에게 말했다.

"근데 말이야, 넌 레타멘디의 철학만으로는 충분하지 않은 거냐?"

"그건 철학도 아니고 아무것도 아니야." 안드레스가 대꾸했다. "레타멘디는 사고가 깊지 못한 사람이야. 머릿속에는 단어와 문장밖에 없어. 지금이야 너희가 그걸 이해하지 못하니까 특별하게 보이는 거지."

여름 방학 동안 안드레스는 국립 도서관에서 프랑스와 이탈리아 교수들의 새로운 철학 서적 몇 권을 읽고는 깜짝 놀라고 말았다. 대부분은 그럴싸한 제목 이외에 별다른 것이 없었다. 제목을 제외하고는 철학적 방법과 분류에 관한 영원한 잡담일 뿐이었다.

안드레스는 방법과 분류에 관한 문제에는 도무지 관심이 없었고, 사회학이라는 것이 과학인지 아니면 현자들이 고안한 일종의 혼동스러운 잡동사니인지 알고 싶지도 않았다. 그가 발견하고자 했던 것은 하나의 방향, 정신적이면서도 실재적인 하나의 진실이었다.
　롬브로소, 페리, 푸이에 그리고 자네[24]의 잡다한 과학적 원리들은 안드레스에게 좋지 않은 인상을 남겼다.
　라틴 민족이 지닌 이런 정신과 그 유명한 명확성은 그에게는 가장 싱겁고 하찮고 쓸모없는 것들 가운데 하나로 보였다. 화려한 제목 아래에는 평범하고 진부하기 이를 데 없는 것밖에 없었다. 철학과 그것들을 비교해 볼 때, 철학이 진짜 약이라면 그것들은 신문 4면에 소개된 특효약 같은 것이었다.
　프랑스 작가들은 한결같이 일부러 멋지고 우아하게 행동하고, 코맹맹이 소리로 말하고 있는 것처럼 보였다. 흡사 시라노[25] 같은 인물을 보는 것 같았다. 반면에 이탈리아 출신 이론가들은 한결같이 사르수엘라[26]풍 바리톤 목소리로 말하고 있는 것 같은 느낌이 들었다.
　안드레스는 근대에 저술된 책들이 마음에 들지 않았기 때문에 다시금 칸트의 저술을 읽기 시작했고, 온힘을 다해 『순수 이성 비판』을 통째로 읽어 내려갔다.
　이제 그는 그동안 읽은 것 이상의 어떤 것을 취하고 있었고, 자신이 탐구해가고 있던 체계들의 총체적인 윤곽을 파악하고 있었다.

낙제생

가을에 접어들어 새 학기가 시작되었을 무렵 막내 루이시토가 열병에 걸렸다.

안드레스는 루이시토에게 특별하고 내밀한 애정을 느끼고 있었다. 병약한 동생이 안드레스에게는 걱정거리였다. 모든 정황이 동생에게 불리한 음모를 꾸미고 있는 것처럼 보였다.

훌리오의 사촌 형인 의사 엔리케 아라실이 왕진을 왔고, 며칠 뒤 그는 루이시토가 장티푸스에 걸렸다고 진단했다.

안드레스는 불안한 시간들을 보냈다. 절망적인 심정으로 병리학 서적들을 찾아 장티푸스에 관한 사항과 치료법에 관해 읽고, 환자에게 적용시킬 수 있는 방법에 관해 의사와 상의했다.

의사 아라실은 불가항력이라고 말했다.

"이건 특별한 치료법이 없는 병이라네." 의사 아라실이 단언했다. "몸을 청결하게 하고, 영양 섭취를 잘 하고, 기다리는 수밖에 별다른 도리가 없어."

안드레스는 동생의 병 수발을 맡아 목욕을 시키고 체온 재는 일을 했다.

루이시토는 며칠간 고열에 시달렸다. 열이 내리는 오전이면 시시때때로 마르가리타와 안드레스에 관해 물었다. 안드레스는 병 수발을 하면서도 동생의 저항력과 강한 에너지를 보고 놀랐다. 동생을 돌보느라 밤잠을 자지 않았다. 병이 전염되리라는 생각은 단 한번도 해보지 않았다. 설령 그런 생각이 든다고 해도 전혀 중요하지 않은 문제였다.

그때부터 안드레스는 마르가리타가 참으로 존경할 만하다고 느끼기 시작했다. 루이시토를 향한 애틋한 정이 마르가리타와 안드레스 사이의 유대를 강화시켰던 것이다.

발병한 지 삼사십 일쯤 되었을 때 동생은 고열로부터 벗어날 수 있었다. 어찌나 말랐던지 뼈만 앙상하게 남아 있었다.

안드레스는 미래의 의사로서 이 첫번째 시험을 거치면서 대단한 회의를 느꼈다. 의학이라는 것이 아무짝에도 쓸모가 없지 않나 하는 생각을 하기 시작했던 것이다. 회의주의에 사로잡혀 있던 안드레스는 자신이 지닌 회의주의의 원인이 무엇인지 곱씹어보았다. 임상의학 교수의 설명이 이 회의주의를 더욱 강하게 확인시켜주었다. 교수는 거의 모든 약물 치료법이, 설령 해롭지는 않다고 해도, 무용하다고 생각하고 있었다.

교수의 설명은 학생들에게 의학적인 열의를 고양시킬 정도는 아니었다. 하지만 교수는 자신의 설명이 필경 학생들의 열의를 고양시켰을 것이라 자신하고서 설명하는 데 열심이었다.

열은 내렸지만, 루이시토의 몸은 무척 쇠약해져 있었고, 매 순간 식구들을 섬뜩하게 만들었다. 하루는 고열에 시달리고, 하루는 몇 차례 경련을 일으키는 식이었다. 안드레스는 종종 새벽 두세 시경에도 의사를, 약국을 찾아 나서야 했다.

이런 과정에서 안드레스는 낙제생 하나를 사귀게 되었다. 나이가 꽤 많은 학생으로, 매 학년을 이삼 년 만에 겨우 마쳤다.

어느 날인가 그 늙은 학생이 안드레스에게 수심과 슬픔에 젖어 있는 이유가 무엇인지 물어왔다. 안드레스가 동생이 아프기 때문이라고 얘기하자 그는 안드레스의 마음을 달래주고 위로해주려 했다. 안드레스는 그의 호의에 고마움을 느껴 그와 친구가 되었다.

그 낙제생의 이름은 안토니오 라멜라였다. 갈리시아 출신으로, 몸이 깡마르고 신경질적이었다. 얼굴에는 뼈가 앙상하게 드러나 있고, 코는 날

카로웠으며, 산양처럼 검고 덥수룩한 수염에는 벌써 희끗희끗한 새치가 뒤섞여 있고, 이빨마저 다 빠지고 없었다. 한마디로 약골이었다.

안토니오라는 신비스러운 사내의 독특한 분위기가 안드레스의 관심을 끌었다. 물론 안토니오에게도 뭔가에 집중하는 안드레스의 면모가 기이하게 느껴졌을 것임에 틀림없었다. 두 사람은 다른 학생들과는 달리 독특한 내면을 지니고 있었다.

안토니오는 어느 귀족 가문의 아가씨를 비밀리에 사랑하고 있었다. 물론 진실로 사랑하고 있었다. 그 아가씨는 학벌이 좋고, 자가용을 타고 다니고, 오페라 관람석의 로열박스에만 앉는 그런 여자였다.

안토니오는 안드레스를 믿을 만한 사람으로 인정하고서 자신의 사랑에 대해 시시콜콜 다 말해주었다. 그 늙은 학생이 확신에 찬 어조로 말한 바에 따르면, 그녀 또한 그를 깊이 사랑하고 있었다. 하지만 두 사람이 가까워지는 것을 방해하는 난관과 장애물이 상당히 많았다.

안드레스는 일상적인 궤를 벗어나는 타입의 사람들을 만나는 걸 좋아했다. 사실 소설 속에서는, 지극한 연애를 하지 못한 젊은이는 흔히 비정상적이라 간주되었다. 하지만 일상적인 삶에서 비정상적인 것은 진정으로 사랑에 빠진 사람을 만나는 것이었다. 이런 인물들 가운데 안드레스가 첫 번째로 만난 사람이 바로 안토니오였다. 그래서 그가 안드레스의 관심을 끌었던 것이다.

그 늙은 학생은 강렬한 연애 감정을 체험하고 있었다. 하지만 그 연애 감정이라는 것도 실용주의적인 사람이 지니기 마련인 그 우둔한 성향 때문에 일부 사안에서는 완화되기도 했다. 안토니오는 사랑과 신을 믿고 있었다. 그럼에도 불구하고 그는 자주 술에 취하고 방탕한 생활을 하면서 방황했다. 그의 논조에 따르면, 자신의 몸을 비열하고 천박하게 굴림으로써 영혼을 정결하게 보존할 수 있다는 것이었다.

그는 다음과 같은 말로 자신의 철학을 함축했다. "몸에는 몸이 지닌 속성을 부여해야 하고 영혼에는 영혼이 지닌 속성을 부여해야 한다네."

"만약 영혼에 관한 그 모든 게 단순하고 하찮은 거라면, 그렇겠죠. 그건 사제들이 신자들의 돈을 갈취하기 위해 꾸며낸 말이잖아요." 안드레스가 그에게 대꾸했다.

"조용히 해, 이 친구야. 조용히 하라니까! 그런 엉터리 같은 소리는 작작 하라구."

안토니오는 근본적으로 모든 면에서 낙제생이었다. 학과 공부에서도 낙제생이었고, 이상(理想)을 실현하는 문제에서도 낙제생이었다. 그는 마치 금세기 초의 인간처럼 낡은 생각을 했다. 그에게 현재 경제 세계와 사회에 관한 기계론적인 개념은 존재하지 않았다. 사회적인 문제에 관해서도 제대로 인식하지 못하고 있었다. 사회적인 문제는 착한 마음을 지닌 사람들이 있으면 자비심을 통해 모두 해결된다는 것이었다.

"선배님은 진정한 가톨릭 신자로군요." 안드레스가 그에게 말했다. "선배님은 가장 편안한 세상 하나를 스스로 만들었다니까요."

어느 날 안토니오가 안드레스에게 애인을 보여주었을 때 안드레스는 어안이 벙벙해지고 말았다. 박색에 피부가 검고, 앵무새 코에 할머니처럼 폭삭 늙은 노처녀였다.

퉁명스러운 분위기를 풍기는 것은 차치하고라도, 그녀는 갈리시아 출신 학생 안토니오를 거들떠보지도 않았다. 오히려 불쾌한 듯 매정한 표정을 지으며 경멸하는 눈빛으로 그를 쳐다보기 일쑤였다.

쓸데없는 공상만 하는 안토니오의 정신에는 현실이 결코 다가오지 못하고 있었다.

항상 미소를 머금은 겸손한 표정에도 불구하고 안토니오는 실제로 상당히 오만했고, 스스로를 과신하고 있었다. 자신이 사물과 인간 행위의 내면에 관해 잘 알고 있다고 믿음으로써 일말의 평온을 느끼고 있었다.

안토니오는 안드레스를 제외한 다른 동료들 앞에서는 자기의 사랑에 관해 얘기하지 않았다. 하지만 안드레스를 붙들고 얘기할 때는 시시콜콜 넘칠 정도로 얘기했다. 안드레스에 대한 그의 신뢰는 끝이 없었다.

그는 모든 면에 복잡하고 상궤를 벗어난 의미를 부여하고자 했다.

"어이, 친구" 그는 미소 띤 얼굴로 안드레스의 팔을 붙잡으며 말했다. "나 어제 그녀를 만났네."

"그랬군요!"

"그래." 그가 아주 아리송하게 덧붙였다. "어떤 부인과 함께 가고 있더군. 뒤를 따라가보았지. 자기 집으로 들어가더군. 잠시 후 하인이 발코니로 나왔어. 특이하지, 응?"

"특이하다니요? 뭐가요?" 안드레스가 물었다.

"하인이 한참 동안 발코니 문을 열어놓더라니까."

안드레스는 그 친구의 머리가 도대체 어떻게 작용하고 있기에 세상에서 가장 자연스러운 일들을 특이하다고 보고, 그 아가씨가 미인이라고 믿는지 의아해 하면서 그를 쳐다보고 있었다.

두 사람이 레티로 공원을 산책하고 있을 때 안토니오가 가끔 안드레스에게 고개를 돌려 말했다.

"이봐, 조용히 좀 해!"

"아니, 무슨 일인데요?"

"저기 오고 있는 저치가 바로 그녀에게 내 험담을 하는 나의 적수들 가운데 하나야. 날 염탐하면서 오고 있잖아."

안드레스는 어안이 벙벙해져버렸다. 안토니오와 더욱더 친한 사이가 되었을 때 안드레스가 그에게 말했다.

"이봐요, 안토니오 선배. 나도 선배처럼 파리나 런던의 심리학회에 나가야겠어요."

"뭐 하려구?"

"이렇게 말하려구요. 여러분, 제가 이 세상에서 가장 특이한 사람 같다는 생각이 드는데, 저를 좀 검사해주세요."

그러자 갈리시아 출신의 늙은 학생은 예의 그 호인 같은 미소를 머금었다.

"자넨 아직 어려. 자네가 사랑에 빠졌을 때 비로소 내 말이 옳았다는 걸 알게 될 걸세." 그가 대꾸했다.

안토니오는 라바피에스 광장 근처 하숙집에서 살고 있었다. 비좁은 방은 정리 정돈이 제대로 되어 있지 않았다. 공부를 할 때는 침대에 누워서 했기 때문에 책이 무거우면 항상 분책을 했는데, 제대로 묶지도 않은 채 낱장으로 트렁크 속에 넣어두거나 탁자 위에 펼쳐놓았다.

한번은 안드레스가 안토니오를 만나러 하숙집에 찾아간 적이 있었다.

그의 방을 장식하고 있는 것은 사방에 놓여진 빈 술병들이었다. 포도주를 사서 혼자 마시곤 하던 안토니오는 다른 하숙생이 방에 몰래 들어와 마셔버릴까 봐 전혀 걸맞지 않은 장소에 술병을 보관해두었다. 그의 말에 따르면, 다른 하숙생이 들어와 술을 마시는 경우가 허다했다. 술병들을 감춰두는 곳은 벽난로, 트렁크, 장롱 속이었다.

그가 안드레스에게 한 말에 따르면, 잠들기 전에 포도주 병을 침대 밑에 놓아두었다가 혹시 자다가 깨어날 경우 술병을 꺼내 단숨에 반 병쯤 마셔버린다는 것이었다. 그는 포도주만 한 최면제가 없으며, 설포날이나 클로랄 같은 수면제는 아무 쓸모가 없다고 믿고 있었다.

안토니오는 교수들의 견해에 관해서도 절대 왈가왈부하지 않았고, 큰일에는 도무지 관심이 없었다. 그로서는, 마음씨 좋은 교수란 학점 잘 주는 교수고, 마음씨 나쁜 교수란 오로지 자신이 뛰어난 학자인 체 거드름을 피우기 위해 낙제를 시키는 교수라는 분류법 말고 다른 분류법은 받아들일 수 없었다.

안토니오는 대부분의 경우 인간을 두 부류로 분류했다. 한 부류는 솔직하고 정직하고 마음이 깊고 착한 사람들이고, 다른 한 부류는 인색하고 허영심이 많은 사람들이었다.

안토니오에게는 훌리오와 몬타네르가 두번째 부류, 즉 가장 야비하고 쓸모없는 인간들이었다.

사실 그 두 사람은 안토니오를 진지하게 대하지 않았다.

안드레스는 자기 집에서 가끔 안토니오의 엉뚱함에 관해 얘기했다. 마르가리타는 안토니오가 하고 있는 것과 유사한 사랑 이야기에 무척 관심이 많았다. 병색이 완연한 소년 루이시토는 형이 해준 얘기를 들으면서 '앵무새 여왕을 사랑한 갈리시아 출신 대학생'이라는 제목으로 동화 한 편을 착상해놓고 있었다.

산 후안 데 디오스 병원 생활

안드레스 우르타도는 특별히 뛰어나지도 않지만 큰 과오 없이 학교 공부를 계속해가고 있었다.

4학년이 시작되었을 무렵, 훌리오 아라실은 산 후안 데 디오스 병원에서 어느 의사가 강의하는 성병학 강좌를 수강할 생각이었다. 훌리오는 몬타네르와 안드레스에게 함께 수강하자고 제의했다. 몇 개월 후, 오스피탈 헤네랄[27]의 인턴 과정 시험이 예정되어 있었다. 세 사람은 시험에 응시할 생각을 하고 있었다. 종종 환자를 본다는 것도 그리 나쁘지만은 않은 일이었다.

산 후안 데 디오스 병원을 방문한 일은 안드레스를 맥 빠지고 우울하게 만드는 새로운 동기가 되었다. 안드레스는 세상이 이런저런 이유로 갈수록 더 추악한 면모를 드러내고 있다는 생각을 자주 해보았다.

안드레스가 병원에 다닌 지 며칠이 지났을 때, 쇼펜하우어의 염세주의는 수학과 마찬가지로 엄밀한 진실이라는 사실을 믿고 싶다는 마음이 생겼다. 세상은 정신 병원과 일반 병원을 합쳐놓은 것처럼 보였다. 지적인 사람이 된다는 것은 불행한 일이고, 행복은 미쳐서 아무것도 의식하지 못하는 데서 비롯될 수밖에 없다. 안토니오는 그런 생각은 전혀 하지 않은 채 자신의 환상과 더불어 살아가면서 스스로는 현자인 체하고 있었다.

훌리오, 몬타네르, 안드레스는 산 후안 데 디오스 병원의 여성용 병실 한 곳을 방문했다.

안드레스처럼 흥분 잘하고 감정의 기복이 심한 청년에게 그 광경은 충격적이었다. 여자 환자들은 기력이 쇠진할 대로 쇠진해 있었고, 비참하기 이를 데 없었다. 가정도 없이, 시체실처럼 어두컴컴한 병실에 버려져 있는 그 많은 불행한 여자들을 보고, 바르지 못한 성생활이 야기한 그 부패상을 확인하고 검증함으로써 안드레스는 착잡한 마음을 금할 수 없었다.

병원 건물은 불결하고, 더럽고, 고약한 냄새가 났는데, 이제 거의 다 허물어져 더 이상 쓸 수 없을 정도가 되어 있다는 게 그나마 다행스러웠다. 아토차 거리 쪽으로 나 있는 창문들에는 수용된 여자들이 창밖으로 몸을 내밀거나 문제를 일으키지 못하도록 철 격자가 설치되어 있는 데다 가시철조망까지 둘러쳐져 있었다. 따라서 그곳으로는 햇빛도 바람도 제대로 들어오지 않고 있었다.

그 병실 담당 의사는 훌리오의 친구로, 흰 구레나룻을 기른 익살스런 중늙은이였다. 대단한 지식은 없었지만 교수 같은 분위기를 풍기고 싶어 하는 위인이었고, 바로 그런 분위기 때문에 그 누구에게도 반도덕적인 행위를 할 만한 사람으로 보이지 않았다. 하지만 그는 그곳에 수용되어 있는 불행한 여자들을 괜스레 잔인하게 다루고, 걸핏하면 말과 행위로 괴롭히는 등 파렴치하고 비열한 짓을 일삼고 있었다.

그가 왜 그런 짓을 하는지는 도무지 이해할 수 없는 일이었다. 그 위선적인 바보는 여자 환자들에게 거짓 죄를 뒤집어씌운 뒤 그 벌로 다락방에 하루 이틀 동안 가두어두라는 조치를 취하기 일쑤였다. 그가 회진을 하는 동안 다른 환자들이 서로 대화를 하거나 치료법을 비롯해 그 어떤 것이든 불평을 하면 이런 혹독한 처벌을 받아야 했다. 어떤 때는 환자들에게 극소량의 식사만을 공급했다. 이처럼 잔인하고 철면피한 인간이었음에도 불구하고 병원 당국은 그에게 불쌍한 여자 환자들을 돌보라는 그토록 인간적인 사명을 부여했던 것이다.

안드레스는 흰 구레나룻을 기른 그 바보의 난폭성을 견딜 수가 없었다. 훌리오는 자주 친구의 분노를 비웃었다.

안드레스는 더 이상 그 병실에는 가지 않겠다고 결심했다. 그런데, 그곳에 하얀 고양이 한 마리를 항상 무릎 위에 올려놓고 있는 여자가 있었다. 검고 크고 그윽한 두 눈에 이집트 여자처럼 콧잔등이 약간 구부러진 코를 지니고 있던 그녀는 예전에는 아주 미인이었음이 틀림없어 보였다. 그 고양이는 그녀가 과거 한때는 보다 잘살았다는 사실을 반영하는 유일

제1장 57

한 물건이었다. 의사가 병실로 들어오면 그 환자는 항상 고양이를 은밀하게 침대에서 바닥으로 내려놓았고, 고양이는 의사가 학생들을 대동한 채 들어오는 모습을 보고는 흠칫 놀라며 어디론가 숨어버렸다. 그러던 어느 날 의사가 고양이를 발견하고 말았다. 의사가 고양이에게 발길질을 하기 시작했다.

"저 고양이 잡아 죽여버려." 흰 구레나룻을 기른 그 바보가 수련의에게 말했다.

수련의와 간호사가 온 병실을 돌아다니며 고양이를 쫓기 시작했다. 환자는 불안한 눈초리로 그 추적 과정을 주시하고 있었다.

"그리고, 이 환자는 다락방으로 데려가." 의사가 덧붙였다.

환자는 사냥 장면을 지켜보고 있었다. 그들이 고양이를 붙잡는 장면을 보았을 때는 굵은 눈물 두 방울이 그녀의 창백한 뺨을 타고 흘러내렸다.

"이런 망나니! 얼간이 같은 인간!" 안드레스가 주먹을 치켜든 채 의사에게 다가가며 소리쳤다.

"바보처럼 굴지 말라구. 여길 오고 싶지 않으면 가버려." 훌리오가 말했다.

"그래, 그 야비한 얼간이의 배때기를 걷어차지 않기 위해서라도 여길 떠날 테니까, 걱정 마."

그날 이후, 안드레스는 다시는 산 후안 데 디오스 병원에 가지 않기로 작정했다.

안드레스가 표출했던 이런 인도주의적 흥분은 그의 정신 속에서 작용하고 있던 다른 논리들의 영향과 상관없이 증대되었을 것이다. 그런 영향들 가운데 하나는 훌리오로부터 받은 것이었다. 훌리오는, 그 스스로 밝혔다시피, 과도한 관념을 모조리 조롱했다. 다른 영향은 안토니오가 지닌 실용주의적 이상주의와 더불어 안토니오로부터 받은 것이었다. 마지막으로는, 쇼펜하우어의 『여록(餘錄)과 보유(捕遺)』를 읽고 받은 것이었다. 쇼펜하우어의 영향 때문에 안드레스는 적극적인 행위를 하지 않은 채 자제하고 있었다.

이런 영향들이 안드레스로 하여금 자제력을 발휘하도록 만들었음에도 불구하고, 안드레스는 리우스 학회에서 열린 아나키스트들의 모임에서 여러 노동자가 했던 말을 듣고 받은 감동을 상당히 오랫동안 간직하고 있었다. 노동자들 가운데 에르네스토 알바레스라는 사람이 있었다. 갈색 피부와 검은 눈에 수염이 희끗희끗한 남자로, 그 모임에서 버려진 아이들, 거지들, 버려진 여자들에 관해 열변을 토했었다.

안드레스는 한편으로는 병적이기까지 한 이런 감상주의에 매력을 느끼고 있었다.

안드레스가 사회에 만연된 불의에 관해 의견을 밝히자 훌리오가 맞장구를 치고 나왔다.

"물론 사회에는 나쁜 것들이 있지." 훌리오가 말했다. "하지만 누가 그걸 해결하겠어? 그 모임에서 토론한 그 열정적인 사람들이? 그리고 사람이면 누구나 불행을 겪게 되어 있는 법이야. 대중적인 드라마에 등장하는 미장이들은 겨울에는 추워서 힘들고 여름에는 더워서 힘들다고 불평을 늘어놓고들 있지만 그 사람들만 고생하는 게 아니야. 우리 같은 사람들도 그 정도 고생은 하고 있다구."

훌리오가 한 말은 안드레스의 인도주의적 흥분을 누그러뜨리는 차가운 물 한 방울이었다.

"그런 일에 헌신하고 싶으면 정치가가 되어 연설하는 법부터 배우지 그래." 훌리오가 안드레스에게 말했다.

"하지만 난 정치 같은 건 하기 싫단 말이야." 안드레스가 불끈 화를 내며 대꾸했다.

"그럼 넌 아무것도 할 수 없어."

인도주의적 의미의 모든 개혁은 집단적이어야 하고, 정치적 과정을 통해 실현되어야 한다는 점이 명백했다. 따라서 훌리오가 정치에 관해 흐리멍덩한 견해를 지니고 있던 친구 하나를 설득하는 것은 그리 어렵지 않은 일이었다.

훌리오는 안드레스의 낭만주의적 견해에 의구심을 지니고 있었기 때문에 정치란 논밭을 경작하는 것과 유사한 일종의 예술이라는 사실을 안드레스에게 이해시키기 위해 애쓸 필요를 느끼지 않고 있었다.

실제로 지금까지 스페인의 정치는 수준이 높거나 고상했던 적이 단 한 번도 없었다. 따라서 마드리드 출신 청년에게 정치를 믿지 말라고 설득하는 것은 썩 어렵지 않은 문제였다.

자신이 나태하다는 사실과 모든 것은 불순하고 공허하다는 회의감 때문에 안드레스는 갈수록 스스로를 회의주의자라고 느끼고 있었다.

실제적인 해결책은 전혀 갖추지 못한 상태에서 애정과 자비심에 기초한 정신적 아나키즘에 경도되어가고 있었다.

생쥐스트의 정의롭고 혁명적인 논리는 이제 더는 그를 고무시킬 수 없었고, 오히려 인위적이며 자연스럽지 않은 것으로 여겨졌다. 그는 삶에서 정의가 존재한 적도 없었고, 존재할 수도 없다고 생각하고 있었다. 삶이란 일종의 떠들썩하고 무의식적인 흐름으로, 그 안에서 배우들은 제대로 이해하지 못하는 비극을 연기하고 있으며, 어느 정도의 지성을 지니게 된 사람들은 인정 많고 자비심 어린 시선으로 그 장면을 바라보고 있다는 것이었다.

이처럼 안드레스는 사고가 오락가락 제대로 정립되지도 못하고, 계획도 부족하고, 또 자기 조절도 제대로 하지 못하는 상태에서 몹시 당황하면서 뇌리에서 지속적으로 일어나는 무익한 흥분 과잉의 상태로 이끌리고 있었다.

인턴 생활

학부 과정을 끝마치기 전에 오스피탈 헤네랄의 인턴 과정 선발 시험이 치러졌다.

홀리오, 몬타네르, 안드레스는 시험을 치르기로 했다. 시험은 학생들이 이미 이수한 과목에서 교수들이 변덕을 부려 출제한 몇 가지 문항으로 이루어져 있었다. 안드레스는 시험에 관한 자문을 구하기 위해 외삼촌 이투리오스를 찾아갔다.

"좋아. 조언을 해주지." 외삼촌이 안드레스에게 말했다. "너 의학을 좋아하냐?"

"썩 좋아하진 않아요."

"그럼 뭐 하러 병원에 들어가려고 하는 거냐?"

"그럼 이제 와서 어떡하란 말이에요! 앞으로 좋아하게 될지 한번 지켜봐야겠어요. 그리고 용돈도 좀 벌고 싶구요."

"좋아." 이투리오스가 대답했다. "어떤 수를 써야 할지 한번 알아보자꾸나. 그게 좋겠어."

홀리오와 안드레스는 인턴 시험에 합격했다.

우선은 기록 업무를 맡아야 했다. 오전에 병원에 출근해 의사가 내린 처방전을 기록하는 것이었다. 오후에는 약을 타서 환자들에게 나눠주고 당직을 섰다. 기록원으로 매달 6두로씩 받았고, 인턴 2년 차가 되자 9두로를 받았다. 보조 의사가 되어서는 12두로를 받았는데, 일당으로 치면 2페세타 정도가 되어 그런대로 괜찮은 편이었다.[28]

외삼촌 이투리오스의 친구인 한 의사가 안드레스를 불렀다. 그 의사는 병원 4층에 있는 넓은 방 하나를 담당하고 있었다. 그 방은 진단의학실이었다.

학구적인 그 의사는 진단의학을 정복할 정도에 이르고 있었는데, 그런 경지에 오른 의사는 몇 되지 않았다. 그는 자기 업무 외에는 도무지 관심이 없었다. 청진(聽診)하거나 타진(打診)하거나 소변이나 타액을 검사하는 일 말고, 정치니 문학이니 예술이니 철학이니 천문학이니 하는 그 모든 것은 소위 죽은 학문이었다.

그는 의학과 학생들의 진정한 윤리는 오직 의사의 직무에 충실하는 데 있으며, 이 밖의 것은 심심풀이로 하는 거나 마찬가지라고 생각하고 있었다. 일리가 있는 생각이었다. 안드레스는 병의 증세보다는 그 병을 앓는 환자의 생각과 감정에 더 깊은 관심을 지니고 있었다.

그 임상의는 안드레스가 의학에는 별 애정이 없다는 사실을 금방 알아차렸다.

"자넨 의학을 완전히 과소평가하고 있군." 그가 안드레스에게 심각한 어조로 말했다.

의사의 말은 틀림이 없었다. 신참 인턴 안드레스는 임상의가 되는 길을 걷지 않고 있었던 것이다. 안드레스는 사물의 심리적인 면모에 관심을 기울이고 있었다. '자비의 수녀회' 수녀들이 무슨 일을 하고 있는지, 그 수녀들이 소명 의식을 지니고 있는지 그렇지 않은지 알고 싶어했다. 또 병원 조직에 대해 알아보고 의회가 할당한 예산이 어떤 경로를 통해 유용되고 있는지 조사하는 데 호기심을 느끼고 있었다.

부도덕이 케케묵은 병원 건물 안을 지배하고 있었다. 병원 관리자들로부터 아토차 거리에 있는 약국들에 병원의 키니네를 팔아대는 인턴 집단에 이르기까지, 각양각색의 자금 유용 사례가 발생하고 있음에 틀림없었다. 당직실에서 인턴들과 병원 소속 사제들이 카드게임을 하고, 자료실에서는 항상 도박판이 벌어졌는데, 최소 배팅 액수는 10센티모였다.[29]

일부 교양 없는 놈팡이 의사들, 그들과 똑같은 사제들, 그리고 인턴들은 판돈을 걸고 도박을 하느라 밤을 지새는 일이 다반사였다.

병원 소속 사제들은 그런 사실을 서로 눈감아주고 있었다. 금발에 몸집과 키가 작고 냉소적인 사제가 있었다. 그는 사제가 되려고 했던 공부는 다 잊어버린 채 의학에 관심이 무척 많았다. 의학과의 교과 과정이 너무 길었기 때문에 의사 보조원 시험을 보려 했고, 시험에 합격하면 내친김에 사제복을 완전히 벗어버리겠다는 생각을 하고 있었다.

또 다른 사제가 있었다. 젊고 거칠고 키가 크고 힘이 세고 인상이 열정적으로 보이는 사람이었다. 그의 말투는 단호하고 강압적이었다. 늘 걸쭉한 입담으로 음담패설을 늘어놓았는데, 그 말을 듣는 사람들은 상스러운 말로 한마디씩 거들어댔다.

신심이 강한 어떤 사람이 그 사제의 말이 부적절하다고 비난하면 그는 목소리와 제스처를 바꾸어 눈에 띄게 위선적인 태도를 취하고, 목소리를 내리깔아 감동적으로 들리도록 가장했다. 그의 목소리는 가무잡잡한 얼굴과 검은 눈이 내비치는 건방지고 불손한 눈빛과는 어울리지 않았고, 오히려 그처럼 천박한 사제들이 지닌 해악과 그들이 소속된 종교의 교리는 아무런 관계가 없다는 사실을 인정하고 있을 뿐이었다.

예전부터 그 사제를 알고 지내던 인턴들은 그와 허물없이 말을 트면서 그를 라가르티호라 부르고 있었다. 저명한 투우사 라가르티호를 닮았기 때문이었다.

"이봐요, 라가르티호." 인턴들이 그를 부르면 그때마다 이렇게 너스레를 떨었다.

"그래, 내가 영대(領帶)를 걸치는 대신 물레타[30]를 들고, 사람이 편안하게 죽는 걸 도와주는 대신 소들을 죽이면 됐지, 그 이상 뭘 더 바라겠소."

그는 도박판에서 자주 돈을 잃었기 때문에 아주 궁핍하게 생활하고 있었다.

언젠가 그가 생생하고 강렬한 맹세를 늘어놓으며 안드레스에게 말했다.

"난 이렇게 살 수 없소. 거리로 뛰쳐나가 사방에서 미사를 거행하고 매일 영성체를 열네 번씩 하는 수밖에 별다른 도리가 없을 것 같소."

아주 별난 수련의가 몇 있었다. 그들은 병원의 인간 쥐였다. 15년 또는 20년 동안 병원에 근무하면서도 과정을 마치지 않은 채 정식 의사들보다 더 자주 은밀하게 빈민촌을 찾아다니며 부정한 짓을 저질러댔다.

안드레스는 자신이 소속된 의국의 자비의 수녀회 수녀들뿐만 아니라 다른 의국의 수녀들과도 친하게 지냈다.

안드레스 자신은 사제가 아니었지만, 일종의 낭만주의적 판단에 따라 자비의 수녀회 수녀들이 천사 같다고 믿고 싶어했다. 하지만 실제로 수녀들은 병원 경영에 관한 문제를 다루거나 환자가 위독해져 종부성사를 집행할 신부를 찾을 때를 제외하고는 모습을 드러내지 않았다.

게다가 수녀들은 이상주의자도, 이 세상을 '눈물의 계곡'이라 생각하는 신비주의자도 아니었다. 가난한 여자들이 그저 살아가기 위해 직무를 맡고 있었는데, 일부는 과부였다.

물론 대다수 수녀들은 근무지인 그 병원에서 가장 훌륭한 존재들이었다…….

언젠가 남자 간호사 하나가 자비의 딸들[31]이 쓰는 건물에서 나온 낡은 서류 틈새에서 발견한 메모장을 안드레스에게 건네주었다.

어느 수녀의 일기장이었다. 오륙 개월 동안의 병원 생활에 관한 느낌을 아주 간단명료한 글로 적어놓은 일련의 메모들이었다.

첫 페이지에 '마리아 델 라 크루스 수녀'라는 이름과 날짜가 나란히 적혀 있었다. 일기를 읽고 나서 안드레스는 깜짝 놀라고 말았다. 은총이 충만한 상태에서 병원 생활에 대해 아주 소박하고 꾸밈없이 묘사해놓음으로써 안드레스를 감동시켰던 것이다.

마리아라는 수녀가 누구인지, 여전히 그 병원에 있는지, 어디에서 사는지 알고 싶어졌다.

마리아 수녀가 벌써 죽었다는 사실을 알아내는 데는 그리 긴 시간이 걸리지 않았다. 나이 많은 수녀 하나가 마리아 수녀에 관해 알고 있었다. 그 수녀의 말에 따르면, 마리아 수녀는 병원에 온 지 얼마 되지 않아 티푸스 환자 병동으로 배치되었고, 거기서 병에 감염되어 죽었다는 것이다.

마리아 수녀에 대해 속속들이 알아내고 싶었다. 하지만 마리아 수녀가 어떤 사람이었는지, 얼굴이 어떻게 생겼는지는 감히 물어볼 수 없었다.

마리아 수녀의 일기를 귀한 유물이라도 되는 듯 보관해두고는 그녀가 어떤 사람이었는지 수도 없이 생각해보았고, 결국 마리아 수녀에 대해 일종의 강박 관념까지 갖게 되었다.

병원에서 미스터리에 싸여 있던 특이한 인물은 후안 수사였다. 그는 사람들에게 대단한 관심을 불러일으켰고, 그에 관해 무수한 얘기들이 떠돌고 있었다. 도대체 어디서 왔는지조차 알려져 있지 않은 이 남자는 검은색 셔츠 차림에 샌들을 신고 목에 십자고상을 걸고 다녔다. 그는 자원해서 전염병 환자들을 맡고 있었다. 외견상 그는 신비주의자요, 빈곤과 고통을 겪으며 자아 속에서 살아가는 인물처럼 보였다.

작은 키에 검은 수염을 기르고 있는 후안 수사는 눈빛이 초롱초롱하고 표정이 온화했으며, 목소리가 달콤하고 부드러웠다. 셈족의 후예였다.

후안 수사는 오스피탈 헤네랄과 산 카를로스 캠퍼스를 가르고 있는 어느 골목에서 살고 있었다. 이 골목에는 유리창이 달린 육교가 둘 있었다. 후안 수사는 그 육교 가운데 하나, 즉 아토차 거리에서 더 가까운 곳에 있는 육교 아래에 자신의 움막을 세웠다.

그러고는 함께 살아가는 강아지와 함께 움막 안에 틀어박혀 지냈다.

아무 때나 후안 수사를 찾아가보면 그의 다락방에는 항상 불이 켜져 있었으며, 그는 늘 깨어 있었다.

혹자는 그가 음란 소설을 읽으며 시간을 보낸다고 했고, 혹자는 그가 기도를 한다고 했다. 어느 인턴은 그가 책 몇 권에 성적(性的) 도착에 관해 프랑스어와 영어로 메모하는 걸 본 적이 있다고 자신 있게 말했다.

안드레스가 당직을 서던 어느 날 밤, 인턴 하나가 말했다.

"우리 후안 수사에게 가서 먹을 거나 마실 걸 좀 달라고 해보자."

모두 후안 수사의 은둔처가 있는 골목으로 갔다. 움막에 불이 켜져 있었다. 혹시나 뭔가가 보이는지 살펴보고자 했으나 신비에 둘러싸인 간호 수사가 무엇을 하고 있는지 들여다볼 만한 틈새는 없었다. 그들이 후안 수사를 부르자 그는 즉시 그 검은 셔츠 차림으로 모습을 드러냈다.

"후안 수사님, 지금 우리가 당직을 서고 있는데요, 간단한 간식거리나 좀 얻을 수 있을까 하고 왔습니다." 인턴 하나가 말했다.

"어이 불쌍해라! 어이 불쌍해!" 그가 소리쳤다. "여러분이 보시다시피 난 아주 가난해요. 하지만 뭐가 있는지 어디 한번 봅시다. 자 한번 보자구요."

후안 수사는 아주 조심스럽게 문을 닫으며 문 뒤로 사라지더니 잠시 후 커피, 설탕, 과자를 한 봉지씩 들고 나타났다.

학생들은 당직실로 돌아와 과자를 먹고 커피를 마시면서 후안 수사의 경우에 관해 토론했다.

의견이 일치되지 않았다. 몇은 후안 수사가 뛰어난 사람이라 했고, 일부는 과거에 하인이었다고 했고, 일부는 성자라 했고, 일부는 성도착자거나 그와 비슷한 증세를 앓고 있을 거라고 했다.

병원 안에서 후안 수사는 특이한 존재였다. 어디서 받는지는 정확히 알려져 있지 않았지만, 돈을 받으면 회복기에 있는 환자들에게 먹을 것을 사주고, 다른 환자들에게는 그들이 필요로 하는 물건을 사주기도 했다.

후안 수사가 이렇듯 자비와 선행을 베풀고 있었지만, 안드레스는 후안 수사에게 거부감과 불쾌감을 느끼고 있었다. 안드레스 자신의 성격에서 비롯되는 형이하학적인 느낌이었다.

후안 수사의 내면에는 틀림없이 뭔가 비정상적인 것이 있었다. 사람이라면 다들 고통과 병과 슬픔을 회피하는 것이 너무나도 당연하고 자연스럽지 않은가! 그럼에도 불구하고, 그에게 고뇌와 아픔과 불결함은 매력적인 대상인 듯 보였다.

안드레스는 다른 극단(極端)에 대해, 즉 타인의 고통을 끔찍하고 혐오스러운 것이나 되는 양 회피하는 인간은 결국 타인을 경멸하고 몰인정하게 행동한다는 점을 알고 있었다. 또한 그런 인간은 누구에게든 고뇌가 있을 거라는 생각까지도 거부할 수 있다는 점도 알고 있었다. 그런데도,

더럽고 슬픈 것과 함께하기 위해 일부러 그런 것을 찾아가는 것은 무시무시하고 기괴하게 보였다.
따라서 후안 수사를 볼 때마다 혐오감과 거부감을 느끼곤 했는데, 그런 느낌은 괴물과 마주쳤을 때 받을 수 있는 느낌과 같은 것이었다.

제2장 흡혈 파리들

밍글라니야스

훌리오 아라실은 안드레스 우르타도와 친해졌다. 산 카를로스 캠퍼스와 병원에서의 공동생활 때문에 두 사람의 습관이 같아져가고 있었다. 물론 두 사람의 생각이 일치되었다거나 두 사람 사이에 우정이 확고했던 것은 아니었다.

성공에 대해 확고한 철학을 지닌 훌리오는 몬타네르보다는 안드레스를 더 높게 평가하고 있었다.

안드레스도 훌리오처럼 인턴 시험에 합격했다. 하지만 몬타네르는 인턴 시험에 떨어졌을 뿐만 아니라 학부 과정까지 통과하지 못해 완전히 자포자기한 상태에서 강의에도 참석하지 않은 채 이웃에 사는 어느 아가씨와 사랑 놀음을 하면서 시간을 보내고 있었다.

훌리오는 그런 친구를 몹시 경멸했고, 그 친구가 폭삭 망해버리기를 바라기에 이르렀다.

훌리오는 병원에서 받는 쥐꼬리만 한 월급으로 대단하고 불가사의한 일들을 해냈다. 증시에 뛰어들어 광산 주식을 사고 채권을 사기까지 했던 것이다.

훌리오는 안드레스도 자기처럼 세상 남자의 평범한 길을 걸어가기를 원하고 있었다.

"널 밍글라니야들이 사는 집에 데려갈게." 어느 날 훌리오가 웃으며 안드레스에게 말했다.

"밍글라니야들이 누군데?" 안드레스가 물었다.

"내 여자친구들이야."

"그게 그 여자들 이름이냐?"

"아니. 하지만 난 그렇게 불러. 무엇보다도 그 아가씨들의 어머니가 타보아다¹의 작품에 나오는 어느 인물처럼 보여서 말야."

"어떤 여자들인데?"

"하숙을 치는 아주머니, 그리고 두 딸 니니와 룰루야. 난 언니 니니와 사귀고 있어. 넌 동생 룰루와 통할 수 있을 거다."

"어느 정도까지 사귀었는데?"

"뭐, 상상할 수 있는 데까지. 세르반테스 거리의 분위기 좋은 데를 알고 있는데, 거기서 자주 데이트를 해. 필요하면 말해. 너한테도 알려줄 게."

"나중에 그 여자와 결혼할 거냐?"

"야, 그런 소린 그만둬! 난 그렇게 미련한 짓은 안 한다."

"하지만 너 그 여자를 건드렸잖아."

"내가! 무슨 바보 같은 소릴!"

"너 그 여자 사랑하지 않는 거냐?"

"그걸 누가 알겠냐? 그리고 또, 그게 뭐 그리 중요하냐?"

"하지만……."

"카! 그런 바보 같은 생각은 꽉 붙들어매놓고 그저 즐기는 거지 뭐. 너도 나처럼 할 수 있어. 그렇게 하지 않는다면 그게 바보지."

안드레스는 이런 이기주의가 싫었다. 하지만 그 가족에 대해 알고 싶은 호기심이 생긴 안드레스는 어느 날 오후 훌리오와 함께 그 가족을 보러 갔다.

과부와 두 딸은 푸카르 거리에 있는 허름하고 누추한 집에서 살고 있었다. 마당을 중심으로 집이 빙 둘러서 있고, 복도에는 수많은 문이 다닥다닥 달려 있는 집이었다.

과부의 집에는 몹시 서글프고 궁핍한 분위기가 드리워져 있었다. 어머니와 두 딸은 낡아서 여기저기를 기운 옷을 입고 있었다. 가구는 대체로 초라했지만 과거에는 꽤나 잘 살았을 것이라는 흔적이 약간은 남아 있었다. 의자의 천은 찢겨 있었고, 걸을 때는 돗자리 곳곳에 난 구멍에 발이 끼기도 했다.

어머니 도냐 레오나르다는 썩 호감이 가지 않은 여자였다. 얼굴은 마르멜로처럼 누르스름한 색깔이었는데, 딱딱한 표정에 친절을 가장하고 있었다. 매부리코였고, 턱에는 점 몇 개가 있었으며, 억지 미소를 짓고 있었다.

그 부인은 자신들이 상류층이라는 우스꽝스러운 자부심을 드러내곤 했으며, 남편이 차관이었을 때 가족이 산 후안 델 루스로 피서 갔던 때를 회상하기도 했다. 니니와 룰루라는 이름은 그들이 처음으로 집에 둔 프랑스 출신 유모가 지어 부르던 애칭이었다.

접은 부채를 지휘봉이나 되는 듯 손에 들고 연기를 하면서 과거의 영광을 회고하던 도냐 레오나르다는 허공을 응시하고는 서글픈 한숨을 내쉬었다.

룰루는 썩 예쁘지는 않았지만 귀염성이 있는 여자였다. 그윽한 초록색 눈은 거무스름한 눈자위 때문에 그늘져 보였다. 그런 눈이 안드레스에게는 매우 고아하게 보였다. 코에서 입까지, 입에서 턱까지의 간격이 유난히 길었다. 그것 때문에 얼굴이 원숭이를 닮은 것 같기도 했다. 이마는 작았다. 입술이 단아한 입은 빈정거리는 것 같기도 하고 씁쓸해하는 것 같기도 한 미소를 머금고 있었다. 하얀 이는 끝이 뾰쪽했다. 코는 약간 들려 있었고, 안색이 좋지 않고 창백했다.

안드레스에게는 룰루가 귀엽고, 톡톡 쏘고, 재기 발랄한 여자처럼 보였다. 하지만 아가씨라면 기본적으로 지니고 있는 소박함, 참신함, 천진스러움 같은 매력은 없었다. 일과 궁핍한 생활에 시달리고, 머리를 많이 썼기 때문인지 나이보다 더 찌들어 있었다. 열여덟 살 먹은 아가씨치고는 썩 젊어 보이지 않았던 것이다.

니니의 외모는 볼품이 없었고, 무엇보다도 정신적인 면에서는 룰루보다 조금 떨어졌다. 하지만 더 여자다웠는데, 즐겁게 살려는 욕구를 지닌 그녀는 위선적이었고, 내숭을 떠는 경향이 있었다. 스스로 소박하고 천진스럽게 보이도록 계속해서 노력했기 때문에 더 여자다웠고, 그렇기 때문에 더 헤프고 속물적인 성격을 지니고 있는 것 같았다.

안드레스는 도냐 레오나르다가 훌리오와 딸 니니가 진짜 어떤 관계인지 잘 알고 있으리라 믿고 있었다. 나중에 훌리오가 딸을 버리지는 않을 거라 생각하고서 딸이 훌리오와 결혼하기로 약속하도록 내버려두었음에 틀림없다고 생각했다.

안드레스는 그 집이 마음에 들지 않았다. 훌리오가 니니를 여차하면

버리겠다고 생각하면서도 애인으로 삼기 위해 그 가족의 가난을 이용하는 것도 좋지 않은 행위로 보였다.

안드레스가 훌리오의 비밀스러운 의도를 몰랐더라면 마음 편하게 도냐 레오나르다의 집을 찾아다녔을 것이다. 하지만 어느 날인가는 친구의 사랑이 결국 레오나르다 부인으로 하여금 소리를 질러대게 만들고 니니를 기절하게 만드는, 눈물과 한탄을 빚어낼 작은 비극으로 끝날 것이라는 확신을 지니고 있었다. 안드레스에게는 불쾌한 전망이었다.

춤 파티

사육제가 되기 전 훌리오 아라실이 안드레스 우르타도에게 말했다.
"너 알고 있냐? 우리 밍글라니야들 집에서 춤 파티를 할 건데."
"그래! 언제 하는데?"
"사육제 일요일이야. 조명에 쓸 기름과 먹거리를 준비하고, 피아노를 빌리고, 연주자를 데려오는 건 공동 부담하기로 했어. 그러니까 너도 끼고 싶으면 미리 회비를 내."
"좋아. 문제없어. 얼마를 내야 하는데?"
"며칠 내로 말해줄게."
"누가 참석하는데?"
"글쎄, 이웃 아가씨 몇이 애인과 함께 올 거고, 신문 기자인 내 친구 안토니토 카사레스와 단막 희극 작가 하나, 그리고 그 밖에 몇이 더 있어. 재밌을 거야. 예쁜 아가씨들도 올 거구."

사육제 일요일, 안드레스는 병원 당직실을 나와 춤 파티가 열리는 곳으로 갔다. 벌써 밤 열한 시였다. 동네 야경꾼이 문을 열어주었다. 도냐 레오나르다의 집은 몹시 붐볐다. 계단에까지 사람이 들어차 있었다.

집 안으로 들어선 안드레스는 한 무리의 낯선 젊은이들과 함께 있는 훌리오와 마주쳤다. 훌리오는 안드레스에게 단막 희극 작가를 소개했다. 맹해 보이고 음울한 분위기를 풍기는 사내였다. 그는 몇 마디도 채 나누지 않은 상태에서 자신의 직업을 과시하기 위해서인 듯, 그 흔해 빠진 천박한 농담을 늘어놓았다. 또한 신문 기자 안토니토 카사레스도 소개했다. 그는 여자들 사이에서 인기가 대단했다.

안달루시아 출신인 안토니토는 바람둥이 기질을 지니고 있었다. 어떤 여자든 무언가를 뽑아내지 않고 그냥 보내버리는 것은 큰 손해라 여기는 사내였다. 안토니토에게는 모든 여자가, 단지 여자라는 이유만으로, 마땅히 받아야 하는 분담금이나 세금 같은 존재였다.

안토니토는 여자를 두 부류로 나누었다. 즐길 수 있는 가난한 여자와 가능하다면 돈 때문에 결혼까지 할 수 있는 부유한 여자.

안토니토는 앵글로색슨계 부잣집 여자를 찾고 있었다. 미남에다 옷까지 근사하게 차려입었기 때문에 그를 만나본 아가씨들은 한결같이 처음에는 그를 괜찮은 상대로 여겼다. 이 대담한 사내는 부잣집 여자를 꼬드기려고 편지를 보내고, 하녀들에게 말을 걸고, 거리를 싸돌아다니면서 자신의 영역을 확보하려 애썼다. 그는 이것을 여자에게 '작업을 건다'고 말했다. 여자는 사랑을 호소하는 그 남자를 좋은 짝이라 생각하고 있는 동안만은 거절하지 않았다. 그러나 그가 어느 신문사의 보잘것없는 말단 직원이자 빈대 기질이 있는 무명 기자라는 사실을 알고 나면 다시는 그의 얼굴을 보려 하지 않았다.

훌리오는 안토니토에게 큰 관심을 갖고 있었다. 자기에게 걸맞은 대단한 친구라 생각하고 있었다. 두 사람은 자신들이 서로 돕는다면 인생에서 크게 성공할 거라는 생각들을 하고 있었다.

피아노 연주가 시작되자 남자들은 모두 춤 파트너를 찾아 나섰다.

"너 춤출 줄 아냐?" 홀리오가 안드레스에게 물었다.

"못 춰."

"그렇다면, 춤추기 싫어하는 룰루 옆으로 가라. 그런데, 룰루에게는 신중하게 처신해야 한다."

"왜 그런 말을 하는 거야?"

"조금 전에 말이야, 도냐 레오나르다가 내게 '홀리오, 내 딸들은 숫처녀처럼 대해야 한다네. 숫처녀처럼 말이야'라고 말했거든." 홀리오가 비꼬듯 덧붙였다.

홀리오는 흑심을 품은 천박한 사내의 미소를 지으며 니니의 어머니를 흉내냈다.

안드레스는 사람들 틈새를 비집고 앞으로 나아갔다. 수많은 석유 램프가 거실과 서재를 비추고 있었다. 비좁은 식당의 식탁 위에는 손님 접대용 사탕, 빵, 백포도주가 들어 있는 쟁반들이 놓여 있었다. 춤 파티에서 인기를 끌었던 아가씨들 가운데 금발 미녀 하나가 유독 눈에 띄었다. 과거가 있는 여자였다. 꽁무니를 따라다니던 부유한 남자가 그녀를 프로스페리다드에 있는 호텔로 데려갔는데, 며칠 후 그녀는 호색한처럼 보이던 그 유괴범의 손아귀를 벗어나 호텔을 도망쳐 나왔다는 것이다.

그녀의 가족은 한결같이 약간 비정상적인 면모를 지니고 있었다. 겉으로는 점잖은 노신사처럼 보이는 그녀의 아버지는 어린 처녀를 강간해 기소된 적이 있었고, 오빠는 아내에게 총 두 발을 쏜 뒤 자살을 기도했었다.

이 금발 미녀의 이름은 에스트레야[2]였다. 이웃 여자들은 거의 모두

이 여자를 엄청나게 미워하고 있었다.

사람들 말에 따르면, 그녀는 이웃 아가씨들을 약올릴 심산으로 살이 훤히 내비치는 검정 스타킹과, 자잘한 리본이 무수히 달린 실크 블라우스, 야하고 화려한 속옷들을 썩 고상하지 못한 물건을 취급하는 가게에서 사서는 발코니에 널어놓곤 하는 모양이었다.

도냐 레오나르다는 딸들이 그 여자와 사귀는 것을 원치 않고 있었다. 그녀의 말에 따르면, 그런 식의 우정은 허락할 수 없다는 것이었다.

에스트레야의 열두세 살 정도 된 여동생 엘비라는 아주 예쁘지만 매우 뻔뻔스러웠다. 언니의 삶의 방식을 고스란히 따르고 있음이 분명했다.

"저 옆집 꼬맹이는 우리 동네 수치야!" 노파 하나가 안드레스 뒤에서 엘비라를 가리키며 말했다.

에스트레야는 비너스 여신처럼 춤을 추고 있었다. 몸을 움직일 때마다 엉덩이와 풍만한 가슴이 약간은 민망할 정도로 눈에 띄었다.

안토니토가 옆으로 지나가는 그녀를 보고 말을 걸었다.

"대단하시군요, 여전사!"

안드레스는 거실을 가로질러가서 룰루 옆에 앉았다.

"아주 늦게 왔더군요." 그녀가 안드레스에게 말했다.

"예. 병원에서 오후 당직 근무를 했거든요."

"근데, 춤은 안 출 거예요?"

"춤출 줄 모르는데요."

"못 춘다구요?"

"못 춥니다. 그런데, 아가씨는 왜 안 추고 있는 거죠?"

"생각이 없네요. 어지러워서요."

안토니토가 룰루와 춤을 추고 싶어 다가왔다.

"이봐요, 검실이 아가씨." 그가 룰루에게 말했다.

"뭘 원하는 거죠, 흰둥이 씨?" 룰루가 당돌하게 대꾸했다.

"저와 함께 잠시 몇 바퀴 돌지 않으시겠습니까?"

"됐네요, 아저씨."

"그런데, 왜 그러는 거죠?"

"왜냐하면⋯⋯ 그럴 마음이 영 없거든요." 그녀가 쌀쌀맞게 대꾸했다.

"검실이 아가씨, 성깔 한번 고약하군요." 안토니토가 룰루에게 말했다.

"그래요, 흰둥이 씨는 성깔이 고상하신가 보군요." 룰루가 대꾸했다.

"왜 저 사람과 춤추려 하지 않는 거죠?" 안드레스가 물었다.

"입만 살아 있는 사람이거든요. 모든 여자가 자기에게 반했다고 믿는 역겨운 인간이라니까요. 여기서 나가줬으면 좋겠어요!"

파티의 분위기가 무르익어가고 있었지만 안드레스는 룰루 옆에 잠자코 앉아 있었다.

"댁은 참 재미있는 사람이에요." 갑자기 룰루가 웃으며 이렇게 말했는데, 웃는 표정이 여우 같았다.

"왜죠?" 별안간 얼굴이 빨갛게 달아오른 안드레스가 말했다.

"댁이 나하고 서로 잘 통할 거라고 훌리오가 말하지 않던가요? 그렇게 말했죠?"

"아뇨. 아무 말도 안 했는데요."

"말했을 거예요. 그랬다고 말해요. 댁은 마음이 너무 여려서 지금 당장 그랬다고 실토하지는 못할 거예요. 훌리오는 그걸 아주 자연스럽다고 생각하죠. 우리처럼 가난하고 보잘것없는 아가씨를 애인으로 삼아 즐기고는 돈 좀 있는 여자를 찾아 결혼하려는 사람이라구요."

"그 친구가 의도적으로 그렇게 하는 게 아닐 겁니다."

"아니라구요? 난 그렇다고 생각해요! 그 사람 본과 과정을 끝내면 곧바로 그렇게 할 거예요. 난 훌리오를 잘 알아요. 이기주의자에다 아주 못돼먹은 사람이에요. 엄마와 언니를 속이고 있다구요……. 참, 그런데 그 사람 왜 그렇게 사는 거죠?"

"훌리오가 어떻게 할지는 잘 모르겠지만……. 그렇게까지는 하지 않을 거라는 건 압니다."

"물론, 댁은 다른 방식으로 사는 사람이니까 그렇지 않겠죠……. 게다가, 댁은 즐기기 위해 나 같은 여자를 사랑하지는 않으니까, 경우가 다르죠."

"왜 그렇지 않다는 거죠?"

"그렇지 않으니까요."

룰루는 자신이 남자들을 좋아하지 않는다는 사실을 알고 있었다. 그녀는 여자들을 더 좋아하고 있었다. 그녀가 해로운 본능을 지녔기 때문에 그런 건 아니었다. 하지만 사실 남자들에게는 별 느낌이 없었다.

자연스럽기도 하고 쑥스럽기도 한 성생활의 신비한 베일이 그녀에게는 너무 빨리 찢겨버렸음에 틀림없었다. 물론 그녀는 인간의 본능에 관해 전혀 알지 못했을 때 이미 여자와 남자가 무엇인지 알아버렸고, 이로 인해 그녀에게는 사랑에 관련된 그 모든 것에 대한 혐오감과 무관심이 뒤섞이게 되었다.

안드레스는 이런 혐오감이, 그 무엇보다도 생활의 구조적인 궁핍, 영양과 활력의 결핍에서 비롯되었다고 생각했다.

룰루는 연애 한번 해보지 않고 진짜로 죽어버리고 싶다고 안드레스에게 고백했다. 자신이 잘살게 되는 일은 결코 없을 거라 믿고 있었다.

대화를 통해 안드레스와 룰루는 매우 친한 사이가 되었다.

열두 시 반에 춤 파티를 끝내야 했다. 도냐 레오나르다가 정한 불가피한 조건이었다. 아가씨들은 다음 날 일을 해야 했다. 다들 파티를 계속하게 해달라고 통사정을 했건만 도냐 레오나르다는 꿈쩍도 하지 않았고, 새벽 한 시가 되었을 무렵 그 집은 이미 텅 비어 있었다.

파리들

안드레스는 한 무리의 남자들과 함께 거리로 나섰다.
날씨가 매우 추웠다.
"우리 어디로 갈까?" 훌리오가 물었다.
"도냐 비르히니아 집으로 갑시다." 안토니토가 제안했다. "그 집이 어딘지 알고들 계시나요?"
"저는 아는데요." 훌리오가 대꾸했다.
그들은 같은 거리에 있는, 그러니까 베로니카 거리 모퉁이에 있는 어느 집으로 갔다. 2층 발코니에 간판이 달려 있었다. 다음과 같은 글이 가로등 불빛에 드러나 있었다.

비르히니아 가르시아
산 카를로스 대학 졸업 공인 조산원(여자 조산사)

"아직 안 자고 있는 게 틀림없어요. 불이 켜져 있잖아요." 안토니토가 말했다.
훌리오가 야경꾼을 부르자, 그가 문을 열어주었다. 모두 2층으로 올라갔다. 늙은 하녀가 그들을 맞으러 나와 식당으로 안내했다. 여주인은 남자 둘과 더불어 식탁에 앉아 있었다. 그들 앞에 포도주 한 병과 잔 세 개가 놓여 있었다.

도냐 비르히니아는 키가 크고 뚱뚱했으며, 금발이었는데, 루벤스가 그린 어린 천사 같은 얼굴은 45년 동안 살아오면서 세상을 떠들썩하게 했을 것 같았다. 피부는 구운 새끼돼지 껍질처럼 불그레하고 윤기가 자르르 흘렀으며, 턱에 점이 몇 개 있어서 수염 난 여자처럼 보였다.

안드레스는 밝은 옷들과 아주 우스꽝스러운 소녀용 모자들로 장식되어 있는 산 카를로스 캠퍼스 산부인과에서 그녀를 만난 적이 있었기 때문에 그녀를 보자마자 한눈에 알아보았다.

두 남자 가운데 하나는 조산사 도냐 비르히니아의 애인이었다. 도냐 비르히니아는 자기 애인을 어느 학교에서 외국어를 가르치는 이탈리아 출신 교사로 소개했다. 이 남자는, 말하는 것으로 보아, 2프랑짜리 호텔에서 머물면서 외국을 여행한 경험이 있고, 따라서 이제는 스페인의 불편한 것들에 익숙해질 수 없다고 하는 그런 인간들 같은 인상이었다.

또 한 사람은 검은 수염을 기르고 안경을 쓴 남자로, 인상이 썩 좋지 않았다. 『엘 마손 일루스트라도』³라는 잡지의 편집인이었다.

도냐 비르히니아는 그날 임산부 한 사람을 돌보고 있었다고 방문객들에게 말했다. 그녀는 베로니카 거리 쪽으로 용도를 알 수 없는 방들이 늘어서 있는 아주 커다란 집 한 채를 소유하고 있었는데, 그 집에는 실수로 임신해버린 여염집 아가씨들이 수용되어 있었다.

도냐 비르히니아는 자신이 대단한 감수성을 지닌 여자임을 과시하려 했다.

"가엾은 아가씨들!" 그녀는 자기 집에 머물고 있는 여자들에 관해 이렇게 말했다. "남자들은 참 못됐어요!"

안드레스는 그녀가 역겹게 느껴졌다.

안드레스 일행은 자신들이 그곳에 더 이상 머무를 수 없다는 사실을 알아차리고 모두 거리로 나왔다. 몇 걸음 안 가서 한 청년을 만났다. 아토차 거리에서 고리대금업을 하는 사람의 조카였다. 사르수엘라에서 열리는 무도회에 춤을 추러 갈 생각으로 품행이 방정해 보이지 않는 아가씨를 동반하고 있었다.

"어이, 빅토리오!" 훌리오가 그에게 인사했다.

"어이, 훌리오." 상대방이 응수했다.

"요즘 어떻게 지내지? 어디서들 오는 길이야?"

"저기 저 도냐 비르히니아 집에서 오늘 길이네."

"참 대단한 아주머니지! 불쌍한 아가씨들을 속여 자기 집에 데려다놓고 착취하는 거머리 같은 여자야."

고리대금업자가 조산사를 거머리 같은 여자라 부르다니! 똥 묻은 개가 재 묻은 개를 나무라는 격이었지만, 일리가 있는 말이었다.

『엘 마손 일루스트라도』 편집인은 안드레스와 단 둘만 있게 되자 아주 심각한 표정을 지으며 도냐 비르히니아는 조심해야 할 여자라고 말했다. 남편 둘을 차례로 독살했다고 했다. 무서울 것이 없는 여자라는 것이다. 임신한 여자들을 낙태시키고, 어린이들을 학대했으며, 소녀들을 유괴하여 팔아넘겼다. 규칙적인 운동과 피부 마사지를 통해 몸과 피부를 단련시킴으로써 남자보다도 힘이 더 셌기 때문에 여자 하나 정도는 애 다루듯 쉽사리 제압할 수 있다는 것이었다.

도냐 비르히니아는 낙태와 인신매매 사업에서 엄청난 대담성을 보여주었다. 갈기갈기 찢겨진 동물이나 죽은 살덩어리로 날아드는 흡혈 파리처럼 달콤한 말로 무장한 채 몰락한 가정을 찾아 냄새를 맡으며 아가씨들을 인신매매의 장으로 끌어가고 있었다.

『엘 마손 일루스트라도』 편집인은, 그 이탈리아 출신 선생이 어학 선생이기는커녕 도냐 비르히니아가 자행하고 있는 부정한 사업의 동업자라고 주장하면서, 그 사람이 불어와 영어를 알고 있다면 그것은 오랫동안 여러 호텔에서 사람들 지갑을 훔치는 소매치기 일을 해왔기 때문이라고 했다.

빅토리오와 함께 산 헤로니모 거리까지 갔다. 그곳에서 고리대금업자의 조카는 그들에게 사르수엘라에서 열리는 무도회에 함께 가자고 했지만 훌리오와 안토니토는 빅토리오가 자신들의 입장료를 내줄 생각이 없다고 짐작하고는 가지 않겠다고 했다.

"우리 이렇게 합시다." 안토니토의 친구인 단막 희극 작가가 제의했다.

"뭔데요?" 훌리오가 물었다.

"비야수스의 집으로 갑시다. 지금 푸라가 극장에서 나왔을 거요."

그들이 안드레스에게 알려준 바에 따르면, 비야수스는 합창단원으로 일하고 있는 두 딸을 둔 극작가였다. 이 극작가는 쿠에스타 데 산토 도밍고에 살고 있었다.

그들은 푸에르타 델 솔 쪽으로 발길을 돌렸다. 올리보 거리와 마주치는 카르멘 거리 모퉁이에서 케이크를 샀다. 쿠에스타 데 산토 도밍고로 가서 어느 큰 집 앞에 멈춰 섰다.

"여기서는 떠들면 안 돼요." 단막 희극 작가가 경고했다. "야경꾼이 문을 안 열어줄 수도 있거든요."

야경꾼이 문을 열어주자 그들은 넓은 현관으로 들어섰다. 안토니토와 친구 훌리오, 안드레스, 그리고 『엘 마손 일루스트라도』의 편집인은 성냥불을 비춰가며 넓은 계단을 오르기 시작해 다락방들 앞에 이르렀다.

문을 두드리니 소녀 하나가 나와 그들을 화실로 안내했다. 잠시 후 수염을 기른 반백의 남자가 외투로 몸을 감싼 채 모습을 드러냈다.

이 남자가 바로 운문으로 된 역겨운 코미디나 드라마를 쓰는 가련한 인간 라파엘 비야수스였다.

시인이라 불리던 그는 예술가로, 방랑자로 살아가고 있었다. 속내를 들여다보면 몹시 미욱하고 고집이 센 인간이었는데, 어리석은 낭만주의적 성향 때문에 딸들을 망쳐버린 아버지였다.

그의 딸 푸라와 에르네스티나는 비참한 길을 걷고 있었다. 그 둘 가운데 어느 누구도 연극을 할 만한 조건을 갖추고 있지 못했으나 예술 이외의 것은 거들떠보지도 않던 아버지는 딸들을 연극 학교로 데려갔고, 나중에는 신문 기자들과 희극 배우들이 관여하는 어느 극단의 단역 가수로 집어넣었다.

언니 푸라는 안토니토의 친구인 단막 희극 작가와 연애를 해서 아들 하나를 두고 있었고, 에르네스티나는 어느 소매상과 사귀고 있었다.

푸라의 애인은 우둔한 사람이라는 평가를 받았을 뿐만 아니라 대부분의 동업자들처럼 시시껄렁한 재담이나 만들어내는 사람이었는데, 눈에 띄는 것은 모두 자기 것으로 만들 준비가 되어 있는 망나니였다. 그날 밤 그는 그곳에 있었다. 큰 키에 비쩍 마르고, 갈색 피부에 아랫입술이 축 쳐진 사내였다.

단막 희극 작가 둘은 진부한 농담을 한 무더기 끄집어내 재탕을 하면서 자신들의 재주를 자랑했다. 그 두 사람과 다른 사람들, 즉 안토니토와 훌리오, 그리고 『엘 마손 일루스트라도』의 편집인은 비야수스의 집을 자신들의 정복지나 되는 양 점유한 채 무뢰한들처럼 불량한 의도를 드러내며 공포 분위기마저 조성하고 있었다.

그들은 그 모든 것이 예술적 삶이라 믿고 있던 그 집 가장의 헛된 생각을 비웃고 있었다. 그럼에도 불구하고 그 불쌍한 바보는 그들 모두가 늘어놓던 농담 속에 들어 있는 악의를 알아채지 못하고 있었다.

어리석고 못생긴 두 딸은 그런 분위기에는 아랑곳하지 않은 채 방문객들이 가져온 케이크를 게걸스럽게 먹어댔다.

단막 희극 작가 하나가 사자로 분장해 바닥을 기어다니며 사자 울음소리를 내는 가운데 비야수스가 8음절 5행시 몇 개를 읊어대자 모두가 열광적으로 박수를 쳐댔다.

소음과 단막 희극 작가들의 농담에 지친 안드레스는 물을 마시러 주방으로 갔다가 안토니토, 『엘 마손 일루스트라도』의 편집인과 마주쳤다. 편집인이 주방에 있는 어느 냄비에 오줌을 질질 싸더니 물 항아리에 쏟아 부었다.

그는 자신의 행위가 이루 말할 수 없이 재미있다고 여기는 모양이었다.

"이제 보니 당신 형편없는 얼간이군요." 안드레스가 거칠게 말했다.

"뭐라구요?"

"얼간이에 못돼먹은 짐승 같다고 했소."

"어디서 입을 함부로 놀리는 거요!" 그 비밀 공제조합원이 소리쳤다.

"내 말뜻을 제대로 못 알아들은 모양이군요?"

"밖에서도 그 따위로 말했다간 가만두지 않겠소."

"밖에서건 어디에서건 상관없소."

안토니토가 중재를 해야 했다. 하지만 그는 마침 그곳을 떠나고 싶은 생각이 간절했던 차라 '이러다가는 싸움이 벌어지겠으니 그만 가봐야겠다'며 그 기회를 이용해 안드레스를 데리고 나와버렸다. 푸라가 문을 열어주러 내려왔다. 신문기자와 안드레스는 푸에르타 델 솔까지 함께 걸었다.

안토니토는 안드레스를 두둔했다. 그는 모든 사람을 지키고 돕겠다고 분명히 약속했다.

안드레스는 기분이 언짢은 상태로 집을 향해 발걸음을 떼었다. 도냐 비르히니아는 여자들을 착취하고 인신매매를 하고 있었다. 그 젊은이들은 가련하고 불행한 사람 하나를 조소하고 있었다. 세상에 자비심 같은 것은 보이지 않았다.

룰루

파티에서 룰루와 대화를 나눈 안드레스는 그녀와 조금 더 친해지고 싶은 욕구가 생겼다.

실제로 룰루는 싹싹하고 매력적이었다. 그녀의 눈은 한쪽이 다른 쪽보다 더 높이 달려 있는, 소위 짝짝이 눈이었다. 웃을 때는 눈이 감겨 두 개의 작은 줄처럼 변했는데, 그 표정이 매우 심술궂어 보였다. 미소를 지을 때는 입술 양쪽이 위로 올라갔으며, 얼굴 표정이 비꼬는 듯하고 톡톡 쏘는 듯한 분위기를 풍겼다.

그녀는 말을 할 때도 거침이 없었다. 오싹오싹 소름이 끼치게 만드는 말들을 습관적으로 내뱉었다. 자신의 자유분방한 정신을 가둬둘 방책이 없는 것 같았다. 심한 경우에는 냉소가 두 눈에 반짝거릴 정도였다.

파티 이후 처음으로 룰루를 만나러 간 날 안드레스는 도냐 비르히니아의 집에 갔던 얘기를 들려주었다.

"당신들이 그 조산사를 만났다구요?" 룰루가 물었다.

"그래요."

"뻔뻔스럽고 돼지처럼 지저분한 아줌마죠."

"애야!" 도냐 레오나르다가 소리쳤다. "무슨 말을 그렇게 하니?"

"그럼 뭐예요? 뚜쟁이라고 할까요, 아님 그보다 더 악랄한 여자라고 할까요?"

"아이고! 저 말버릇 좀 봐!"

"어느 날인가 그 여자가 날 찾아왔어요." 룰루가 말을 이었다. "나더러 어느 늙은이 집에 함께 가지 않겠느냐고 묻더군요. 불결하고 천박한 여자!"

안드레스는 룰루의 신랄한 말투에 놀란 적이 한두 번이 아니었다. 하지만 그녀의 말은 극장 같은 데서 들을 수 있는 진부한 농담과는 달랐다. 그녀가 하는 말은 모두 거리에 떠돌아다니는 유행어들이었다.

안드레스는 오직 룰루의 말을 듣기 위해 그 집을 자주 찾아가기 시작했다. 분명 그녀는 육체적 쾌락을 느끼기 위해서라기보다는 보고, 이해하고, 뛰어난 사람이 되기 위한 커다란 열망을 지닌 채 대도시에서 일하는 대부분의 아가씨들처럼 영리하고 똑똑한 여자였다.

안드레스는 룰루가 꽤나 매력적인 여자라 여기고 있었지만 그녀를 사랑하겠다는 생각은 추호도 하지 않았다. 룰루와 진실한 우정을 넘어서는 관계에 이를 수 있다고 생각하는 것은 그로서는 불가능한 일이었을 것이다.

룰루는 자수를 놓아 세고비아 거리에 있는 어느 공장에 납품하면서 하루에 3페세타까지 벌고 있었다. 이 돈에 도냐 레오나르다가 받는 얼마 되지 않는 연금을 합쳐 가족이 살아가고 있었다. 니니는 일을 하기는 했지만 변변치 못해 푼돈밖에 벌지 못하고 있었다.

오후에 안드레스가 룰루를 찾아갈 때면 룰루는 무릎에 자수틀을 올려놓고 어떤 때는 큰 소리로 노래를 부르면서, 어떤 때는 아주 조용히 작업을 하고 있었다.

그녀는 거리에서 불리는 노래를 재빨리 익혀서 감탄스러울 정도로 장난스럽게 불러댔다. 특히 가사가 우스꽝스럽고 저속한 대중가요를 유독 좋아했다.

다음과 같이 시작하는 탱고가 그러했다.

카디스 요리사, 유명한 요리사,
스튜 요리를 보면 여자를 떠올리네.

다른 탱고들 가운데서도 유독 여군이 되거나 해병이 되고자 하는 여자들에 관한 탱고, 즉 「아가씨, 뭐 하러」를 즐겨 불렀고, 또 자전거 타는 여자들에 관한 탱고의 경우에는 이런 재미있는 염려를 덧붙여 개사를 하기도 했다.

그래서 지금
말들이 많지,
아가씨들이
치마를 입을까,
바지를 입을까.

그녀는 이런 대중가요들을 정말 익살스럽게 불러댔다.
때때로 기분이 착 가라앉아 있기도 했다. 그때는 불안정하고 신경질적인 소녀처럼 생각에 잠겨 침묵을 지키고 있었다. 그런 순간에는 그녀의 마음이 내부로 집중되는 것처럼 보였고, 상상력이 그녀를 침묵으로 내모는 것 같았다. 그녀가 자신의 내면세계에 빠져 있는 동안 누군가 별안간 그녀를 부르면 얼굴이 빨개지며 당황해했다.

"저럴 땐 쟤가 무슨 꿍꿍이가 있는지 도무지 알 수가 없다니까. 하지만 좋은 걸 생각하는 건 절대 아닐 거야." 그때마다 룰루의 어머니는 이렇게 말했다.

룰루는 자신이 어렸을 때는 말을 하고 싶지 않았던 기간이 꽤 길었다고 안드레스에게 고백했다. 당시에는 말하는 것이 커다란 슬픔을 유발했기 때문에 그때부터 그런 버릇이 생겼다는 것이다.

룰루는 자주 자수틀을 놓아두고 집 근처 잡화점에 무언가를 사러 나갔는데, 점원들의 말에 아주 건방지고 뻔뻔스럽게 대꾸했다.

도냐 레오나르다와 니니는 룰루가 이처럼 자신들이 속한 계층의 품위를 지키지 못하는 것을 진정으로 부끄럽게 여기고 있었다.

"네 아버지가 고위직을 지낸 분이셨다는 점을 명심하거라." 도냐 레오나르다는 자주 룰루에게 단단히 주의를 주었다.

"그래서 지금 우리가 이렇게 굶어죽게 생겼군요." 그때마다 룰루는 이렇게 툴툴거렸다.

날이 저물어 세 여자가 일을 마칠 때면 룰루는 몸 하나 겨우 들어갈 정도로 비좁은 구석이면 어느 곳에나 가리지 않고 처박혀버리기 일쑤였다. 이렇듯 그녀는 의자 두 개나 식탁 사이 또는 의자들이나 식당의 찬장 사이 비좁은 공간에 틀어박혀 어머니와 언니를 흉보면서 예의 그 냉소적인 말들을 뱉어놓기 시작했다. 인간적인 의미에서 불구인 것들은 모두 그녀의 마음을 즐겁게 했다. 그녀는 그 어떤 것에도, 그 어떤 인간에게도 존경심을 갖고 있지 않았다. 괜히 얌전한 체하는 여자들을 인정사정 없이 배척하는 것을 즐겨했기 때문에 자기 또래 아가씨들을 친구로 사귈 수도 없었다. 반대로, 노인과 병자에게는 좋은 아가씨여서 그들의 편집증과 이기심을 이해하고 너그럽게 웃어 넘겼다. 또한 봉사정신이 투철했다. 지저분한 소년의 팔짱을 스스럼없이 낀 채 걷기도 하고, 골방에서 투병 중인 할머니를 돌보기도 했다.

가끔씩 안드레스는 룰루가 평소보다 더 의기소침해 있는 모습을 발견할 수 있었다. 그녀는 늘 낡은 의자들을 바리케이드처럼 쳐놓고 그 안에 들어앉아 손으로 머리를 괸 채 그 방에 덕지덕지 붙어 있는 가난에 대해 비웃고, 천장이나 돗자리에 난 구멍들 가운데 하나를 뚫어지게 쳐다보고 있었다.

어떤 때는 똑같은 노래를 쉬지 않고 부르기도 했다.

"얘야, 제발 조용히 좀 해라! 그놈의 노래 때문에 정신이 다 혼미해지겠다." 그때마다 어머니가 이렇게 말했다.

그러면 룰루는 입을 다물었다. 하지만 조금 있다가 다시 노래를 불러댔다.

이따금 도냐 레오나르다의 남편 친구인 돈 푸르덴시오 곤살레스가 그 집에 들렀다.

돈 푸르덴시오는 통통한 몸매에 배가 불룩 튀어나온 날건달이었다. 항상 검정 프록코트와 하얀 조끼를 입고 있었는데, 조끼에는 장식물이 주렁주렁 달린 시곗줄이 매달려 있었다. 사람을 무시하는 것 같은 두 눈은 아주 작았고, 짧은 콧수염은 손으로 그려놓은 것처럼 보였으며, 안색은 불그스레했다. 그는 안달루시아 말투를 사용했고, 대화를 할 때는 학자 같은 태도를 취했다.

돈 푸르덴시오가 오는 날이면 도냐 레오나르다는 열을 내 신세타령을 해댔다.

"내 남편을 잘 아시잖아요." 그녀는 훌쩍거리는 목소리로 말했다. "이제 우리 처지가 바뀌었다는 것도 알고 계시구요."

도냐 레오나르다는 두 눈 가득 눈물을 머금은 채 자신들의 화려했던 과거를 회상하고 있었다.

룰루의 이면

안드레스는 휴일 오후면 가끔 룰루와 그녀의 어머니를 데리고 레티로 공원이나 식물원에 산책하러 갔다.

룰루는 식물원이 더 대중적이고 집에서 가까웠으며 대로변에 있는 도금양(桃金孃) 고목들이 내뿜는 톡 쏘는 냄새 때문에 그곳에 가는 걸 좋아했다.

"자네나 되니까 룰루를 데리고 나가도록 해주는 거야." 도냐 레오나르다는 늘 이렇게 넌지시 돌려 말했다.

"됐어요, 됐다구요, 엄마. 이제 그만 좀 하세요." 그때마다 룰루가 툴툴거렸다.

두 사람은 식물원 벤치에 앉아 이런저런 얘기를 나누었다. 룰루는 자신의 삶, 살면서 느낀 감정, 특히 어린 시절에 관해 말했다. 어린 시절의 기억이 그녀의 뇌리에 아주 깊숙이 박혀 있었던 것이다.

"어린 시절을 생각하면 정말 괴로워요!" 그녀가 말했다.

"왜요? 그때는 잘살았잖아요?" 안드레스가 물었다.

"아뇨, 그렇지 않았어요. 아무튼, 아주 괴로워요."

룰루는 어렸을 때 벽에서 회반죽을 떼어 먹거나 신문지를 먹는 버릇 때문에 가끔씩 매를 맞았다고 했다. 당시 그녀는 편두통과 신경발작 증세가 있었다. 하지만 이미 오래전부터 그 어떤 이상 증세도 나타나지 않고 있었다. 물론 조금은 불안정했다. 모진 세월을 꿋꿋하게 이겨낼 수 있다고 느끼다가도 삶에 너무 지칠 때는 쉽사리 좌절하는 경우가 다반사였다.

이런 기질적인 불균형은 그녀의 정신적·물질적 면모에도 반영되어 있었다. 완전히 제멋대로였다. 별다른 이유 없이 뭔가를 싫어했다가 좋아하기를 반복했다.

규칙적으로 식사하는 것도 싫어하고, 뜨거운 음식도 좋아하지 않았다. 차갑고 매운 음식, 식초를 친 음식, 피클, 귤 같은 것에만 입맛이 당겼다.

"아! 내가 만약 당신의 가족이라면 그릇된 습관을 고쳐주었을 텐데." 안드레스가 말했다.

"고쳐준다구요?"

"그래요."

"그럼 내 사촌 하세요."

"어디 한번 비웃어봐요" 안드레스가 말을 받았다. "당신의 그 못된 버릇을 고쳐주고 말 테니."

"아이, 아이, 아이, 난 지금 어지러워!" 그녀는 넉살 좋게 노래를 흥얼거리는 것으로 대답을 대신했다.

안드레스는 많은 여자를 사귀지는 않았다. 만약 여자들을 더 많이 알았더라면, 그래서 서로를 비교할 수 있었더라면 룰루를 더 낮게 평가했을 것이다.

이 아가씨에게는 꿈과 도덕성이, 적어도 당시에 유효했던 도덕성이 결핍되어 있는 것처럼 보였지만 내면적으로는 매사에 매우 인간적이고 고상한 사고방식을 지니고 있었다. 그녀는 간통도 악습도 심지어는 심각한 범죄까지도 그리 나쁘게 보지 않았다. 그녀를 괴롭히는 것은 위선, 불신 같은 것이었다. 그녀는 진정 진실성을 원하고 있었다.

만약 한 남자가 자기를 원하고 진정으로 자기를 사랑하고 있다는 사실을 안다면, 그가 부자건 가난하건, 총각이건 유부남이건 따라갈 거라고 했다.

니니와 도냐 레오나르다에게는 그 같은 생각이 어처구니없고 천박하게 여겨졌다. 룰루는 법과 사회통념을 받아들이지 않고 있었다.

"사람은 각자 자기가 하고 싶은 걸 해야 한다구요." 룰루는 늘 이렇게 말했다.

룰루는 어린 시절을 유복하게 보냈기 때문에 자기 의견을 거리낌 없이 말하는 용기를 지니고 있었다.

"정말 한 남자를 따라갈 수 있어요?" 안드레스가 물었다.

"진정 날 사랑한다면, 그야 물론이죠! 나중에 날 걷어차버린다 해도 따라갈 거예요."

"결혼하지 않고서도 가능해요?"

"가능해요. 뭐 안 될 이유라도 있나요? 한 이삼 년 동안 꿈과 열정을 가지고 살 수만 있다면, 아무도 날 어쩌지 못해요."

"그 다음에는요?"

"그러고 나서는 지금처럼 계속 일을 할 거예요. 아니면 음독자살을 해버리든지."

룰루는 이처럼 비극적인 종말을 맞이하겠다는 생각을 종종 했다. 그렇게 끝장을 내겠다는 생각, 멜로드라마에 나오는 식으로 끝장을 내겠다는 생각이 그녀를 사로잡고 있음에 틀림없었다. 그녀는 늙는 것이 싫다고 말했다.

늘 아주 솔직하게 냉소적으로 말했다. 어느 날 룰루가 안드레스에게 말했다.

"자, 내 얘기 좀 들어봐요. 몇 년 전에 소위 우리 여자들이 말하는 그 순결이라는 것을 잃을 뻔한 적이 있었어요."

"왜 그렇게 되었는데요?" 안드레스가 룰루의 말을 듣고 놀라며 되물었다.

"이웃에 사는 짐승 같은 남자가 날 겁탈하려 했죠. 열두 살 때였어요. 그런데 때마침 바지를 입고 있었고, 내가 소리를 질러대는 바람에······ 만약 안 그랬다면······ 난 순결을 잃었을 거라구요." 그녀는 쩌렁쩌렁 울리는 목소리로 이렇게 늘어놓았다.

"룰루 씨는 고정관념 같은 걸 그다지 대수롭게 여기지 않는 것 같군요."

"나처럼 못생기고, 항상 일만 하고 있어야 하는 여자에게 그런 건 그리 중요하지 않거든요."

'이처럼 비정상적일 정도로 솔직하고 분석적인 룰루의 이면에는 진정 무엇이 들어 있는 것일까?' 안드레스는 자문해보았다. '즉흥적인 건가? 충분히 숙고한 건가? 아니면 튀어 보이려고 괜한 허세를 부리는 건가? 그걸 구별하는 게 쉽지가 않아.'

훌리오와 안드레스는 토요일 밤이면 가끔 룰루, 니니, 그리고 두 아가씨의 어머니를 극장에 초대했고, 영화가 끝나면 어느 카페에 갔다.

허영주머니 마놀로

이웃에 룰루가 서로 도움을 주고받으며 지내는 나이 든 친구가 있었다. 베난시아라 불리는 그녀는 다리미질을 하는 일을 직업으로 갖고 있었다.

예순 살쯤 된 베난시아 부인은 끊임없이 일을 했다. 겨울이나 여름이나 단 한순간도 쉬지 않고 자신의 골방에서 다리미질을 해댔다. 베난시아 부인은 딸, 사위와 함께 살고 있었다. 건달 사위는 '허영주머니 마놀로'라 불렸다.

여기저기 많은 일에 관여하면서도 제대로 해내는 일은 단 하나도 없는 그 마놀로인가 뭔가 하는 사내는 실업자나 다름없는 상태로 지냈다. 게다가 장모에게 얹혀 살고 있는 실정이었다.

마놀로에게는 자식이 서넛 있었다. 태어난 지 얼마 되지 않은 막내딸은 거의 대부분 바구니 안에 담긴 채 베난시아 부인 방에 있었기 때문에 룰루가 자주 그 아이를 안고 복도를 거닐었다.

"이 아기는 다음에 무엇이 될까?" 누군가 이렇게 물을 때면 룰루는 이렇게 대꾸했다.

"창녀요, 창녀." 또는 더 심한 말을 덧붙이기도 했다. "에스트레야처럼 남자들이 차로 모시겠죠."

베난시아 부인의 딸은 게으른 데다 술고래에, 걸핏하면 이웃 아주머니들과 싸움질이나 하면서 세월을 보내고 있었다. 한마디로 말해 고삐 풀린 망아지였다. 남편 마놀로처럼 일하기를 싫어해 온 가족이 베난시아 부인에게 얹혀 살고 있었다. 당연히 몇 푼 되지 않는 세탁소 수입으로 그 집 생활비를 다 대기에는 역부족이었다.

장모와 사위가 다툴 때면 마놀로의 아내는 이 게으름뱅이 사내가 다른 사람들의 노동 덕으로 살 권리라도 있는 것처럼 항상 남편을 두둔했다.

불의를 보면 참지 못하는 룰루는 어느 날 딸이 어머니에게 대거리를 하는 것을 보고는 베난시아 부인을 두둔하면서 마놀로의 아내에게 이 여우 같은 여자가 맨날 술만 처먹고 수캐 같은 짓만 한다고 욕을 퍼부어대고는, 남편은 개망나니 같은 인간이라고 덧붙였다. 그러자 상대는 룰루와 그 집 여자들은 배를 쫄쫄 곯아 죽은 목숨이나 다름없으면서도 허영기만 잔뜩 들어 있다고 쏘아붙였다. 이웃 여자들이 말린 덕분에 두 여자가 머리끄덩이를 잡고 싸우는 일만은 일어나지 않았다.

하지만 룰루가 내뱉은 말이 분란을 일으키고 말았다. 겁쟁이에 하는 일 없는 건달인 그 허영주머니 마놀로가 따분하던 차에 룰루에게 그 말에 대한 해명을 요구하기로 작정하고 나섰던 것이다.

도냐 레오나르다와 니니는 그 소식을 듣고 큰 충격을 받았다. 도냐 레오나르다는 룰루에게 그런 인간을 상대하고 다녔다며 소리를 꽥 내질렀다.

도냐 레오나르다는 자신의 사회적 체면에 관한 사안에만 민감하게 반응하는 여자였다.

"너 우릴 망신시키려고 갖은 애를 다 쓰는구나." 도냐 레오나르다가 울다시피 룰루에게 말했다. "그 남자가 찾아오면 우린 어떡하니? 오, 하느님!"

"오라고 하죠, 뭐. 게으름뱅이 놈팡이로 장모에게 빌붙어 사느니 일이나 하라고 해주죠." 룰루가 대꾸했다.

"근데 왜 넌 쓸데없이 남의 일에 끼어드는 거니? 왜 그런 인간을 상대하고 다니냐구?"

오후에 훌리오와 안드레스가 찾아오자 도냐 레오나르다는 그들에게 그간의 경위에 대해 알렸다.
"이런 빌어먹을. 하지만 아무 일도 없을 겁니다. 저희가 여기 있겠습니다." 안드레스가 말했다.

사건의 경위를 듣고는 그 허영주머니 마놀로가 필시 찾아올 거라는 사실을 알게 된 훌리오는 괜히 싸움에 휘말리는 게 싫어 자리를 떠버릴까도 생각했다. 하지만 비겁하다는 말을 듣고 싶지는 않았기 때문에 그대로 남아 있었다.

오후 세 시쯤 누군가 문을 노크하며 말했다.
"실례해도 되겠소?"
"들어오세요." 안드레스가 말했다.

화려한 축제 의상을 멋지게 차려입은 허영주머니 마놀로는 투우사들이 쓰는 챙 넓은 모자를 쓰고, 길다란 은시곗줄까지 매달고 있었다. 뺨에는 검은 점이 하나 있었는데, 그 점에서 나온 곱슬곱슬한 털이 회중시계 태엽처럼 둘둘 말려 있었다. 도냐 레오나르다와 니니는 마놀로를 보더니 몸을 벌벌 떨었다. 안드레스와 훌리오가 마놀로에게 할 말이 있으면 해보라고 했다.

허영주머니는 지팡이를 왼팔에 걸쳐놓은 채 어떻게 하면 자기 체면을 세울 수 있을까, 또 어떤 거친 말들이 오갈까 한참 동안 곰곰이 따져보고 이리저리 재보기 시작했다. 그 두 청년이 바보 같은 겁쟁이들이거나, 아니면 그의 얼굴을 박살낼 수 있는 저돌적인 사내들일 수도 있었기 때문에 어떻게 하면 자신이 용감하게 보일 수 있을지 넌지시 탐색하고 있는 것 같았다.

룰루는 마음을 졸이고 그들의 대화를 들으면서 여차하면 뛰어들 자세로 팔과 다리를 움직거리고 있었다.

그들이 아무런 응수도 하지 않자 허영주머니는 의기양양해하며 목소리를 조금 높였다.
"그러니까 여기가 (허영주머니가 지팡이로 룰루를 가리켰다) 내 아내를 여우라 불렀다는데, 내 아내는 여우가 아니라 이거야. 세상에 내 아내보다 더 여우 같은 여자는 많을 거라 이거야. 그리고 여기가 (허영주머니가 다시 룰루를 가리켰다) 나더러 개망나니라고 했다던데, 이런 빌어먹을 여자……! 그 따위로 주둥일 놀리는 인간은 간을 씹어먹어버리겠어!"
말을 마친 허영주머니가 지팡이로 바닥을 꽝 찍었다.
허영주머니의 행동이 지나치다고 생각한 안드레스가 약간 창백해진 얼굴로 자리에서 일어나 그에게 말했다.
"좋아요, 앉으시죠."
"이대로가 좋소." 건달이 말했다.
"이보세요. 그러지 말고 좀 앉으세요. 오랫동안 서서 말을 했기 때문에 피곤할 텐데요."
허영주머니 마놀로는 경계심을 늦추지 않은 채 자리에 앉았다.
"이제 댁이 원하는 게 뭔지 간략하게 말해보세요." 안드레스가 말을 이었다.
"간략하게라고?"
"그래요."
"해명을 해달라 이거요."
"해명이라니, 무슨 해명 말인가요?"
"여기가 (허영주머니가 다시 룰루를 가리켰다) 내 아내와 이 사람에 대해 한 말에 대해서요."
"자, 이보세요. 바보처럼 굴지 마세요."

"난 바보가 아니오."

"이 아가씨가 무슨 말을 하기를 원하는 거요? 댁의 아내가 여우도 술꾼도 수캐도 아니고, 또 당신이 개망나니가 아니란 말을 하라는 거요? 좋아요. 룰루, 이 대단한 분이 차분하게 돌아가시도록 그렇게 말해버려요."

"그 어떤 인간도 날 놀릴 수 없어." 허영주머니가 자리를 박차고 일어서며 말했다.

"정 그렇게 나오면 이 의자로 당신 머리통을 깨서 계단으로 차버릴 수도 있소."

"당신이 나를?"

"그래요, 내가 그럴 거요."

안드레스는 의자를 집어든 채 건달에게 다가갔다. 도냐 레오나르다와 딸들이 비명을 지르기 시작했다. 허영주머니는 잽싸게 문 쪽으로 도망쳐 문을 열었다. 안드레스가 그에게 다가갔다. 하지만 허영주머니는 밖에서 문을 걸어버린 뒤 엄포를 놓고 욕지거리를 퍼부어대면서 복도를 통해 도망쳐버렸다.

안드레스는 그 인간의 갈비뼈를 분질러 사람 대하는 법을 좀 가르쳐주겠다며 따라 나가려고 했다. 하지만 여자들과 홀리오가 그만하면 됐으니 진정하라고 그를 설득했다.

소동이 벌어지는 동안 줄곧 룰루는 언제라도 끼어들 자세를 취한 채 몸을 부들부들 떨고 있었다. 안드레스가 작별을 고하자 룰루는 평소보다 더 힘차게 그의 손을 부여잡았다.

베난시아 이야기

도냐 레오나르다의 집에서 안드레스와 허영주머니 마놀로 사이에 일어났던 그 극적인 장면 때문에 그 집 사람들은 안드레스를 영웅처럼 여기게 되었다. 어느 날 룰루는 안드레스를 베난시아의 세탁소로 데려갔다. 베난시아는 성격이 좀 깐깐한 할머니였지만 깔끔하고 부지런했다. 단 한 순간도 쉬지 않고 하루를 보냈다.

베난시아의 이력은 특이했다. 젊었을 때부터 여러 집에서 하녀로 일해오던 그녀는 마지막으로 모신 부인이 죽자 하녀 일을 그만두었다.

세상에 대한 베난시아의 생각은 약간 엉뚱했다. 그녀에게 부자는, 특히 귀족은, 보통 사람보다 우월한 계층에 속했다.

귀족은 부정한 것이든, 부도덕한 것이든, 이기적인 것이든, 모든 면에서 권리를 갖고 있었다. 현행 도덕률 위에 있다는 것이었다. 그녀처럼 가난한 사람이 경망스럽고, 이기적이고, 부정(不貞)하다면 그것은 가증스러운 일이지만, 어느 귀부인이 이와 똑같은 경우라면 그것은 용서할 수 있는 일이라는 것이었다.

특이하기 이를 데 없는 이런 철학은 안드레스를 놀라게 했다. 이 철학에 의하면, 건강, 힘, 아름다움, 그리고 특권을 소유한 사람은 질병, 나약함, 추함, 그리고 더러움밖에 모르는 사람에 비해 다른 좋은 것들을 향유할 권리를 더 많이 지닌다는 것이다.

과학적으로 증명이 될지는 모르겠지만, 사람들에 따르면, 가톨릭에서 말하는 그 하늘나라에서는 파스쿠알 바일론[4]이라는 성인이 하느님 앞에서 춤을 추면서 항상 "더 많이, 더 많이, 더 많이"라고 말한다고 한다. 운이 좋은 사람에게는 행운을 더 많이, 더 많이, 더 많이 주고, 불행한 사람에게는 불행을 더 많이, 더 많이, 더 많이 준다는 것이다. 이와 같은 것들이 바로 베난시아 부인의 철학이었다.

베난시아 부인은 다리미질을 하는 동안 자신이 모셨던 주인들에 관한 얘기를 곧잘 했다. 안드레스는 즐겨 그녀를 찾아가 얘기를 들었다.

베난시아 부인이 모셨던 첫번째 여주인은 변덕이 심하고 성질이 지랄 같은 미치광이였다. 자식들과 남편, 하인들을 두들겨 패고 걸핏하면 친구들을 적으로 만들어버렸다.

그녀가 사용한 책략 하나는, 친구들끼리 모일 때 한 친구가 먼저 오면 그 친구를 커튼 뒤에 숨겨놓고 나중에 온 친구에게 숨어 있는 친구의 흉을 보도록 유도해서는 숨어 있는 친구가 그 말을 듣게 하는 것이었다.

그 귀부인은 맏딸에게 초라하고 우스꽝스러운 옷을 입도록 했다. 그 누구도 딸에게 시선을 보내지 못하도록 하기 위해서였다. 그녀의 사악함은 주방에 있는 식기 몇 벌을 정원에 감춰놓고는 하인 하나를 도둑으로 몰아 감옥에 보내기에 이르렀다.

어느 날 밤 베난시아 부인이 중병에 걸린 그 집 아들을 간호했다. 아이는 사경을 헤매다 밤 열 시경에 죽고 말았다. 베난시아 부인이 울면서 그 사실을 여주인에게 알리러 갔을 때, 그녀는 무도회에 참석하기 위해 옷을 입은 상태였다. 여주인에게 그 슬픈 소식을 전하자 여주인은 이렇게 말했다. "됐어, 지금은 아무 말도 하지 마." 그러고는 무도회에 갔고, 돌아와서는 넋을 놓고 우는 시늉을 했다.

"늑대 같은 여자로군요!" 그 이야기를 듣고 룰루가 말했다.

베난시아 부인은 화제를 그 귀부인 집에서 매우 아름답고 관대한, 그러나 이루 말할 수 없을 정도로 방탕한 어느 공작 부인 집으로 옮겼다.

"그 부인은 정부를 둘씩이나 두고 있었어요." 베난시아 부인이 말했다. "부인은 자주 암갈색 서지 옷을 차려입고 헤수스 성당에 가서 몇 시간씩 기도를 하곤 했죠. 정부는 그 부인이 성당에서 나올 때까지 차 안에서 기다렸다가 함께 어디론가 가곤 했어요."

베난시아 부인이 말을 계속했다.

"어느 날 공작 부인과 정부가 한방에 있었어요. 나는 그 방과 비밀문으로 연결되어 있는 옆방에서 자고 있었죠. 갑자기 벨 소리와 문을 두들기는 소리가 요란스럽게 나더군요. '남편이 왔다'고 생각했어요. 침대를 박차고 나와 그 비밀문을 통해 부인의 침실로 들어갔죠. 어느 하인이 현관문을 열어줘서 집 안으로 들어온 공작이 부인의 침실 문을 격렬하게 두드리고 있더군요. 그 문에는 약하디약한 걸쇠 하나밖에 안 달려 있었어요. 힘을 조금만 가해도 열릴 정도로 약했다니까요. 나는 커튼을 치거나 걷을 때 사용하는 봉으로 문에 빗장을 걸었어요. 당황한 정부는 어찌 할 바를 모르고 있더군요. 아주 우스꽝스러운 몰골이더라구요. 나는 그를 비밀문으로 데리고 나와 내 남편의 옷을 줘서는 계단으로 내려보냈어요. 그러고 나서 나는 황급히 옷을 주워 입고 공작을 맞이하러 갔죠. 공작은 손에 권총을 든 채 방문을 두드리면서 노발대발하고 있었어요. 부인은 내 목소리를 듣고는 이제 상황이 좋아졌다고 생각하고서 문을 열어주었죠. 방으로 들어온 공작은 구석구석을 이 잡듯 뒤지고 있었고, 그 사이 부인은 조용히 남편을 바라보고 있었어요. 다음 날, 부인은 나를 껴안고 볼에 입을 맞추면서, 마음속 깊이 후회하고 있으며 앞으로는 조신하게 살 거라고 했어요. 하지만 보름 만에 벌써 정부 하나를 또 두었더군요."

베난시아 부인은 당시 귀족 세계의 은밀한 생활상을 속속들이 알고 있었다. 이사벨 2세는 팔에 두드러기가 나 있고, 색정광이었으며, 그녀의 남편이 발기 불능이었다는 사실과 귀족들이 무슨 부정한 짓을 했는지, 어떤 질병에 걸렸는지, 어떤 습관을 지니고 있는지 직접 목격했기 때문에 자세히 알고 있었다.

룰루는 이런 이야기가 재미있었다.

안드레스는 그들 모두가 호감을 갖거나 자비를 베풀 필요가 없는 쓰레기처럼 지저분한 인간들이라고 말했다. 하지만 예의 그 특이한 철학으로 무장한 베난시아 부인은 안드레스의 견해를 받아들이지 않았다. 오히려, 그런 사람들은 한결같이 아주 선량하고 자비로우며, 크게 자선을 베풀어 가난한 사람들을 구제해준다고 말했다.

때때로 안드레스는 부자들의 돈은 목장이나 논밭에서 일하는 불쌍한 빈자들의 땀과 노동을 통해 나온 것이라는 사실을 그 세탁소 여자에게 인식시키려 애썼다. 그런 불공평한 상태는 바뀌어야 한다고 강조했다. 하지만 베난시아 부인에게 이것은 하나의 환상이었다.

"우리는 이런 세상을 살아왔고, 앞으로도 세상은 계속 이럴 거예요." 그 할머니는 자기 주장에 반론의 여지가 없다고 확신하며 이렇게 말했다.

이웃 사람들

룰루의 한 가지 특성은 이웃 사람들과 이웃 지역, 그리고 그녀 자신에게 아무런 이익도 가져다주지 않는 마드리드의 다른 지역에서 일어나는 일에 무척 관심이 많다는 것이었다. 그녀는 자수를 놓고 지내면서도 이웃 사람들 사이에서 일어난 일에 관해 소상히 알고 있었다.

그녀 가족이 사는 집은 첫눈에는 썩 크게 보이지 않았지만 실제로는 매우 넓고, 대단히 많은 가구가 살고 있었다. 특히 여러 다락방에서 사는 사람은 숫자도 많고, 그만큼이나 각양각색이었다.

불량배들과 마드리드의 빈민들 가운데서도 특이한 인간들 상당수가 그 집을 스쳐갔다. 다락방에 세 들어 사는 사람들 가운데 항상 말썽만 부리는 여자가 있었다. 채소와 과일을 파는 네그라[6] 할머니였다. 늘 술에 취해 있는 그 불쌍한 할머니는 공화국을 옹호하고, 권력층, 장관들, 그리고 부자들을 비난하는, 소위 정치적 알코올 중독에 빠져 있었다.

보안관들은 그 할머니를 국가와 사회를 모독하는 사람으로 취급해 때때로 연행해 가서는 보름씩 구금시켜놓기도 했다. 하지만 할머니는 풀려나오자마자 또다시 예전 모습으로 되돌아가버렸다.

네그라 할머니는 술을 마시지 않아 제정신일 때는 자기를 니에베스[7] 부인으로 불러주기를 원했다. 원래 이름이 니에베스였기 때문이었다.

이웃에 별난 할머니가 또 있었다. 벤하미나 부인이었다. 사람들은 그녀에게 도냐 피투사[8]라는 별명을 붙여주었다. 도냐 피투사는 매부리코와 생기 넘치는 두 눈에 입이 유난히 크고 몸집이 작은 할머니였다.

그 할머니는 항상 헤수스 성당이나 몬세라트 성당으로 동냥을 하러 가서 자신은 가정적으로도 무척 불행하고 재산까지 다 날려버렸다며 행인들의 동정심에 호소했다. 그런 불행 때문에 자신이 술을 좋아할 수밖에 없다고 생각하는 것 같았다.

벤하미나 부인은 각기 다른 구실로 구걸을 하고 각처에 눈물 젖은 편지를 보내면서 마드리드의 절반을 싸돌아다녔다. 날이 어두워지면 자주 얼굴에 검은 베일을 쓴 채 거리 입구에 자리를 잡고는 자신이 어느 장군의 미망인이다, 생의 유일한 버팀목인 스무 살짜리 아들이 방금 전에 죽었는데 그 시체에 수의를 입히고 초 한 자루 밝힐 돈도 없다는 등 연극배우들이 쓰는 말투로 비극적인 신세타령을 함으로써 행인들을 놀래주기 일쑤었다.

행인들은 어떤 때는 전율했고, 어떤 때는 스무 살짜리 아들들이 도대체 얼마나 많기에 그렇게 자주 죽느냐고 되묻기도 했다.

벤하미나의 실제 아들은 스무 살이 넘었는데, 이름이 출레타⁹였다. 장의사에서 일했다. 코가 납작하고, 비쩍 마른 몸에 등이 굽었으며, 도미 눈에 샤프란 색 수염을 기르고 있는 그는 병약한 외모를 지니고 있었다. 이웃 사람들에 따르면, 바로 이 아들 때문에 어머니가 멜로드라마 같은 얘기를 늘어놓는다는 것이었다. 출레타는 음산한 분위기를 풍기는 사내였다. 장의사의 관들 사이에 있는 그를 보면 정말 불쾌한 기분이 들 정도였다.

출레타는 복수심에 사로잡혀 있고 원한이 많은 사람이어서 무엇이든 한번 마음에 담았다 하면 잊어버리는 법이 없었다. 그는 허영주머니 마놀로를 마음속 깊이 증오하고 있었다.

출레타의 많은 자식들은 한결같이 아버지처럼 맥이 없고 비극적인 우둔함을 지니고 있었으며, 하나같이 심성이 아주 고약하고 원한에 사로잡혀 있었다.

몸이 위아래 할 것 없이 엄청나게 넓은 갈리시아 출신 사팔뜨기 여자가 그 다락방들에서 하숙을 치고 있었다. 파카¹⁰라 불리는 이 여자의 하숙생들 가운데는 사팔뜨기가 하나 있었는데, 산 카를로스 캠퍼스 해부학 강의실의 조수인 그는 훌리오 안드레스와도 면식이 있었다. 또 병원에 근무하는 남자 간호사도 있었고, 돈 클레토 메아나라 불리는 실업자도 있었다.

그 집에서 철학자로 통하는 돈 클레토는 교육도 잘 받고 교양이 있는 사람이었지만 매우 궁핍한 상태에 처해 있었다. 그는 친구들이 주는 돈 몇 푼으로 살아가고 있었다. 작은 키, 비쩍 마른 몸매에 회색 수염을 잘 다듬어놓은 그는 아주 깔끔하고 단정한 노인이었다. 낡았지만 그런대로 깨끗한 옷을 입고, 와이셔츠 칼라도 빳빳했다. 혼자서 이발을 하고, 옷을 빨고, 부츠 표면이 하얗게 갈라터지면 염색을 했으며, 너덜너덜하게 헤진 바지 밑단도 잘라 손질을 했다. 베난시아 부인이 그의 와이셔츠를 무료로 다려주고 있었다. 돈 클레토는 스토아 철학자였다.

"나는 하루에 작은 빵 하나와 담배 몇 개비만으로도 왕자처럼 잘 살고 있어요." 그 가난뱅이 남자는 늘 이렇게 말했다.

돈 클레토는 늘 레티로 공원과 레콜레토스 공원에서 산책을 했다. 벤치에 앉아 사람들과 대화를 나누었고, 신사 체면에 어울리지 않게 궁색한 짓을 하는 모습이 사람들 눈에 띄는 게 싫었기 때문에 다른 사람 몰래 담배꽁초들을 주워 보관했다.

돈 클레토는 거리에서 벌어지는 일들을 즐겨 구경했다. 외국 왕자의 방문이나 어느 정치가의 장례식은 그에게 큰 사건이었다.

룰루는 계단에서 돈 클레토와 마주치면 늘 이렇게 말했다. "돈 클레토, 지금 나가세요?"

"그래, 산보나 좀 하려고."

"철학 강의는 땡땡이치시는 거예요, 네? 할아버진 땡땡이꾼이세요, 돈 클레토."

"하, 하, 하." 그러면 그는 웃음을 터뜨렸다. "별스러운 아가씨도 다 있군! 거 말 한번 참 특이하게 하네!"

그 집에서 잘 알려진 또 다른 사람은 대단한 허풍쟁이에 뭐든 아는 체를 하는 만차 출신 마에스트린"으로, 약을 팔고 돌팔이 의사 짓을 하면서 교묘하게 남의 돈을 뜯어먹는 사람이었다. 푸카르 거리에 구멍가게를 갖고 있던 그는 늘 아주 예쁘고 착한 딸 실베리아와 함께 가게를 지켰다. 고리대금업자의 조카 빅토리오가 그녀를 점찍어놓고 있었다. 마에스트린은

명예에 관한 한 집착이 강한 사람이어서 자신을 모욕하려는 사람이 있으면 누구든 주먹으로 한 방 먹일 준비를 하고 있었다. 진짜로 그렇게 할 건지는 모르겠지만, 아무튼 말은 그렇게 했다.

그 집에 사는 사람들은 모두 빅토리오의 삼촌, 즉 아토차 거리에서 고리대금업을 하고 있던 돈 마르틴에게 빌린 돈과 이자를 분할 상환하고 있었는데, 돈으로 갚기도 하고 대신 다른 무언가로 갚기도 했다. 돈 마르틴은 미세리아스[12] 아저씨로 알려져 있었지만 그 이름은 그의 실제 상황과 전혀 어울리지 않는 것이었다.

그 동네에서 제일가는 유지인 미세리아스 아저씨는 베로니카 거리에 소유하고 있는 작은 2층 집에서 살고 있었다. 집은 그 동네에서 흔히 보이는 것으로, 2층에는 화분들이 가득한 발코니 두 개가 있고, 1층에는 격자 창 하나가 달려 있었다.

새우등인 미세리아스 아저씨는 항상 말끔하게 면도를 하고, 늘 찡그린 얼굴을 하고 있었다. 한쪽 눈에 검은 사각형 안대를 하고 다녔기 때문에 얼굴이 더 음울하게 보였다. 옷도 항상 검은 것만 입었다. 겨울에는 맨 윗단에 레이스가 달린 반장화를 신고, 어깨에 망토를 걸치고 있었는데, 망토가 옷걸이에 걸려 있는 것처럼 보였다.

안드레스는 돈 마르틴을 '인간' 돈 마르틴이라 부르곤 했는데, 그는 아침 일찍 집에서 나가 가게 뒷방에서 항상 무언가를 감시하고 있었다. 날씨가 추운 날에는 장작 타는 냄새가 진동하는 공기를 계속해서 들이마시며 난로 앞에 앉아 시간을 보냈다.

날이 저물면 집으로 돌아가 화분들을 한번 쓱 쳐다보고는 발코니 문을 닫았다. 돈 마르틴은 아토차 거리에 있는 가게 외에도 트리불레테 거리에 그보다 조금 더 싼 가게를 갖고 있었다. 이 가게에서는 주로 담요나

방석, 매트리스 같은 것을 저당 잡고 가난한 사람들에게 돈을 빌려주고 있었다.

돈 마르틴은 그 누구도 만나려 하지 않았다. 그는 사회가 그동안은 자기를 배려하지 않았지만, 이제는 배려를 해야 할 거라는 생각을 지니고 있었다. 착해 보이는 청년 하나를 신임해 점원으로 쓰고 있었는데, 그 점원이 그에게 몹쓸 짓을 해버렸다. 어느 날 점원은 난로 불을 지필 장작을 패기 위해 전당포에 구비해놓고 있던 도끼를 들고 돈 마르틴에게 달려들어 돈 마르틴을 패기 시작했고, 하마터면 머리통을 쪼개놓을 뻔했다.

점원은 돈 마르틴이 죽은 줄 알고 카운터에 있던 동전들을 훔쳐 산 호세 거리에 있는 어느 성매매 업소에 갔다가 체포되고 말았다.

법원이 정상을 참작해 점원에게 몇 개월의 징역형만을 선고하자 돈 마르틴은 분개했다.

"이건 치욕적인 일이야. 여기서는 정직한 사람들이 보호를 받지 못하고 있어. 죄인들에게만 인정을 베푼다니까." 고리대금업자가 심각하게 말했다.

돈 마르틴은 지독한 사람이었다. 그 누구도 용서하지 않았다. 나귀 젖을 짜서 나귀에 싣고 다니며 파는 이웃 남자가 이자를 물지 않았다는 이유로 젖을 생산하던 암나귀들을 차압해버렸다. 나귀 주인이 나귀들을 되돌려주지 않으면 돈을 갚는 일이 더 어려워진다고 통사정을 했건만 들은 척도 하지 않았다. 자신에게 이익이 된다면 그 나귀들을 모조리 먹어치울 수도 있었을 것이다.

고리대금업자의 조카 빅토리오는 서로 파가 다를지언정, 숙부처럼 한 마리의 매가 되겠다고 다짐했다. 빅토리오라는 인물은 그 전당포의 바람둥이였다. 콧수염을 멋지게 말아 올리고 옷을 아주 멋들어지게 차려입는 이 대단한 건달은 손가락에 보석 반지를 빽빽하게 끼고 회심의 미소를 지어가며 여자들의 가슴을 멍들게 하고 있었다. 고리대금업자인 숙부에게까지도 갈취했다. 미세리아스 아저씨가 불쌍한 이웃 사람들로부터 착취한 돈이 빅토리오에게 넘어갔고, 그는 그 돈을 마구 탕진했다.

그럼에도 불구하고 망하기는커녕 오히려 더 번창해갔고, 재산은 늘어만 갔다.

빅토리오는 올리바르 거리에 불법 도박장을, 레온 거리에 술집을 갖고 있었다.

그는 술집 안에 수익이 좋은 도박판을 벌여 돈을 많이 벌었다. 주인과 짠 고수 몇이 도박판을 벌이기 시작해 탁자 위에 돈이 쌓이게 되면 누군가가 이렇게 소리를 질렀다.

"신사 여러분, 경찰입니다!"

매수된 경찰관들이 도박판이 벌어지고 있던 곳으로 들어오고 있는 사이 몇몇 부지런한 손이 돈을 쓸어담았다. 그가 사람들의 돈을 갈취하고 아가씨들을 울리는 바람둥이였음에도 불구하고 그 지역 주민들은 그를 미워하지 않았다. 그가 하는 짓이 모든 사람에게 아주 당연하고 옳은 것처럼 보였던 것이다.

보편적 잔인성

안드레스는 룰루의 이웃 사람들의 생활에 관해 철학적으로 논평해보고 싶은 강렬한 욕구를 지니고 있었다. 하지만 친구들은 그런 논평이나 철학에 관심이 없었기 때문에 어느 휴일 아침 외삼촌 이투리오스의 집으로 갔다.

안드레스가 외삼촌 이투리오스를 처음으로 만났을 때— 안드레스는 열너덧 살 때까지 외삼촌을 잘 모르고 지냈었다— 무뚝뚝하고 이기적인 사람처럼 보이던 외삼촌은 안드레스를 거의 거들떠보지도 않았다. 외삼촌의 이기심과 무뚝뚝한 성격이 어느 정도인지는 정확히 몰랐지만, 시간이 흐르고 나서 외삼촌이 중요한 문제에 관해 대화를 나눌 수 있는 몇 안 되는 사람들 가운데 하나라는 사실을 깨닫게 되었다. 이투리오스는 아르구에예스 동네에 있는 건물 6층에서 살고 있었는데, 그 집에는 예쁜 옥상이 딸려 있었다.

그가 군의관이었을 때 부하였던 사람이 하인으로 시중을 들고 있었다.

주인과 하인은 방수를 위해 역청을 발라놓은 기와지붕 옥상을 정리해 계단식 화분대를 설치해놓고는 흙을 가득 담아 식물을 심어놓은 나무 상자들과 통들을 가지런히 배치해두고 있었다.

안드레스가 이투리오스 외삼촌 집에 나타난 그날 아침 외삼촌은 목욕 중이었다. 하인이 안드레스를 옥상으로 데려갔다.

높다란 두 집 사이로 구아다라마 산맥이 보였다. 서쪽으로는 몬타냐 병영의 지붕이 카사 데 캄포 구릉들을 가리고 있었고, 병영 옆으로는 모스톨레스 탑과 주변에 풍차 몇 개가 있는 엑스트레마두라 도로가 눈에 띄었다. 더 남쪽으로 내려가면 산 이시도로와 산 후스토 묘지에 점점이 깔려 있는 푸른 잔디밭, 헤타페의 탑 두 개, 그리고 세리요 델 로스 앙헬레스에 있는 은수자(隱修者)의 집이 4월의 아침해를 받아 반짝반짝 빛나고 있었다.

잠시 후 이투리오스가 옥상에 나타났다.

"왜, 무슨 일 있냐?" 그가 조카를 보자 이렇게 물었다.

"아뇨, 외삼촌과 잠시 얘기나 좀 나누려고 왔어요."

"그래, 앉거라. 우선 화분에 물이나 좀 줘야겠다."

이투리오스는 테라스 한쪽 구석에 있는 수도꼭지를 틀어 양동이에 물을 가득 받아놓고는 그릇으로 물을 퍼서 식물에 주기 시작했다.

안드레스는 거론할 만한 가치가 있는 특이한 경우라고 생각되는 허영 주머니 마놀로, 미세리아스 아저씨, 돈 클레토, 도냐 비르히니아 등 룰루의 이웃 사람들과 병원에서 일어난 사건들에 관해 얘기했다.

"이 모든 삶을 통해 어떤 결론을 이끌어낼 수 있을까요?" 얘기 말미에 안드레스가 외삼촌에게 물었다.

"내가 보기에, 결론은 쉽다." 이투리오스가 그릇을 손에 든 채 말했다. "인생이란 우리가 서로를 잡아먹는 끊임없는 투쟁이고 잔인한 사냥이지. 식물, 미생물, 동물도 다 같아."

"네, 저도 그렇게 생각한 적이 있어요." 안드레스가 대답했다. "하지만 이제 그런 생각을 포기해가고 있어요. 우선, 동물, 식물 그리고 광물에 이르기까지 모든 것의 생존 경쟁 개념은 많은 경우에 의인주의(擬人主義)적[13] 개념에 불과하거든요. 싸움이라는 걸 하지 않는 돈 클레토 같은 사람의 투쟁이나 자신의 돈을 환자들에게 나눠주는 후안 수사 같은 사람의 투쟁을 생존 경쟁이라 할 수 있을까요?"

"부분적으로 하나씩 답변해주마." 이투리오스는 이 논쟁에 구미가 당기는지 물그릇을 내려놓으며 말했다. "방금 전 너는 이 투쟁의 개념을 하나의 의인주의적 개념이라고 말했다. 물론 우리는 모든 형태의 충돌을 투쟁이라 부른다. 왜냐하면 투쟁이라는 용어가 우리를 승자와 패자로 나눠주는, 바로 그런 관계에 더 가까운 인간적인 관념이기 때문이지. 만약 우리가 마음속에 이런 관념을 지니고 있지 않다면 우리는 투쟁에 대해 말하지 않을 거야. 시체를 먹어치우는 하이에나나 모기를 잡아먹는 거미는 살기 위해 땅에서 필요한 물과 영양분을 공급받는 부드러운 나무와 더도 말고 더도 말고 같은 일을 하는 거야. 나처럼 이해관계가 없는 관객은 하이에나, 거미, 나무를 보고 그것들을 객관적으로 이해하지. 하지만 정의감이 강한 사람은 하이에나에게 총질을 해대고, 거미를 발로 짓밟고, 나무 그늘에 앉아 자기가 잘했다고 믿는 거야."

"그렇다면 외삼촌께는 투쟁도, 정의도 없나요?"

"절대적인 의미에서는 없다. 상대적인 의미에서는 있고. 살아 있는 것은 모두 먼저 공간을 확보하고 적합한 장소를 점유하기 위해, 그다음에는 성장하고 번식하기 위해 하나의 과정을 필요로 하지. 한 생물체의 에너지가 환경적 장애물을 극복하기 위해 이런 과정을 통과하는 것이 바로 우리가 투쟁이라 부르는 것이야. 정의에 관해 말해보자면, 정당한 것이란 본질적으로 우리에게 합당한 것이라는 생각이야. 앞서 든 예의 경우, 사람이 하이에나를 죽이는 대신 그 하이에나가 사람을 죽이고, 나무가 사람에게 쓰러져 그 사람을 압사시키고, 독거미가 사람을 문다고 가정한다면, 그 모든 건 우리에게 합당하지 않기 때문에 우리에겐 부당하게 보이는 거야. 내면적으로는 이것, 즉 어떤 실용주의적 관심밖에 없는데도 불구하고, 정의와 평등에 대한 이상이 바로 우리 내부에 존재하는 성향이라고 생각할 사람이 어디 있겠냐? 그런데, 우리가 정의와 평등을 실현시키려면 어떻게 해야 할까?"

"그게 바로 제가 묻고 싶은 거예요. 그걸 어떻게 실현시키죠?"

"거미 한 마리가 모기 한 마리를 죽인다고 해서 분개해야겠냐?" 이투리오스가 말을 이어갔다. "좋아. 우리 분개해보자. 그래서 어떻게 할 건데? 그 거미를 죽일까? 그래, 거미를 죽이자. 그렇다고 해도 거미가 계속해서 모기를 잡아먹는 걸 막을 수는 없어. 네가 역겨움을 느끼는 인간의 그 잔인한 본능을 우리가 제거해버릴까? 라틴 시인이 'Homo, homini lupus, 즉, 인간은 인간에게 이리 같은 존재'라고 한 말을 지워버릴까? 좋아. 사오천 년 이내에 우리는 그걸 이룰 수도 있겠지. 인간은 지금까지 자칼과 같은 육식류로, 개와 같은 잡식류로 살아왔어. 하지만 그렇게 되기까지는 수세기가 필요하지. 너 혹시 스팔란차니¹⁴가 비둘기에게 고기를 먹이고, 독수리에게 빵을 먹여 소화하도록 길들였다는 걸 책에서 읽었는지 모르겠다. 여기서 너는 그 위대한 사도(使徒)들과 속세의 선구자들을 생각해볼 수 있을 거다. 그들은 생고기 대신 빵을 먹는 독수리고, 초식을 하는 늑대지. 후안 수사가 바로 그런 경우야……"

"저는 그 사람이 독수리도 늑대도 아니라고 생각하는데요."

"그럼 부엉이나 담비겠지. 하지만 그 수사는 혼란스러운 본능을 가지고 있을 거야."

"그래요, 아주 그럴듯해요." 안드레스가 응답했다. "그런데, 우리가 지금 문제의 본질에서 벗어나 있는 것 같아요. 결론이 안 보이잖아요."

"내가 내리려고 했던 결론은 바로 이건데 말이야, 침착한 인간에게는 삶 앞에서 두 가지 실질적인 해결책밖에 없다는 거지. 그건 바로, 모든 것에 대해 절제하고 무관심하게 관조하거나 스스로의 행동을 좁은 원 안에 한정시키는 거야. 다시 말해 어떤 비정상적인 것에 대항해 돈 키호테처럼 행동할 수는 있다는 거지. 하지만 일반적인 규범을 벗어나 그렇게 행동하는 것은 어리석은 짓이야."

"그러니까 외삼촌 말씀에 따르면, 무언가를 하려는 사람은 자신의 행위가 정당하다고 해도 작은 범위로 제한해야 한다는 거죠?"

"바로 그거야, 작은 범위로 말이야. 너는 명상을 통해 집, 마을, 국가, 사회, 세계, 모든 생물체와 무생물체를 다 바라볼 수 있어. 하지만 네가 어떤 정의로운 행동을 하려고 하면 최대한의 능력을 발휘해 스스로를, 심지어는 너의 양심까지도 제한시키지 않으면 안 된다는 말이야."

"그것이 바로 철학이 지닌 장점이죠. 최상의 방법은 아무것도 하지 않는 거라고들 믿잖아요." 안드레스가 씁쓰레하게 말했다.

이투리오스가 옥상을 몇 바퀴 걷고 나서 안드레스에게 말했다.

"네가 내게 제기할 수 있는 반론이라고는 그 정도밖에 없을 거다. 하지만 그게 내 탓은 아니다."

"그건 저도 알아요."

"보편적 정의의 의미에 합치되는 건 바로 스스로 소멸하는 것이야." 이투리오스가 계속했다. "'한 동물의 발생학이란 그 계통을 재생산하는 것이다'고 말한 프리츠 뮐러[15]의 주장이나 헤켈이 말한 '개체 발생이 계통 발생을 되풀이한다'는 논리에 따르면, 인간의 심리는 동물 심리의 개괄에 지나지 않다고 할 수 있어. 그래서 인간에게는 착취와 투쟁의 모든 면모, 다시 말하면, 미생물적·곤충적·야수적인…… 착취와 투쟁의 면모가 다 들어 있는 거야. 네가 말한 그 고리대금업자 미세리아스 아저씨는 동물원에도 없는 아주 특이한 변종이야! 동물원에는 다른 원생동물로부터 원형질을 빨아먹는 기생충도 있고, 부패 물질 위에 사는 온갖 자낭균류들도 있어. 이런 사악한 인간에 대한 혐오감은 파란 고름 세균과 탄저병 박테리아 사이의 양보할 수 없는 적대 관계에도 감탄스러울 정도로 잘 나타나 있잖아?"

"네, 그럴 수도 있겠네요." 안드레스가 중얼거리듯 말했다.

"그런데 그런 곤충들 사이에도 그 미세리아스 아저씨나 빅토리오, 허영주머니 마놀로 같은 인간들은 없어! 저기 저 맵시벌은 말이야, 저놈은 어느 지렁이 몸속에 알을 까놓고는 그 지렁이에게 마취 작용을 하는 어떤 물질을 투사하지. 작은 거미들을 잡아먹는 막시류(膜翅類)는 말이야, 거미를 낚아채서는 꼼짝 못하게 해놓고 거미줄로 칭칭 감아서 자기 유충들이 먹도록 산 채로 유충 방에 던져버리지. 저기 있는 저 말벌은 말이야, 자기 침을 작은 곤충의 운동신경 마디에 꽂아서 그 곤충을 마비시킨 뒤 자기 새끼들의 식품 저장고 역할을 하는 시체실에 던져버림으로써 동일한 일을 하지. 저기 있는 저 반날개는 말이야, 다른 동종 반날개에게 기습적으로 뛰어들어 꼼짝 못하게 해놓고는 침으로 찔러 즙을 빨아먹지. 저기 있는 저 가뢰는 말이야, 은밀하게 벌집 안으로 침투해 여왕벌이 유충을 까는 벌집 구멍 속으로 파고들어가서는 꿀을 잔뜩 빨아먹고 나서 그 유충까지 먹어치우지. 그리고 저기 있는 저……."

"알았어요, 알았다구요, 이제 그만 하세요. 삶이란 무시무시한 사냥이군요."

"그런 게 바로 자연이란다. 자연이 뭔가를 파괴시키려고 할 때는 진지하게 하지. 정의란 인간의 환상이야. 결국, 모든 게 파괴 행위고, 모든 게 창조 행위지. 사냥하고, 전쟁하고, 소화시키고, 호흡하는 게 다 창조적인 방식이면서 동시에 파괴적인 방식이라는 거야."

"그렇다면, 어떻게 하죠?" 안드레스가 중얼거리듯 말했다. "모든 행위를 무의식적으로 해요? 미개인들처럼 별 생각 없이 소화시키고, 전쟁하고, 사냥하나요?"

"미개인은 별 생각이 없을 거라고 생각하는 거냐?" 이투리오스가 물었다. "그건 대단한 착각이야! 그것 역시 우리가 꾸며낸 거야. 미개인도 다 복잡한 생각이 있어."

"그럼 좀더 품위 있게 살 수 있는 방법이 전혀 없을까요?" 안드레스가 물었다.

"자신을 위해 그런 방법을 고안한 사람은 그렇게 살지. 오늘은 말이야, 자연스러운 것이나 즉흥적인 것은 모두 나쁘다는 생각이 드는구나. 인위적인 것, 인간이 만들어낸 것만이 좋다는 생각이야. 나는 할 수만 있다면, 런던에 있는 어느 상류사회에서 살 거야. 촌구석엔 절대 가지 않을 거고, 대신 공원에서 산책하고, 정화된 물과 공기를 마실 거라구."

안드레스는 이제 이투리오스 외삼촌의 말에 귀를 기울이고 싶지 않았다. 그래서 재미있는 공상을 해보았다. 자리에서 일어나 옥상 난간에 몸을 기댔다.

이웃집 지붕 위로 비둘기 몇 마리가 훨훨 날고 있었다. 커다란 낙수통 안에서는 고양이 몇 마리가 뛰어다니며 장난을 치고 있었다.

높다란 담을 사이에 두고 정원 둘이 마주하고 있었다. 하나는 여학교 정원이고 다른 하나는 수도원 정원이었다.

수도원 정원은 잎이 무성한 나무들로 둘러싸여 있고, 여학교 정원은 풀과 꽃이 있는 화단 몇 개밖에 없었다. 여학생들이 소리를 지르며 뛰어노는 모습과 수사들이 다섯 또는 여섯 줄을 이루어 정원을 돌며 조용히 거닐고 있는 모습을 동시에 보는 것은 우화적인 인상을 주는 묘한 광경이었다.

"삶이란 다 제각각 다른 거야." 이투리오스가 다시 화초에 물을 주면서 철학적으로 말했다.

안드레스는 거리로 나왔다.

"어떻게 하지? 삶을 어떤 방향으로 전개시켜야 하는 거지?"

안드레스는 고뇌 어린 자문을 하고 있었다. 자신의 뇌리 속에 제기된 문제 앞에서 사람들, 사물들, 태양은 현실감이 없어 보였다.

제3장 슬픔과 고통

크리스마스

학부 마지막 해 크리스마스 전 어느 날이었다. 안드레스가 병원에서 돌아오자 마르가리타는 루이시토가 피를 토했다고 전했다. 그 말을 들은 안드레스의 몸은 죽은 사람처럼 싸늘해져버렸다. 동생에게 가보니 미열이 조금 있었다. 옆구리도 결리지 않고 호흡도 편안하게 했는데, 단지 한쪽 뺨은 희미한 장밋빛 색조를 띠고 있었고, 다른 쪽 뺨은 창백했다.

단발성 증세는 아니었다. 동생이 폐결핵을 앓고 있는지도 모른다는 생각에 마음이 불안해졌다. 루이시토는 형에게 검진을 받으면서 아무것도 모르는 아이처럼 씩 웃었다.

안드레스는 임상병리실에서 동생의 상태를 분석하도록 각혈이 묻어 있는 손수건을 수거해 병원으로 가져갔다. 같은 의국에 소속된 의사에게 분석을 해달라고 요청했다.

며칠 동안 안드레스는 안절부절못하고 살았다. 하지만 임상병리실의 소견은 안심할 만한 것이었다. 손수건에 묻어 있는 혈흔에서는 코흐'의 바칠루스 균이 검출되지 않았다는 것이었다. 그럼에도 불구하고 안드레스는 마음을 놓지 않았다.

안드레스의 요청을 받은 그 의사가 환자를 진찰하러 안드레스의 집을 찾아왔다. 뜻밖에도 오른쪽 허파 꼭대기 부분에 뭔가 심상치 않은 증세가 있다는 것이었다. 의사는 아무것도 아닐 수 있지만 가벼운 객혈과 연관시켜볼 때 폐결핵 초기일 가능성이 농후하다고 지적했다.

교수와 안드레스는 치료 방법을 논의했다. 루이시토의 임파선에 문제가 있고 기침 감기 기운이 있으므로 가능하면 기후가 온화한 지중해 해변가로 데려가는 것이 좋겠다는 생각들이었다. 거기서는 루이시토에게 양질의 영양을 섭취시킬 수도, 일광욕을 시킬 수도, 노천에서나 크레오소트로 소독한 집 안에서 지내게 할 수도 있으며, 건강을 강화시키고 어린이 티를 벗게 할 수 있는 모든 조건을 조성해줄 수도 있겠다는 것이었다.

하지만 식구들은 루이시토의 병이 얼마나 심각한지 이해하지 못하고 있었다. 안드레스는 식구들에게 동생이 위험한 상태에 있다는 사실을 주지시키기 위해 갖은 애를 써야 했다.

아버지 돈 페드로의 사촌 몇이 발렌시아 주에 살고 있었다. 나이가 들어서도 아직 결혼을 하지 않은 그들은 주도에서 가까운 마을에 여러 채의 집을 소유하고 있었다.

사촌들에게 편지가 보내졌고, 즉시 회답이 왔다. 발렌시아에서 엎드리면 코 닿을 작은 마을에 있는 집 한 채를 빼고는 모두 임대를 했다는 것이었다.

안드레스는 그 집을 보러 가기로 작정했다.

마르가리타는 안드레스에게 집에 돈이 없다고 알렸다. 크리스마스 상여금이 아직 나오지 않았을 때였다.

"병원에서 가불을 해 삼등칸을 타고 갈게." 안드레스가 말했다.

"이렇게 추운데! 그리고 크리스마스 이브잖아!"

"상관없어."

"그렇다면, 당숙들이 사시는 집으로 가렴." 마르가리타가 말했다.

"안 갈 거야. 뭐 하러?" 그가 대답했다. "마을에 있는 그 집을 한번 볼 거야. 집이 괜찮으면 전보를 칠 테니 당숙들에게 '집을 사용하겠다'고 답장해줘."

"그렇지만 당숙들 집에 들르지도 않고 그렇게 한다는 건 예의가 아니잖아. 만일 당숙들이 그 사실을 아시게 되면……."

"어떻게 아시겠어! 그리고 난 인사니 뭐니 공연한 짓을 하면서 돌아다니고 싶지 않아. 발렌시아에서 내려 곧장 마을로 가서는 집으로 전보를 치고 곧 돌아올 거야."

안드레스를 설득할 방법이 없었다. 저녁식사를 끝낸 뒤 안드레스는 차를 타고 역으로 갔다. 삼등칸에 올랐다.

12월의 밤은 춥고 혹독했다. 창문 유리에 서린 김이 얼어붙어 있었고, 얼음처럼 차가운 바람이 승강구 틈새로 들어왔다.

안드레스는 망토로 눈 아래까지 가리고, 옷깃을 세워 목을 덮고, 두 손을 바지 주머니에 집어넣었다. 루이시토의 병을 생각하니 마음이 심란해졌다.

폐결핵은 안드레스에게 전율할 만한 공포를 불러일으키는 병들 가운데 하나였다. 그것이 그에게 일종의 강박을 심어주고 있었다. 몇 달 전 로버트 코흐가 폐결핵에 유효한 처방 한 가지를 발명했다는 소식이 있었다. 바로 투베르쿨린 주사액이었다.

산 카를로스 캠퍼스의 어느 교수가 독일에 가서 그 주사액을 가져왔었다.

폐결핵 환자 둘에게 새로운 주사액을 투여해 효과를 실험해보았다. 환자들에게서 민감한 반응이 나타났기 때문에 처음에는 어느 정도 희망을 가질 수 있었다. 그러나 결국에는 증세가 호전되지 않았을 뿐만 아니라 오히려 그들의 죽음을 재촉하고 말았다.

만일 루이시토가 정말 폐결핵에 걸렸다면 구제 방법이 없었다.

안드레스는 그처럼 유쾌하지 않은 생각을 하며 삼등칸 객실에서 반은 졸면서 가고 있었다.

새벽 무렵 손과 발이 꽁꽁 언 채 잠에서 깨어났다.

기차는 카스티야 평원을 달리고 있었다. 지평선 위로 여명이 밝아오고 있었다.

삼등칸 객실에는 만차 출신 특유의 강인하고 무뚝뚝한 외모에 힘이 좋아 보이는 시골 사람 하나만 타고 있었다. 그가 안드레스에게 말을 건네왔다.

"이봐요, 몹시 추운가 보오?"

"예, 조금요."

"그럼 내 모포를 덮어요."

"그럼 아저씨는요?"

"난 필요 없소. 댁 같은 도련님들은 몸이 아주 허약하잖소."

투박한 말씨에도 불구하고 안드레스는 그가 진심으로 베푼 호의에 고마워했다.

하늘이 제 모습을 드러냈다. 불그스레한 띠 하나가 들판을 둘러싸고 있었다.

경치가 바뀌고 있었다. 드넓은 들판을 지나자 대지의 구릉들과 나무들이 차창 밖으로 스쳐 지나가고 있었다.

춥고 황량한 만차 지역을 벗어나자 기후가 온화해지기 시작했다. 하티바 부근에 이르렀을 때 태양이 떠올랐다. 노란 태양빛이 들판으로 퍼지면서 주위를 온화하게 밝히고 있었다.

이제 대지는 다른 모습을 보여주고 있었다.

오렌지가 주렁주렁 매달린 나무들과 깊은 물이 완만하게 흐르는 후카르 강과 더불어 알시라가 모습을 드러냈다. 태양은 하늘로 올라가고 있었다. 날씨가 더워지기 시작했다. 카스티야 고원을 지나 지중해 지역으로 넘어오자 풍광과 사람들의 모습이 확연히 달라졌다.

역에는 밝은 색 옷차림을 한 남자들과 여자들이 큰 소리로 떠들고 활달하게 손짓 몸짓을 하면서 바삐들 움직이고 있었다.

말소리가 들렸다. "어이, 이봐, 체²!"

이제 평원에는 벼와 오렌지나무, 검은 지붕의 하얀 움막들이 보였고, 간간이 빠른 속도로 스쳐 지나가는 종려나무가 하늘을 찌르는 것 같았다. 알부페라 지역이 햇빛에 반짝거렸다. 몇몇 역을 거쳐 발렌시아에 도착했다. 잠시 후 안드레스는 고풍스러운 저택 앞에 위치한 산 프란시스코 광장 한복판에 모습을 나타냈다.

어느 마부에게 다가가 마을까지 가는 요금이 얼마냐고 물었다. 옥신각신 흥정을 한 끝에, 목적지에 가서 30분을 기다렸다가 역으로 다시 돌아오는 데 1두로를 주기로 합의했다.

안드레스는 이륜마차에 올랐다. 마차는 발렌시아의 여러 거리를 지난 뒤 어느 도로로 접어들었다.

마차 뒤에 하얀 천막이 씌워져 있었다. 바람에 천막이 흔들거리자 뿌연 먼지로 뒤덮여 있는 햇살 가득한 길이 보였다. 시야가 흐릿해졌다.

반 시간쯤 지나자 마차는 탑과 반짝거리는 둥근 지붕이 있는 마을의 첫번째 길 어귀로 들어섰다. 마을은 안드레스가 바라던 대로 배치가 아담하게 이루어져 있는 것 같았다. 주변 들판은 경작지가 아니라 토양이 건조하고 듬성듬성 나무가 있는 구릉지였다.

마을 입구 왼쪽으로 조그만 성채 하나와 여기저기 무리를 지어 피어 있는 키 큰 해바라기가 보였다.

도로와 이어진 길고 넓은 거리로 접어든 마차는 마침내 거리보다 조금 높은 곳에 자리한 편편한 공터 옆에 이르렀다.

마차는 하얀 석회를 바른 나지막한 집 앞에 멈춰 섰다. 아주 커다란 파란색 대문에 작은 창문 세 개가 달려 있는 집이었다. 안드레스는 마차에서 내렸다. 대문에 붙어 있는 전단에는 그 집 열쇠를 옆집에서 보관하고 있다고 씌어 있었다.

옆집 현관으로 갔고, 햇볕에 검게 그을린 노파가 안드레스에게 집 열쇠를 건넸다. 선사 시대 전쟁터에서 사용했을 법한 무기처럼 보이는 쇳조각이었다.

안드레스가 현관 덧문을 열자 경첩이 날카로운 소리를 내며 삐걱거렸다. 아치형 문이 달린 넓은 현관으로 들어섰다. 현관은 정원으로 통해 있었다.

집은 안마당이 있는 듯 없는 듯 아주 좁았고, 현관 아치 문을 지나면 곧바로 포도나무 시렁과 초록색 나무 울타리가 있는 넓고 아름다운 회랑으로 나가게 되어 있었다. 골목길과 나란히 뻗어 있는 그 회랑에서 계단 네 개를 내려가면 채마밭이 있었다. 채마밭은 담을 따라 난 길로 둘러싸여 있었다.

잎사귀가 떨어지고 없는 각종 과일나무가 들어서 있는 채마밭에는 길 두 개가 십자형으로 나 있었고, 길이 교차하는 중앙에 작은 광장이 형성되어 있었다. 두 개의 길이 채마밭을 똑같은 크기로 사 등분하고 있었다. 하지만 잡초와 겨자가 어찌나 빽빽하게 덮여 있던지 제대로 길을 분간할 수 없을 지경이었다.

현관 아치 앞에 나무로 지은 정자가 있었는데, 그 위로 야생 장미 넝쿨이 뻗쳐올라 지붕을 덮고 있었다. 작고 하얀 꽃들과 어울려 있는 잎사귀가 어찌나 무성한지 햇살조차 뚫고 들어오지 못했다.

그 작은 공간 입구에는 석고로 만든 꽃의 여신상 플로라와 과일의 여신상 포모나가 벽돌 받침대 위에 놓여 있었다. 정자 안으로 들어가보았다.

안쪽 벽에 하얗고 파란 데코 타일들을 붙여 만든 그림이 눈에 띄었다. 주교복을 입은 산토 토마스 데 비야누에바가 한 손에 주교장(主敎杖)을 들고 있고, 그 옆에는 흑인 남자와 흑인 여자가 무릎을 꿇고 있는 그림이었다.

집을 한 바퀴 돌아보았다. 바로 안드레스가 원하던 집이었다. 방과 정원을 어떻게 활용할 것인지 생각하고 나서 잠시 계단에 앉아 쉬었다. 너무 오랜만에 그런 나무와 식물을 보게 된 탓인지 잡초로 꽉 채워진 채 버려져 있는 그 작은 뜰이 마치 천국처럼 보였다. 잔뜩 들뜨고 즐거워해야 할 크리스마스 이브에 한편으로는 평화를 느꼈고, 한편으로는 우울했다.

마을과 들판, 투명한 대기로부터 고요가 밀려왔는데, 멀리서 들리는 닭 울음소리만이 그 정적을 깨뜨리고 있었다. 왕파리와 말벌들이 햇빛에 반짝거렸다.

땅 위에 누워 저토록 파랗고 맑은 하늘을 몇 시간씩 쳐다보면 얼마나 좋을까!

잠시 후 날카로운 종소리가 울리기 시작했다. 안드레스는 열쇠를 옆집에 건네주고 마차에서 꾸벅꾸벅 졸고 있는 마부를 깨워 돌아가는 발걸음을 재촉했다.

발렌시아 역에서 식구들에게 전보를 치고 나서 먹을 것을 조금 샀다. 몇 시간 뒤 다른 기차의 삼등칸에 몸을 실었고, 피로에 절은 몸을 망토로 감싼 채 마드리드로 돌아가고 있었다.

아이들의 삶

마드리드에 도착한 안드레스는 그 집에서 어떻게들 살아야 할 것인지 누나 마르가리타에게 설명해주었다. 몇 주가 지난 뒤 돈 페드로, 마르가리타, 그리고 루이시토가 기차를 탔다.

안드레스와 다른 두 형제는 마드리드에 남았다.

안드레스는 졸업시험 과목들을 복습해야 했다.

동생 루이시토의 병에 대한 강박 관념에서 벗어나기 위해 전에는 결코 해본 적이 없을 정도로 열심히 공부했다.

가끔씩 룰루를 찾아가 자신이 지닌 두려움에 관해 말하기도 했다.

"그 어린것이 좋아지기만 한다면." 안드레스는 가끔 이렇게 중얼거렸다.

"동생을 무척 사랑하는군요." 룰루가 물었다.

"그래요, 아들처럼 사랑하죠. 그 애가 태어났을 때 난 어른이 다 되어 있었으니 그럴 만도 하잖아요."

6월에 학부 과정 마지막 기말시험과 졸업시험을 치렀다. 성적이 잘 나왔다.

"이젠 무엇을 할 생각이에요?" 룰루가 물었다.

"잘 모르겠어요. 현재로선 내 동생이 차도가 좀 있는지 알아보고, 구체적인 건 나중에 생각해보려구요."

안드레스에게 이번 여행은 예전과 달랐다. 지난 12월 여행보다 더 즐거웠다. 이번에는 돈이 넉넉해서 일등칸 차표를 샀다. 아버지가 발렌시아 역으로 마중나와 있었다.

"꼬맹이는 어때요?" 안드레스가 아버지에게 물었다.

"많이 좋아졌다."

두 사람은 짐표를 인부에게 주고 이륜마차를 탔다. 마차는 그들을 신속하게 마을로 데려다주었다.

마차 소리를 듣고 마르가리타, 루이시토, 그리고 늙은 하녀가 대문으로 마중을 나왔다. 루이시토는 좋아 보였다. 가끔씩 미열이 있긴 했지만 훨씬 좋아 보였다. 거의 완전히 바뀐 사람은 마르가리타였다. 그곳 공기와 태양이 그녀를 아름답고 건강한 모습으로 바꾸었던 것이다.

채마밭으로 가보니 배나무, 살구나무, 석류나무의 잎과 꽃이 무성해져 있었다.

첫날 밤에는 땅에서 발산되는 풀뿌리 냄새 때문에 제대로 잠을 잘 수가 없었다.

다음 날 루이시토의 도움을 받아 정원의 풀을 모두 뽑아 불살랐다. 그러고 나서 두 개의 멜론 넝쿨 사이에 계절에 상관없이 호박, 마늘을 심었다. 싹이 난 것은 마늘뿐이었다. 제라늄, 분꽃과 어우러진 마늘은 푸르스름한 색을 띠고 있었고, 나머지 것들은 태양열과 수분 부족으로 죽어갔다.

안드레스는 우물에서 몇 시간씩 물을 퍼냈다. 하지만 정원의 땅 한

뙈기라도 푸르게 가꾼다는 것은 불가능했다. 물을 주는 즉시 땅이 말라버렸고, 식물은 줄기 위로 서글프게 고개를 떨궈버렸다.

반면에 시계풀, 덩굴손, 매꽃처럼 먼저 심었던 식물은 메마른 땅에서도 한결같이 잘 자라 예쁜 꽃을 피우고 있었다. 포도 넝쿨에서 포도송이가 익어가고, 석류나무는 빨간 꽃으로 뒤덮여 있었으며, 오렌지는 키 작은 나무에서 씨알이 굵어가고 있었다.

루이시토는 위생적인 생활을 하고 있었다. 안드레스가 저녁마다 크레오소트를 뿌려놓은 방에서 창문을 열어놓은 채 잤다. 아침에 침대에서 일어나면 플로라와 포모나 여신상이 있는 정자에서 냉수욕을 했다.

처음에 루이시토는 냉수욕을 싫어했지만 시간이 지나자 익숙해져갔다. 안드레스는 정자 천장에 커다란 살수기를 매달아놓고 손잡이에 밧줄을 묶어 도르래에 끼운 뒤 밧줄을 작업대 위에 올려놓은 돌에 매달아 고정시켰다. 돌을 떨어뜨리면 살수기가 기울어져 찬물이 비처럼 쏟아져 내렸다.

안드레스와 루이시토는 오전에는 가끔 마을에서 가까운 곳에 있는 소나무로 가서 정오까지 머물러 있었다. 산책을 끝낸 뒤 점심식사를 하고 낮잠을 잤다.

오후에도 작은 도마뱀이나 불도마뱀을 쫓아다니고, 배나무에 오르고, 식물에 물을 주는 등 재미있게 보냈다. 말벌이 지어놓은 벌집 때문에 지붕이 약간 높아져 있는 것 같았다. 형제는 그 무시무시한 곤충에게 선전포고를 하고 벌집을 떼어내기로 결정했다.

그것은 한바탕의 가벼운 전투였고, 루이시토는 무척 재미있어라 했다. 그로 인해 루이시토는 말도 많아졌고, 그 사건을 다른 것과 비교하기도 했다.

해질 무렵이면 안드레스는 깊디깊은 우물에서 물을 퍼내며 계속 가뭄과 싸워나갔다. 질식할 것 같은 더위 속에서도 벌은 붕붕거리고, 말벌은 관개용수를 빨아 마시려 하고, 나비는 이꽃 저꽃으로 날아다니고 있었다. 때때로 날개미 떼가 나타나 땅을 뒤덮기도 하고 초목에 진딧물이 생기기도 했다.

루이시토는 거칠게 놀기보다는 책을 읽거나 누군가와 대화하기를 더 좋아했다. 안드레스는 동생이 지적으로 조숙하다는 사실에 관해 이런저런 생각을 해보았다. 루이시토에게 책은 전혀 보지 못하게 하고, 기회만 되면 밖으로 내보내 아이들과 어울려 놀도록 했다.

동생이 밖에서 노는 동안 안드레스는 책을 들고 문턱에 앉아 먼지를 잔뜩 뒤집어쓴 채 지나다니는 짐수레들을 바라보았다. 햇볕에 시꺼멓게 그을린 얼굴이 땀에 젖어 번들거리는 마부들이 올리브 기름이나 포도주를 담은 가죽자루 위에 드러누워 노래를 흥얼거리고, 나귀들은 꾸벅꾸벅 졸면서 줄을 지어 가고 있었다.

해질 무렵이면 공장에서 일하는 아가씨들이 퇴근해 지나가면서 안드레스의 얼굴도 쳐다보지 않은 채 건성으로 인사를 했다. 이 아가씨들 가운데 윤곽이 아주 또렷하고 예쁜 아가씨가 있었다. 클라바리에사'라 불리는 그 아가씨는 항상 실크 손수건을 흔들어대며 지나갔다. 약간은 튀는 색상의 옷이 그녀의 밝고 환한 분위기와 아주 잘 어울렸다.

햇볕에 검게 탄 루이시토는 벌써 다른 애들처럼 발렌시아식 억양으로 이야기를 하며 밖에서 놀았다.

안드레스가 바라던 만큼 야성적인 아이가 되지는 않았지만 건강하고 튼튼해져 있었다. 말수도 많아졌다. 루이시토는 돌아다니면서 늘 사람들에게 이야기를 들려주었는데, 그것은 그의 상상력이 풍부해졌음을 의미했다.

"얘가 말하는 그딴 것들은 도대체 어디서 뽑아내는 거지?" 안드레스가 마르가리타에게 물었다.

"나도 잘 몰라. 지어내는 거지, 뭐."

루이시토는 늙은 고양이 한 마리를 갖고 있었는데, 자기를 졸졸 따라다니는 그 고양이를 마법사라 불렀다.

루이시토는 집에 찾아오는 사람들을 곧잘 만화로 그려냈다.

옆 마을 보르보토에 사는 한 할머니는 루이시토가 가장 잘 그려내던 인물이었다. 계란과 채소를 파는 그 할머니는 늘 이렇게 말했다. "오우스! 피게스!"[5] 개기름이 자르르 흐르고 몸집이 뚱뚱한 남자는 머리에 손수건을 둘러쓴 채 매번 "삽?"[6] 하고 말했다. 이 남자 또한 루이시토의 모델이었다.

길거리 아이들 가운데는 안드레스를 몹시 불안하게 만드는 아이가 몇 있었다. 그중 하나는 주술사의 아들 로호로, 동굴들로 이루어진 근처 어느 마을에 살고 있었다. 대담한 성격에 몸집이 작은 로호는 헝클어진 금발에 이가 다 빠져 있고, 눈에는 눈곱이 덕지덕지 붙어 있었다. 로호는 자기 아버지가 말을 치료하는 것과 같은 방식으로 사람을 치료하는 그 신비로운 치료 방법에 관해 얘기하고, 아버지가 그런 치료법을 알게 된 경위에 대해 말했다.

로호는 일사병을 치료하고 눈으로 악귀들을 내쫓는 많은 방법과 주술을 집에서 귀동냥해 알고 있었다.

가족의 생계를 돕고 있던 로호는 항상 팔에 바구니를 낀 채 돌아다녔다.

"너 이 달팽이 보이냐?" 로호가 루이시토에게 말했다. "이 달팽이들과 쌀 조금이면 우리 식구 모두가 먹을 수 있어."

"그거 어디서 났니?" 루이시토가 물었다.

"나만 아는 데가 있어." 로흐는 비밀을 털어놓기 싫다는 듯 이렇게 대꾸했다.

그들이 사는 동굴들에는 열너댓 살 정도 된 서리꾼 둘이 살고 있었다. 루이시토의 친구인 초리세트와 치타노였다.[7]

초리세트는 한마디로 원시적인 정신을 소유한 혈거인이었다. 그의 머리, 모습, 말투는 베르베르[8] 사람 같았다.

안드레스는 늘 초리세트에게 어떻게 사는지 무슨 생각을 하는지 물었다.

"나는요, 1레알만 주면 사람 하나를 죽일 수도 있거든요." 초리세트는 번들거리는 하얀 이를 드러내며 말했다.

"그러면 널 붙잡아 감옥으로 보낼 텐데."

"카! 우리가 사는 동굴 근처에 있는 다른 동굴에 숨어버리죠, 뭐."

"그럼 먹는 건? 어떻게 할 건데?"

"밤에 빵 사러 나오면 되죠."

"하지만 1레알로 여러 날을 버티기가 힘들 텐데."

"그럼 딴 사람을 죽이죠, 뭐." 초리세트는 씩 웃으며 대꾸했다.

치타노는 습관적으로 도둑질을 했다. 항상 훔칠 만한 게 없을까 노리면서 주변을 배회했다.

안드레스는 그 마을 주민을 사귀는 데는 영 관심이 없었지만 시간이 지나자 그럭저럭 사람들을 알아가게 되었다.

마을 사람들의 생활은 여러 가지 면에서 비합리적이었다. 길을 걸을 때도 여자는 남자로부터 멀찍이 떨어져 걸었다. 이런 성 차별은 거의 모든 면에 존재했다.

마르가리타는 동생 안드레스가 항상 집에 틀어박혀 있는 것이 언짢아서 늘 밖으로 좀 나가라고 부추겼다. 그래서, 어떤 날은 오후가 되면 마을 광장에 있는 카페에 놀러 갔고,·마을의 공화파 카지노 음악과 카를로스파 카지노 음악 사이에 대립이 있다는 사실을 알게 되었다. 메르카에르라 불리는 공화파 노동자가 프랑스 혁명이 어떻게 이루어졌는지, 종교재판에서 행해졌던 고문이 어떠했는지 직접 그려내듯 그에게 설명해주었다.

옛집

돈 페드로는 마드리드와 그 마을을 여러 차례 오갔다. 루이시토는 건강이 좋아 보였고, 기침도 하지 않았고, 열도 없었다. 하지만 걸핏하면 뭔가를 상상해서 나이에 어울리지 않게 알 듯 모를 듯한 말을 떠벌리고, 여기저기 싸돌아다니는 성향은 여전했다.

"너희가 계속해서 이곳에 머무르는 게 바람직하지는 않은 것 같다." 아버지가 말했다.

"왜죠?" 안드레스가 물었다.

"마르가리타가 이런 촌구석에 계속 처박혀 살 수는 없다. 너는 상관없지만 그 애는 다르잖아."

"그럼, 잠시 마드리드에 가 있으라고 그러세요."

"근데 넌 루이시토가 아직 완쾌되지 않았다고 생각하는 거냐?"

"잘 모르겠어요. 하지만 걔가 계속해서 이곳에 있는 게 더 나을 것 같아서요."

"좋아. 어떻게 해야 할지 어디 한번 두고 보자."

마르가리타는 아버지가 그런 식으로 두 집 살림을 할 형편이 못 된다는 말을 했다고 동생에게 설명했다.

"그런 형편은 안 되면서 카지노에서 돈 쓰시는 형편은 된데?" 안드레스가 되물었다.

"그건 네가 상관할 바가 아냐." 마르가리타가 화를 내며 말했다.

"좋아. 난 마을에 의사 자리가 있나 알아보고, 꼬맹이는 내가 데리고 있을 거야. 시골에서 몇 년간 데리고 있을 거구, 그다음은 꼬맹이가 하고 싶은 대로 하라고 하지 뭐."

이처럼 불확실하고, 게다가 식구들이 그곳에 머물 것인지 떠날 것인지도 잘 모르는 상황에서 돈 페드로의 사촌 여동생 도냐 훌리아가 나타났다. 발렌시아에 사는 그 부인은 뭐든지 자기 마음대로 하고 싶어했다. 결단성 있고 거만한 여자였다. 그녀는 마르가리타, 안드레스, 그리고 루이시토에게 잠시 동안 당숙들 집에 가서 지내는 게 좋겠다고 결정했다. 당숙들이 그들을 기꺼이 받아줄 거라고 했다. 돈 페드로로서는 매우 현실적인 해결책을 발견한 셈이었다.

"너희는 어떻게 생각하냐?" 돈 페드로가 마르가리타와 안드레스에게 물었다.

"저는 두 분의 결정에 따를 거예요." 마르가리타가 대답했다.

"제가 볼 땐 그건 좋은 해결책이 아닌 것 같은데요." 안드레스가 말했다.

"왜?"

"꼬맹이에겐 좋지 않을 것 같거든요."

"얘야, 기후는 거기나 여기나 다 똑같잖아." 아버지가 대꾸했다.

"예, 그건 그래요. 하지만 길이 비좁은 도시에서 사는 것과 시골에서 지내는 것과는 달라요. 또 당숙들과 당고모가 노총각 노처녀라서 히스테리가 좀 있을 거고, 그래서 애들을 싫어할 거라구요."

"아냐, 그렇지 않아. 친절한 분들이고, 집이 아주 커서 여유롭게 살 수 있을 거야."

"좋아요. 그렇다면 한번 가보겠어요."

어느 날 그들 모두는 그 친척들을 만나러 갔다. 안드레스는 다른 것은 그런대로 괜찮은데 셔츠를 다려 입어야 한다는 사실만은 영 마땅치가 않았다.

친척들은 구 시가지에 있는 크고 휑뎅그렁한 고가에서 살고 있었다. 커다란 파란색 집이었다. 발코니 네 개가 아주 멀찍하게 떨어져 있고, 각각의 발코니 위에는 네모난 창문이 달려 있었다.

넓은 현관은 광장처럼 블록을 깐 안마당으로 통하게 되어 있었고, 안마당 한가운데에는 등(燈)이 하나 있었다.

안마당에서 바깥쪽으로는 하얀 돌로 만든 넓은 계단이 있었다. 계단을 따라가 폭에 비해 높이가 낮은 아치를 지나면 건물 2층에 닿아 집 안으로 들어가게 되어 있었다.

돈 페드로가 노크를 하자 검은 옷을 입은 하녀가 나와 음울하고 넓은 응접실로 안내했다.

응접실에는 케이스에 상감무늬가 촘촘하게 박혀 있는 길다란 벽시계, 옛 제국시대 스타일의 고가구, 여러 가지 뿔 장식, 그리고 18세기 초 발렌시아 지도가 있었다.

잠시 후 사십 대로 보이는 당숙 돈 후안이 나와 모두에게 아주 친절하게 인사를 하면서 다른 응접실로 인도했다. 노인 하나가 넓은 안락의자에 몸을 기댄 채 신문을 읽고 있었다.

그 집 가족은 2남 1녀로 이루어져 있었는데, 이 세 사람은 모두 미혼이었다. 맏이 돈 비센테는 통풍을 앓고 있어 외출을 거의 하지 않았다. 둘째 돈 후안은 외모를 아주 멋들어지고 깔끔하게 유지함으로써 젊게 보이고 싶어하는 사람이었다. 새하얀 피부에 머리칼이 새까만 딸 도냐 이사벨은 목소리가 애절했다.

그 세 사람은 마치 납골함에 보존되어 있는 것 같았다. 틀림없이 수도원처럼 생긴 그 응접실의 그늘에서만 틀어박혀 지냈을 터였다.

마르가리타와 두 남동생이 당분간 그곳에서 지내게 될 거라는 얘기들이 오갔고, 노총각 노처녀들은 흔쾌히 그들을 받아들이기로 했다.

막내 돈 후안이 안드레스에게 집을 구경시켜주었다. 아주 넓었다. 유리창이 달린 넓은 회랑이 마당을 빙 둘러싸고 있었다. 방에는 반짝반짝하고 미끌미끌한 타일이 깔려 있고, 올렸다 내렸다 할 수 있는 계단이 있어 높고 낮은 곳을 왕래할 수 있도록 되어 있었다. 크기가 다른 문들이 셀 수도 없을 정도였다. 집 뒷전 길 쪽으로 2층 정도 되는 높이에 작고 응달진 뜰이 하나 있었는데, 그 뜰 한가운데에 커다란 오렌지나무 한 그루가 새싹을 틔우고 있었다.

한결같이 흐릿하게 불이 밝혀진 모로풍 분위기의 방들에는 정적이 감돌았다. 안드레스와 루이시토에게 배정된 방은 매우 컸고, 방 창문은 성당에 있는 작은 탑의 파란 지붕 쪽으로 나 있었다.

방문한 지 며칠이 지나고 나서 마르가리타, 안드레스, 루이시토는 그 집으로 거처를 옮겼다.

안드레스는 떠날 준비를 하고 있었다. 『의학시대』라는 잡지에서 시골에 의사 자리들이 비어 있다는 기사를 읽고 그런 지역들이 어느 정도 수준인지 나름대로 알아보았고, 해당 지역의 시청 서기들에게 그곳에 관한 정보를 제공해달라는 편지를 보냈다.

마르가리타와 루이시토는 당숙들, 당고모와 잘 지냈다. 하지만 안드레스는 그렇지 못했다. 돈과 집을 방패 삼아 가혹한 운명에 대항하여 살고 있던 노총각·노처녀들에게 안드레스는 어떤 호감도 느끼지 못하고 있었다. 그들의 삶을 망쳐놓고 싶다는 생각마저 들었다. 약간은 짓궂은 본능이었지만, 그런 느낌이 들곤 했다.

루이시토는 당숙들, 당고모의 귀여움을 받음으로써 안드레스가 권유했던 생활 방식을 금방 포기해버렸다. 일광욕을 하는 것도 거리에 나가 노는 것도 싫어했다. 갈수록 요구가 많아졌고 응석이 늘어갔다.

안드레스가 행사하려고 했던 과학적인 절대 권한이 그 집에서는 인정을 받지 못하고 있었다.

안드레스가 방 청소를 하는 늙은 하녀에게 햇볕이 들어오도록 창문을 열어놓으라고 수차례에 걸쳐 말했지만 하녀는 말을 듣지 않았다.

"방을 왜 닫아놓는 거죠?" 언젠가 안드레스가 하녀에게 물었다. "방 창문을 열어두어야 한다구요, 알아들었어요?"

하녀는 표준어를 거의 알아듣지 못했다. 혼돈스러운 대화가 한 차례 오간 뒤 하녀는 햇볕이 들어오지 못하도록 창문을 닫았다고 안드레스에게 대답했다.

"그러니까 내가 원하는 걸 정확하게 말하자면 말이에요." 안드레스가 하녀에게 말했다. "혹시 병균에 대해 들어본 적이 있어요?"

"아뇨, 도련님."

"세균들…… 음, 그러니까, 공중에서 움직이면서 병을 유발하는 일종의 살아 있는 물체들이 있다는 말 들어본 적 없어요?"

"공중에서 사는 것들이라구요? 파리인가요?"

"그래요. 파리와 비슷한 거예요. 하지만 파리는 아니에요."

"아뇨, 그렇다면 전 그런 것들을 본 적이 없어요."

"그래요, 보이진 않을 수 있죠. 하지만 있어요. 그 살아 있는 물체들이 공기 속에, 먼지 속에, 가구들 위에…… 있다구요. 나쁜 놈들인데, 햇볕에 노출되면 죽어요…… 알아들었어요?"

"네, 네, 도련님."

"그래서 창문을 열어놓아야 해요……. 햇볕이 들어오도록 말이에요."

하지만 다음 날도 창문은 여전히 닫혀 있었고, 늙은 하녀는 다른 하녀들에게 자기 도련님이 미쳤다고 얘기하고 있었다. 눈에 보이지는 않지만 태양 때문에 죽어가는 파리들이 공기 중에 있다고 말했던 것이다.

짜증나는 일

취직할 만한 지역을 찾기 위해 다양하게 교섭을 해보았지만 결과는 안드레스가 원하는 만큼 그렇게 빨리 나오지 않고 있었다. 상황이 그렇게 되자 안드레스는 시간을 보낼 겸 박사과정 과목들을 공부하기로 작정했다. 그다음에는 마드리드로 가거나 아니면 다른 곳으로 갈 생각이었다.

루이시토는 겨울을 잘 보내고 있었다. 겉으로 보기에는 완치된 것 같았다.

안드레스는 집 밖으로 나가는 걸 원치 않고 있었다. 사람들과 교제를 한다는 게 너무 싫었고, 새로운 사람을 사귄다는 게 피곤하게 생각되었다.

"근데, 너 진짜 안 나갈 거니?" 마르가리타가 기회만 되면 이렇게 물었다.

"안 나가. 뭐 하러? 밖에서 무슨 일이 일어나든 전혀 관심 없어."

길거리를 돌아다니는 것이 짜증났고, 발렌시아 주변 들판이 비옥하기는 했지만 썩 마음에 들지도 않았다.

사이사이로 탁한 물이 흐르는 도랑들 덕분에 싱싱하고 짙푸른 식물이 들어차 있어 항상 푸른 모습을 지니고 있던 채마밭마저 돌아다니고 싶지 않았다.

집 안에 있는 것이 더 좋았다. 집에서 공부도 했고, 앞으로 박사학위 논문을 쓸 때 이용할 생각으로 정신물리학에 관한 자료를 수집했다.

안드레스의 방 아래에 그늘이 지고 이끼가 끼어 있는 발코니가 있었다. 햇빛이 전혀 들지 않는 곳에 선인장과 용설란 화분 몇 개가 놓여 있었다. 하루 중 더위가 기승을 부리는 시간이면 안드레스는 항상 그곳에 머물렀다. 발코니 앞쪽으로 성당의 발코니가 있었다. 사제 하나가 늘 기도를 하며 발코니를 왔다 갔다 했다. 안드레스와 사제는 서로 눈길이 마주치면 친절하게 인사를 나누었다.

해가 질 무렵이면 발코니에서 계단탑(階段塔) 위 조그만 옥상으로 올라가 밤이 될 때까지 앉아 있었다. 루이시토와 마르가리타는 당숙, 당고모와 함께 이륜마차를 타고 산책을 나가기도 했다.

햇살과 찬란한 황혼 아래 잠들어 있는 마을을 바라보기도 했다.

멀리 바다가 있었다. 곧게 뻗쳐 있는 선명한 하늘 선과 분리되어 있는 바다는 수평선 위로 길게 늘어진 우윳빛 연녹색 얼룩처럼 보였다.

구 시가지에 있는 이웃집들은 규모가 대단히 컸다. 벽은 회반죽이 벗겨져 있고, 추녀에 누런 평지[10]가 자라고 있는 지붕에는 적록색 이끼가 끼어 있었다.

발코니와 옥상을 갖춘 하얀 집, 파란 집, 분홍색 집들이 보였다. 발코니 난간에는 흙으로 만든 화분들이 걸려 있고, 화분 안에서는 선인장과 용설란이 단단하고 넓은 줄기를 쭉쭉 뻗치고 있었다. 몇몇 옥상에는 올록볼록한 배불뚝이 호박, 둥글고 매끈한 호박이 많이 눈에 띄었다.

검게 변한 비둘기집들이 커다란 우리처럼 불룩 솟아 있었다. 버려진 것이 분명한 어느 집 발코니에는 둘둘 말린 돗자리들, 수많은 수세미 다발, 바닥에 흩어져 있는 깨진 질그릇들이 보였다. 어느 집 지붕 위로 공작새 한 마리가 톡톡 튀듯 걸으며 귀에 거슬리는 날카로운 소리를 질러대고 있었다.

테라스와 지붕 위로 마을의 탑들이 보였다. 땅딸막하나 굳건해 보이는 미겔레테 탑, 공중에 떠 있는 듯 희미하게 보이는 성당의 둥근 지붕, 파란 기와로 덮여 있고 거의 모두 흰색인 작은 탑들이 반짝반짝 빛을 내뿜으며 여기저기 늘어서 있었다.

안드레스는 거의 알지 못하는 마을을 응시하며 마을 주민들의 삶에 관해 이런저런 생각을 수도 없이 해보았다. 늘 저 아래 거리, 즉 쭉 늘어선 저택들 사이로 나 있는 좁고 구불구불한 틈새를 내려다보았다. 정오에 그 거리를 음지와 양지로 가르던 태양빛은 오후가 깊어감에 따라 보도 쪽 집들을 타고 올랐고, 마침내는 다락방 유리 창문에서, 그리고 샛별들에서까지 반짝이다가 사라졌다.

봄에는 제비와 칼새들이 날카로운 소리를 질러대며 공중에서 제멋대로 원을 그렸다. 안드레스는 눈으로 그 새들을 뒤쫓기도 했다. 제비들은 날이 저물면 자기 집으로 돌아갔다. 그러고 나서 수리부엉이와 매 몇 마리가 지나갔다. 금성이 더 밝게 빛나기 시작했고, 목성이 나타났다. 거리에는 가스등 하나가 슬프고 졸리는 듯 깜박거리고 있었다…….

안드레스는 저녁 식사를 하러 내려갔다가도 밤이 되면 다시 옥상으로 올라가 별을 쳐다보았다.

밤이면 이렇듯 별을 쳐다보면서 끊임없이 이어지는 번민에 사로잡혀 있었다. 상상은 거리로 뛰어내려 환상의 벌판을 힘차게 내달리기 일쑤였다. 대자연의 위력, 즉 한밤중에 땅과 공기와 물에서 싹트는 만물에 관해 생각하고는 머리가 아찔해진 적이 여러 번이었다.

멀리서 전해온 소식

5월이 가까워지자 안드레스는 박사학위 과정 시험을 치르러 마드리드에 가겠노라고 누나에게 말했다.
"돌아올 거지?" 마르가리타가 물었다.
"잘 모르겠지만, 아마 안 올 거야."
"넌 이 집과 마을이 엄청 싫은 모양이구나. 이해가 안 간다."
"여긴 편치가 않아."
"물론 그렇겠지. 넌 네 스스로 불편할 짓만 하잖니."
안드레스는 말다툼을 하고 싶지 않아 마드리드로 갔다. 박사학위 과정 시험을 치르고 나서 발렌시아에서 써놓았던 논문을 검토했다.
마드리드에서도 잘 지내지는 못했다. 전과 마찬가지로 아버지와는 여전히 사이가 좋지 않았다. 큰형 알레한드로는 결혼을 해서 불행하고 불쌍한 아내를 밥이나 먹이기 위해 집에 데려다놓고 있었다. 작은형 페드로 역시 밖으로 싸돌아다니며 방탕한 생활을 하고 있었다.
돈만 있으면 세계 여행이라도 떠나고 싶은 심정이었다. 그러나 땡전한 푼 없는 신세였다. 어느 날 부르고스 지방의 한 마을 의사가 두 달 동안 대리 의사를 필요로 한다는 신문 기사를 읽게 되었다. 그곳으로 편지를 보냈더니 와달라는 답장이 왔다. 집에다는 동료 하나가 시골에서 몇 주 동안 함께 보내자며 초대했다고 둘러댔다. 왕복 기차표를 끊어 갔다. 안드레스와 교대하는 의사는 고전학(古錢學)에 빠져 있는 홀아비로, 부자였다. 의학에 관해서는 아는 것이 거의 없고 오직 역사와 화폐에만 빠져 있었다.

"선생, 선생의 의학적 지식이 여기서 빛을 발휘할 수 없을 거요." 의사가 우롱하듯 안드레스에게 말했다. "여긴 말이오, 특히 여름에는 말이오, 복통 환자, 장염 환자 몇 하고, 드물긴 하나 장티푸스 환자 몇을 빼면 환자가 전혀 없어요."

의사는 업무에 관한 이야기는 건성으로 하고 나서 안드레스에게는 흥미도 없는 화폐 얘기로 화제를 돌려 화폐 수집에 관해 가르치려 들었다. 화폐 수집으로는 그 지방에서 이인자였던 것이다. 그는 이인자라고 말하면서 한숨을 내쉬었다. 스스로를 이인자라고 말한다는 사실이 그로서는 가슴 아픈 일이었던 모양이다.

안드레스와 의사는 매우 친해졌다. 그 고전학자는 안드레스에게 자기 집에서 살고 싶으면 기꺼이 집을 제공하겠노라고 했고, 안드레스는 늙은 하녀와 함께 그 집에서 살기로 했다.

여름은 감미로웠다. 온종일 자유롭게 산책을 하고 책을 읽었다. 마을 근처에 나무가 자라지 않는 자갈투성이 산이 있었다. 테소"라 불리는 그 산 주변에는 물푸레나무, 로즈마리, 라벤더가 자라고 있었다. 저녁 무렵이면 그곳은 식물 향기와 상큼한 공기로 가득 찬 감미로운 장소로 변했다.

안드레스는 비관주의와 낙관주의가 소화불량 또는 소화양호처럼 기질적(氣質的)인 결과라는 사실을 확인할 수 있었다. 평생 경험해보지 못한 평화롭고 즐거운 생활을 그 마을에서 감탄스러울 정도로 만끽하며 지내고 있었다. 시간이 너무 빨리 지나간다는 생각이 들 정도였다.

이 오아시스에서 한 달 반을 지낸 어느 날, 우편배달부가 손때 묻은 봉투를 건넸다. 아버지가 쓴 것으로 보이는 그 편지는 이 마을에서 저 마을로 돌아다니다 그곳까지 온 것임에 틀림없었다. 무슨 내용이 들어 있을까?

봉투를 열어 편지를 읽고 난 안드레스는 망연자실하고 말았다. 루이시토가 발렌시아에서 사망했다는 것이었다. 꼬맹이 동생이 형의 안부를 자주 물었기 때문에 마르가리타가 안드레스에게 그곳으로 와달라는 편지를 두 통이나 썼지만 돈 페드로가 안드레스의 행선지를 모르고 있어 편지를 보낼 수 없었던 것이다.

즉시 떠나려고 했지만 편지를 다시 읽어보고는 루이시토가 사망한 지도 벌써 8일이나 지났고, 이미 매장된 상태라는 사실을 깨닫게 되었다.

소식을 접한 안드레스는 정신적 무감각 상태에 빠져버렸다. 자신이 멀리 떨어져 있었기 때문에, 또 그곳을 떠나올 때는 루이시토가 건강하고 튼튼했기 때문에, 병든 동생 곁에 있었더라면 느꼈을 연민을 느끼지 못하고 있었다.

그런 무관심, 그리고 썩 커다란 고통을 느끼지 않는다는 사실이 그리 좋게 생각되지는 않았다. 이제 꼬맹이는 죽고 없었다. 동생이 죽었는데도 아무런 절망감도 느끼지 못했다. 무엇 때문에 그 자신에게 쓸데없는 고통을 유발시킨단 말인가? 이에 관해 오랜 시간 혼자 숙고해보았다.

아버지와 마르가리타에게 편지를 썼다. 누나의 답장을 받고 나서 루이시토의 병이 그동안 어떻게 진행되었는지를 추적할 수 있었다. 전구증상(前驅症狀)으로 결핵성 뇌수막염을 이삼 일간 앓았고, 그다음에는 의식을 잃을 정도의 심한 고열로 일주일간 소리를 지르고 헛소리를 하다가 마침내 자는 듯이 죽었던 것이다.

마르가리타의 편지를 통해 그녀의 억장이 무너져내리고 있다는 사실을 감지할 수 있었다.

안드레스는 뇌수막염을 앓던 예닐곱 살짜리 아이를 병원에서 보았던 걸 기억하고 있었다. 며칠 만에 너무 말라 뼈만 앙상한 데다 머리통이 엄청 크고, 이마가 불룩 튀어나오고, 고열로 양 귓불이 떨어져나갈 것 같고, 눈 하나가 사팔뜨기처럼 되고, 입술이 하얗게 변하고, 관자놀이가 움푹 들어간 그 아이가 환각에 빠진 듯 미소를 짓던 모습이 떠올랐다. 아이는 새처럼 소리를 질러댔고, 땀에서는 결핵 환자 특유의 이상한 냄새가 났었다. 쥐 냄새 같았었다.

병에 걸린 루이시토의 모습을 떠올려보려 했다. 하지만 그토록 무시무시한 병에 걸린 루이시토가 아닌 자신이 떠나던 날 마지막으로 보았던, 미소를 머금은 명랑한 모습만 떠오를 뿐이었다.

제4장 탐구

철학적 계획

두 달 동안의 대리 의사 생활을 마친 안드레스는 마드리드로 돌아왔다. 그동안 모아둔 돈 60두로를 어디에 써야 할지 몰라 마르가리타에게 부쳤다.

안드레스는 일자리를 얻기 위해 교섭을 하면서 국립 도서관에 나가고 있었다.

마드리드에서 자리를 잡지 못하면 시골 아무 데라도 갈 준비가 되어 있었다.

예전에 건강이 좋지 않던 동창 페르민 이바라를 어느 날 도서관 열람실에서 우연히 만났다. 페르민은 걸을 때 두툼한 지팡이에 의지해 절룩거리긴 했지만 이제 건강이 좋아 보였다.

페르민은 안드레스에게 다가와 아주 반갑게 인사를 했다.

엔지니어가 되기 위해 리에하에서 공부를 하는데, 방학 때는 항상 마드리드로 돌아온다고 했다.

예전에 안드레스는 페르민을 어린애로 여겼었다. 페르민은 안드레스를 자기 집으로 데려가 그동안 만든 발명품들을 보여주었다. 발명가로서 장난감 전동차와 다른 기계 장치들을 만들고 있었다.

페르민은 자신이 만든 것들의 기능에 대해 설명해주면서 몇 개는 특허권을 신청할 생각이라고 했다. 그 가운데는 쇠붙이로 만든 자동차 타이어용 림도 있었다.

안드레스로서는 친구가 헛소리를 하고 있는 것 같았으나 그에게서 꿈을 빼앗고 싶지는 않았다. 하지만 얼마 후 페르민이 고안했던 철제 림을 장착한 자동차를 보고 나서는 친구가 발명가로서 뛰어난 재능을 지니고 있다고 생각하게 되었다.

오후가 되면 늘 이투리오스 외삼촌을 찾아갔다. 외삼촌은 거의 항상 옥상에서 책을 읽거나 벌 한 마리나 거미 한 마리가 외롭게 움직이는 모습을 관찰하고 있었다.

"여긴 에피쿠로스의 옥상이군요." 안드레스가 웃으며 말했다.

외삼촌과 조카는 자주 긴 토론을 했다. 특히 안드레스가 최근에 설정한 계획에 관해 주로 논의했다.

어느 날엔가는 평소보다 훨씬 더 긴 논의를 통해 자신의 계획을 더욱 구체화시켰다.

"너, 뭘 할 생각이냐?" 이투리오스가 물었다.

"저요! 아마도 어느 시골에서 의사 생활을 해야 할 것 같아요."

"전망이 썩 좋아 보이지 않는구나."

"사실 좋지는 않아요. 의학 가운데 제가 좋아하는 분야가 있긴 하지만 현실적으로 따라주지 않네요. 생리학 실험실에 들어갈 수만 있다면 열심히 할 것 같은데요."

"생리학 실험실에서 일한다! 그게 스페인에 있기만 하다면야!"

"물론, 그렇죠! 그게 있다면 말이에요. 물론 저는 아직 학문적인 준비가 안 되어 있어요. 학습 방법이 좋지 않은 거죠."

"내가 공부할 때도 마찬가지였단다." 이투리오스가 말했다. "교수들은 젊은 학생들에게 맹하고 어리석은 방법만을 가르치기에 급급하지. 그건 당연해. 스페인 사람들은 아직 제대로 가르칠 줄 모르거든. 너무 광신적이고, 너무 막연하고, 거의 대부분 너무 위선적이야. 봉급을 받고도 여름 휴가비를 타내려고 하는 것 외에는 목표가 없어."

"그리고 또, 연구도 안 해요."

"다른 것도 많이 부족하지. 그건 그렇고, 너 뭐 할 거냐? 방문 의사로 일할 생각은 없냐?"

"없는데요."

"그렇다면, 무슨 특별한 계획이라도 있는 거냐?"

"개인적인 계획 말인가요? 전혀 없어요."

"저런! 계획이 그렇게도 없단 말이냐?"

"한 가지가 있긴 해요. 최대한 독립해서 사는 거죠. 스페인에서는 일반적으로 노동이 아니라 복종이 더 큰 보상을 받고 있잖아요. 호의를 받는 건 싫구요, 노동을 해서 살고 싶어요."

"어려운 문제로군. 그러니까, 철학적인 계획 같은 거냐? 너 탐색 작업을 계속하고 있는 거냐?"

"예. 먼저 우주 발생론, 그러니까 세계의 형성에 관한 합리적인 가설이 될 만한 철학을 찾고 있어요. 그다음에 삶과 인간의 근원에 관한 생물학적 설명을 구하고 싶구요."

"네가 그걸 발견하게 될지 나는 무척 회의적이다. 너는 우주 발생론과 생물학을 완성하는 총론을 원하고 있어. 물리적·도덕적 우주에 관한 설명 말이야. 안 그러냐?"

"맞아요."

"그래, 그 총론을 찾기 위해 어디를 가봤냐?"

"칸트와 무엇보다도 쇼펜하우어죠."

"길을 잘못 들었구나." 이투리오스가 대꾸했다. "영국 사람들을 읽어라. 그들의 학문은 모두 실용성을 추구하고 있다. 독일 형이상학자들은 읽지 마라. 그들의 철학은 취하기만 하고 영양가 없는 술과 같다. 홉스의 『리바이어던』은 읽어봤냐? 원한다면 빌려주마."

"싫습니다. 뭐 하려구요? 칸트와 쇼펜하우어를 읽고 나니 저 프랑스, 영국 철학자들은 짐을 잔뜩 실어 삐걱거리고 먼지를 일으키는 수레 같은 인상만 주던데요."

"그래, 아마 그들이 독일 철학자들보다 사상적으로는 덜 경쾌할 수도 있지. 하지만 반대로 그들이 삶과 너를 더 가깝게 해주지 않겠니."

"그래서 어떻게 되는데요?" 안드레스가 대꾸했다. "다들 뭘 하며 살아야 할지도 모르고, 계획도 없고, 나침반도 없이 찾아가는 곳을 밝혀줄 빛도 없는 상태에서 길을 잃음으로써 생기는 고뇌와 절망을 느끼며 살고 있어요. 이런 상황에서 도대체 뭘 하면서 살아야 하는 거죠? 어떤 방향으로 살아가야 하는 거냐구요? 만약에 삶이 한 사람을 끌어당길 정도로 강렬하다면, 사유를 한다는 건 나그네가 나무 그늘을 찾아 앉는 거나 평화로운 오아시스 속으로 들어가는 것처럼 멋진 일이 되겠죠. 하지만 적어도 여기에서만은 삶이 하찮고, 감동도 변화도 없어요. 아니, 모든 면에서 그렇다고 생각해요. 그래서, 존재한다는 것이 감동을 유발하지 못하기 때문에 생각이 공포로 가득 차는 거라구요."

"너는 지금 갈피를 못 잡고 있구나. 네가 그런 주지주의적 입장을 고수한다면 좋은 결과는 결코 얻을 수 없다." 이투리오스가 중얼거렸다.

"저는 주지주의를 통해 뭐든 알게 되고 인지하게 될 거예요. 이것보다 더 큰 즐거움이 있나요? 고대 철학은 우리에게 어떤 궁전의 웅장한 외관을 보여주곤 했지만, 그토록 웅장한 외관 뒤에는 화려한 방이나 감미로운 장소가 아닌 어두컴컴한 지하 감옥들이 있었죠. 칸트의 뛰어난 공적이 바로 그거예요. 칸트는 철학자들이 묘사한 경이라는 게 모두 환상, 환영이라는 걸 깨달았거든요. 그는 웅장한 회랑들을 통해서는 그 어떤 곳에도 이르지 못한다는 사실을 알았던 거예요."

"대단한 공적이고 말고!" 이투리오스가 중얼거렸다.

"대단하죠. 칸트는 종교와 철학적 체계의 가장 중요한 두 공리, 즉 신과 자유는 증명할 수 없는 것이라는 사실을 입증했어요. 그리고 그로서는 괴로운 일이었겠지만, 그 두 가지가 증명될 수 없다는 사실을 그 스스로 입증했다는 게 대단한 거죠."

"그래서?"

"그래서라뇨! 그 결과가 엄청나잖아요. 그래서, 이제 우주에는 시간의 시작도 공간의 한계도 없어요. 모든 것이 원인과 결과의 연계 사슬에 속해 있는 거죠. 이제 제1원인도 없어요. 쇼펜하우어가 말했던 것처럼, 제1원인에 대해 생각한다는 것은 쇠로 만든 나무토막에 관해 생각하는 것처럼 불가능한 거예요."

"그건 썩 놀랄 만한 게 아니다."

"제겐 놀라운 사실인데요. 그건, 우리 눈에는 거인 하나가 특정 목표물을 향해 걸어가고 있는 것처럼 보이는데, 누군가 그 거인에게 눈이 없다는 사실을 발견해낸 것과 같다고 보는 거죠. 칸트 이후 세상은 깜깜해져버렸어요. 이제 자유도 정의도 있을 수 없고, 우연의 법칙에 의해 작용하는 힘들이 시간과 공간을 지배하고 있어요. 그런데 이처럼 심각한 문제가 전부는 아니에요. 칸트의 철학 덕분에 처음으로 분명하게 밝혀진 사실이 하나 더 있거든요. 그것은 세계가 실재성을 지니고 있지 않다는 거죠. 그러니까, 방금 전에 말한 공간과 시간, 그리고 우연의 법칙이라는 것이 우리의 외부에서는 우리가 인지하고 있는 것과 다르게 존재할 수 있다는 거예요. 물론 다를 수도 있고, 존재하지 않을 수도 있지만요……."

"푸, 그건 말도 안 돼!" 이투리오스가 중얼거리듯 말했다. "기발한 생각이라고 할 수는 있겠지만, 그 이상은 아니야."

"아니에요. 그건 절대로 비합리적이지 않고, 아니, 오히려 실제적이에요. 전에는 공간의 무한성을 생각하는 게 제겐 큰 고통이었죠. 무한한 세계를 믿는다는 게 저로서는 충격적이더라구요. 제가 죽은 다음 날에도 공간과 시간이 계속해서 존재할 거라는 생각이 저를 슬프게 했죠. 또 내 인생이라는 것도 썩 부러워할 만한 게 아니라는 생각이 들더라구요. 공간과 시간에 대한 관념이 우리 정신에는 필요한 것이지만 실재성이 없음을 깨달았을 때, 공간과 시간이 아무런 의미도 없으며, 적어도 우리가 그런 것들에 대해 갖는 관념이 우리 내부에는 없을 수도 있다는 사실을 칸트를 통해 확신했을 때 마음이 차분해지더군요. 우리 망막이 색채를 만들고 우리 뇌가 시간, 공간, 우연의 법칙에 대한 관념들을 만든다고 생각하는 게 제겐 어느 정도 위안이 되죠. 우리 뇌가 죽으면 세상도 끝나버리잖아요. 그때는 시간도, 공간도 지속되지 않으며, 원인들의 연계성도 없어져버리죠. 코미디는 아주 완전히 끝나버리는 거예요. 우리가, 하나의 시간과 하나의 공간이 다른 것들을 위해 지속된다는 가정은 할 수 있어요. 하지만 그게 유일한 실재인 우리의 것이 아니라면, 뭐가 그리 중요하겠어요?"

"하! 그건 환상이야! 환상이라구!" 이투리오스가 말했다.

사물의 실재성

"아니에요, 아니라구요, 그건 현실이라니까요." 안드레스가 답변했다. "우리가 인지하고 있는 세계라는 건 우리 뇌의 지각 범주 안에 있는 우주를 부분적으로 반영한 것이라는 사실을 의심할 수 있을까요? 여태까지 살아왔고 지금도 살고 있는 타인들의 뇌에 반사된 우주의 이미지와 내 뇌에 반사된 이미지를 합치고 대조해서 얻은 결과물이 바로 세계에 대한 우리의 지식이고, 우리의 세계죠. 그런데, 인식의 주체가 우리가 아닐 때도 그런 인식이 가능할까요? 우린 그걸 몰라요. 그리고 앞으로도 결코 알 수 없을 거예요."

"썩 명쾌한 설명은 아니구나. 네 말이 모두 시처럼 들린다."

"아니에요, 시가 아니라구요. 외삼촌은 오감에 의존해 감각적으로 판단하고 계시잖아요. 안 그래요?"

"맞다."

"그리고 외삼촌은 어려서부터 타인의 느낌이나 이미지들을 빌어 외삼촌의 느낌이나 이미지들에 가치를 부여해오셨잖아요. 그런데, 외삼촌은 그 외부 세계가 외삼촌이 보시는 것과 같은 것이라고 확신하시는 거예요? 아니면, 그런 세계가 존재한다는 걸 전혀 확신하지 않으시는 거예요?"

"확신하지."

"물론, 그건 실용주의적인 확신이지 그 이상도 그 이하도 아니에요."

"그거면 충분해."

"아니에요. 충분하지 않아요. 알고 싶은 욕구가 없는 사람에겐 충분하죠. 그게 충분하다면, 무엇 때문에 열이나 빛에 대한 이론들이 발명될까요? 그저 이렇게들 말하겠죠. 뜨거운 물체와 찬 물체가 있고, 푸른색이나 파란색이 있다. 하지만 우린 그것들의 본질까지 알 필요는 없다고 말이에요."

"그래, 우리가 이런 방식으로 논의를 전개하는 것도 나쁘지는 않을 것 같다. 안 그렇다면, 의문이 꼬리에 꼬리를 물고 이어져 나중에는 모든 논의를 다 파괴해버릴 거다."

"그래요, 모든 걸 다 파괴해버리죠."

"수학마저 근본 원리도 없이 존재하게 될 거야."

"물론이죠. 수학적·논리적 명제들은 인간의 지성에서 비롯된 법칙이니까요. 그게 우리의 외부에 있는 자연의 법칙일 수도 있어요. 하지만 우린 그걸 단언할 수 없어요. 인간의 몸이 원인, 공간, 시간, 이 세 가지 차원을 지니고 있기 때문에 인간의 지성은 내재적 필요조건으로 원인, 공간, 시간에 대한 관념을 지니고 있어요. 이 세 가지 관념은 지성으로부터 분리될 수 없고, 또 지성이 그것들에 관한 진리와 공리를 선험적으로 확인해줄 때도, 단지 그것들의 메커니즘만을 가리켜줄 뿐이죠."

"그러니까, 진리란 없다는 말이냐?"

"있어요. 어느 동일한 사물에서 모든 지성이 일치할 때 우린 그걸 진리라 부르죠. 만장일치가 없을 것이라고 가정할 수 없는 논리적·수학적 공리들에서는 모든 게 진리지만, 그 공리들을 제외한 그 밖의 다른 공리들에서는 모든 진리가 만장일치 상태가 되어야 한다는 것을 조건으로 갖고 있어야 해요."

"그렇담, 만장일치이기 때문에 진리다, 이 말이냐?" 이투리오스가 물었다.

"아뇨, 진리이기 때문에 만장일치가 되는 거죠."

"마찬가지잖아."

"아니에요, 아니라니까요. 외삼촌이 제게 '중력은 진리다, 왜냐하면 일치된 생각이니까'라고 말씀하신다면, 저는 외삼촌께 '아니에요, 중력은 진리이기 때문에 일치된다'고 말씀드릴 거예요. 둘 사이에 약간의 차이가 있다는 거죠. 중력은 완벽하게 상대적인 범주 안에 있을 때만 하나의 절대적 진리가 된다는 게 제 생각이에요."

"나는 그렇게 생각하지 않는다. 하나의 상대적인 진리일 수 있어."

"저는 그 말씀에 동의하지 않는데요." 안드레스가 말했다. "우리는, 우리가 지닌 지식이라는 게 외부 사물과 우리의 '나' 사이에 존재하는 하나의 불완전한 관계라는 것을 알고 있어요. 하지만 그 관계가 항구적이기 때문에, 설령 엄청나게 불완전하다고 해도, 사물과 사물 사이에 존재하는 그 어떤 가치도 제거되지 않는 거예요. 섭씨 온도계 예를 들어볼게요. 외삼촌은 얼음과 끓는 물의 온도 차이를 백 등분하는 건 임의적인 것이라고 제게 말씀하실 수 있고, 또 그 말은 맞아요. 하지만 만약 이 옥상은 온도가 20도고 동굴은 15도라고 한다면, 둘 사이의 관계는 정확하게 설정된 거라고 보는 거죠."

"좋아. 됐어. 그러니까 너는 소위 '초기 오류의 가능성'을 인정한다는 거지. 그럼, 지식의 모든 단계에 오류가 있다고 가정해보자. 그래서, 내가 중력은 하나의 관습이기 때문에 내일이면 쉽사리 부인될 수 있다고 가정한다 치자. 내가 그렇게 한다고 막을 사람이 어디 있겠냐?"

"아무도 없죠. 하지만 외삼촌이 그 가능성을 진심으로 수용하실 수는 없잖아요. 원인과 결과의 연계 사슬이 바로 과학이니까요. 만약 그런 연계 사슬이 존재하지 않는다면 의지할 곳이 없어져버리죠. 모두 다 진리일 수 있다는 거예요."

"그렇다면, 너희들이 말하는 과학이라는 건 죄다 효용성에 기초하고 있겠다."

"아니에요. 이성과 경험에 기초하고 있어요."

"그렇지 않아. 왜냐하면 너희들이 최후 결과를 도출해낼 때까지 계속해서 이성을 유지할 수 없기 때문이야."

"유지할 수 없다는 것도, 틈새가 있다는 것도 알고들 있죠. 과학은 소위 우주라 불리는 이 맘모스의 지골(肢骨) 하나에 대해 우리에게 설명해주죠. 철학은 이 맘모스가 어떻게 존재하는지에 대한 합리적인 가설을 우리에게 주고 싶어하구요. 경험적 자료도 합리적 자료도 모두 절대적이지 않잖아요? 그런 사실을 의심할 사람은 하나도 없다구요! 과학은 관찰을 통해 얻은 자료에 가치를 부여하고, 미지의 대양에서 발견된 섬들처럼 다양한 개별 과학들을 서로 연결시키고, 이것과 저것 사이를 연결시키는 다리들을 세워 그 접합점에서 어떤 일치를 이루도록 하죠. 물론, 이 다리들도 다만 진리에 대한 가설, 이론, 근사치밖에는 될 수 없지만 말이에요."

"다리들도 가설이고, 섬들도 가설이야."

"아니에요, 저는 동의할 수 없어요. 과학은 인류가 지니고 있는 단 하나뿐인 강력한 건축물이에요. 그리스인들에 의해 이미 확인된 그 결정론의 과학적 블록을 향해 무수한 파도가 몰아쳤지만, 그 파도들은 산산이 부서졌잖아요? 종교, 도덕, 유토피아가 있고, 오늘날의 실용주의, 사상, 권력들 등에서 비롯된 이 모든 사소한 속임수에도 불구하고 과학적 블록은 여전히 꿈쩍도 하지 않고, 과학은 이런 장애물들을 압도할 뿐 아니라 그 스스로 완성되기 위해 그 장애물들을 이용하기도 하죠."

"그래." 이투리오스가 대답했다. "과학은 그런 장애물들을 압도하지. 그리고 인간까지도 압도해버리잖아."

"그건 부분적으로는 사실이에요." 안드레스는 옥상을 이리저리 오가며 중얼거리듯 수긍했다.

선과 악을 알게 하는 나무와 생명나무

"과학은 이미 우리에게 인간적 목적을 지닌 어떤 제도가 아니라 이제 그 이상의 무엇이 되어버렸구나. 너희들이 그 과학을 우상으로 바꾸어버렸으니까." 이투리오스가 말했다.

"오늘 비록 진리가 무용하다 할지라도 내일은 유용할 수 있으리라는 희망이 있죠." 안드레스가 대꾸했다.

"푸! 그건 유토피아적인 생각이야! 넌 언젠가 우리가 천문학적 진리를 이용할 거라고 믿는 거냐?"

"언젠가라구요? 우린 벌써 그걸 이용했잖아요."

"무엇에?"

"세계에 관한 개념을 정립하는 데요."

"좋아. 하지만 나는 진리를 어떤 것에 실용적으로, 즉각적으로 이용하는 문제에 관해 말하고 있었다. 나는 총체적인 진리는 삶에 해롭다고 확신하는 사람이야. 삶이라 불리는 자연의 그런 변칙은 변덕에 기반을 둘 필요가 있고, 아마 거짓에도 기반을 둘 필요가 있을 거야."

"그 점에는 저도 동감이에요" 안드레스가 말했다. "동물도 인간만큼이나 강한 삶의 의지, 욕구를 지니고 있어요. 단지 인간이 이해력이 더 클 뿐이죠. 더 많이 이해할수록 욕망이 더 적어지잖아요. 이건 논리적이고, 더욱이, 현실에서도 확인이 되고 있구요. 알고자 하는 욕구는 진화의 한 단계가 마무리될 시점에 등장하는 개개인들에게서 삶의 본능이 시들해질 때 발현되는 법이죠. 인간은 지식을 필요로 하는데요, 그건 결국 죽기 위한 중간 단계로, 나비가 번데기 시절에 머물렀던 집을 깨고 나오는 것과 같은 이치죠. 건강하고, 역동적이고, 강한 개인은 사물을 있는 그대로 보는 게 합당하지 않다고 생각하기 때문에 사물을 있는 그대로 보지 않아요. 일종의 착각 속에 있는 거죠. 세르반테스가 부정적 의미를 부여하자 했던 돈 키호테는 긍정적인 삶에 대한 하나의 상징이 되어버렸어요. 돈 키호테는 자신을 둘러싸고 있는, 제정신을 지닌 모든 사람보다 더 오래, 더 강렬하게 살고 있잖아요. 살고자 하는 욕망이 강한 개인이나 민족은 태곳적에 신들이 처음으로 인간에게 나타났을 때처럼 혼돈 속에 휩싸이는 법이에요. 살고자 하는 본능이 유지되기 위해서는 허구를 필요로 하죠. 따라서 과학은, 다시 말해 비평 본능, 탐구 본능은 어떤 진리를 만나야 되는데요, 그 진리란 바로 삶을 위해 필요로 하는 거짓의 총량이죠. 우스운가요?"

"그래, 우습다. 네가 오늘 그토록 진지하게 하는 말은 바로 성경에 기록되어 있는 거니까."

"오, 그렇군요!"

"그래, 창세기에 있지. 낙원 한가운데에 나무 두 그루가 있었다는 건 너도 성경을 읽어서 알 거다. 생명나무와 선과 악을 알게 하는 나무지.¹ 생명나무는 대단히 컸고 잎이 무성했는데, 몇몇 성인 사제들에 따르면 그 나무가 불멸성을 부여했다더구나. 선과 악을 알게 하는 나무는 어떠했는 지 알려지지 않았어. 아마도 초라하고 쓸쓸했을 거야. 그런데 너, 하느님께서 아담에게 뭐라 하신 줄 아니?"

"실은, 기억이 나지 않네요."

"아담을 앞에 놓고 다음과 같이 말씀하셨지. '이 동산에 있는 나무 열매는 무엇이든지 마음대로 따먹어라. 그러나 선과 악을 알게 하는 나무 열매만은 따먹지 말거라. 그것을 따먹는 날 너는 반드시 죽게 되리라.' 그리고 하느님은 이렇게 덧붙이셨을 거다. '너희는 생명나무 열매를 따먹고 살아라, 짐승이 되거라, 돼지가 되거라, 이기적인 인간이 되거라, 즐겁게 땅에서 나뒹굴어라. 하지만 선과 악을 알게 하는 나무 열매는 따먹지 말거라. 왜냐하면 그 떫은 과일은 너희에게 스스로 더 나아지겠다는 욕망을 부추겨 결국 너희를 멸망시킬 것이기 때문이니라.' 훌륭한 충고가 아니냐?"

"예, 그래요. 은행의 어느 주주에게나 어울리는 가치 있는 충고로군요." 안드레스가 대꾸했다.

"그 셈족 망나니들의 실용주의적 감각이 참 잘 드러나 있지!" 이투리오스가 말했다. "그 잘난 유태인들은 양심적인 것이 삶을 위태롭게 만들 수도 있다는 사실을 자신들의 매부리코로 잘도 냄새 맡았어!"

"물론, 그들은 낙천주의자들이었죠. 그리스인과 셈족은 삶에 대해 강한 본능을 지녔고, 자신들을 위한 신들과 자신들만의 천국을 만들었죠. 저는 그들이 자연에 관해서는 근본적으로 아무것도 모른다고 생각해요."

"그들은 자연을 있는 그대로 받아들이지 않았어."

"그건 확실해요. 반면에, 저 북쪽의 우랄 알타이계와 인도 유럽계 사람들은 자연을 있는 그대로 보려고 했죠."

"그런데, 그럼에도 불구하고, 아무도 그들에게 관심을 두지 않았고, 그러다가 결국 남쪽의 셈족이 자신들을 길들이도록 스스로 방치했다더냐?"

"아, 맞아요! 바로 그 셈족 문화는 사기성 농후한 요소 셋과 더불어 세계를 지배했죠.[2] 기회와 세력을 획득했죠. 전쟁이 일어나면 전쟁신 하나를 날조해 남자들의 전의를 북돋았고, 여자들과 약자들로 하여금 한탄하고, 불평하고, 감상에 젖어 눈물을 흘리도록 만들었죠. 셈족이 지배한 지 수세기가 지난 오늘날 세계는 분별력을 되찾아가고, 진리는 밤의 공포 뒤로 희미한 여명처럼 나타나고 있어요."

"나는 그런 분별력도 믿지 않고, 셈족 문화의 패망도 믿지 않는다." 이투리오스가 말했다. "유태계, 기독교계, 이슬람계 셈족 문화는 계속해서 세계의 주인이 될 것이고, 엄청난 변신을 시도할 거다. 유태인과 모로인을 청소하는 데 몰두했던, 너무나도 셈족적인 기질을 지닌 종교재판소보다 더 재미있는 게 세상에 아무것도 없을까? 유태인 출신인 토르케마다[3]의 경우보다 더 진기한 경우가 과연 있을까?"

"그래요, 그것이 바로 자만심, 지나친 낙천주의, 기회주의 같은 셈족 특성을 잘 정의해주고 있죠. 그런 건 모두 없어져야 해요. 북유럽 사람들의 과학적 사고방식이 그걸 쓸어버릴 거예요."

"하지만 그런 사람들이 어디에 있을까? 그런 선각자들이 어디에 있냐구?"

"과학 속에, 철학 속에, 특히 칸트의 철학 속에 있죠. 칸트는 그리스계 셈족의 허위를 파괴한 위대한 사람이었어요. 그는 방금 전에 외삼촌께서 말씀하셨던 성서의 나무 두 그루와 마주쳤고, 선과 악을 알게 하는 나무를 질식시키고 있던 생명나무의 줄기를 잘라나갔죠. 칸트 이후 사상계에는 '과학'이라고 하는 편협하고 고통스러운 길 하나만 남았어요. 칸트 뒤로, 칸트 같은 힘이나 위대성을 지니지 않은 다른 파괴자, 북반구의 다른 곰, 즉 쇼펜하우어가 오죠. 그는 스승이 용기가 부족해 자애로운 마음으로 지녔던 핑계들을 그대로 방치해두려 하지 않았어요. 칸트는 자유, 책임, 권리 등으로 불리는 생명나무의 두툼한 줄기가 인간에게 희망적인 전망을 제시하도록 선과 악을 알게 하는 나무 줄기들 옆에서 쉬기를 측은지심으로 부탁하고 있죠. 그런데 자신의 사상에 더 엄격하고 더 성실한 쇼펜하우어가 그 줄기를 싹둑 잘라버림으로써 삶이라는 것이 정의도, 선(善)도, 목적도 없는 어둡고, 맹목적이고, 강력하고, 재미있는 하나의 물체로 나타나게 되는 거예요. 어떤 힘 X에 의해 움직이고, 이따금 조직화된 물질을 통해 작용하는 일종의 흐름을 그는 '의지'라 불렀는데, 그 의지는 하나의 이차적 현상, 즉 뇌의 인광(燐光)작용, 반사작용을 유발시키죠. 그 작용이 바로 '지성'인 거구요. 이렇듯 이 두 개의 원리, 즉 선과 악을 알게 하는 나무와 생명나무에 관한 비유를 통해 삶과 진리, 의지와 지성이 분명하게 드러나는 거죠."

"이제 철학자들과 생명인종학자들이 등장해야 할 차례구나." 이투리오스가 말했다.

"당연하지 않겠어요? 철학자들과 생명인종학자들이 등장해야겠죠. 이런 환경에서는 삶의 본능, 즉 모든 행위와 확신은 자신이 상처를 받았다고, 그래서 반응을 해야 한다고 느끼고, 실제로 반응을 하죠. 철학자들과 생명인종학자들 가운데 몇몇은, 그 가운데 대부분은 문학가들인데요, 삶을, 본능의 잔인성을 낙관적으로 바라보고, 또 잔인하고 천박하고 수치스러운 삶, 즉 밀림 한가운데에 있는 표범의 삶처럼 목적도 대상도 원칙과 도덕도 없는 삶을 예찬하죠. 나머지 철학자들과 생명인종학자들은 과학 그 자체를 낙관하고 있죠. 인간이 지닌 이해력으로는 우주의 메커니즘을 결코 알 수 없을 거라고 단언했던 뒤부아레몽[4] 같은 사람의 불가지론적

이론에 반대한 베르틀로, 메치니코프의 이론이 있고, 또 스페인의 라몬 이 카할의 이론도 있는데요.[5] 라몬 이 카할은 이 지구상에 존재하는 인간의 목적을 규명할 수 있다고 생각하죠. 마지막으로는, 구시대의 사상과 낡은 신화로 돌아가기를 원하는 사람들이 있는데요, 그것들이 삶에 유용하다는 이유 때문이죠. 이들은 수사학 교수들인데요, 18세기에는 코담배를 피운 뒤 어떻게 재채기를 했는지를 우리에게 얘기해주는 숭고한 사명을 지닌 사람들이고, 과학은 실패하고 물질주의, 결정론, 원인과 결과의 연계 사슬은 저속한 것이다, 정신주의가 고상하고 세련된 것이다라고 우리에게 말하는 사람들이죠. 정말 웃기는 얘기잖아요! 대주교들이나 장군들이 봉급을 받도록 하기 위해, 그리고 장사치들이 썩은 대구를 일말의 죄책감도 느끼지 않고 팔 수 있도록 하기 위해 내뱉는, 감탄스러울 정도로 상투적인 말이잖아요! 우상이나 물신을 숭배하는 것이 우월성의 상징이고, 데모크리토스나 에피쿠로스[6]처럼 원자를 믿는 것이 우둔함의 표시라는 거예요! 신을 위해 자신의 머리를 도끼로 쪼개고 유리를 삼킨 모로코의 어느 아이싸우아[7] 사람이나 팬티만 걸치고 있는 어느 왕거지가 세련되고 교양 있는 인간이다 이거죠. 반면에 과학자는 천박하고 촌스러운 사람이구요. 온갖 수사학적 맵시를 다 부리고, 흡사 어느 프랑스 학자의 코맹맹이 말로 치장된 것 같은, 정말 대단한 역설이죠! 과학이 실패한다고 그들이 말할 때는 웃는 수밖에 없어요. 실패하는 것은 거짓된 것이라는 논리는 정말 말도 안 되는 거죠. 과학은 모든 것을 아우르고 장애를 극복하면서 진보하고 있잖아요."

"그래. 방금 전에 말했다시피, 우린 결국 모든 것을 아우르고 장애를 극복하면서 의견 일치를 보았구나. 하지만 순전히 과학적인 견지에서 볼 때 나는 삶의 기능이 지닌 이중성에 관한 이론, 다시 말하면, 한쪽에 지성을 다른 한쪽에 의지를 배치시키는 그 이론을 받아들일 수 없다."

"제 말씀은 한쪽에 지성이 다른 한쪽에 의지가 있다는 게 아니고, 지성의 우월성 또는 의지의 우월성에 관한 거예요." 안드레스가 대꾸했다. "지렁이 한 마리도 의지와 지성을 지니고 있어요. 인간과 마찬가지로 지렁이도 살아가려는 의지가 있기 때문에 죽음에 최대한 저항하는 거죠. 물론 인간도 의지와 지성을 지니고 있지만, 그 비율이 다른 생물들과는 다르다는 거죠."

"내가 말하고자 하는 바는 의지가 욕망 기계일 뿐이고 지성이 반사 기계일 뿐이라고 생각한다는 게 아냐."

"외삼촌 생각이 옳을 수도 있겠지만, 저는 잘 모르겠어요. 하지만 우리가 이렇게 생각하는 건 합당하잖아요. 만일 우리가 모든 반사에 어떤 목적성을 부여한다면, 우리는 지성이 하나의 단순한 반사 기구, 즉 하늘에서 모습을 드러내고 있을 때 우리가 보게 되는 무심한 달과 같은 것일 수만은 없다는 생각을 할 수 있을 거예요. 하지만 양심은 무관심하게 인식할 수 있는 것을 자동적으로 반사하고, 또 이미지들을 만들어내죠. 우연성이 배제된 이 이미지들이 관념이라고 하는 하나의 상징, 하나의 도식을 남기는 거라구요."

"나는 네가 지성의 특징이라고 말한 그 자동적 무관심을 믿지 않는다. 우리는 순수한 지식인도, 욕망 기계도 아니고, 동시에 사유하고, 일하고, 욕망하고, 실천하는…… 인간이다. 관념들 가운데는 그 자체가 힘인 것들이 존재한다고 믿는다."

"저는 그렇게 생각하지 않아요. 힘은 다른 데 있어요. 어느 낭만적인 아나키스트에게 웃음을 자아내는 인간적인 시 몇 줄을 쓰도록 충동한다는 것은 다이너마이트 전문가에게 폭탄을 설치하게 하는 것이나 마찬가지라고 생각해요. 나폴레옹이 지니고 있던 제국주의적 꿈은 사하라의 황제 르보디도 갖고 있어요. 뭔가 유기적인 것이 그 두 사람을 구분하는 거예요."

"정말 혼란스럽군! 우리가 지금 미로 속에 빠져 있는 것 같구나." 이투리오스가 중얼거렸다.

"우리가 지금까지 토론한 내용과 각자의 상반된 견해를 외삼촌께서 종합해주세요."

"우리는 부분적으로는 서로 의견을 같이한다. 너는 완벽하게 상대적인 것으로부터 출발해 사물 사이의 관계에 절대적인 가치를 부여하고 싶어하지 않느냐."

"물론이에요. 그건 제가 지금까지 말했던 바죠. 미터 자체도 임의적인 측량 단위잖아요. 원의 각을 360도로 나누는 것도 임의적인 측량 단위구요. 그렇지만, 자나 아크^{8}를 이용해 엄밀하게 측정된 사물과 단위 사이의 관계들은 정확해요."

"어떤 점에서는 우리의 생각이 일치한다고 해도, 그 문제는 대해서는 그렇지 않구나! 수학과 논리학에 관해 우리의 의견이 전적으로 일치한다는 것은 불가능하겠지. 하지만 우리가 이런 단순한 지식에서 멀어져 실생활권으로 들어가면 우리는 극도의 혼란과 무질서를 겪으며 복잡한 미로 속에 있게 되지. 우리는 지금 수백만이나 되는 각양각색의 군상이 춤을 추고 있는 무도회에 참가하고 있는 것 같은 상태에 있는데, 너는 내게 '우리 진리로 다가갑시다'라고 말하고 있는 셈이야. 진리는 어디에 있을까? 가면을 쓴 채 우리 앞을 지나가는 그 사람은 누굴까? 그 사람이 회색 망토 속에 숨기고 있는 게 뭘까? 그 사람이 왕일까, 아니면 거지일까? 훌륭하게 자란 젊은이일까, 아니면 몸에 종기가 덕지덕지 난 병약한 노인일까? 진리라는 것은 미지의 사물들로 이루어진 이 혼돈 속에서는 도무지 작동하지 않는 미친 나침반이야."

"그건 사실이에요. 과학은, 수학적 진리와 차근차근 얻어지는 경험적 진리 밖에서는 많은 걸 얘기하지 않아요. 그 점을 인정하고…… 또 기다리는 성실성을 지녀야 하죠."

"그렇다면, 그동안은 살아가는 것도, 경험이나 증거에 입각해 주장하는 것도 그만두어야 하는 거냐? 그렇게 되면 우리는 공화제가 군주제보다 더 좋다는 것도, 개신교가 가톨릭보다 더 좋은 건지 나쁜 건지도, 사유재산이 좋은 건지 나쁜 건지도 알지 못할 거다. 그 사이 과학은 답보 상태에 있을 거란 말이다."

"그렇다면, 지식인이 지녀야 할 처방책이 있을까요?"

"있고 말고. 너는 오늘날 수학과 경험적 과학의 영역 밖에는 과학의 징후들이 아직 미치지 않고 있는 거대한 분야가 존재한다는 사실을 인식하고 있어. 그렇잖으냐?"

"그래요."

"그렇다면, 그 분야에서는 왜 유용성이라는 것을 기준으로 삼지 않는 거지?"

"저는 그게 위험하다고 생각해요." 안드레스가 말했다. "유용성에 관한 이런 생각은 처음에는 단순하고 악의 없는 것처럼 보이지만, 결국 극도로 흉악한 것을 합법화시키고 모든 편견을 미화시켜버릴 수 있다구요."

"맞는 말이다. 또한 진리를 규범처럼 생각하다가는 가장 야만적인 광신에 이를 수도 있지. 진리가 투쟁의 무기가 될 수도 있거든."

"그래요. 그런데도 마치 그렇지 않은 것처럼 진리를 왜곡하고 있어요. 수학이나 자연과학에는 광신이 없죠. 정치나 도덕에서 진리를 옹호한다고 내놓고 자랑할 수 있는 사람이 어디 있겠어요? 그렇게 자랑하는 사람은 정치 조직이나 종교 조직이라면 뭐든지 옹호하는 사람과 마찬가지로 광신적이죠. 과학은 그런 것과는 전혀 관계가 없다구요. 기독교적이지도, 무신론적이지도, 혁명적이지도, 반동적이지도 않다는 거예요."

"하지만 그런 불가지론(不可知論)은 반생물학적이기 때문에, 과학적으로 알려져 있지 않은 모든 것에게는 터무니없는 이론이지. 사는 게 무엇보다 중요해. 우리가 우리의 느낌을 사용할 때는, 가장 정확한 방법이 아니라 가장 경제적이고 가장 유리하고 가장 유용한 방법으로 인지하는 경향이 있다는 점을 생리학자들이 증명했다는 사실을 넌 알고 있을 거다. 느낌의 유용성, 느낌의 확대 및 고양보다 더 좋은 삶의 잣대가 무엇이겠느냐?"

"아니에요, 그렇지 않아요. 그렇게 되면 이론이나 실천에서 극도로 불합리한 점들이 나타날 거예요. 따라서 우리는 자유의지, 책임, 장점 같은 논리적 허구들을 수용해가야만 할 거예요. 이 모든 것을 수용함으로써 종교가 지니고 있는 극히 터무니없는 점들을 제거해버릴 거라구요."

"아니야. 우리는 유용한 것만을 수용하게 될 거다."

"하지만 유용한 것에 비견될 만한 것으로는 진실한 것밖에 없잖아요" 안드레스가 대꾸했다. "어느 가톨릭 신자에게 종교적 믿음은 진리일 뿐만 아니라 유용하구요, 어느 비신자에게는 거짓이지만 유용한 것이 될 수 있구요, 또 다른 비신자에게는 거짓이면서 무용한 것일 수도 있어요."

"좋아, 하지만 우리 모두가 일치하는 점이 있을 거야. 예를 들면, 어떤 특정 행위를 할 때 믿음의 유용성이 발휘될 수 있다는 거지. 믿음이 그 자체 내에서는 대단히 큰 힘을 지니고 있다는 건 의심할 여지가 없잖아. 내가 1미터 높이를 뛰어오를 자신이 있다면 나는 그렇게 할 거다. 만약 2미터나 3미터까지도 뛰어오를 자신이 있다면 아마도 그렇게 할 거구."

"하지만 외삼촌께서 50미터를 뛰어오를 수 있다는 자신감을 갖고 계시다 해도 그렇게는 못 하실 거예요."

"물론 못 하지. 하지만 믿음이란 가능성 있는 행동반경 내에서 작용하도록 되어 있기 때문에 그건 상관없다. 그렇기 때문에 믿음은 유용하고, 또 생물학적인 거지. 그래서 우리는 믿음을 지켜야 하는 거야."

"아니에요, 아니라구요. 외삼촌께서 믿음이라 부르시는 건 단지 우리가 우리의 힘에 대해 인식하는 것에 불과해요. 그런 믿음은, 원하든 원치 않든, 늘 있다구요. 그래서 다른 믿음이 그 믿음을 파괴해버리는 게 더 좋아요. 그 믿음을 그대로 놔두면 위험하니까요. 유용성, 편리 혹은 효능에 기반을 둔 어느 철학이 임의성(任意性)을 향해 열어놓은 그런 문을 통해 인간의 모든 광기가 따라 들어오죠."

"하지만 그 문을 닫고 단지 진리만을 규범으로 설정해두면 삶이 께느른하고, 생기가 없고, 무기력하고, 서글퍼지지. 누가 말했는지는 모르지만, '법이 우리를 죽인다'라는 말이 있잖아. 우리도 이 사람처럼 '이성과 과학이 우리를 난처하게 한다'고 말할 수 있지. '한쪽에는 선과 악을 알게 하는 나무, 다른 한쪽에는 생명나무'라는 말 속에 들어 있는 유태인들의 지혜가 갈수록 더 실감나는구나."

"선과 악을 알게 하는 나무를, 자신의 그늘 아래로 들어오는 사람을 죽이는 그 유서 깊은 만사니요9 나무로 생각해야 할 것 같네요." 안드레스가 장난스럽게 말했다.

"그래, 비웃으려면 비웃어라."

"아니에요. 비웃다뇨."

분리

"모르겠다. 모르겠어" 이투리오스가 중얼거렸다. "난 너희들이 말하는 그 지성주의가 너희들을 그 어디로도 이끌지 못할 거라 믿는다 . 이해한다고? 사물에 대해 설명한다고? 뭐 하려고? 누군가는 위대한 예술가나 시인이 될 수도 있고, 수학자나 과학자도 될 수는 있겠지. 하지만 결국은 아무것도 이해하지 못해. 지성주의는 무익한 거야. 지성주의가 군림하던 독일조차도 오늘날 지성주의를 거부해버린 것 같더라. 현재 독일에는 철학자가 거의 없고, 모두가 실제적인 삶에 매달려 있어. 지성주의, 비판, 아나키즘은 쇠퇴하고 있다니까."

"그게 어쨌다는 거죠? 수없이 쇠퇴했다가도 부활했잖아요!" 안드레스가 대꾸했다.

"하지만 지성주의가 그처럼 체계적이고 보복적인 파괴를 당했는데도, 더 이상 뭘 기대할 수 있을까?"

"그건 체계적이지도 보복적이지도 않아요. 그건 스스로 지탱하지 못하는 것을 파괴하는 것이고, 모든 것을 분석하는 것이며, 전통적인 관념들이 어떤 새로운 양상을 드러내나 무슨 성분을 지녔나 알아보기 위해 그 관념들을 분리해가는 것이라구요. 그동안 제대로 알려져 있지 않은 이온들이나 전자들이 원자의 전기 분해를 통해 나타나고 있어요. 일부 조직학자들이 세포들의 원형질에서 자신들이 바이오블래스트[10]라고 부르던, 기본 조직 단위로 생각되는 알갱이들을 찾아냈다고 믿었다는 걸 외삼촌도 알고 계시잖아요. 이 순간에도 물리학에서 뢴트겐이나 베크렐[11] 같은 사람들이 하고 있고, 생물학에서 헤켈이나 헤르트비히[12] 같은 사람들이 하고 있는 것을 철학이나 도덕에서는 왜 하지 않고 있는 거죠? 물론, 정치나 도덕이 화학이나 조직학에서 인정하는 사실들에 기초하고 있지 않다는 건 분명하구요, 또 만약 내일 당장 원소들을 해체하고 속성을 바꾸는 방법이 발견된다고 해도, 정통 과학계의 그 어떤 수장(首長)도 소속 연구원들을 내쫓지 않을 거예요."

"도덕적인 분야에서 네가 말하는 그 분리에 반대하는 것은 어느 수장이 아니라 사회의 보수적 본능일 거다."

"그 본능은 새로운 것이라면 뭐든지 항상 반대해왔고 계속해서 반대할 거예요. 하지만 그게 무슨 상관이 있겠어요? 분석적 분리는 삶을 정화하고 소독하는 행위인데요."

"그건 환자를 죽일 수도 있는 소독이지."

"아니에요, 그건 걱정할 게 없어요. 사회단체의 보존 본능은 자기 스스로 감수할 수 없는 것이라면 모두 거부할 만큼 충분히 강하거든요. 생명체의 씨들이 제아무리 많이 살포된다고 해도 사회의 해체는 생물학적으로 이루어지게 될 거예요."

"그렇다면, 뭐 하러 사회를 해체하겠니? 그렇다고 해서 현재보다 더 나은 새로운 세계가 건설될까?"

"예, 저는 그렇게 될 거라 생각해요."

"나는 그렇게 생각하지 않는다. 사악한 사회를 만드는 건 인간의 이기주의인데, 그 이기주의는 자연스러운 것이고, 살아가는 데 필요한 것이야. 요즘 사람들이 옛날 사람들보다 덜 이기적이고 덜 잔인하다고 생각하니? 그렇다면 잘못 생각하고 있는 거다. 우리 인간을 가만 내버려둬 봐라! 여우와 토끼를 뒤쫓는 사냥꾼은 할 수만 있다면 사람도 사냥할 거다. 거위의 간을 살찌우기 위해 거위를 붙잡아 먹이를 강제로 먹이듯, 우리는 여자들이 더 부드러워지도록 훈련시키려 들 거야. 우리가 제아무리 문명

화되어 있다고 해도 고대의 사악하고 잔인한 인간들과 같은 짓을 여전히 저지르고 있으며, 예전에 바티칸의 시스티나 부속성당 성가대원들이 노래를 더 잘 부르도록 하기 위해 교황청의 지시에 따라 성가대원들의 고환을 거세했던 것처럼, 우리는, 가능하다면 노동자들이 힘을 더 잘 쓰도록 그들의 뇌를 제거해버릴 거다. 이기주의가 없어질 거라 생각하느냐? 그럼, 인류가 사라지고 말 거다. 너는 몇몇 영국의 사회학자와 아나키스트가 생각했던 것처럼, 스스로에 대한 사랑과 타인에 대한 사랑이 같을 거라 생각하는 거냐?"

"아뇨. 사회적 집단 중에는 다른 것들에 비해 더 좋은 형태의 집단들이 있는데요. 나쁜 집단들은 버리고 좋은 집단들만 취해가야 할 거라 생각해요."

"아주 애매하게 들리는구나. 어느 사회 집단에게 그 집단보다 '더 나은 형태의 사회 집단이 있을 수 있다'고 말한다 해도, 그 집단의 마음을 움직이게 하지는 못할 거다. 그건 마치 여자에게 '우리가 결합한다면 우린 그럭저럭 잘 살게 될 겁니다'라고 말하는 것과 같아. 그렇게 해서는 안 되지. 여자와 집단에게는 천국을 약속해야 하는 거다. 이건 분석과 분리를 지향하는 너의 관념이 효과가 없다는 걸 보여주는 거야. 셈족은 인간 삶의 초기에 나쁜 의미의 물질주의적 천국 하나를 고안해냈어. 셈족 문화의 다른 형태인 기독교는 인간 삶의 마지막 순간에, 그리고 인간 삶이 이루어지지 않는 장소에 천국을 설정했고, 일부 신(新)기독교주의자들에 불과한 아나키스트들, 즉 신(新)셈족은 자신들의 천국을 삶 안에, 이 땅에 설정하고 있지. 동서고금을 막론하고 인간을 이끄는 사람들은 여러 가지 천국을 약속하는 사람들이야."

"예, 아마 그럴지도 모르죠. 하지만 언젠가 우리는 유아적인 것에서 벗어나야 하고, 언젠가는 차분하게 우리 주변을 바라보아야 해요. 이런 분석이 우리에게서 거의 모든 공포를 제거해주었잖아요! 이제는 한밤중에도 괴물이 나타나지 않고, 아무도 우리를 노리지 않아요. 우리는 우리 힘으로 세계의 주인이 되어가고 있다구요."

인간회

"그래, 우리에게서 공포를 제거해주었지." 이투리오스가 소리쳤다. "하지만 우리에게서 삶도 빼앗아갔어. 그래, 그런 분석을 통해 사리가 밝아졌기 때문에 현재 우리의 삶이 완전히 저속하게 되는 거야! 우리가 문제점을 제거해버리면 아주 편해지지. 하지만 그다음에는 아무것도 남지 않아. 오늘날, 한 소년이 30년대의 소설 한 권을 읽거나 라라와 에스프론세다[13]의 절망에 관해 읽고 나서는 씩 웃었다고 치자. 그건 그 작품들에 신비로운 게 전혀 없다는 표현이야. 이제 삶이 분명해졌거든. 돈의 가치는 증대되고, 부르주아 정신은 민주주의와 더불어 성장하고 있어. 이제는 시적인 표현 나부랭이를 찾아 감동을 받기 위해 배배 꼬인 작품들을 끝까지 읽으려 들지 않는다니까. 이제는 놀랄 만한 게 없다는 거야."

"외삼촌은 낭만주의자시군요."

"너도 마찬가지야. 하지만 나는 실용주의적 낭만주의자지. 나는, 거짓과 진실은 모두 한가지에서 나온 것이기 때문에 그 둘의 총체성이 하나의 살아 있는 사물로 변모될 때까지 그 총체성을 인정해야 한다고 생각해. 누구든 자신이 지닌 광기를 잘 유지하고, 심지어는 이용하면서 그 광기와 더불어 살아야 한다고 생각한다구."

"그건 흡사 당뇨병 환자가 자신이 마실 커피를 달게 하려고 자기 몸속에 있는 당분을 이용하는 것과 똑같은 논리로 보이는데요."

"너 지금 내 생각을 비꼬는 것 같은데, 아무래도 상관없다."

"언제가 어떤 책에서 읽은 내용인데요." 안드레스가 놀리듯 덧붙였다. "한 여행가가 어느 먼 나라에 가보니, 그곳 토착민들이 자신들은 사람이 아니고 빨간 꼬리가 달린 앵무새라 믿고 있었다더군요. 외삼촌은, 누구든 그들의 깃털과 꼬리를 직접 보고 나서야 그들의 생각을 인정해야 한다고 믿으세요?"

"그렇고 말고. 자신들이 앵무새라고 하는 그 믿음보다 더 쓸모 있고 더 중요한 증거를 보게 될 때 비로소 그 사실을 확실하게 인정해야 한다고 생각한다. 사람들에게 하나의 공통된 법칙, 규율, 조직을 주기에 이르기까지는 신앙, 꿈, 그리고, 비록 우리 자신에게서 나온 거짓말이라 할지라도 외부에서 온 진리처럼 보이는 그 무엇이 필요하지. 그런데, 내가 지금 뭔가를 아주 강렬하게 느끼고 있는데 그게 뭔지 짐작하겠냐?"

"뭔데요?"

"로욜라가 만들었던 것 같은 군대 하나를 생각하고 있다.[14] 순수하게 인간적인 성격을 띤 군대 말이야. '인간회(人間會)'라고나 할까."

"외삼촌에게서 바스크 사람 기질이 엿보이는군요."

"그럴 수도 있을 거다."

"무슨 목적으로 그런 인간회를 세우려 하시는데요?"

"이 인간회는 용기, 평온, 안정을 가르치고, 비굴함, 포기, 슬픔, 속임수, 욕심, 감상주의 같은 경향들을 모두 뽑아버리는 사명을 띨 거다."

"한마디로, 귀족 학교군요?"

"그래, 귀족 학교라고 할 수 있지."

"당연히 이베리아 귀족들의 학교겠죠. 셈족 성향은 전혀 없구요."

"전혀 없어. 셈족주의에 전혀 물들지 않은 깨끗한 귀족, 다시 말해 순수 그리스도적 정신을 지닌 귀족이 내가 볼 땐 완벽한 타입이다."

"외삼촌이 그 인간회를 설립하실 때 저 좀 기억해주세요. 제가 시골에 있게 되면 제게 편지 좀 해주시라구요."

"그런데, 너 정말 시골로 갈 생각이냐?"

"예. 여기서 아무것도 찾아내지 못하면 떠날 생각이에요."

"곧 떠날 거냐?"

"예, 곧바로 떠날 겁니다."

"내가 했던 얘기를 이제 네가 경험을 통해 활용해보겠구나. 하지만 내가 보기에 넌 그런 실험을 할 준비가 덜 된 것 같다."

"외삼촌께서 아직 그 단체를 설립하지 않으셨으니까……."

"아, 그래. 아주 유용한 단체가 될 거다. 난 그걸 믿는다."

이제 대화에 지친 두 사람은 마침내 입을 다물었다. 밤이 되어가고 있었다.

제비들이 지지배배 하늘을 선회하고 있었다. 금성이 오렌지 빛 서쪽 하늘에 떠올랐고, 잠시 후에는 목성이 파르스름하게 빛났다. 집들의 창문에 불빛이 비치기 시작했다. 가로등이 켜지면서 엑스트레마두라 도로에 두 줄기 평행선을 만들고 있었다. 옥상의 식물과 백단향 화분, 박하 화분에서 코를 찌를 듯한 향기가 흘러나오고 있었다…….[15]

제5장 시골에서 겪은 일

여행

며칠 후 안드레스 우르타도는 알콜레아 델 캄포의 전속 의사로 임명되었다.

알콜레아 델 캄포는 스페인 중앙, 즉 카스티야 주가 끝나고 안달루시아 주가 시작되는 중간 지역에 위치해 있었다. 주민 수가 팔천 명에서 만 명 정도에 이르는 작지만 중요한 도시였다. 그곳 알콜레아로 가려면 코르도바행 기차를 타고 만차 지방 어느 역에서 내린 뒤 승합 마차를 타고 가야 했다.

안드레스는 임명장을 받자마자 즉시 짐을 꾸려 메디오디아 역으로 향했다. 먼지 자욱한 건조한 공기에 찌는 듯 무덥고 숨이 콱 막히는 여름날 오후였다.

밤 기차를 탄다 해도 더위 때문에 삼등칸을 타고 가는 것이 너무 힘들 것 같아서 일등칸 표를 샀다.

플랫폼으로 들어간 뒤 객차 쪽으로 다가가 금연 푯말이 붙어 있는 객차에 오를 준비를 했다.

그때 검은 옷차림에 면도를 말끔하게 하고 안경을 쓴 몸집 작은 남자가 아메리카식 말투가 두드러지는 부드러운 목소리로 말을 걸어왔다.

"잠깐만요, 선생. 여기는 금연 객차인데요."

안드레스는 그의 말에는 아랑곳하지 않은 채 한쪽 구석으로 가 자리를 잡았다.

잠시 후 다른 승객이 승강구에 나타났다. 금발에, 비비 꼬인 콧수염 끝이 눈까지 올라가 있는 크고 건장한 젊은이였다.

검은 옷차림의 몸집 작은 남자는 그 젊은이에게도 금연 객차라는 사실을 상기시켰다.

"여기 그렇게 씌어 있잖아요." 젊은 승객이 약간 짜증스럽다는 듯 대꾸를 하고 객차 안으로 올라섰다.

세 사람은 서로 아무 말 없이 객차 안에 앉아 있었다. 안드레스는 물끄러미 차창 밖을 바라보면서 그 마을에는 특이한 것들이 뭐가 있을까 생각하고 있었다.

기차가 움직이기 시작했다.

검은 옷을 입은 몸집 작은 남자가 누런 도포 같은 것을 꺼내 온몸을 감싼 뒤 얼굴을 수건으로 덮더니 상체를 등받이에 기대고 다리를 쫙 편 채 잠을 자기 시작했다. 안드레스는 기차가 내는 단조로운 소리를 벗 삼아 상념에 잠겨 있었다. 저 멀리 들판 한가운데로 마드리드의 불빛이 간간이 눈에 들어왔고, 인적 드문 역 서넛을 지나자 차장이 들어왔다. 안드레스는 차표를 꺼냈고, 키 큰 젊은이도 차표를 꺼냈는데, 몸집 작은 남자는 도포 같은 옷을 벗은 뒤 호주머니를 뒤적거리더니 차표와 종이 하나를 보여주었다.

차장은 그 승객에게 이등칸 표를 소지하고 있다고 알려주었다.

검은 옷차림의 몸집 작은 남자는 무턱대고 화부터 내면서 그런 무례한 말이 어디 있느냐고 대꾸했다. 역에서 이미 객실 등급을 교체해줄 것을 요청했다는 것이었다. 그는 자신이 외국인이며, 돈이 아주 많고 경우가 밝은 사람이라고 했다. 그러고는 '그래요, 선생'이라고 말하면서 자신이 유럽과 아메리카를 속속들이 돌아다녀보았지만 그와 같은 일은 문명과 문화가 없는, 외국인에게는 도무지 주의를 기울이지 않는 스페인 같은 나라에서나 벌어질 수 있는 일이라고 항변했다.

몸집 작은 남자는 자기 말이 옳다고 우기면서 스페인 사람들을 비난하는 것으로 말을 끝냈다. 그는 가난하고 뒤떨어진 이 나라를 이제 벗어나고 싶은데, 다행스럽게도 그 다음 날 아메리카로 가는 길목인 지브롤터 해협에 있게 된다고 했다.

차장은 아무런 대꾸도 하지 않았다. 안드레스는 능글맞고 끈적끈적한 게 왠지 귀에 거슬리는 그 특유의 말투로 횡설수설 소리를 지르고 있는 몸집 작은 남자를 바라보고 있었다. 바로 그때 금발의 젊은이가 자리에서 일어서며 공격적인 목소리로 몸집 작은 남자에게 말했다.

"이봐요, 스페인에 대해 그런 식으로 말하지 말아요. 외국인이라면서, 여기 있기 싫으면 잔말 말고 즉시 당신 나라로 가면 될 거 아니오. 당신을 차창 밖으로 내던져달라고 스스로 나서지 않는다 해도, 내가 그렇게 해버리겠소. 지금 당장."

"지금 뭐라고 했소, 선생!" 그 외국인이 소리쳤다. "그러니까 당신들이 지금 날 욕보이겠다……."

"천만에. 욕보이는 사람은 바로 당신이오. 여행을 하는 데도 다 교양이 필요한 법이고, 더욱이 스페인 사람들과 함께 여행하면서 스페인에 대해 험담하는 건 가당치도 않소."

"난 스페인과 스페인적 특성을 사랑하는 사람이오." 몸집 작은 남자가 소리쳤다. "내 가족은 모두 스페인의 피를 물려받았소. 모국을 알고 싶어 스페인에 왔지, 그렇지 않음 뭐 하러 왔겠소?"

"변명 같은 건 듣고 싶지 않소. 그런 말은 들을 필요도 없다구요." 상대방은 매정한 목소리로 쏘아붙이고 나서 그런 여행객이라면 제대로 대접해줄 필요가 없다는 것을 시위라도 하듯 자리에 벌렁 드러누워버렸다.

안드레스는 적잖이 놀랬다. 하지만 그 젊은이는 정작 아무렇지도 않은 것 같았다.

안드레스는 검은 옷을 입은 몸집 작은 남자가 도대체 어떤 부류의 인간일까 자신의 지적 기준을 통해 가늠해보았다. 청년은 자기 나라와 민족에 대해 자신감 있게 말했었다. 몸집 작은 남자가 혼잣말로 변명을 늘어놓기 시작했다. 안드레스는 잠을 자는 척했다.

자정이 조금 지났을 무렵 기차는 사람들로 북적거리는 어느 역에 도착했다. 희극배우 한 무리가 자신들이 타고 왔던 발렌시아행 기차에서 내려 안달루시아행 기차로 옮겨 타고 있었다. 회색 외투를 입은 여자 배우들과 밀짚모자며 작은 캡을 쓴 남자 배우들이, 여행 방법을 속속들이 꿰고 있으며, 마치 세상이 자기들 것이나 된다고 생각하는 사람들처럼 여유만만하게 기차로 다가왔다.

배우들이 객실에 자리를 잡고 앉자 객차에서 객차로 떠들썩하게 외치는 소리가 들려왔다.

"어이, 페르난데스! 술병 어디 있어?" "몰리나, 왕언니께서 널 부르신다!" "프롬프터가 어디로 사라져버렸다니까!"

제5장 **171**

배우들이 조용해졌고, 기차는 계속해서 달리고 있었다.

이제 동이 트고 있었다. 포도원들과 한 줄로 늘어 서 있는 올리브나무들이 창백한 여명에 모습을 드러냈다.

안드레스가 내려야 할 역이 가까워지고 있었다. 내릴 준비를 한 뒤 기차가 멈추자 인적 드문 플랫폼으로 뛰어내렸다. 출구 쪽으로 나가 역사 쪽으로 선회했다. 역 앞 마을 쪽으로 크고 하얀 집 몇 채가 있었고, 꺼져가는 전깃불들이 두 줄로 늘어서 있는 넓은 도로가 보였다. 하현달이 하늘을 비추고 있었다. 공기에서 마른 밀짚의 단내가 느껴졌다.

안드레스는 역 쪽으로 지나가던 남자에게 물었다.

"알콜레아행 승합 마차가 몇 시에 출발하죠?"

"다섯 시예요. 늘 이 길 끝에서 출발하죠."

길을 따라가던 안드레스는 불이 밝혀져 있는 농산물 반입 검사 초소 앞을 지나서 바닥에 가방을 내려놓고 그 위에 앉아 마차를 기다렸다.

시골 도착

승합 마차가 알콜레아를 향해 출발했을 때는 벌써 아침이 되어 있었다. 타는 듯 더운 날이 될 것 같았다. 하늘은 구름 한 점 없이 파랬다. 햇빛이 내리쬐고 있었다. 도로는 포도원들, 구부러진 고목들로 이루어진 몇몇 올리브밭 사이를 가로질러 곧게 뻗어 있었다. 마차가 지나가자 먼지가 구름처럼 피어올랐다.

마차 안에는 검은 옷차림에 바구니를 팔에 걸고 있는 할머니와 안드레스밖에 없었다.

안드레스가 할머니와 대화를 시도해보았지만 할머니는 원래 말이 없는 사람이거나 그 순간만은 말을 하고 싶은 생각이 없는 사람 같았다.

도착할 때까지 풍경은 바뀌지 않았다. 비슷비슷한 포도밭들 사이를 가로지르며 완만한 언덕들을 오르내렸다. 떠난 지 세 시간이 지났을 무렵 분지에 위치한 도시가 나타났다. 안드레스에게는 엄청나게 커 보였다.

마차는 나지막한 집들이 들어서 있는 넓은 거리로 접어들었다. 교차로를 여러 개 지난 뒤 하얀 저택 앞 광장에 멈춰 섰다. 그 집의 한 발코니에는 다음과 같은 글이 씌어 있었다. '라 팔마 여관'

"여기서 내리십니까?" 마부가 물었다.

"예, 여깁니다."

안드레스는 마차에서 내려 저택 현관으로 들어갔다. 대문 철책 사이로 돌기둥들과 아치들이 있는 안달루시아풍 마당이 보였다. 철책이 열리고 주인이 손님을 맞으러 나왔다. 주인에게 아주 오랫동안 머물 예정이니 넓은 방을 달라고 했다.

"여기 아래층으로 모시겠습니다." 주인은 길 쪽으로 창문이 나 있는 아주 큰 방으로 안내했다.

안드레스는 몸을 씻고 나서 다시 마당으로 나갔다. 한 시에 점심 식사가 나오기로 되어 있었다. 마당에 있는 한 흔들의자에 앉았다. 천장에 매달려 있는 새장 안에서 카나리아 한 마리가 요란스럽게 지저귀기 시작했다.

고독, 청량감, 카나리아의 노래 때문에 스르르 눈이 감겨 깜박 졸았다.

종업원의 목소리가 안드레스를 깨웠다.

"들어가서 점심 드세요."

안드레스는 식당으로 들어갔다. 식탁에는 사업차 여행 중인 손님 셋이 앉아 있었다. 그 가운데 한 사람은 카탈루냐 출신으로, 사바델 지역 공장들을 대표하는 사람이었다. 다른 한 사람은 리오하 출신으로, 포도주 재료인 주석산염을 판매하는 사람이었다. 마지막 한 사람은 마드리드에 살면서 전기 제품 유통업에 종사하는 안달루시아 출신 남자였다.

카탈루냐 출신 남자는 같은 직업에 종사하는 대부분의 동향인들과는 달리 잘난 체를 하지 않았다. 리오하 사람은 솔직하지도 건방지지도 않았다. 그리고 안달루시아 사람은 익살스러워 보이지 않으려고 애쓰는 사람이었다.

대행 수수료로 먹고사는 아주 특이한 이 세 상인은 대단한 반교권주의자(反敎權主義者)들이었다.

안드레스는 들짐승과 집짐승 고기로만 차려진 음식을 보고 놀라고 말았다. 알코올 함량이 아주 높은 포도주를 곁들인 이런 식사를 하면 뱃속이 온통 부글부글 끓어오를 것이 틀림없었다.

식사 후 안드레스와 여행객 셋은 커피를 마시러 카지노로 갔다. 거리로 나서자 무시무시하게 더웠다. 오븐에서 새어나온 것처럼 뜨겁고 건조한 공기가 확 밀려왔다. 좌우로 눈길을 돌릴 수조차 없었다. 벽에 석회를 발라 눈처럼 하얀 집들이 눈을 멀게 할 정도로 격렬한 햇빛을 쨍쨍 반사하고 있었던 것이다.

카지노 안으로 들어갔다. 여행객들은 커피를 주문하고 도미노 게임을 했다. 파리 떼가 윙윙거리며 날아다니고 있었다. 게임이 끝나자 일행은 여관에서 낮잠을 자기 위해 카지노를 나섰다.

거리로 나오자 아까처럼 뺨을 뜨겁게 달구던 더위가 안드레스를 덮쳤다. 여관에 도착한 여행객들은 각자 방으로 들어갔다. 안드레스는 자기 방으로 들어가 노곤한 상태로 침대에 드러누웠다. 나무 문 틈새로 얇은 황금 판지처럼 반짝거리는 햇살이 들어오고 있었다. 검은 들보에는 은색 거미줄이 걸려 있었고, 들보 사이의 공간은 파란색으로 칠해져 있었다. 마당에서는 카나리아가 계속해서 시끄럽게 지저귀고 있었고, 계속해서 종소리가 들려오고 있었다. 천천히, 쓸쓸하게……

그 도시에서는 어떤 사람과 이야기를 하려면 적어도 오후 여섯 시까지는 기다려야 한다고 여관 종업원이 안드레스에게 알려주었다. 안드레스는 종업원이 말한 시각에 여관을 나서 시청 서기와 다른 의사를 찾아갔다.

검은 곱슬머리에 눈빛이 살아 있는 서기는 잘난 체를 좀 하는 사람이었다. 중하층 출신임에도 불구하고 우월감에 젖어 있는 것 같았다. 그는 곧바로 안드레스를 배려하고 나섰다.

"원하신다면, 함께 근무하시게 될 산체스 선생님을 지금 당장 만나러 가시죠." 그가 안드레스에게 말했다.

"좋습니다, 가시죠."

의사 산체스는 근처에 있는 허름한 집에서 살고 있었다. 금발에 뚱뚱한 사람으로, 무표정한 눈에 양처럼 생긴 얼굴은 지적인 분위기를 거의 풍기지 않고 있었다.

산체스는 돈벌이 문제로 대화를 이끌어갔다. 이곳 알콜레아에서는 돈을 많이 뽑아낼 생각 같은 건 하지도 말라고 안드레스에게 말했다. 그 도시에서 활동하는 귀족 출신 의사 돈 토마스 솔라나가 부잣집 고객을 전부 확보하고 있었다. 돈 토마스는 그 지역 출신이었다. 아름다운 집, 현대적 기구들, 다양한 인간관계 등을 갖추고 있었다.

"여기서는 학위가 있어보았자 살아가는 데는 별 볼일 없어요." 산체스가 말했다.

"어떡하겠어요!" 안드레스가 중얼거렸다. "아무튼, 한번 두고 보시죠."

시청 서기와 의사, 그리고 안드레스는 도시를 한 바퀴 둘러보려고 집에서 나왔다.

짜증스러운 더위와 뜨겁고 건조한 공기가 계속해서 기승을 부리고 있었다. 그들은 광장을 지나갔다. 광장 옆에는 각양 각색의 부속물과 장식물로 치장된 성당이 있었고, 광장 안에는 철제품과 에스파르토 풀로 만든 제품을 파는 노점들이 있었다. 하얀 저택들이 늘어서 있는 넓은 거리를 계속해서 걸었다. 저택들의 중앙 발코니에는 제라늄이 가득 차 있고, 멋들어지게 세공한 격자 꼭대기에는 칼라트라바'의 십자가가 있었다.

대문 안으로 파란색 받침돌 하나가 있고, 바닥에 자잘한 돌멩이들을 그림 모양으로 깔아놓은 현관이 보였다. 인적이 드문 몇몇 길에는 높은 황토색 벽으로 둘러싸이고 커다란 대문과 작은 창문들이 달린 집들이 늘어서 있었다. 흡사 모로족 마을 같은 분위기를 풍기고 있었다. 어느 집 마당에서 상복을 입은 수많은 남녀가 통성으로 기도하는 모습이 보였다.

"뭐 하는 거죠?" 안드레스가 물었다.

"여기서는 이런 의식을 '기도식(祈禱式)'이라 부르죠." 시청 서기가 말했다. 그는 어느 집에 초상이 나면 그 집에 로사리오 기도를 하러 가는 것이 관례라고 설명했다.

그들은 먼지투성이 도로를 따라 도시를 벗어났다. 커다란 사륜 포장마차들이 밀짚 다발을 잔뜩 실은 채 들판에서 돌아오고 있었다.

"도시 전체를 보고 싶은데요. 도시 규모가 감이 잡히질 않아서요." 안드레스가 말했다.

"그럼 저기 저 언덕으로 올라가보시죠." 시청 서기가 언덕을 가리켰다.

"저는 가볼 곳이 좀 있는데, 두 분만 올라가시죠." 의사가 말했다.

시청 서기와 안드레스는 의사와 헤어져 벌건 언덕을 오르기 시작했다. 언덕 위에는 반쯤 파괴된 낡은 탑이 있었다.

무시무시한 더위였다. 들판이 온통 불에 타 재로 변해 있는 것 같았다. 구릿빛 석양에 물든 납빛 하늘이 먼지투성이 포도밭을 비추고 있었고, 태양은 한 줄기 짙은 안개 너머로 지고 있었는데, 그 안개 사이로 들어가면서는 광채 없는 희끄무레한 점으로 변해버렸다.

언덕 위로 올라서자 회색 구릉들이 감싸고 있는, 햇빛에 누르스름하게 구워진 들판이 보였다. 들판 끝 쪽으로 펼쳐져 있는 커다란 도시의 흰 벽들과 잿빛 지붕들이 보였고, 도시 한가운데에는 황금빛으로 물들어 있는 상징탑이 서 있었다. 시선이 미치는 곳에는 숲 하나 나무 한 그루 없고, 오직 포도밭만이 보일 뿐이었다. 몇몇 가축우리 담 안에서만 무화과나무 한 그루가 넓고 짙은 잎사귀를 펼치고 있을 뿐이었다.

석양빛으로 물든 도시는 환상적인 분위기를 풍기고 있었다. 한 줄기 바람만 불어도 도시 전체가 뜨겁게 달아오른 건조한 땅 위의 먼지구름처럼 확 휩쓸려 사라져버릴 것만 같았다.

대기에서는 활활 타오르는 불에 고기나 채소를 구울 때 나는 것과 같은 구수한 냄새가 났다.

"증류기에 포도 껍질을 태우고 있군요." 시청 서기가 말했다.

시청 서기와 안드레스는 언덕에서 내려왔다. 바람이 도로에 먼지 돌풍을 일으키고 있었다. 종소리가 다시 울려 퍼지기 시작했다.

저녁 식사를 하러 여관으로 들어갔던 안드레스는 밤에 다시 거리로 나왔다. 시원했다. 도시가 지니고 있는 비현실적인 분위기가 더욱 강렬해지고 있었다. 거리 이쪽저쪽에 매달려 있는 가로등불이 지친 듯 희미하게 빛나고 있었다.

달이 떠올랐다. 하얀 건물들로 이루어진 커다란 도시가 고요 속에 잠들어 있었다. 파란색 대문 위 중앙 발코니에 있던 제라늄들이 불빛에 반짝거리고 있었다. 십자가가 달린 격자들은 온몸을 가린 채 수도원을 몰래 빠져나온 수녀들처럼 낭만적이고 신비로운 느낌을 주고 있었다. 눈덩어리처럼 새하얗게 빛나는 어느 담벼락 위로 검은 덩굴손 화관 하나가 늘어져 있었다. 크고, 황량하고, 고요한 도시, 부드러운 달빛 세례를 받고 있는 도시 전체가 거대한 무덤처럼 보였다.

첫번째 난관

안드레스 우르타도는 직무와 관련된 의무사항에 관해 산체스와 장시간 대화를 나누었다. 두 사람은 안차 거리를 중심으로 알콜레아를 두 구역으로 나누는 데 합의했다.

안드레스는 한 달은 오른쪽 구역을, 다음 달은 왼쪽 구역을 방문하기로 했다. 이렇게 하면 두 사람이 도시 전체를 중복해서 돌아볼 필요가 없었다.

산체스는 안드레스가 담당하는 구역의 어느 가족이 자신의 방문을 원할 경우와 그 반대의 경우, 환자가 원하는 대로 따르는 걸 필수 조건으로 하자고 제안했다.

안드레스는 그의 제안을 받아들였다. 자신이 담당하지 않은 구역의 환자가 특별히 자기를 부를 일은 없을 거라는 사실을 이미 알고 있었던 것이다. 어찌 되었든 상관할 바가 아니었다.

안드레스는 방문 치료를 시작했다. 그가 담당하는 환자는 보통 예닐곱을 넘지 않았다.

오전에 환자를 방문했기 때문에 오후에는 외출할 일이 거의 없었다.

첫 여름은 여관에서 보냈다. 꿈결 같은 생활이었다. 식사를 하면서 논쟁을 벌이는 그 장사꾼 여행객들의 말에 귀를 기울이기도 하고, 가끔 어느 마당에 세워진 창고 극장에도 갔다.

방문 치료는 썩 골치 아픈 일이 아니었다. 왜 그런 생각을 하게 되었는지는 모르겠지만, 처음 며칠 동안은 기분 나쁜 일이 이어질 것이라 예상했었다. 만차 지역 사람들은 공격적이고 난폭하며 오만하리라 생각했던 것이다. 그런데 실상은 그렇지 않았다. 대부분은 단순하고, 사근사근했으며, 잘난 척도 하지 않았다.

처음에는 여관에서 잘 지냈다. 하지만 곧 그곳에 머무는 것이 싫어지고 말았다. 여행객들의 대화가 그를 짜증스럽게 만들고 있었던 것이다. 또한 매번 먹게 되는, 고기에 매운 양념들이 들어간 음식을 소화시키기가 힘들었다.

"그런데, 여긴 채소가 없나요?" 어느 날 안드레스가 여관 종업원에게 물었다.

"있는데요."

"강낭콩, 편두콩 같은 채소를 조금 먹고 싶은데요."

종업원은 아연 놀라는 표정을 짓더니 며칠이 지난 뒤 그렇게 할 수 없다고 말했다. 특별식을 만들어야 한다는 것이었다. 사실, 다른 숙박객들은 채소를 먹고 싶어하지 않았다. 또 여관 주인은 자기 여관에서 강낭콩이나 편두콩 요리를 내는 것은 정말 수치스러운 일이라 여기고 있었다.

혹서에 생선을 신선한 상태로 반입할 수 없기 때문에 음식으로 낼 수가 없었다. 신선한 것이라고는 개구리뿐이었는데, 음식이라 하기에는 조금 우스꽝스러운 것이었다.

또 다른 난관은 목욕을 하는 일이었다. 방법이 없었다. 알콜레아에서 물은 사치품, 그것도 비싼 사치품이었다. 사람들은 22킬로미터 정도 떨어진 곳으로부터 수레로 물을 길어왔는데, 물 한 통 값이 10센티모였다. 우물이 있기는 했지만 매우 깊었다. 목욕을 할 만한 분량의 물을 퍼올리는 일은 대단한 노동이었다. 최소 한 시간 이상을 필요로 했다. 육류를 섭취해야만 한다는 사실과 무더위 때문에 계속해서 부아가 치밀었다.

밤마다 인적 없는 거리에서 홀로 산책을 했다. 초저녁이면 부인들과 아이들이 무리를 지어 대문께로 나와 바람을 쐈다. 안드레스는 자주 안차 거리에 있는 어느 집 대문 계단에 앉아 두 줄로 늘어선 채 흐릿한 거리를 비추고 있는 전깃불을 바라보았다. 참으로 쓸쓸한지고! 이런 분위기가 나의 심신을 고단하게 만들고 있도다!

9월 초에 여관을 나오기로 결정했다. 산체스가 하숙집을 구해주었다. 산체스는 경쟁자인 안드레스가 그 도시에서 제일 좋은 여관에 숙박하고 있는 것이 마음에 걸렸었다. 안드레스가 시내 중심지에서 여행객들과 관계를 맺음으로써 자기에게 올 환자를 빼앗아갈 수도 있는 일이었기 때문이다. 산체스는 안드레스를 마루비알²이라 불리는 변두리 동네 어느 집으로 데려갔다.

크고 낡은 하얀 집은 마치 작업장 같았는데, 박공(博栱)은 파란색이었고, 2층에는 벽으로 둘러싸인 회랑이 있었다.

현관 위에는 넓은 발코니가 있었고, 골목 쪽으로는 멋들어지게 세공한 격자가 있었다.

집 주인은 산체스와 동향 출신으로, 이름은 호세였다. 하지만 그 지역에서는 다들 장난삼아 페피니토³라 부르고 있었다. 안드레스와 산체스는 집을 둘러보러 안으로 들어갔다. 안주인이 치장이 아주 잘 되어 있는 작고 길다란 방을 보여주었다. 빨간색 커튼 뒤로 침실이 있었다.

"1층에 있는 방이 좋겠는데요. 가능하다면, 큰 걸로요." 안드레스가 말했다.

"1층에는 큰 방이 하나밖에 없는데, 정리가 안 돼 있어서요." 안주인이 말했다.

"그 방을 좀 보여주시면 좋겠어요."

"그렇게 하세요."

안주인이 가구 하나 없는 낡은 방의 문을 열었다. 카레토네스⁴라 불리는 골목 쪽으로 멋들어지게 세공한 격자가 달려 있었다.

"그러니까, 이 방이 비어 있는 거죠?"

"예."

"아, 그럼 제가 여길 쓰겠습니다." 안드레스가 말했다.

"좋아요, 좋으실 대로 하세요. 하얗게 칠을 하고, 청소를 하고, 침대를 들여놓을게요."

산체스가 돌아가고 나서 안드레스는 안주인과 이야기를 나누었다.

"안 쓰는 항아리는 없습니까?" 안드레스가 안주인에게 물었다.

"뭐 하시게요?"

"목욕하는 데 쓰려구요."

"뒤뜰에 하나 있는데요."

"함께 가서 보시죠."

집 뒤뜰에는 가시덩굴로 뒤덮인 흙 벽돌담이 있었는데, 그 담은 가축 우리, 마차 차고, 포도덩굴 보관 창고, 포도 압착장, 포도주 보관 창고,

올리브유를 짜는 물레방앗간 말고도 여러 정원과 마구간들의 경계 역할을 하고 있었다.

과거에 말을 이용해 방아를 찧던 작은 공간으로, 작은 외양간과 통해 있는 곳에 위가 반쯤 잘려나간 커다란 항아리가 땅속에 묻혀 있었다.

"이 항아리 좀 사용해도 되겠습니까?" 안드레스가 물었다.

"그러세요, 선생님. 안 될 이유가 있겠습니까?"

"그럼 매일 항아리에 물을 가득 채워줄 일꾼을 좀 알아봐주시면 좋겠는데요. 돈은 원하는 대로 지불할게요."

"좋아요. 우리 집 하인이 그걸 할 수 있을 거예요. 그런데, 식사는요? 뭘 드시고 싶으신데요? 우리가 집에서 먹는 걸로 준비해도 괜찮을까요?"

"예, 같은 것으로 해주세요."

"더 원하시는 게 있나요? 가금류를 좋아하세요? 차가운 요리는요?"

"아뇨, 아닙니다. 식사 문제는, 불편하지 않으시다면, 두 끼 정도는 채소요리를 하나씩 준비해주시면 좋겠습니다."

안드레스의 주문을 들은 안주인은 그 하숙생이 머리가 좀 돌지 않았다면, 필요한 게 썩 많지 않은 사람일 거라 생각했다.

안드레스에게는 그 집 생활이 여관 생활보다 더 쾌적할 것 같았.

찌는 듯한 한낮 더위가 한물 가시는 오후에는 마당에 앉아 그 집 식구들과 이야기를 나누기도 했다. 안주인은 피부는 가무잡잡한데 얼굴색은 하얀, 거의 완벽한 미인이었다. 예수가 죽음으로써 슬픔에 잠겨 있는 성모 마리아 같은 형상이었다. 새까만 두 눈에 머리칼은 흑옥처럼 윤기가 자르르 흘렀다.

남편 페피니토는 광대뼈가 툭 튀어나온 얼굴에, 귀가 양옆으로 유난히 불거져 나와 있고, 입술이 축 처져 있는 볼품없는 외모에 우둔한 사람이었다. 열두세 살 정도 된 딸 콘수엘로는 아버지처럼 불쾌하게 생기지도, 엄마처럼 예쁘게 생기지도 않았다.

안드레스는 먼저 그 집에서 호감 가는 것들과 혐오스러운 것들을 나름대로 정리해보았다.

어느 일요일 오후 하녀가 지붕에서 새끼 참새 한 마리를 잡아 안마당으로 내려왔다.

"얘, 그 불쌍한 거 뒤뜰로 가져가 날려주렴." 안주인이 말했다.

"날지 못하는데요." 하녀는 이렇게 대답하고 나서 새끼 참새를 바닥에 내려놓았다.

이때 마당으로 들어서던 페피니토가 참새를 보더니 문 쪽으로 가서 고양이를 불렀다. 눈이 노란 검은 고양이가 마당에 나타났다. 페피니토가 발로 참새를 놀래켰다. 날개를 퍼덕이며 막 날아오르던 참새를 고양이가 덮치자 참새가 외마디 비명을 질러댔다. 고양이는 참새를 입에 문 채 눈을 번득이며 달아났다.

"이런 건 보고 싶지 않아요." 안주인이 말했다.

그런 감상주의 같은 것은 무턱대고 멸시하는 인간이 갖는 우월의식에 젖어 있던 주인 페피니토는 거들먹거리는 태도로 웃음을 터뜨렸다.

의학적 적대감

돈 후안 산체스는 30여 년 전에 수련의로 알콜레아에 왔었다. 그곳에 도착한 뒤 그는 몇 가지 시험을 통과하고 전문의 자격증을 취득했다. 오랜 세월 고참 의사와 관계하며 사는 동안 제대로 기를 펴지 못했던 그는 고참 의사가 사망하고 나서부터 의사로 성장하기 시작했고, 자신이 그 고참 의사로부터 온갖 구박을 당해야 했듯 후임 의사도 자기처럼 당하는 것이 당연하다고 생각했다.

만차 출신 돈 후안은 음울한 분위기를 풍기는 냉랭한 사람으로, 매우 진지하고 엄숙하며, 투우를 아주 좋아했다. 그 지방에서 열리는 중요한 투우는 하나도 놓치지 않았을 뿐만 아니라 만차 남부 지역이나 안달루시아 지역에서 열리는 투우까지 보러 갔다.

산체스의 이런 취향을 알게 된 안드레스가 그를 무자비한 사람으로 생각하는 건 당연한 일이었다.

안드레스와 산체스 사이에 일어난 첫번째 마찰은 산체스가 바에사에서 열린 투우 경기를 보러 간 것 때문에 발생했다.

어느 날 밤, 도시에서 마차로 15분 거리에 있는 에스트레야 제분소에서 안드레스를 호출했다. 그들은 작은 마차를 타고 그를 찾아왔다. 제분소 사장 딸이 앓아 누웠는데, 소변을 제대로 보지 못해 배가 불룩하게 부어 있다는 것이었다.

그동안은 산체스가 소녀를 방문해 치료해왔다. 제분소에서는 그날 아침 일찍 사람을 보내 산체스를 찾으러 갔으나, 그 집 식구들은 산체스가 바에사로 투우를 보러 가서 집에 없다고 했다. 돈 토마스 또한 그 도시에 없었다.

마부는 채찍으로 말을 채근하면서 안드레스에게 그동안의 경위를 설명하고 있었다. 정말 멋진 밤이었다. 하늘에는 수천 개의 별이 아름답게 반짝이고 있었고, 이따금 유성이 지나가기도 했다. 마차는 도로 곳곳에 패어 있는 웅덩이를 지날 때마다 심하게 흔들거리면서 이내 제분소에 도착했다.

마차가 멈추자 제분소 사장이 나타나 누구인지 확인하더니 큰 소리로 외쳤다.

"뭐라구? 돈 토마스가 안 계신다고?"

"그렇습니다."

"그럼 여긴 누굴 데려온 거야?"

"새로 온 의사 선생님입니다."

성마른 제분소 사장은 의사들을 욕하기 시작했다. 돈 많고 자존심 강한 그는 모든 것을 자기 마음대로 할 수 있다고 생각하는 사람이었다.

"여기 환자가 있다고 해서 보러 왔습니다." 안드레스가 냉정하게 말했다. "환자를 볼까요, 보지 말까요? 안 봐도 된다면 돌아가겠습니다."

"그래, 별수 없지! 올라오시오."

계단을 통해 응접실로 올라간 안드레스가 제분소 사장을 따라 환자가 누워 있는 방으로 들어가니 환자의 어머니가 환자를 돌보고 있었다.

안드레스는 침대로 다가갔다. 제분소 사장은 계속해서 투덜거리고 있었다.

"환자가 진찰 받기를 원하신다면 조용히 좀 해주세요." 안드레스가 그에게 말했다.

그가 입을 다물었다. 소녀는 수종에 걸려 있었는데, 구토 증세를 보이고, 호흡 곤란에, 가벼운 경기도 있었다. 환자를 진찰했다. 배가 개구리처럼 부풀어 올라 있었다. 촉진(觸診)을 해보니 복막을 채우고 있는 물이 출렁거리는 게 분명하게 감지되었다.

"어때요? 무슨 증세죠?" 어머니가 물었다.

"일종의 간질환인데요, 만성인 데다 상태가 심각합니다." 안드레스는 환자가 듣지 못하도록 침대에서 떨어져 나와 대답했다. "현재, 수종에 요도 폐색 합병증세가 있습니다."

"그럼, 어떻게 해야 하죠? 오오 하느님! 방법이 없나요?"

"기다려도 되는 상황이라면 산체스 선생께서 오시는 게 더 나을 것 같습니다. 그 분이 병의 진행 과정에 대해 알고 계실 테니까요."

"근데, 기다려도 되겠소?" 환자의 아버지가 화난 목소리로 물었다.

안드레스는 환자를 다시 진찰해보았다. 맥박이 매우 약했다. 아마도 혈관에 요산이 흡수되고 있어 호흡 곤란 증세가 심해지고 있는 것 같았다. 경련도 더 심하게 일어나고 있었다. 환자의 체온을 재보았다. 정상에 못 미치는 수치였다.

"기다릴 수 없습니다." 안드레스가 어머니에게 몸을 돌리며 말했다.

"그럼, 어떻게 해야 한단 말이오?" 제분소 사장이 소리쳤다. "선생이 어떻게 해……."

"복부 천자(穿刺)를 해야 할 것 같습니다." 안드레스는 여전히 어머니를 바라보며 대꾸했다. "제가 시술하는 걸 두 분이 원치 않으신다면……."

"원해요, 원한다구요. 선생님이 해주세요."

"좋습니다. 그렇다면 집에 가서 수술 가방을 갖고 오겠습니다."

제분소 사장이 손수 마부석에 앉았다. 제분소 사장은 안드레스의 오만한 듯 냉정한 태도 때문에 화가 나 있었다. 안드레스의 하숙집으로 가는 도중 두 사람은 서로 말 한마디 나누지 않았다. 집에 다다라 마차에서 내린 안드레스는 수술 가방과 약솜 약간, 제2염화수은 알약 하나를 챙겼다. 두 사람은 제분소로 돌아왔다.

안드레스는 환자에게 걱정하지 말라고 다독거린 다음, 시술할 부위를 선택해 비누를 발라 문질렀다. 그리고 나서 소녀의 불룩한 배에 투관침(套管針)을 찔렀다. 침을 빼내자 카뉠레를 통해 장액이 듬뿍 섞여 있는 푸르스름한 물이 수돗물처럼 커다란 그릇으로 흘러 나왔다.

장액을 다 빼낸 뒤에야 방광을 청진할 수 있었고, 환자는 곧 편안하게 호흡하기 시작했다. 체온도 올라 정상치를 약간 웃돌았다. 요독증세가 사라져가고 있었던 것이다. 안드레스는 이제 평온한 상태로 누워 있는 소녀에게 우유를 갖다주도록 조치했다.

식구들은 대단히 기뻐했다.

"이것으로 다 끝난 것 같지는 않습니다" 안드레스가 소녀 어머니에게 말했다. "재발할 가능성도 있습니다."

"앞으로 어떻게 해야 좋을까요?" 어머니가 겸손한 태도로 물었다.

"저라면 마드리드에 데려가서 전문가의 진료를 받도록 하겠습니다."

안드레스는 모녀를 남겨두고 나왔다. 제분소 사장은 안드레스를 알콜레아에 데려다주려고 마부석에 올랐다. 하늘에서는 아침해가 미소를 머금기 시작하고 있었다. 포도원과 올리브나무에 아침햇살이 비치고 있었다. 노새들이 짝을 지어 경작지로 가고 있었고, 검은 옷을 입은 농부들이 당나귀 궁둥이에 걸터앉아 노새 뒤를 따르고 있었다. 까마귀들이 큰 무리를 지어 하늘을 날아가고 있었다.

제분소 사장은 내내 말이 없었다. 그의 마음속에서는 꼿꼿한 자존심과 안드레스에 대한 고마움이 갈등을 일으키고 있었다. 아마도 안드레스가 먼저 말을 걸어오기만을 기다리고 있었을 것이다. 그러나 안드레스는 입을 떼지 않았다. 집에 도착하자 안드레스가 마차에서 내리며 중얼거리듯 말했다.

"좋은 아침이군요."

"잘 있으시오!"

그리고 두 사람은 원수 사이나 되는 것처럼 헤어지고 말았다.

다음 날 산체스가 그 어느 때보다 더 냉랭하고 음울한 모습으로 안드레스에게 다가왔다.

"당신, 날 망칠 작정이군." 그가 말했다.

"선생님께서 왜 그런 말씀을 하시는지는 알고 있습니다." 안드레스가 대답했다. "하지만 제 잘못이 아닙니다. 저를 찾아왔기 때문에 그 소녀에게 갔던 거고, 다 죽어가고 있는데 별다른 방법이 없어 시술을 했던 겁니다."

"알았소. 그건 그렇고, 환자 어머니에게 마드리드로 가서 전문가를 만나보라고 했다던데, 그건 당신에게도 내게도 도움이 되지 않는 말이었소."

산체스는 안드레스가 성품이 강직해서 환자 가족에게 그런 충고를 했다는 걸 이해하지 못하고, 오히려 자기를 망치기 위해 그렇게 한 것으로 짐작하고 있었다. 그뿐만이 아니었다. 그는 자신의 직무상 알콜레아의 모든 질병에 대해 일종의 세금 같은 것을 받을 권리를 갖고 있다고 믿고 있었다. 산체스는 모씨가 독감에 걸렸을 때 여섯 번이나 방문했고, 류머티즘을 앓았을 때는 스무 번까지 찾아갔다.

제분소 사장 딸의 경우를 놓고 사방에서 말들이 많았는데, 그 사건을 통해 안드레스가 현대적 치료법을 알고 있는 의사라고들 생각하게 되었다. 사람들이 신임 의사 안드레스의 의학 지식을 신뢰하려는 경향을 보이자 산체스는 안드레스에 대해 험담을 늘어놓기 시작했다. 안드레스가 임상 경험이 없이 책만 본 사람일 뿐만 아니라 성격이 특이해 도저히 믿을 수가 없다는 것이었다.

산체스가 정면으로 선전 포고를 하자 안드레스도 방어 태세를 갖추었다. 하지만 안드레스는 의학적 문제를 놓고 경솔한 짓을 할 정도로 대담한 사람이 아니었다. 외과적 수술을 해야 할 환자가 생기면 산체스에게 보냈는데, 산체스는 사람을 맹인이나 외팔이로 만들어놓고도 그리 놀라지 않을 정도로 대단히 유연한 의식을 지니고 있었다.

안드레스는 거의 항상 약을 적정량보다 적게 처방했다. 그랬기 때문에 효과가 없었던 적도 여러 번 있었지만 적어도 실수로 위험을 초래하는 일은 발생하지 않았다. 꾸준히 성공을 거두었다. 그런 성공에도 불구하고, 순진하게도, 자신이 진단을 잘한 적이 거의 한번도 없었다고 스스로에게 고백하기도 했다.

물론 환자를 처음 본 며칠 동안은 신중하게 처리하느라 그 어떤 것도 확신하지 않았지만 질병들은 거의 항상 그를 놀라게 만들었다. 늑막염이라 생각되던 것이 간질환처럼 나타났고, 장티푸스가 독감처럼 보이기도 했던 것이다.

천연두나 폐렴처럼 병이 분명할 때는 물론 그도 알았고, 이런 건 이웃 아주머니들을 포함해 누구나 알고 있었다.

그는 성공을 우연의 결과라고 말하지 않았다. 그건 터무니없는 것이었으니까. 그렇다고 해서, 자신이 지닌 의학 지식의 결과라고 뽐내지도 않았다. 매일 환자를 대하다 보니 희한한 일도 많았다. 만성 위장병을 앓고 있던 한 환자는 단순한 시럽을 조금씩 복용해 병이 나아버렸고, 어떤 환자는 똑같은 시럽을 복용했는데도 시름시름 죽어갔다.

안드레스는 대부분의 경우 치료에 아주 효과적인 치료법도 훌륭한 임상의의 손에서만 효용이 있고, 또 훌륭한 임상의가 되기 위해서는 전문 지식 외에도 많은 임상 경험이 필수적이라는 사실을 인정하고 있었다. 이런 점을 인식하고 있던 안드레스는 자연 요법에 몰두했다. 환자에게는 시럽과 함께 많은 물을 처방했다. 물론 약제사에게는 미리 은밀하게 말해두었다.

"키니네를 처방하듯 아주 소량만 처방하세요."

안드레스가 자신의 학문이나 직업에 관해 의구심을 품는 이런 태도는 오히려 안드레스에게 권위를 부여해주었다.

몇몇 환자에게는 위생 상태를 청결하게 하라고 권했지만 그의 말에 귀를 기울이는 사람은 단 한 명도 없었다.

안드레스에게 단골 환자가 하나 있었다. 관절염을 앓고 있던 그 환자는 술집 몇 개를 소유한 노인으로, 삼류 소설이나 읽으며 살아가고 있었다. 안드레스는 그에게 육식을 하지 말고 걷기 운동을 하라고 충고했다.

"하지만 의사 선생. 내가 힘이 없어 죽기라도 하면 어쩌려고 그러오." 그때마다 노인은 이렇게 말했다. "내가 섭취하는 거라곤 고기 한 점과 세리주(酒) 한 잔, 그리고 커피 한 잔밖에 없소이다."

"그건 다 아주 해롭습니다." 안드레스가 말했다.

육식의 유용성을 인정하지 않는 이 선동가적 의사의 말은 육식에 길들여진 사람들, 특히 정육점 업자들을 화나게 만들었다.

어느 프랑스 작가가 쓴 일면 비극적이면서도 대단히 희극적인 문장이 있다. '30년 전부터 사람들은 자신이 프랑스인이라는 사실에 즐거움을 느끼지 못한다.' 관절염을 앓고 있는 그 포도주 장사꾼은 이렇게 말했으리라. '이 의사가 온 뒤로 사람들은 자신이 부자라는 사실에 즐거움을 느끼지 못한다.'

잘난 척하기 좋아하고 허풍이 심한, 시청 서기의 부인은 기회가 있을 때마다 안드레스에게 결혼을 해서 알콜레아에 완전히 정착해야 한다고 설득했다.

"한번 생각해보죠." 그때마다 안드레스는 이렇게 대꾸하고 넘어갔다.

알콜레아 델 캄포

알콜레아의 관습은 대단히 스페인적이었다. 다시 말해 완벽하게 비합리적이었다.

그 도시에는 최소한의 사교적 감성도 없었다. 사람들은, 혈거인들이 자신의 동굴 속에만 처박혀 지내듯, 집 안에만 머물렀다. 사람들 사이의 유대관계도 없었다. 협동심에 대해 알거나, 협동심을 이용할 줄 아는 사람은 아무도 없었다. 남자들은 일하러 나가고, 가끔 카지노에나 갈 뿐이었다. 여자들은 일요일 미사에 참석하는 것 외에는 외출을 하지 않았다.

공동체 의식이 결여된 그 도시는 황폐해져 있었다.

프랑스와 포도주 협정을 맺었던 시기에 주민들은 모두 서로 간에 의논 한번 하지 않은 채 밀 등 곡식 재배를 포기하고 경작지에 포도나무를 심어버렸다. 알콜레아의 포도주 강은 곧 황금 강으로 바뀌었다. 이처럼 번영을 누리던 시기에 마을은 커져갔고, 전기가 설치되었고……. 그 후 포도주 협정 기간이 끝났을 때 도시를 대표할 책임감을 느낀 사람은 단 한 사람도 없었고, "작물을 바꿉시다, 옛날 생활로 돌아갑시다, 포도주로 쌓은 부를 오늘날 생필품을 생산하기 위한 땅으로 만드는 데 사용합시다"라고 말하는 사람 하나 없었다. 전무했다.

주민들은 자포자기 상태가 되어 자신의 몰락을 받아들였다.

"전에 우리는 부자였어요." 알콜레아 사람들은 이구동성으로 말했다. "하지만 이젠 가난해질 거예요. 그래도 별수 없어요. 지금보다 더 못살게 될 거고, 욕망을 억제하며 살게 되겠죠."

그처럼 금욕주위적인 태도가 결국 주민들을 침체 상태에 빠뜨렸다.

그렇게 된 것은 당연했다. 모든 주민은 이웃 사람이 마치 외지인이나 되는 것처럼 서로 너무 소원하게 지냈다. 그들에게는 공통의 문화가 없었다. 아니 어떤 종류의 문화도 갖고 있지 않았다. 서로 간에 칭찬하는 일도 없었다. 관습과 일상적인 것만이 그들을 연결시켜주고 있었다. 결국 모두는 모두에게 서로 이상한 사람들이었다.

안드레스에게는 알콜레아가 흡사 포위당해 있는 도시처럼 보인 적이 한두 번이 아니었다. 포위자는 바로 도덕, 가톨릭 도덕이었다. 그곳에는 저장되지 않고 챙겨놓지 않은 것이라고는 아무것도 없었다. 여자들은 집에만 처박혀 있고, 돈은 서류함 속에 들어 있으며, 포도주는 항아리 안에 들어 있었다.

안드레스는 가끔 스스로에게 물었다. '이 여자들은 뭘 하고 지낼까? 뭘 생각하는 걸까? 매일매일 어떻게 시간을 보내는 거지?' 그에 대한 해답을 찾아내는 건 어려운 일이었다.

모든 것을 보관만 하는 그런 체제와 더불어 알콜레아는 놀라운 질서를 향유하고 있었다. 잘 가꿔놓은 공동묘지만이 그런 완벽성을 뛰어넘을 수 있었다.

이런 완벽성은 가장 적절치 못한 것이 모든 것을 지배하게 되는 것과 궤를 같이하면서 얻어지고 있었다. 스페인의 다른 지역에서도 알콜레아와 마찬가지로 선택법이 반대로 이루어지고 있었다. 체에다 짚과 알곡을 함께 넣고 체질을 한 다음 짚을 걷어내기 때문에 알곡이 딴 데로 새버렸다.

어떤 익살스러운 사람은 짚과 알곡을 이런 식으로 분리하는 것이 스페인 사람들에게는 희한한 일이 아니라고 비웃을 것이다. 그렇게 반대로 선택하기 때문에 거기서는 가장 적절한 것이 바로 가장 적절치 못한 것이 되어버렸던 것이다.

알콜레아에서는 절도나 흉악한 범죄가 거의 발생하지 않았다. 물론,

과거 어느 시대에는 도박꾼들과 싸움꾼들 사이에서 그런 범죄들이 일어나긴 했었다. 가난한 사람들은 무기력하게 수동적으로 살고 있었던 반면에 부유한 사람들은 이리저리 날뛰고, 고리대금업이 도시의 전 생활을 잠식하고 있었다.

오랫동안 네댓 쌍의 노새에 집 한 채를 소유한 채 조용히 살아가던 농부도 고리대금업 덕분에 갑자기 노새 열 쌍을, 그다음에는 스무 쌍을 소유한 사람으로 나타나기 일쑤였다. 그렇듯, 그의 토지는 점점 늘어갔고, 결국 그는 부자들 사이에 끼게 되었다.

알콜레아의 정치는 주민들의 무기력 상태 혹은 불신과 완벽하게 맞아떨어졌다. 그것은 일종의 지방 호족 정치로, 생쥐파와 올빼미파라 불리는 적대적인 두 파벌 간의 싸움이었다. 생쥐파는 자유주의자들이고 올빼미파는 보수주의자들이었다.

그 당시에는 올빼미파가 지배하고 있었다. 최고 올빼미는 시장이었다. 마른 몸집에 검은 옷을 즐겨 입는 그는 영락없는 성직자 타입에 성품이 부드러운 지방 호족으로, 시에서 할 수 있는 모든 사안을 유연하게 진행시켜가고 있었다.

생쥐파의 자유주의 보스는 돈 후안이었다. 몸집이 뚱뚱하고 힘이 장사인 데다 거인의 손을 지닌 야만적인 독재자 타입이었다. 그가 시를 장악했을 때는 정복자처럼 주민을 대했다. 이 위대한 생쥐는 올빼미처럼 위장을 하지는 않았다. 자신의 도둑질을 점잖게 숨기려 하지도 않고, 되는 대로 도둑질을 했다.

알콜레아는 올빼미들과 생쥐들에 길들여져 있었고, 그들이 필요한 존재라고들 생각하고 있었다. 그 두 불한당 파가 이 사회의 버팀목이었던 것이다. 약탈한 것을 서로 나누어 가졌다. 그들은 폴리네시아 사람들처럼 서로에게 특별한 금기를 지니고 있었다.

안드레스는 알콜레아에서 '생명나무'에 관해, 그리고 만차식(式)의 거친 삶이 보여주는 그 모든 표현, 즉 팽만한 이기주의, 시기심, 잔인성, 오만 등을 연구할 수 있었다.

때로는 이 모든 것이 필요하다는 생각을 하기도 했다. 또한, 사회에 만연해 있는 이런 부조리를 지식인 특유의 무관심으로 응시하면서 극단적이고 난폭한 삶의 형태들을 즐기게 될 수도 있을 거라는 생각도 했다.

그는 자주 자문해보았다. 모든 것이 정해져 있고, 운명적이고, 다른 방법을 통해 개선될 수 없는 상황이라면, 적당히 타협하고 적응해야 되지 않겠는가? 이 도시에서 행해지는 부정을 보면서 종종 느껴왔던 분노는 과학적으로 따져볼 때 좀 터무니없지 않은가? 다른 식으로 생각해보기도 했다. 자신이 사물들의 그런 상태에 대해 분노하고, 격렬하게 저항하는 것 또한 이미 정해져 있고, 운명이지 않은가?

안드레스는 하숙집 안주인 도로테아와 자주 입씨름을 했다. 그녀는 지역 사회, 시, 국가를 상대로 도둑질을 하는 것이 개인의 재산을 훔치는 것보다 더 큰 범죄 행위라는 안드레스의 주장을 이해하지 못하고 있었다. 그녀는 그렇지 않다고 말했다. 지역 사회를 갈취하는 것은 한 개인을 갈취하는 것과 같을 수 없다는 것이었다. 이처럼 알콜레아에서는 거의 모든 부자가 국가 재산을 횡령하고 있는데도 사람들은 그들을 도둑으로 생각하지 않고 있었다.

안드레스는 공공 재산을 횡령함으로써 생긴 손해가 한 개인의 호주머니에서 유발된 손해보다 훨씬 더 크다는 사실을 도로테아에게 주지시키려고 애썼다. 하지만 그녀는 이해하지 못했다.

"혁명이란 얼마나 멋있습니까?" 안드레스가 안주인에게 말했다. "연설가들이나 그 불쌍한 수다쟁이들의 혁명이 아닌 진정한 혁명 말이에요! 진정한 혁명이 일어나면, 이 지역에 나무가 없어 가로등에 매달려 있는 올빼미들과 생쥐들도 거리로 쏟아져 나오구요. 또 가톨릭 도덕에 의해 갇혀 있던 것들이 구석에서 뛰쳐나와 거리로 쏟아져 나온다구요. 남자며, 여자며, 돈이며, 포도주며 모든 게 거리로 쏟아져 나온다니까요."

도로테아는 터무니없어 보이는 하숙생의 생각을 비웃어버렸다.

안드레스는 훌륭한 쾌락주의자로서, 성직자적인 경향은 전혀 지니고 있지 않았다.

공화파 사람들이 안드레스에게 위생 문제에 관해 강연해달라고 요청했다. 그러나 그는 그 모든 게 무익하고, 전혀 소용없는 일이라는 것을 확신하고 있었다.

무엇을 위해? 이런 일은 효과가 전혀 없다는 것을 알고 있었기 때문에 그에 관여하고 싶어하지 않았다.

사람들이 안드레스에게 정치에 관해 이야기할 때면 그는 젊은 공화파들에게 이렇게 말했다.

"여러분, 저항을 하기 위한 당 같은 건 만들지 마세요. 뭐 하려고 만듭니까? 웅변가나 다변가 들을 좀 모을 수 있다면 그나마 다행이겠지만, 최악의 경우에는 모두 올빼미나 생쥐들의 도당이 돼버리고 말 거라구요."

"하지만 돈 안드레스! 무언가를 해야 하잖아요."

"여러분이 뭘 하겠다구요! 그건 불가능해요! 여러분이 할 수 있는 일은 오직 여길 떠나는 거예요."

결국 안드레스는 알콜레아에 머무는 시간이 너무 길다고 생각하게 되었다.

오전에는 환자들을 방문하고, 집에 돌아와서는 목욕을 했다.

뒤뜰을 건너갈 때면 집안일을 지시하고 있는 안주인과 마주쳤다. 하녀는 늘 위가 반쯤 잘려 나가 카누처럼 보이는 항아리에 옷을 넣어 빨았고, 딸은 여기저기 뛰어다니며 놀고 있었다.

뒤뜰에 있는 포도덩굴 보관 창고에서는 포도덩굴과 포도나무 그루터기를 쪼갠 장작 한 무더기가 건조되고 있었다.

안드레스는 옛 방앗간 문을 열고 들어가 목욕을 했다. 그리고 나서 점심을 먹으러 갔다.

가을인데도 날씨는 여전히 여름 같았다. 낮잠을 자는 것이 관례였다. 낮잠 자는 시간이 안드레스에게는 답답하고 지겹게 느껴졌다.

어두컴컴한 방바닥에 돗자리를 깔고 그 위에 드러누웠다. 창문 틈 사이로 한 줄기 햇살이 들어왔다. 도시 전체에 완벽한 정적이 감돌고 있었다. 태양열 아래서 모든 것이 축 늘어져 있었다. 왕파리 몇 마리가 유리창 곁을 윙윙거리며 날아다녔다. 오후의 후끈한 열기는 가실 줄 몰랐다.

한낮의 무더위가 한풀 꺾이면 마당으로 나가 무성한 포도덩굴 그늘 아래 앉아 책을 읽었다.

안주인, 안주인의 친정어머니, 그리고 하녀는 우물 근처에서 바느질을 하고, 딸은 실과 핀 쿠션에 꽂아놓은 뜨개바늘로 구슬 모양의 레이스를 짰다. 해질 무렵이면 그들은 카네이션, 제라늄, 박하 화분에 물을 주었다.

남녀 봇짐장수들이 자주 과일, 채소 또는 사냥에서 잡은 짐승을 팔러 찾아왔다.

"이 댁에 신의 은총이 가득하길 빕니다!" 봇짐장수들은 집에 들어서면서 이렇게 말했다. 도로테아는 그들이 가져온 물건들을 살펴보았다.

"돈 안드레스, 이거 맘에 드세요?" 그녀가 안드레스에게 물었다.

"예, 하지만 저는 신경 쓰실 필요가 없습니다." 안드레스가 대답했다.

바깥주인 페피니토는 저녁때가 되어서야 집에 돌아왔다. 술집에서 일하는 그는 그 시각에 일을 끝마쳤다. 그는 잘난 체를 좋아하는 사람이었다. 아무것도 모르면서 대학 교수나 되는 것처럼 아는 체를 했다. 무언가를 설명할 때는 예의 그 우쭐거리는 태도로 눈꺼풀을 아래로 내리깔았는데, 그런 태도를 보고 있던 안드레스는 그의 목을 졸라버리고 싶은 충동을 느끼기도 했다.

페피니토는 부인과 딸을 몹시 함부로 대했다. 언제나 두 사람을 바보니, 당나귀처럼 미련한 것들이니, 굼벵이처럼 느려터진 것들이라 불렀다. 그는 오직 자신만이 일을 잘 해낼 수 있는 사람이라는 확신을 지니고 있었다.

'이런 짐승 같은 인간이 저토록 예쁘고 상냥한 아내를 두고 있다는 건 정말 불쾌한 일이야!' 안드레스는 가끔 이런 생각을 해보았다.

페피니토의 광증 가운데는 가공할 만한 것이 하나 있었다. 그는 싸움이나 죽음에 관해 얘기하기를 좋아했다. 그의 말을 듣는 사람이라면 누구든 알콜레아에서는 사람들이 끊임없이 서로를 죽이고들 있다고 믿게 될 정도였다. 그는 5년 전 그 도시에서 일어난 범죄 사건에 관해 종종 얘기했는데, 할 때마다 내용을 바꿔가며 영 딴 얘기처럼 했기 때문에 듣는 사람에게는 그 사건의 규모가 엄청나게 커지고 복잡해져버리기 일쑤였다.

토메요소 출신인 페피니토는 자기 고향에 대해서도 시시콜콜 이야기했다. 그의 말에 따르면, 토메요소는 알콜레아와는 정반대였다. 알콜레아는 천박한 도시고 토메요소는 대단한 도시라는 것이었다. 한번 말한 것을 되풀이해서 말하길 좋아하는 페피니토가 안드레스에게 말했다.

"선생님이 토메요소에 한번 가봐야 하는데. 거긴 나무가 한 그루도 없다구요."

"여기도 없는데요." 안드레스가 웃으며 대답했다.

"그래, 여기는 그나마 몇 그루는 있죠." 페피니토가 말을 받았다. "거기는 포도주를 저장하느라 최근에 뚫어놓은 것, 옛날에 뚫어놓은 것 따질 것 없이 온 마을에 동굴들이 뚫려 있어요. 거기 가면 땅속에 묻혀 있는 커다란 항아리들을 보게 될 거예요. 거기 포도주는 모두 자연산이죠. 포도주 만드는 법을 잘 몰라 불량품이 많긴 하지만, 모두 자연산이라구요."

"그런데, 여기는요?"

"여기선 벌써부터 화학적인 방식을 쓰잖아요. 주석산염, 캄페체, 푹신' 등, 악마 같은 인간들이 이런 것들을 포도주에 넣고 있다구요." 페피니토는 늘 이렇게 말했는데, 그에게는 알콜레아가 문명 때문에 피폐한 곳이었다.

9월 말, 포도를 수확하기 며칠 전에 안주인이 안드레스에게 말했다.

"우리 포도주 창고 못 보셨죠?"

"못 봤습니다."

"지금 창고를 정리할 건데 함께 가보시죠."

하인과 하녀가 겨울 내내 창고에 넣어두었던 장작과 포도덩굴을 꺼내고 있었고 벽돌공 두 사람이 벽을 보수하기 위해 벽면을 깨뜨리고 있었다. 도로테아와 딸이 압착용 나무봉이 달려 있는 구식 압착기와 포도를 밟아 으깨는 사람들이 신는 나무 샌들과 에스파르토 풀로 만든 샌들, 그리고 샌들을 발에 고정시키는 띠들을 안드레스에게 보여주었다.

그리고 나서는 포도즙을 모았다가 작은 통에 나눠 담을 때 쓰는 대야들을 보여주었고, 두 번 수확한 분량의 포도주를 담을 나무로 만든 통과 배럴을 쟁일 수 있는 현대적인 창고도 보여주었다.

"두렵지 않으시다면, 이제 옛날에 파놓은 동굴로 내려가보시죠." 도로테아가 말했다.

"두렵다니요, 뭣 때문에요?"

"아! 그곳에 귀신들이 있다고들 하거든요."

"그렇다면, 그 귀신들에게 인사나 하러 가야겠군요."

하인이 기름 램프를 밝혀 들고 마구간으로 통하는 문을 열었다. 도로테아, 딸, 안드레스는 하인의 뒤를 따라갔다. 차츰차츰 허물어져가고 있던 계단을 통해 동굴로 내려갔다. 지붕이 습기에 절어 있었다. 계단 끝에 이르자 천장이 둥그런 공간이 나타났는데, 그 공간을 지나자 습기 차고, 서늘하고, 엄청나게 길고, 구불구불한, 로마시대의 카타콤처럼 생긴 포도주 저장실이 나왔다.

동굴 맨 첫 칸에는 벽에 반쯤 박힌 커다란 항아리들이 죽 늘어서 있었다. 천장이 조금 더 낮은 두번째 칸에는 키가 큰 커다란 콜메나르산(産) 항아리들이 줄을 지어 있었고, 그 옆에는 이끼가 낀 작고 통통한 토보소산 항아리들이 있었는데, 흡사 익살스럽게 생긴 할머니 같은 모습이었다. 램프 불로 동굴 안을 비추자 볼록 튀어나온 술통 허리 부분이 커졌다 작아졌다 하는 것 같았다.

이렇듯, 두 종류의 항아리들이 사람들에게 환각 작용을 일으킴으로써 통통한 배불뚝이 토보소산 항아리는 난쟁이 귀신으로, 키 크고 날렵한 콜메나르산 항아리는 거인 귀신으로 보였을 것이다. 맨 끝에는 커다란 항아리 열두 개가 들어차 있는 넓은 공간이 있었다. 이 공간은 사도들의 방이라 불렸다.

동굴에서 인골이 발견되었다고 주장하는 하인은 벽에 나 있는 손자국을 보여주면서, 자기 생각으로는 사람 핏자국 같다고 말했다.

"선생님이 포도주를 좋아하신다면 아주 오래 숙성시킨 포도주 원액을 한 잔 드릴게요." 도로테아가 말했다.

"아닙니다. 괜찮습니다. 보관하셨다가 큰 축제날 쓰십시오."

며칠 후, 포도 수확이 시작되었다. 안드레스는 일하는 곳으로 가보았다. 지붕 밑 구석에서 땀을 흘리며 부산하게 움직이고 있는 사람들을 보자 안쓰럽다는 생각이 들었다. 사실, 그동안은 이런 노동이 그토록 고생스러울 거라는 생각 같은 건 하지 않았었다.

안드레스는 인공적인 것만이 좋다던 이투리오스 외삼촌의 말을 떠올리며 그의 생각이 옳다는 것을 인정했다. 시인들에게 영감을 떠오르게 만드는 농촌의 그 찬미할 만한 노동이 참으로 어리석고 동물적이라는 생각이 들었다. 비록 전기 모터의 기능이 전통적인 미에 관한 모든 개념에서 벗어나 있다 해도, 이처럼 육체적이고, 거칠고, 야만적이고, 별 소득 없이 지지리 고생만 하는 노동에 비하면 얼마나 아름다운 것인가!

카지노 사람들

겨울이 되어 밤이 길어지고 추워지자 안드레스는 스트레스도 해소하고 시간도 보낼 만한 도피처를 집 밖에서 찾게 되었다. 알콜레아의 카지노에 드나들기 시작한 것이다.

카지노 '라 프라테르니다드'[6]는 그 도시가 누렸던 옛 영화의 흔적이었다. 카지노에는 실내 인테리어가 보잘것없는 큰 살롱들, 전신을 비출 수 있는 거울들, 당구대 여러 개, 그리고 책 몇 권을 갖춘 작은 서재가 있었다.

대개는 세속적이고, 신분이 낮고, 의뭉스러운 사람들이 신문을 읽거나 정치 이야기를 하려고 카지노에 갔는데, 그들 가운데 진짜로 특이한 인물이 둘 있었다.

그 가운데 하나는 피아니스트였고, 다른 하나는 돈 블라스 카레뇨였다. 돈 블라스는 알콜레아의 유복한 귀족이었다.

안드레스는 이 두 사람과 아주 친해졌다.

피아니스트는 말끔하게 면도를 한 좁고 긴 얼굴에 도수 높은 안경을 낀 깡마른 노인이었다. 항상 검은 옷을 입었으며 말을 할 때는 아주 여성스런 제스처를 썼다. 성당의 오르간 연주자이기도 했는데, 그 때문에 왠지 성직자 같은 면모가 드러나기도 했다.

돈 블라스 카레뇨 역시 깡마른 사람이었다. 하지만 키가 더 크고, 매부리코에 머리는 희끗희끗하고, 낯빛은 창백하고 누르스름했으며, 군인 같은 면모를 풍기는 사람이었다.

이 하층 귀족은 언제부터인가 옛사람들의 삶과 똑같은 삶을 살아가기 시작했는데, 따라서, 사람들이 스페인 고전작품에 등장하는 인물들처럼 생각하고 행동하고 있다고 확신해버렸기 때문에 차츰차츰 고풍스런 언어를 쓰기 시작했고, 돈 키호테를 엄청나게 매료시켰던 펠리시아노 데 실바의 작품에 나오는 등장인물처럼 농담 반 진담 반으로 세련되게 말했다.

피아니스트는 돈 블라스를 모방했고, 그를 자신의 모델로 여겼다. 그는 안드레스에게 다음과 같이 인사했다.

"본인의 친애하는 아라비아 태생 친구 돈 블라스는 본인을 감히 에우테르페[*]의 총애받는 아들로 귀하께 소개하셨나이다. 그러나 본인은, 이렇게 나서는 게 송구스럽기도 하고, 또 귀하께서 탁월한 판단력으로 확인하실 수 있을 것입니다만, 미력하나마 뮤즈의 여신들을 다루는 데 재주가 좀 있어 동절기의 살을 에는 밤에 회원님들의 야회에 흥을 돋우어드리려는 마음에서 굼뜬 이 손으로 뮤즈의 여신들과 더불어 작업하는, 한낱 가련한 인생에 불과하옵나이다."

돈 블라스는 미소를 머금은 채 제자의 말을 경청하고 있었다. 그 신사가 이런 식으로 말하는 것을 들은 안드레스는 자신이 미친 사람을 상대하고 있다고 생각했다. 그러나 이내 그렇지 않다는 사실을, 그 피아니스트가 감수성이 뛰어난 사람임을 깨닫게 되었다. 단지 돈 블라스나 피아니스트는 이처럼 웅변조로 낭랑하게 말하는 게 습관이 되어 그런 말투가 입에 붙어버렸던 것이다. 그들은 매번 '이글거리는 지성의 불' '지혜의 화살' '현명한 통찰력의 진주목걸이' '훌륭한 말의 정원' 등 이미 만들어져 있던 말들을 차용했다.

돈 블라스는 안드레스를 자기 집에 초대해 서재를 구경시켜주었다. 서재에는 스페인어와 라틴어로 된 책들이 가득 찬 책장들이 있었다. 돈 블라스는 새로 부임한 그 의사에게 자신의 서재를 제공했다.

"관심 있는 책이 있으면 가져가 읽어도 됩니다." 돈 블라스가 말했다.

"어르신의 제안을 기꺼이 받아들이겠습니다."

돈 블라스는 안드레스에게 좋은 연구 대상이었다. 돈 블라스는 지성적인 사람이었음에도 불구하고 주변에서 일어나는 일에 관해서는 잘 모르고 있었다. 알콜레아적인 삶이 지닌 잔인성, 가난한 사람들에 대한 부자들의 사악한 착취, 사람들의 사교적 본능 결여 등에 대해 전혀 모르고 있었고, 설령 알고 있었다 해도 책에 나오는 것만 인용하는 사람이어서 다음과 같이 말할 뿐이었다.

"스칼리제로[9]의 말에 의하면……. 우아르테[10]가 자신의 책 『학문을 위한 재기(才氣)의 실험』에서 주장하기를……."

돈 블라스는 비범할 정도로 담담한 사람이었다. 그에게는 더위도, 추위도, 기쁨도, 고통도 없었다. 한번은 카지노의 회원 둘이 그에게 심하게 장난을 친 적이 있었다. 그들은 그를 골려줄 의도로 시 외곽에 있는 한 식당으로 데려가서 모래처럼 보이는, 보기에도 역겨운 빵 부스러기를 주면서 스페인 최고의 빵이라고 하자, 돈 블라스는 예의 그 과장법을 동원해 가며 너무 맛있다고 칭찬을 했고, 결국, 그 사람들조차도 그의 관대함을 인정하고 말았다. 가장 형편없는 음식이라 해도, 『발랄한 안달루시아 여자』[11]에 등장하는 것인데 옛날 방식으로 만들었다면서 그에게 주면, 그는 그 음식을 훌륭한 것으로 믿어버렸다.

그는 친구들을 집에 초대해서 맛있는 음식을 대접하는 걸 즐겼다.

"예페스에서 제게 특별하게 가져온 이 멜린드레[12] 좀 들어보세요······. 이 물은 마이요 샘에서 길러온 것인데요, 다른 데서는 마실 수 없는 것이에요."

돈 블라스는 아주 임의롭게 살고 있었다. 그의 그런 점에 대해 전혀 신경 쓰지 않는 사람이 있는가 하면 그 모든 것을 대단하게 여기는 사람도 있었다. 왜 그러는 것일까? 아마도 그냥 그러니까 그럴 것이다.

돈 블라스는 여자들이 항상 자기를 속였기 때문에 여자를 증오한다고 말했다. 하지만 그것은 사실이 아니었다. 그가 그런 태도를 취한 것도 사실은 마르티알리스, 유베날리스, 케베도[13] 등의 작품에 나오는 문장들을 써먹기 위해서였다.

돈 블라스는 자신의 하인이나 일꾼들을 망나니, 악당, 무뢰한이라 불렀는데, 별다른 이유가 있었던 게 아니라 단지 돈 키호테가 썼던 용어를 차용하길 좋아했기 때문이었다.

또 돈 블라스가 푹 빠져 있던 것은 마을 이름을 옛날식으로 부르는 것이었다. 예컨대, 언젠가 우리는 과거에 알세라 불리던 알카사르 데 산 후

안에 있었는데…… 어느 날 우리는 과거에 비아트라 데 프톨로메오라 불리던 바에사에 있었는데…… 하는 식이었다.

안드레스와 돈 블라스는 서로에게 놀라고 있었다. 안드레스는 돈 블라스를 보고 이렇게 생각했다.

'이 사람과 이 사람 같은 다른 많은 사람들이 오래된 문학적 유산과 상투적인 말에 중독된 채 이런 허구 속에서 살고 있다니 정말 희한한 일이로군!'

반면에 돈 블라스는 미소를 머금은 채 안드레스를 바라보면서 생각했다.

'참 희한한 젊은이로다!'

두 사람은 여러 차례에 걸쳐 종교, 정치, 진화론에 관해 토론했다. 돈 블라스 스스로 말했다시피, 그에게 다윈의 이런 이론들은 즐기기 위해 발명된 것으로 보였다. 이미 확인된 자료는 그에게 아무런 의미도 없었다. 그는 사람들이 자기 사상을 분명하게 보여주기 위해서가 아니라 자기 재주를 드러내기 위해 글을 쓰고, 어느 학자의 탐구는 웃기는 말 한마디 때문에 붕괴된다고 생각하고 있었다.

이런 견해 차이에도 불구하고 안드레스는 돈 블라스를 싫어하지 않았다.

안드레스가 싫어하고, 도저히 참을 수 없었던 사람은 한 청년이었다. 알콜레아에서는 방탕한 인물로 통하던 그는 카지노에 자주 들락거리는 고리대금업자의 아들이었다. 변호사인 이 청년은 프랑스의 반동주의적인 잡지 몇 권을 읽고는 스스로를 세계의 중심이라 여겼다.

그는 자신이 뭘 바라보면 항상 야유와 동정이 뒤섞인 웃음이 나온다고 말했다. 또한 그는 스페인 고유의 평범한 어휘들을 가지고도 심오한 철학을 논할 수 있다고 생각하며, 발메스¹⁴를 위대한 철학자라 믿고 있었다.

온갖 야유와 동정이 뒤섞인 미소로 응시하는 그 젊은이는 여러 차례에 걸쳐 안드레스를 토론의 장으로 끌어들이려 했다. 하지만 안드레스는, 그 청년이 문화적인 것으로 번드르르하게 광택을 냈다고 해도 근본적으로는 어리석은 인간으로 보였기 때문에 토론을 거부했다.

안드레스는 랑게¹⁵의 『유물론사』에서 읽은 데모크리토스의 말이 정확하다고 생각했다. '모순과 다변을 좋아하는 사람은 진지한 것을 단 한 가지도 배울 수 없다.'

섹슈얼리티 그리고 포르노그라피

이 도시의 문구점은 서점이기도 하고 출판물 구독 예약 센터이기도 했다. 안드레스는 가끔 종이와 신문 같은 것을 사러 문구점에 갔다. 어느 날 놀랍게도 문구점 주인이 표지에 여자 나체가 실린 책을 열다섯 권에서 스무 권 정도 갖고 있는 것을 보게 되었다. 프랑스풍 소설, 즉 군인이나 학생, 그리고 지적 수준이 조금 낮은 사람들에게 읽힐 양으로 일종의 심리소설의 색깔을 덧칠해놓은 저속한 음란 소설이었다.

"그것도 파는 겁니까?" 안드레스가 서점 주인에게 말했다.

"예, 이런 것만 팔리는데요."

그런 현상은 역설적으로 보였지만, 그럼에도 불구하고 당연한 것이었다. 내면적으로 매우 자유로운 영국에서는 책이 조금이라도 외설적이라는 의혹이 있으면 출판이 금지되고, 프랑스나 스페인 아가씨들이 어머니 앞에서도 읽는 소설을 영국에서는 부정한 소설로 여긴다는 말을 이투리오스 외삼촌에게서 들은 적이 있었다.

알콜레아에서는 그 반대 현상이 일어나고 있었다. 삶이 무시무시할 정도로 도덕적이었다. 한 남자가 자기 부인이 아닌 어느 여자와 함께 있는 것은 낮 열두 시에 세비야 성당의 히랄다 탑을 훔쳐오는 것보다 더 어려운 일이었다. 하지만 반대로 그런 말도 안 되는 음란서적들이 널리 읽히고 있었다.

이 모든 것에는 다 이유가 있었다. 런던에서는 관습이 유연해지고 성생활이 확대되면서 포르노그라피가 줄어들고 있는데 반해 알콜레아에서는 성생활은 위축되고 포르노그라피가 증가하고 있었던 것이다.

"이것 참 대단한 성적(性的) 역설이군!" 안드레스는 집으로 가면서 생각했다. "성생활이 활발한 나라에서는 외설적인 것이 유발될 동기가 없는데, 반대로 성생활이 너무 인색하고 빈약한 알콜레아 같은 도시에서는 성적인 것을 드러내는 에로틱한 표현이 도처에 난무하다니."

당연한 일이었다. 그 내면을 살펴보면 하나의 보상심리적 현상이었던 것이다.

딜레마

어떻게 된 영문인지 안드레스에 대한 평판이 차츰차츰 나빠지고 있었다. 다들 그를 난폭하고 거만하고 의뭉스러운 사람으로 생각함으로써 그를 싫어하게 되었다.

그가 부자를 증오하고 가난한 사람을 싫어하는, 사악하고 해로운 선동가라는 것이었다.

안드레스는 카지노에 드나드는 사람들의 적의를 알아채고는 그곳에 발길을 끊고 말았다.

그러자 처음에는 따분했다.

매일 똑같은 날들이 계속되고, 사람들은 각자 매일매일 똑같은 절망을 느끼고, 할 일이 뭔지도 모른다는 확신과 서로에 대한 몰이해 때문에 아무런 내면적 동기도 없이 혐오감을 느끼고 불신을 유발한다는 확신을 갖게 되었다.

그래서 안드레스는 의사로서 자신의 임무나 충실히 수행하기로 결심했다.

알콜레아의 작은 사회생활에서 순수하고 완전한 금욕에 이르는 것이 삶의 완성으로 보였다.

안드레스는 독서를 생활의 대용품으로 여기는 그런 부류의 사람이 아니었다. 오히려 그런 식으로 살 수 없었기 때문에 책을 읽었다. 어리석고 의뭉한 카지노 사람들을 만나는 대신 새하얗고 고요한 마우솔로스 영묘(靈廟)[16] 같은 자기 방에서 시간을 보내는 것을 더 좋아했다.

'하지만 도시에 불을 질러버리거나 도시를 부숴버리는 것처럼 중요한 일이 있었더라면 기꺼이 책을 덮어버렸을 텐데!'

아무것도 하지 않고 있다는 사실이 짜증스러웠다.

큰 사냥을 하려 했다면 기꺼이 들판을 향해 떠났어야 했다. 하지만 안드레스는 토끼나 잡으려고 집 안에 머무는 것을 선호했다.

어떻게 할 바를 몰라 자기 방에서 늑대처럼 왔다 갔다 했다. 그따위 철학책들을 더는 읽지 않겠다고 작정한 것도 여러 번이었다. 아마도 그런 책들 때문에 짜증이 났을 수도 있다는 생각이 들었던 것이다. 다른 책을 읽을까도 생각해보았다. 돈 블라스가 역사책 몇 권을 빌려주었다. 안드레스는 역사란 공허한 것이라 믿고 있었다. 쇼펜하우어가 그랬던 것처럼, 그도 헤로도토스[17]의 아홉 권짜리 책 『역사』를 주의 깊게 읽은 사람이라면 역사가 제공하는 범죄, 전복(顚覆), 영웅심과 부정, 선성과 악성에 대해 가능성 있는 총체적인 개념을 갖게 된다고 믿게 되었다.

덜 인간적인 것도 공부해보겠다고 작정한 안드레스는 마드리드에서 가져온 클라인[18]의 천문학 책 『하늘에 관한 안내서』를 읽기 시작했다. 하지만 수학적 기초가 부족했기 때문에 자신은 그 책을 완전히 소화할 지적 능력을 갖추고 있지 않다고 생각하게 되었다. 그 책을 통해 알게 된 것은 별자리뿐이었다. 아르크투루스와 베가, 알타이르와 알데바란[19] 같은 신(神)들이 빛을 뿜고 있는 그 끝없는 빛의 점들에 관해 알아간다는 것이 안드레스에게는 약간은 서글프기까지 한 관능적 쾌락이었다. 달과 고요의 바다[20]에 있는 분화구들을 상상으로 훑어보고, 은하계에 대한, 그리고 플레이아데스 성단[21] 가운데 가장 밝은 별이자 성단의 중심에 있는, 알시온이라 불리는 가상의 태양 주위를 도는 은하계의 운동에 대한 이런저런 가설을 읽고 있노라면 현기증이 느껴졌다.

글을 써볼까 하는 생각도 들었다. 하지만 어디서부터 시작해야 할지 막막하기도 했고, 생각을 분명하게 표현하기 위한 언어적 메커니즘을 자유자재로 다룰 줄도 모르는 상태였다.

자신의 삶을 이끌어가기 위해 심사숙고하던 모든 체계를 동원해보았지만 여전히 해결되지 않는 문제들이 남아 있었는데, 그것은 그 체계들에 애초부터 오류가 있었다는 것을 의미하는 것이었다.

모든 면에서 애가 바싹바싹 타기 시작했다.

그렇듯, 한편으로는 의욕을 보이기도 하고 한편으로는 의기소침한 상태로 산 지 팔구 개월이 되었을 무렵 뼈마디가 쑤시기 시작하고, 심한 탈

모증세까지 생겼다.

'너무 금욕적인 생활을 해서 그래.' 그는 생각했다.

그럴 수밖에 없었다. 신경성 관절염이었다. 어렸을 때부터 관절염은 편두통이나 우울증으로 나타나곤 했다. 관절염 증세는 악화되어 있었다. 몸의 각 기관에 찌꺼기들이 축적되고 있었는데, 이 찌꺼기는 불완전 산화물, 특히 요산을 생성할 수밖에 없었다.

안드레스는 자신의 진단이 정확하다고 생각했다. 치료하기 쉽지 않은 문제였다.

이러지도 못하고 저러지도 못하는 상황이 안드레스 앞에 전개되고 있었다. 한 여자와 살고 싶으면 결혼해 얽매어 살아야 한다. 다시 말하면, 인생의 한 가지 일을 위해 자신이 지닌 정신적 독립성을 고스란히 바쳐야 하고, 사회적 의무와 책무를 수행하고, 장인, 장모, 처남, 처제를 배려할 수밖에 없는데, 그런 것들을 생각하면 소름이 끼쳤다.

물론 일요일이면 미사에 참석하기 위해 앵무새처럼 차려입고 마지못해 집 밖으로 나가는 것 외에는 외출을 하지 않는 알콜레아 아가씨들 가운데도 쾌활하고 싹싹한 이가 몇은 있었다. 아니 많을 수도 있었다. 하지만 누가 그런 여자들을 가려낼 수 있을 것인가? 알콜레아 여자들과 대화를 한다는 것은 거의 불가능했다. 오직 남편만이 한 여자가 어떻게 사는지, 뭘 생각하고 느끼는지 알 수 있었다.

안드레스는 아무 여자하고나, 즉 소박한 아가씨와 결혼할 수도 있었을 것이다. 하지만 그는 그런 여자일망정 어디서 찾아야 할지조차 모르고 있었다. 그나마 그가 알고 지낸 아가씨라고는 의사 산체스의 딸과 시청 서기의 딸, 이렇게 둘뿐이었다.

산체스의 딸은 수녀가 되고 싶어했다. 서기의 딸은 정말 사악한 꼴불

견이었다. 피아노 치는 솜씨도 엉망이고, 『블랑코 이 네그로』[22]라는 사진집에 실린 사진들을 베껴 색을 칠하기도 했으며, 모든 면에서 우스꽝스럽고 헛된 생각들을 지니고 있었다.

결혼을 하지 않을 작정이었더라면 그 도시 난봉꾼들과 작당해서 시내 거리 두 개를 점유하고 있는 이 여자 집, 저 여자 집에도 갈 수 있었다. 이들 거리에는 방탕한 여자들이 중세 윤락가에서처럼 살고 있었다. 하지만 이처럼 난잡한 생활을 한다는 건 자존심이 상하는 문제였다. 만약 그가 그런 정신 나간 짓을 할 생각을 하고 있다는 사실이 알려진다면 그 지방 부르주아들이 얼마나 의기양양해 할 것이며, 그의 인격이 얼마나 손상되겠는가? 그럴 수는 없었다. 차라리 아파서 누워 있는 게 더 나았다.

안드레스는 식사를 제한시켜 식물성만 먹고 고기나 포도주, 커피 같은 것은 아예 입에 대지 않기로 작정했다. 점심이나 저녁을 먹고 나서 여러 시간이 지난 뒤 물을 많이 마셨다. 그곳의 정신에 대한 증오심이 오히려 은밀하게 투쟁하고 있는 그를 지탱해주고 있었다. 그 증오심은 그것을 느끼는 사람을 평온하게 만들어주는, 그런 깊은 증오심들 가운데 하나였다. 그는 그렇듯 신랄하고 오만하게 그곳의 정신을 경멸하고 있었다. 누가 뭐라 하든 전혀 상관하지 않았고, 온갖 조롱과 야유는 무신경으로 무장한 그를 비껴갔다.

때때로 자신의 이런 태도가 논리적이지 않다는 생각이 들기도 했다. 의학을 전공하는 사람이 자신이 원하는 대로 일이 풀리지 않는다고 해서 기분 나빠하다니! 그것은 이치에 맞지 않는 것이었다. 사실 그곳의 대지는 메말라 있었다. 나무도 없고, 기후도 사나웠고, 따라서 사람들 역시 거칠 수밖에 없었다.

시청 서기의 아내는 '소시에다드 델 페르페투오 소코로'[23]의 회장이었다. 어느 날 그녀가 안드레스에게 말했다.

"우르타도 선생님은 사람이 종교를 안 가질 수도 있고, 또 비종교인이 종교인보다 더 선량하다는 것을 보여주려고 하시는 것 같아요."

"부인, 더 선량하다구요?" 안드레스가 대꾸했다. "그래요. 사실 그런 건 어렵지 않은 문제죠."

새로운 섭생법을 시행한 지 한 달이 지났을 무렵 안드레스는 상태가 많이 호전되어 있었다. 식물성 음식을 그것도 소량만 먹고, 목욕을 하고, 밖에 나가 운동을 하자 차츰차츰 신경질이 줄어들어갔다. 금욕주의를 실행한 결과 이제 자신이 정화되고 자유로워졌다고 느끼고 있었다. 에피쿠로스 학파나 회의주의자들이 노래한 그 '평정 부동 상태'[24]를 어렴풋이 느끼기 시작했던 것이다.

이제 사물이나 사람 때문에 화를 내는 일이 없어졌다.

이런 감정을 누군가에게 전하고 싶어졌기 때문에 이투리오스 외삼촌에게 편지를 써볼까 하는 생각도 했다. 하지만 그는 곧 자신이 거둔 승리의 유일한 증인이 바로 그 자신일 때 자신의 정신 상태가 가장 건강하다고 생각했다.

이제 그에게서 공격성이 사라져가기 시작했다. 동이 틀 때 잠자리에서 일어나 드넓은 들판과 포도원들, 그리고 심지어는 그가 외양을 보고 '비극적인 숲'이라 부르던 올리브밭도 산책했다. 수백 년을 묵는 동안 뒤틀려버린 올리브나무들이 마치 파상풍에 걸린 환자처럼 보였다. 올리브나무 사이에 갈매나무 울타리로 둘러싸인 낮은 집 한 채가 외따로 서 있었다. 언덕 꼭대기에 작고 땅딸막한 몸체와 삐걱거리는 팔을 지닌, 매우 특이하고 우스꽝스럽게 생긴 풍차가 있었는데, 그 풍차를 볼 때마다 몸이 오싹해졌다.

동이 트기 전 깜깜한 새벽에도 자주 집 밖으로 나가서 샛별이, 동녘 하늘을 붉게 물들이는 여명 속에 든 진주처럼 파르르 떨다가 사르르 사라져가는 것을 바라보았다.

밤이면 낮은 화덕이 설치되어 있는 주방으로 가서 위안을 얻었다. 도로테아와 할머니, 딸은 불가에서 각자 일을 하고, 안드레스는 잡담을 하거나 화덕 속에서 포도덩굴이 타들어가는 모습을 바라보았다.

가로타 아저씨의 부인

어느 겨울 밤, 사내아이 하나가 안드레스 우르타도를 부르러 왔다. 여자 하나가 길에 쓰러져 죽어가고 있다는 것이었다.

안드레스는 망토를 두르고 그 꼬마와 함께 급히 '파라도르 델 라 크루스'[25]라 불리는 마부들의 여관 근처 외딴 길에 도착했다. 노파 하나가 정신을 잃은 채 쓰려져 있었고, 이웃 사람 여럿이 그녀 주위를 에워싼 채 그녀를 돌보고 있었다.

가로타 아저씨라 불리는 중고품상의 아내였다. 머리가 피범벅이 되어 있고 의식이 없었다.

환자를 가게로 옮기도록 하고 등을 가져오게 했다. 뇌진탕이었다.

혈액을 순환시키기 위해 그녀의 팔에서 피를 뽑아내기로 했다. 검은 피가 응고되어 있었기 때문에 처음에는 절개해놓은 혈관으로 피가 흘러나오지 않았다. 그러나 잠시 후 서서히 터져나오기 시작하더니 이내 조금 더 정상적으로 흘러나왔고, 그에 따라 환자는 차츰차츰 호흡을 되찾아가고 있었다.

그때 판사가 서기 하나와 경위 둘을 대동한 채 나타나 먼저 이웃 사람들을, 그러고 나서는 안드레스를 심문했다.

"이 여자의 상태가 어떻습니까?"

"아주 나쁩니다."

"이 여자를 심문해도 되겠습니까?"

"지금은 안 됩니다. 의식을 회복할지 두고 봐야 합니다."

"의식을 회복하면 즉시 알려주십시오. 이 여자가 떨어졌던 곳에 가보고 남편을 심문하겠습니다."

가게는 중고물품이 사방 구석구석, 천장까지 꽉 들어 차 있는 중고품 상점이었다. 벽은 낡은 소총과 엽총, 칼, 낫 등으로 가득 채워져 있었다.

안드레스는 그 여자가 눈을 뜰 때까지 지켜보고 있었는데, 무슨 일이 일어났는지 대충 짐작할 수 있을 것 같았다.

"판사를 불러주세요." 안드레스가 이웃 주민들에게 말했다.

즉시 판사가 왔다.

"꽤 복잡한 사건이구먼." 이렇게 중얼거린 판사가 안드레스에게 물었다. "어떻게 된 거죠? 이해가 좀 됩니까?"

"예, 좀 되는 것 같습니다."

실제로, 여자가 하는 말은 이해할 수 있을 정도였다.

"아주머니가 창문으로 떨어졌습니까, 아니면 강제로 내던져졌습니까?" 판사가 물었다.

"어!" 여자가 말했다.

"누가 아주머니를 내던졌죠?"

"어!"

"누가 아주머니를 내던졌냐구요?"

제5장 213

"가로…… 가로…….” 여자가 무슨 말인가를 하려고 애를 쓰면서 중얼거렸다.

판사와 법원 서기, 그리고 경위들이 아연 긴장했다.

"가로타라고 그러는데요.” 누군가가 말했다.

"맞아요. 그 사람을 비난하고 있는 것 같아요.” 판사가 말했다. "의사 선생님 생각은 어떠세요?”

"그런 것도 같습니다.”

"왜 아주머니를 내던졌죠?”

"가로…… 가로…….” 노파가 되풀이했다.

"남편 이름 말고는 다른 말을 하려 하지 않습니다.” 경위 하나가 이렇게 주장했다.

"아닙니다. 그건 아니에요.” 안드레스가 대꾸했다. "머리 좌측에 부상을 입었습니다.”

"그게 무슨 상관이 있습니까?” 경위가 물었다.

"아무 말 말고 가만 있어요.” 판사가 말했다. "의사 선생님은 어떻게 생각하십니까?”

"이 환자는 실어증 상태에 있다고 생각합니다. 좌뇌가 손상되었거든요. 아마도 전(前) 언어중추로 생각되는 세번째 전두엽이 손상되었을 겁니다. 환자가 말을 알아듣기는 하는데 단지 할 수 있는 말은 그것밖에 없습니다. 자, 환자에게 다른 것을 물어보십시오.”

"이제 좀 괜찮으세요?” 판사가 물었다.

"어!”

"이제 좀 괜찮으시냐구요?”

"가로…… 가로…….” 여자가 대답했다.

"그래요. 매번 똑같은 말만 되풀이하는군요." 판사가 말했다.

"실어증이나 발성 장애 증세가 나타나고 있습니다." 안드레스가 덧붙였다.

"그런데 말입니다……. 남편이 상당히 수상합니다." 법원 서기가 끼어들었다.

그들은 죽어가는 여자의 병자 성사를 거행할 신부를 불렀다.

안드레스는 여자를 놔두고 판사와 함께 위로 올라갔다. 가로타 아저씨의 고물가게에는 2층으로 올라가는 나선형 계단이 있었다.

2층에는 현관과 주방, 침실 둘, 그리고 그 노파가 내던져졌던 방이 있었다. 이 방에는 화로와 더러운 부삽이 하나씩 있었고, 핏자국이 창문까지 이어져 있었다.

"이 사건은 범죄일 가능성이 짙습니다." 판사가 말했다.

"그렇게 생각하십니까?" 안드레스가 물었다.

"아닙니다, 반드시 그렇다고 확신하는 건 아닙니다. 사실대로 얘기하자면, 이 사건은 어느 탐정 소설처럼 미궁 속에 빠질 것 같은 징후들이 나타나고 있습니다. 누가 자신을 창밖으로 내던졌는지 물으면 계속해서 남편 이름만 대고 있습니다. 또 피범벅이 된 부삽, 창문까지 이어져 있는 핏자국, 이 모든 것을 종합해볼 때 이웃 사람들의 진술을 의심해봐야 한다는 생각입니다."

"뭐라고들 하는데요?"

"그들은 이 여자의 남편인 가로타 씨가 범인이라는 거죠. 가로타 씨와 아내가 다퉜다는 겁니다. 남편이 부삽으로 아내의 머리를 때리자 아내가 도움을 청하러 창문 쪽으로 도망쳤고, 남편이 아내의 허리를 붙잡아 거리로 내던져버렸다는 겁니다."

"그럴 수도 있겠군요."

"물론 그렇지 않을 수도 있죠."

이런 해석은 가로타 아저씨가 지닌 악명 때문에 가능했던 것인데, 실제로 그가 10여 년 전 다이미엘 공원 근처에서 일어났던 카냐메로와 포요[26]라는 두 도박꾼의 사망 사건에 연루되었다는 게 사실로 드러났었다.

"이 부삽을 증거로 보관하겠습니다." 판사가 말했다.

"만일을 위해 그 부삽이 다른 사람 손을 타지 않았으면 합니다." 안드레스가 말했다. "물증들이 사건 해결에 크게 도움을 줄 수 있으니까요."

판사는 부삽을 찬장 속에 넣고 찬장 문을 닫고 나서는 서기를 불러 봉인하도록 했다. 방문 또한 잠겼고, 방 열쇠는 보관되었다.

안드레스와 판사가 1층 가게로 내려갔을 때 가로타 아저씨의 부인은 벌써 죽어 있었다.

판사가 남편을 데려오라고 명령했다. 경위들이 가로타 아저씨의 양손을 결박해 데려왔다.

가로타 아저씨는 이미 노인이 다 되어 있었다. 뚱뚱한 체구에 외모가 볼품없고, 애꾸눈에다, 몇 년 전 산탄을 맞아 생긴 검은 점들이 가득한 얼굴은 몹시 험상궂었다.

심문을 해본 결과 술주정뱅이인 가로타 아저씨가 평소에도 이 사람 저 사람을 죽이겠다는 말을 자주 했다는 게 사실로 드러났다.

가로타 아저씨는 아내를 학대했다는 사실을 부인하지는 않았다. 하지만 자신이 아내를 죽이지는 않았다고 주장했다. 그는 계속해서 다음과 같이 단정적으로 말했다.

"판사님, 난 아내를 죽이지 않았어요. 분명히 말씀드리는데요, 여러 번 죽이려고 했던 건 사실이지만, 죽이진 않았다니까요."

심문이 끝난 뒤 판사는 가로타 아저씨를 감옥 독방에 감금시켰다.
"선생님은 어떻게 생각하세요?" 판사가 안드레스에게 물었다.
"제가 볼 땐 분명합니다. 이 사람은 무죄입니다."
판사는 오후에 감옥으로 가서 가로타 아저씨를 만난 뒤부터 그가 아내를 살해하지 않았음을 믿기 시작했다고 말했다. 하지만 여론은 그를 범인으로 간주하려고 했다. 밤에 카지노에 있던 의사 산체스는 가로타가 아내를 창문 밖으로 내던져버린 게 틀림없는데도 판사와 안드레스가 가로타를 살려주려 하고 있다며, 그 이유는 하느님이 알고 계시겠지만, 아무튼 부검을 하면 진실이 드러날 거라고 주장했다.
이런 사실을 알게 된 안드레스는 판사를 만나러 가서 자기와 산체스의 견해가 다르기 때문에 제3자인 돈 토마스 솔라나를 사체 부검의로 지명해달라고 요청했다.
부검은 다음 날 오후에 실시되었다. 부삽으로 내리쳐 생겼다고 추정되는 머리 상처들을 촬영했고, 여자의 목에 있던 붉은 반점들도 검사했다.
그리고 나서 머리 세 부분을 절개해 이마와 정수리 부분 두개골이 파손되었다는 사실을 알아냈는데, 이 골절이 사망의 직접적인 원인이었다. 폐와 뇌에서 작고 동그란 혈반들이 발견되었다.
세 의사가 제출한 부검 소견은 일치했으나, 사망 원인에 대해서는 견해가 엇갈렸다.
산체스는 떠돌아다니는 소문과 동일한 의견을 제시했다. 그의 말에 따르면, 살해된 여자가 부삽으로 머리를 맞고 부상당하자 도움을 청하려고 창문으로 다가갔고, 거기서 어떤 억센 손이 그녀의 목을 졸라 타박상과 초기 질식 상태를 유발했던 바, 그것은 폐와 뇌에 생긴 혈반으로 증명되고, 그 후 길거리로 내던져서 뇌진탕과 두개골 파손이 유발되었는데,

이것이 바로 사망 원인이라는 것이었다. 사망한 여자 자신이 죽음의 고통 속에서 남편의 이름을 되풀이해 부름으로써 살인자가 누구인지 지적했다는 견해였다.

안드레스는 우선 머리에 생긴 상처는, 그 정도가 너무 경미한 것으로 판단해보건대, 힘센 팔에 의한 것이 아니라 흥분 상태에 있던 어떤 힘없는 손에 의한 것이며, 목의 붉은 반점들은 사망 전날 타박상을 입어 생긴 것이고, 폐와 뇌에서 발견된 혈반들은 초기 질식 상태에서 생긴 것이 아니라 사망자의 고질적인 알코올 중독에서 비롯되었다고 말했다. 이런 자료와 더불어 위장에서 발견된 알코올 양으로 판단해보건대, 그 여자가 알코올 중독 상태에서 자살 충동에 사로잡혀 부삽으로 자기 머리를 치기 시작했는데, 그것은 두피가 거의 훼손되지 않을 정도로 상처가 깊지 않다는 사실로도 설명이 되고, 따라서 그것이 사망의 원인이 되었다고는 볼 수는 없으며, 그녀가 직접 창문을 열어 거꾸로 뛰어내렸다고 주장했다. 사망자가 내뱉었던 말에 관해서는, 그녀가 그 말을 내뱉었을 때는 실어증 상태였음이 명백하다고 주장했다.

귀족 의사인 돈 토마스는 중립적인 의견을 견지했으며, 총체적인 것은 전혀 언급하지 않았다.

산체스는 여론을 따르고 있었다. 모두 가로타 아저씨를 범인이라 믿었고, 몇몇은, 설사 그가 범인이 아니라 할지라도, 그는 어떤 못된 짓도 서슴지 않고 할 수 있는 포악무도한 사람이므로 처벌해야 마땅하다고까지 말했다.

그 사건으로 온 도시가 들끓었다. 여러 가지 조사가 이루어졌다. 부삽에 묻은 핏자국에 대한 분석이 이루어진 결과 그 자국들이 중고품상의 손가락과 일치하지 않는다고 판명되었다. 감옥에 근무하는 가로타의 친구를 시켜 가로타를 술에 취하도록 해놓고 속마음을 캐내기로 했다. 가로타는 포요와 카냐메로 사망 사건에 자신이 관련되었음을 자백했으나 북받쳐 오르는 분노를 드러내며 맹세컨대 자신은 아내를 죽이지 않았다고, 절대로 죽이지 않았다고 되풀이해 주장했다. 그는 아내의 죽음과는 아무 관계가 없는데, 비록 그 사실을 부인함으로써 처벌을 받거나 시인함으로써 구제를 받는다 할지라도, 자신이 아내를 죽이지 않았다는 것은 진실이므로, 죽이지 않았다고 말하리라는 것이었다.

판사는 심문을 되풀이한 끝에 그 중고품상의 무죄를 인정하고 석방시켜주었다.

사람들은 다들 기만을 당했다고 생각했다. 그러다가 나중에는 증거가 뒷받침되고, 또 군중 특유의 본능에 의해, 가로타가 아내를 살해할 가능성은 있었다고 해도, 살해하지는 않았다는 점을 수용하게 되었다. 하지만 안드레스와 판사가 성실하고 정직하다는 사실은 인정하려 들지 않았다. 올빼미파를 옹호하는 그 지방 신문은 '타살이냐 자살이냐?'라는 제목이 붙은 기사를 통해 가로타의 아내가 자살했다고 추론했다. 반면에, 생쥐파를 옹호하는 다른 지방지는 그 사건을 틀림없는 범죄 사건으로 규정해 다루면서 정치적인 영향력에 의해 중고품상이 구제되었다고 주장했다.

"그 의사와 판사가 대가를 치르는 걸 보게 될 거야." 사람들이 말했다.

반면에, 사람들은 한결같이 산체스를 칭찬했다.

"이 사람은 충실하게 처리했어요."

"하지만 그가 말한 것도 정확하진 않아요." 누군가가 대꾸했다.

"그렇다고는 해도, 정직하게 처리했잖아요."

하지만 거의 대부분의 다른 사안들에 관해서는 사람들을 납득시킬 방법이 없었다.

작별

그때까지 가난한 사람들의 호감을 사고 있던 안드레스는 그 사건을 통해 호감이 반감으로 바뀌었다는 사실을 감지했다. 봄이 되자 안드레스는 그곳을 떠나기로 결심하고 사표를 제출하기로 했다.

5월 어느 날을 떠나는 날로 정했다. 그는 돈 블라스 카레뇨와 판사에게 작별 인사를 했고, 산체스와는 심한 말다툼을 벌였다. 산체스는 이제 곧 떠나게 될 사람을 가혹하게 비난할 정도로 몹시 어리석은 사람이었다. 안드레스는 퉁명스럽게 대꾸하면서, 어느 정도 폭발력이 있는 몇 가지 사실을 동료에게 말했다.

오후에 안드레스는 짐 꾸릴 준비를 하고 나서 산책을 하러 나갔다. 구름 사이로 번쩍번쩍 번개가 치는 것으로 보아 폭풍우가 몰아닥칠 것 같은 날씨였다. 날이 어두워질 무렵 비가 오기 시작했기 때문에 집으로 돌아왔다.

그날 오후 페피니토, 딸, 그리고 할머니는 알콜레아 근처에 있는 작은 온천 마이요에 가고 없었다. 안드레스는 짐 꾸리는 작업을 마쳐놓고 있었다. 식사 시각이 되자 안주인이 그의 방으로 들어왔다.

"돈 안드레스, 정말 내일 떠나실 거예요?"

"예."

"집에 우리 두 사람밖에 없으니 선생님이 원하시는 시각에 식사를 하도록 하죠."

"금방 정리를 끝내겠습니다."

"선생님이 떠나신다니 서운해요. 우린 선생님을 한가족처럼 여겼는데요."

"어떡하겠습니까! 이제 이 도시는 저를 좋아하지 않는데요."

"우리 때문이라는 말씀은 하지 마세요."

"아닙니다. 이 댁 분들 때문이라는 말은 아닙니다. 아주머니 때문이라는 말도 아니구요. 제가 이곳을 떠나는 것이 섭섭하다면, 그건 무엇보다도 아주머니 곁을 떠나기 때문일 겁니다."

"어머! 돈 안드레스."

"아주머니가 믿으시건 믿지 않으시건, 저는 아주머니를 아주 좋게 생각하고 있습니다. 아주 착하고 똑똑하신 분이라구요."

"그만하세요, 돈 안드레스, 몸둘 바를 모르겠군요!" 그녀가 웃으며 말했다.

"당황하신다고 해도 어쩔 수 없습니다, 도로테아 아주머니. 그렇다고 해서 진실이 사라지는 건 아닐 테니까요. 다만 아주머니에게 결점이 있다면……."

"그 결점이 뭔지 한번 들어볼까요?" 그녀가 짐짓 정색을 하며 대꾸했다.

"아주머니의 결점이라면 말이에요." 안드레스가 말을 이었다. "아주머니가 아주머니를 고생시키는, 또 아주머니나 제가 뭐든 속여버릴 수도 있는 그런 얼간이에, 허풍쟁이 천치와 결혼해 산다는 거죠."

"세상에! 맙소사! 제게 그런 말씀을 다 하시다니!"

"이별의 순간에 털어놓는 진실입니다……. 사실은 제가 아주머니에게 구애를 하지 못한 바보였습니다."

"지금 무슨 말씀을 하고 있는지 알고 계시나요, 돈 안드레스?"

"예, 알고 있습니다. 제가 지금 즉흥적으로 이런 말을 한다고 생각하지는 마세요. 하지만 결단력이 부족했습니다. 마침 오늘은 집 안에 우리 둘만 있군요, 안 그래요?"

"예, 그래요. 안녕히 가세요, 돈 안드레스! 전 이만 나가볼게요."

"가지 마세요. 할 말이 있습니다." 도로테아는 명령하는 듯한 안드레스의 말투에 흠칫 놀라며 걸음을 멈췄다.

"제게 뭐 원하시는 게 있나요?" 그녀가 말했다.

"여기 저와 함께 있어주세요."

"하지만 돈 안드레스, 저는 남편이 있는 몸이에요." 도로테아가 잦아드는 목소리로 대답했다.

"아주머니가 정숙하고 착하다는 건, 얼간이와 결혼한 유부녀라는 건, 이미 다 알고 있습니다. 우린 지금 단 둘이 있습니다. 제가 아주머니를 마음에 두고 있었다는 사실은 아무도 몰랐을 겁니다. 오늘 밤은 아주머니와 제겐 특별하고 이색적인…… 밤이 될 겁니다."

"그래요. 근데 후회하시게 되면?"

"후회라구요?"

안드레스는 이런 문제는 논할 필요가 없다는 사실을 명확히 알고 있었다.

"조금 전만 해도 아주머니에게 이런 말을 할 거라 생각하진 않았습니다. 그런데, 제가 왜 이런 말을 하고 있는 걸까요? 잘 모르겠습니다. 아무튼, 제 가슴은 지금 대장간 망치처럼 뛰고 있습니다."

안드레스는 안색이 창백해지고 몸이 떨려 침대 쇠 난간에 몸을 기대고 있어야 했다.

"어디 안 좋으세요?" 도로테아가 놀란 듯, 쉬고 불분명한 목소리로 소곤거렸다.

"아닙니다. 아무 일도 아니에요."

그녀 역시 마음에 동요가 일고 가슴이 두근거리고 있었다.

안드레스가 불을 끄고 그녀에게 다가갔다.

도로테아는 저항하지 않았다. 안드레스는 그 순간 완전히 무의식 상태에 있었다.

동이 트자 나무 격자 사이로 햇살이 비치기 시작했다. 도로테아가 몸을 일으켰다. 안드레스가 두 팔로 그녀를 껴안아 제지했다.

"안 돼요, 안 돼." 그녀는 흠칫 놀라며 중얼거리듯 말하고 나서 재빨리 자리에서 일어나 도망치듯 방에서 나갔다.

스스로에게 놀란 안드레스는 멍청하게 침대에 앉아 있었다.

어떻게 해야 할지 도무지 감이 잡히지 않았다. 철판이 등 뒤에서 신경을 내리누르고 있는 것 같은 느낌이었다. 방바닥에 발을 내딛는 것조차 두려웠다.

두 손으로 이마를 괸 채 맥없이 앉아 있었다. 마침내 손님을 찾아온 마차 소리가 들렸다. 자리에서 일어나 옷을 입었고, 누군가 방문을 두드릴 것 같아 두려운 나머지 이름을 부르기도 전에 문을 열었다. 짐꾼이 방으로 들어와 트렁크와 가방을 들어 마차로 가져갔다. 안드레스가 외투를 걸치고 마차에 오르자 마차는 먼지투성이 도로를 따라 움직이기 시작했다.

"어처구니가 없군! 이 모든 게 정말 어처구니가 없다니까!" 잠시 후 안드레스는 이렇게 소리쳤다. 그리고 그는 자신의 삶을, 너무도 예기치 못했던, 모든 것을 엉망으로 만들어버렸던 마지막 밤을 회고하고 있었다.

기차 안에서는 마음이 더욱더 심란해졌다. 기운이 빠지고 멀미까지 했다. 아랑후에스에 도착했을 때 그는 기차에서 내리기로 결정했다. 여기까지 오는 데 걸린 사흘이란 시간이 그나마 그의 마음을 진정시켜주고 차분하게 만들어주었다.

제6장 마드리드에서 겪은 일

과거에 대한 단상

마드리드에 도착한 지 채 며칠이 되지 않았을 무렵, 안드레스는 스페인이 미국에 선전포고를 할 거라는 놀랍고도 불길한 소식을 접했다. 거리 여기저기서 소동이 벌어지고, 시위가 일어나고, 애국심을 고취시키는 시끌벅적한 음악이 끊이지 않았다.

안드레스는 식민지에서 벌어지고 있던 전쟁 관련 기사가 실린 신문을 읽지 않았기 때문에 무엇 때문에 그런 일들이 벌어지고 있는지 정확하게 파악하지 못하고 있었다. 그가 지니고 있던 유일한 판단 기준은 도로테아의 늙은 하녀가 빨래를 할 때 목청껏 불어대던 노래였다.

물라토[1] 몇 때문에 우리가 이토록
불행한 순간을 보낸다는 건, 거짓말 같아.
스페인 꽃들은 쿠바로 보내지고,

여기엔 잡동사니만 남아 있네.

전쟁에 대해 안드레스가 지니고 있던 견해는 모두 그 늙은 하녀가 부르던 이 노래 속에 응축되어 있었다.

안드레스는 사건이 전개되는 국면과 미국의 개입 사실을 알고 깜짝 놀라고 말았다.

온통 전쟁에서 승리할 것인지 패배할 것인지에 대해서만 얘기들을 하고 있었다. 안드레스의 아버지는 스페인이 승리할 거라 믿고 있었다. 힘들이지 않고 승리할 거라고. 한결같이 베이컨이나 팔아먹고 사는 양키들이 스페인 군의 선발대를 보자마자 무기를 놓고 줄행랑을 칠 거라고 믿고 있었던 것이다. 안드레스의 형 페드로는 투전판이나 쫓아다니는 건달 생활을 하면서 전쟁 같은 것은 걱정조차 하지 않고 있었다. 알레한드로도 마찬가지였다. 마르가리타는 여전히 발렌시아에 머물고 있었다.

안드레스는 어느 위장병 전문 진료소에 일자리를 구했다. 석 달 동안 외국에 가 있게 된 의사를 대신하는 것이었다.

오후에 진료소로 출근해 저녁 때까지 근무하다가 일이 끝나면 저녁 식사를 하러 집으로 돌아왔고, 밤이 되면 뉴스거리를 찾아 밖으로 나갔다.

신문에는 양키들이 전쟁 준비가 안 되어 있다느니, 군인들에게 지급할 군복도 없다느니 등등 어리석기 짝이 없는 글들과 허세만 실려 있었다. 마드리드에 떠도는 소문에 따르면, 재봉틀을 생산해내는 그 나라에서 군복 몇 벌을 만드는 데도 한바탕 큰 소동이 벌어진다는 것이었다.

우스꽝스러운 짓의 극치는 카스텔라르[2]가 양키에게 보낸 메시지였다. 그 메시지는 독일인이 파리를 함부로 유린하지 않도록 빅토르 위고가 독일인에게 보낸, 위트 넘치는 대문장만큼 격조 높은 것은 아니었다는 것이 확실했다. 따라서, 그 메시지를 읽은 양식 있는 스페인 사람들은 자신들의 위인들에 대해 엄청난 공허감을 느끼지 않을 수 없었다.

안드레스는 스페인이 몹시 흥분한 상태에서 진행시키고 있던 전쟁 준비를 주시했다.

신문들은 완전히 잘못된 계산을 하고 있었다. 안드레스는 낙관주의자들에게는 뭔가 그럴 만한 이유가 있을 거라 믿을 수밖에 없었다.

스페인이 전쟁에서 패배하기 며칠 전 안드레스는 길에서 우연히 이투리오스를 만났다.

"외삼촌께서는 이 전쟁에 대해 어떻게 생각하세요?" 안드레스가 물었다.

"우리가 지고 있어."

"하지만 우리가 준비를 잘했다고들 하던데요?"

"그래, 지기 위한 준비지. 신문이 우리에게 말하고 있는 사실을 곧이들을 사람은 우리 스페인 사람들이 가장 순진하다고 여기는 중국인들뿐이야."

"삼촌, 저는 그렇게 생각하지 않는데요."

"그러니까 눈을 똑바로 뜨고 양국 함대의 군사력을 비교해봐야지. 생각해봐라. 우리 측은 쿠바 산티아고에 상태도 좋지 않고, 느려터진 낡은 군함 여섯 척을 배치해놓고 있는데 반해 저들은 제대로 무장하고, 속도도 우리 것보다 더 빠른, 대부분이 신형인 군함 스물한 척을 보유하고 있어. 우리 측 군함은 총 배수량이 2만 8천 톤 가량이지만 저쪽이 보유한 최상급 군함 여섯 척의 총 배수량은 6만 톤이야. 미국 군함 두 척으로도 우리 군함을 모조리 격침시킬 수 있다구. 스물한 척이라면, 함포 사격을 할 만한 목표물도 부족할 정도야."

"그러니까, 우리 나라가 질 거라는 말씀이죠?"

"지는 정도가 아니라 전멸이야. 우리 측 군함이 단 몇 척이라도 살아남게 된다면 그건 아주 대단한 일이지."

안드레스는 이투리오스 외삼촌의 판단이 그릇될 수도 있다고 생각했다. 그러나 사태는 곧 외삼촌의 판단이 옳았음을 증명하는 방향으로 전개되었다. 그가 말한 대로 스페인의 참패였다. 전멸이었고, 어이없는 일이었다.

안드레스는 사람들이 그런 소식을 듣고도 무관심하게 있는 것에 화가 났다. 스페인 사람이라면 과학과 문명에는 무능하다고 해도 애국심만은 대단하다고 생각했었는데, 사실은 그게 아니었다. 스페인의 소형 군함 두 척이 쿠바와 필리핀에서 격침된 뒤에도 모두 너무나 태연자약하게 극장이나 투우장에 들락거리고 있었다. 그동안 벌어졌던 시위와 외침은 물거품, 지푸라기를 태운 연기, 그야말로 무(無)였던 것이다.

패배에 대한 충격이 가시자 안드레스는 이투리오스 외삼촌 집으로 갔다. 두 사람 사이에 토론이 벌어졌다.

"다행스럽게도 우리가 식민지를 잃어버렸으니 이제 그 모든 건 접어두고 우리 다른 얘기나 하자." 외삼촌이 말했다. "너, 시골에서 어떻게 지냈냐?"

"아주 좋지 않았어요."

"무슨 일이 있었냐? 엉뚱한 일이라도 저지른 모양이구나?"

"아뇨. 운이 좋았어요. 의사로서는 잘 지냈어요. 지금 생각해보면 개인적으로는 좋은 일이 별로 없었구요."

"말해봐. 그 돈 키호테의 땅에서 겪은 모험 얘기 좀 들어보자."

안드레스는 알콜레아에서 느낀 점에 관해 말했다. 이투리오스는 그의 이야기를 주의 깊게 들었다.

"그러니까, 거기서 그 못된 성격을 버리지도 못했고, 환경에 적응하지도 못했다는 거로구나?"

"예, 둘 다 못했어요. 저는 거기서 페놀이 가득 들어 있는 수프 속의 탄저병 박테리아 같은 존재였어요."

"그건 그렇고, 그 만차 사람들은 좋더냐?"

"예, 아주 좋은 사람들이에요. 그런데 그들이 지닌 도덕은 이해가 되지 않더라구요."

"하지만 그 도덕이라는 건 척박하고 자원이 빈약한 땅에 사는 인간들의 자기 방어 수단 아니겠냐?"

"아주 그럴듯하네요. 하지만 그렇다고 해도, 그들은 자신들이 그렇게 된 이유를 인식하지 못하고 있어요."

"아, 물론이지. 의식 있는 사람들로 구성된 시골 마을이 어디에 있겠냐? 영국에 있겠냐, 프랑스에 있겠냐, 독일에 있겠냐? 어디에 있건 인간은 본래 천박하고, 어리석고, 이기적이야. 만약 거기 알콜레아 사람들이 좋은 사람들이라면, 알콜레아 사람들이 우수하다고 말해야 할 거다."

"물론 그렇다고 할 수 있겠죠. 하지만 알콜레아 같은 곳은 이기주의가 판치고 돈이 공평하게 분배되지 않고 있기 때문에 망한 곳이나 다름없어요. 몇몇 부자들만 돈을 소유하고 있다구요. 반면에 가난한 사람들 사이에는 개인적인 의지가 결여되어 있어요. 알콜레아 사람 각자가 스스로 '나는 타협하지 않아'라고 느끼고 말하는 날, 바로 그날 그곳은 발전해나갈 수 있을 거예요."

"물론이지. 하지만 이기주의자가 되기 위해서는 알아야 하고, 저항하기 위해서는 사유해야 하는 거야. 나는 문명이라는 게 모든 종교나 박애적 유토피아보다는 이기주의에 힘입어 발전한다고 생각한다. 사실, 이기주의가 오솔길, 도로, 거리, 철도, 배, 이 모든 걸 만들었거든."

"저도 그렇게 생각해요. 그래서 아들을 붙잡아 전쟁터에 보낸 것에 대한 대가로 노년기에 가난과 배고픔만을 주는 그런 사회적 장치를 가지고는 얻을 게 전혀 없으면서도 여전히 그런 식으로 그걸 옹호하는 사람들을 보면 분노가 치민다구요."

"그게 개인적으로는 굉장히 중요하지만 사회적으로는 그렇지 않단다. 아직까지 공정한 분배 제도를 정착시키려고 시도한 사회는 없었는데, 그럼에도 불구하고 세상은 앞으로 나아간다고 우리 말하지 말자. 하지만 세상은 최소한 기어가고는 있고, 여자들은 계속해서 자식을 낳을 준비가 되어 있잖아."

"참으로 우둔한 짓이죠."

"이 친구야, 대자연은 참으로 현명한 거야. 인간을 다만 행복한 사람과 불행한 사람, 즉 부자와 빈자로 분류하는 데 만족하지 않고 부자에게는 부의 정신을 빈자에게는 빈곤의 정신을 주잖아. 너, 일벌이 어떻게 만들어지는지 알고 있지. 작은 봉방(蜂房) 속에 유충을 넣어두고 양분을 부족하게 주면 이 유충이 약간 불완전하게 자라는 거야. 이것이 바로 노동의 정신과 굴종의 정신을 지닌 일벌, 프롤레타리아야. 사람과 사람 사이, 노동자와 지주 사이, 부자와 빈자 사이도 다 이런 식이지."

"이 모든 현상에 화가 치민다니까요." 안드레스가 소리쳤다.

"몇 년 전 쿠바 섬에 있는 어느 제당 공장에 가본 적이 있다." 이투리오스가 말을 이었다. "수많은 중국인과 흑인이 사탕수수 다발을 운반해서 커다란 실린더들로 이루어진 사탕수수 압착기에 넣고 있었지. 우리는 그 기계가 작동하는 모습을 구경하고 있었는데, 갑자기 중국인 하나가 기계

속으로 끌려 들어가 발버둥을 치는 것이 보이더구나. 백인 십장이 기계를 멈추라고 소리를 질러댔지. 기계를 다루는 사람은 명령대로 조치하지 못했고, 그 중국인은 결국 기계 속으로 사라져버렸어. 이내 뼈가 가루가 되었고, 그는 피범벅이 된 천처럼 변해 나오더라. 그 장면을 목격한 우리 백인들은 그의 죽음을 슬퍼했는데, 정작 중국인들과 흑인들은 낄낄거리고 있더구나. 그건 그들이 노예 정신을 갖고 있었기 때문이야."

"불쾌한 얘기군요."

"그래, 그렇게 생각할 수도 있을 거다. 하지만 그건 현실이므로 그걸 수용하고 순응해야 해. 그렇게만 해버리면 다른 건 간단하지. 네가 알콜레아에서 하고자 했던 것처럼, 사람들 사이에서 보다 뛰어난 사람이 되려고 애쓰는 건 우스운 짓이야."

"저는 제 자신이 뛰어난 사람으로 보이도록 일부러 애쓰진 않았어요." 안드레스가 적극적으로 반론을 제기했다. "독립된 인간이 되려고 했다구요. 노동을 한 만큼 보수를 받는 것 말이에요. 내게 부과된 것, 내게 지불한 것만큼만 해주고, 그러면 되잖아요."

"그건 가능하지 않아. 사람은 각자 독립적인 궤도를 따라 도는 별이 아니다."

"저는 그렇게 되고 싶은 사람은 그렇게 되어야 한다고 생각해요."

"그에 대한 대가를 치러야 할 텐데."

"아, 물론이죠! 저는 그럴 준비가 되어 있어요. 돈 없는 사람은 자유의 대가를 몸으로 지불할 수밖에요. 줄 것이 살 한 점이라면, 가슴속 살은 아니라고 해도, 적어도 팔뚝 살은 떼어가겠죠. 진실한 사람은 무엇보다도 자신의 독립을 추구해요. 오도된 자유를 찾기 위해서라면야 불쌍한 악마가 되거나 개 같은 마음을 지닐 필요가 있겠죠. 그게 그리 불가능하겠어요? 별과 별이 서로 다른 것처럼, 독립적인 인간이 되지 못하란 법이 어디 있어요? 그런데, 불행하게도, 이런 게 진리라고 말할 수밖에 없네요."

"이제 보니 너 그 시골에서 시인이 되어 돌아왔구나."

"빵 부스러기만 먹고 살았기 때문일 거예요."

"아니면 만차 지방의 포도주 때문이겠지."

"아뇨. 포도주 같은 건 입에도 대보지 않았어요."

"그래, 넌 그 지방 사람들이 네게 호감을 가져주기를 바라면서도 그 지방 최고 특산품은 멸시했다는 거냐? 그건 그렇고, 앞으로는 무엇을 할 생각이냐?"

"어디 일할 곳이 있는지 알아보려구요."

"마드리드에서?"

"예, 마드리드에서요."

"다른 경험을 쌓고 싶은 생각은 없냐?"

"그게 다른 경험이죠."

"좋아, 이제 옥상으로 올라가자."

친구들

초가을이 되었을 때, 안드레스 우르타도는 실업자 상태였다. 돈 페드로는 영향력 있는 친구들에게 아들의 일자리를 알아봐달라고 부탁했다.

안드레스는 국립 도서관에서 오전을 보내고 오후와 밤에는 산책을 했다. 어느 날 저녁 아폴로 극장 앞을 가로질러가다가 몬타네르를 만나게 되었다.

"야, 얼마 만이냐!" 옛 동급생이 그에게 다가오며 소리쳤다.

"그래, 우리 서로 얼굴을 못 본 지도 벌써 몇 년이 됐구나."

두 사람은 함께 알칼라 거리 언덕길을 올라갔다. 펠리그로스 길모퉁이에 다다랐을 때 몬타네르가 포르노스 카페로 가자고 우겼다.

"좋아, 가자." 안드레스가 말했다.

토요일이어서 그런지 카페는 몹시 북적거렸다. 빈 테이블이 없었다. 밤새 흥청거리며 놀기 좋아하는 사람들이 영화를 보고 나서 저녁 식사를 하고 있었고, 매춘부 몇이 짙게 화장한 눈으로 카페 안을 샅샅이 훑어보고 있었다.

몬타네르는 초콜릿을 시켜 게걸스럽게 먹고 나서 안드레스에게 물었다.

"근데, 너 지금 뭐 하고 지내나?"

"지금은 아무 일도 안 해. 그동안 시골에 좀 가 있었어. 근데, 넌? 과정은 다 끝냈냐?"

"응, 일 년 전에. 그동안 옛 애인 때문에 공부를 제대로 끝마칠 수가 없었어. 하루 종일 데이트만 했거든. 그런데 내 애인의 부모가 딸을 산탄데르로 데려가서 다른 남자와 결혼시켜버렸어. 그래서 난 살라망카로 갔고, 과정을 다 끝마칠 때까지 거기 있었지."

"그러니까, 그 집 부모가 네 애인을 다른 남자와 결혼시켜버린 게 오히려 잘된 셈이구나?"

"일부는 그래. 내가 의사가 되는 데 도움은 된 셈이지!"

"일자리는 못 구했냐?"

"못 구했어. 그동안 훌리오 아라실과 함께 있었거든."

"훌리오랑?"

"그래."

"뭘 하면서?"

"걔 조수로 지냈지."

"훌리오가 벌써 조수를 쓰냐?"

"응. 개업을 했거든. 작년에 걔가 날 돌봐주기로 약속했어. 역에 클리닉을 개설했는데, 그게 필요 없게 되면 내게 양도하겠다고 했었지."

"근데 아직 양도하지 않았냐?"

"응. 사실, 훌리오는 자기 집 유지하는 것도 아주 힘들어."

"뭐 하느라고 힘들어? 돈을 펑펑 쓰는 모양이구나?"

"응."

"예전에는 구두쇠였잖아."

"그건 지금도 그래."

"발전이 없는 거냐?"

"의사로서는 발전한 게 별로 없지만 활동은 활발하게 하고 있지. 역에 있는 클리닉에다, 정기적으로 방문하는 수도원이 몇 개 있어. 또 의사, 약사, 장례업자들로 구성된 협회 '라 에스페란사'[4]의 주주고, 장의사업에도 관계하고 있다니까."

"그러니까 훌리오가 지금 사회복지 사업에 종사하고 있다는 거냐?"

"그래. 그 외에도, 지금은, 아까 말했다시피, 클리닉도 하나 있잖아. 장인 돈으로 차린 거긴 하지만. 난 걔를 도우면서 지냈어. 아니 사실은, 걔가 날 가지고 놀았어. 난 한 달 이상을 미장이, 목수, 짐꾼에 심지어는 애 보는 일까지 하면서 지냈다니까. 그러고 나서는 가난한 사람들 상담하는 일을 내게 맡겼는데, 지금 일이 진척되기 시작하자 자기에게 돈을 대주는 네보트라는 발렌시아 출신 젊은애와 동업을 해야 한다면서, 나중에 내가 필요하면 부른다고 하더구나."

제6장 233

"한마디로 널 차버렸구나."

"네가 말한 대로야."

"그래, 앞으로는 뭘 할 생각인데?"

"무슨 일이든 찾아봐야지."

"의사로서?"

"의사로서든 아니든. 내겐 다 마찬가지야."

"시골로 가기는 싫으냐?"

"응, 싫어. 그건 절대 안 돼. 마드리드를 떠나지 않을 거야."

"다른 친구들은 어떻게 지내고 있냐?" 안드레스가 물었다. "그 안토니오라는 친구는 지금 어디 있지?"

"갈리시아에 있어. 하는 일 없이 놀고 있는데도 잘 살고 있는 걸로 알고 있어. 너, 혹시 카니소라고 기억나는지 모르겠다……."

"아니."

"해부학 과목 유급당했던 애 말이야."

"몰라, 기억이 잘 안 나."

"얼굴을 보면 금방 기억날 거다." 몬타네르가 대답했다. "카니소란 애가 바로 행복한 놈이야. 정육업 관련 간행물을 발간하고 있지. 대단한 대식간데, 언젠가 걔가 그러더라. '야, 나 아주 행복하다. 정육업자들이 내게 등심이며, 갈비 같은 걸 갖다줘. 아내도 날 끔찍이 대해주고. 일요일엔 가끔 왕새우 요리도 해준다니까.'"

"짐승 같은 자식!"

"오르테가 기억나냐?"

"키 작은 그 금발 말이냐?"

"그래."

"기억나."

"그 친구 군의관으로 쿠바에 가 있는데 지독한 술꾼이 되어버렸어. 언젠가 그 친구를 봤는데 내게 그러더라. '내 이상은 말이야, 알코올성 간경변증 환자가 되고, 장군이 되는 거야.'"

"그러니까, 우리 동급생들 가운데는 잘나가는 애가 아무도 없다는 거구나."

"정육업 관련 간행물을 내고 일요일이면 왕새우 요리를 해주는 아내가 있는 카니소를 빼곤 아무도 없거나 거의 없다고 봐야겠지."

"모든 게 다 서글프구나. 이 마드리드에서는, 언제나처럼 안정적이지 않고, 이제는 만성이 되어버린 똑같은 고뇌에, 사는 것 같지도 않은 생활에, 모든 게 다 똑같아."

"그래. 여긴 늪이야." 몬타네르가 중얼거렸다.

"늪이라기보다는 잿더미 들판 같아. 근데, 훌리오의 가정 생활은 어떠냐?"

"응, 잘 살고 있다고 하던데."

"부인은 어떤 여잔데?"

"눈에 확 띄는 화려한 여자지. 근데 걔가 자기 부인을 팔아 이익을 챙기려 하고 있어."

"그게 무슨 말이냐?"

"자기 부인이 매춘부 같은 분위기를 풍기도록 한다니까. 옷을 엄청 화려하고 야하게 입혀서 사방으로 데리고 다니는데, 내 생각에는 걔가 그렇게 꾸미라고 시킨 것 같더라. 지금은 결정적인 기회를 호시탐탐 노리고 있지. 병원을 확장시킬 목적으로 네보트라는 그 돈 많은 젊은애를 자기 집에 데려다 함께 살 생각이야. 네보트와 자기 부인이 은밀하게 관계를 맺게 할 방도를 찾고 있는 것 같더라니까."

"정말?"

"그렇다니까. 네보트의 방을 자기 부인 침실 옆에 있는, 그 집에서 제일 좋은 곳으로 정하도록 조치해놨어."

"빌어먹을 자식. 부인을 사랑하지 않는 거냐?"

"훌리오는 아무도 사랑하지 않아. 그 여자와도 돈 때문에 결혼한 거야. 현재, 나이는 좀 들었지만 돈이 많은 유부녀를 정부로 두고 있어."

"그러니까, 아주 저질로 논다는 말이구나?"

"내가 알게 뭐냐! 쉽게 부자가 되면 그만큼 쉽게 망할 수도 있는 거지 뭐."

대화를 하느라 시간이 꽤 많이 흘렀다. 몬타네르와 안드레스는 카페에서 나와 각자 집으로 갔다. 그로부터 채 며칠이 지나지 않았을 무렵, 안드레스는 우연히 훌리오를 만나게 되었다. 훌리오는 막 자동차에 오르고 있었다.

"나랑 드라이브나 좀 할까?" 훌리오가 안드레스에게 말했다. "방문할 곳이 있어서 살라망카 동네 끄트머리까지 가는 중이야."

"좋아."

두 사람은 함께 차에 올랐다.

"며칠 전 몬타네르를 만났어." 안드레스가 말했다.

"내 험담을 늘어놓았겠지? 틀림없이 그랬을 거야. 친구들 사이에는 늘 그렇잖아."

"그래. 너한테 불만이 엄청 많은 것 같더라."

"난 신경 쓰지 않아. 사람들은 간혹 어떤 사안에 대해 어리석은 생각들을 하는 법이잖아." 훌리오가 화난 목소리로 말했다. "나는, 두 눈에 눈물을 머금은 채 누군가에게 '저는 이 딱딱한 빵 조각을 씹을 수 없으니, 드시구요, 대신에 제일 좋은 호텔 만찬에 매일 초대해주세요'라고 말하는 감상주의자들이 아닌, 철저하고 완벽한 이기주의자들하고만 상대하고 싶을 뿐이라구."

안드레스는 웃음을 터뜨렸다.

"내 처가 식구들 역시 삶에 대해 바보 같은 관념들을 갖고 있는 사람들이야." 훌리오가 말을 이어갔다. "끊임없이 날 방해하고 있다니까."

"왜?"

"이유가 없어. 지금 내 병원 동업자가 아내를 유혹하고 있다고 생각하고는 내가 그 친구를 집에 둬서는 안 된다고들 한다니까. 웃기는 일이 잖아. 내가 오셀로라도 되어야 한다는 말이야? 천만에. 난 내 아내를 자유롭게 내버려둔다구. 내 아내 콘차는 날 속일 여자가 아니야. 나는 콘차를 믿고 있어."

"암, 그렇게 해야지."

"처가 식구들은, 말도 그렇게 하다시피, 그 케케묵은 관습을 고수하려고들 하는데, 나는 그 사람들이 대체 무슨 생각들을 하는지 도무지 모르겠어." 훌리오가 말을 이었다. "나는 너처럼 청교도적인 사람도 이해해. 하지만 그 인간들은…… 아니야! 내일 그 사람들을 만나서 속 시원하게 말해버리고 싶어. '내가 왕진을 가서 남자건 여자건 진료를 해오고 있지만, 사실대로 말하자면, 제대로 해본 적이 없기 때문에 돈을 받고 싶은 생각도 없었다구요…….' 이제 그 집 식구들 모두 나를 아주 형편없는 바보로 여기겠지!'"

"아! 틀림없이 그럴 거다."

"만약 그 사람들이 나를 그렇게 취급한다면, 그 사람들이 고수하고 있는 그 엉터리 도덕은 도대체 무슨 소용이 있는 거냐?"

"그런데, 너 무엇 때문에 동업자가 필요한 거냐? 너 돈 많이 쓰고 있냐?"

"많이 쓰지. 하지만 반드시 필요한 데만 쓰고 있어. 돈이 필요한 게 오늘날의 생활이잖아. 여자는 유복하게 지내야 하고, 유행에 따라 멋지게 차려입어야 하고, 옷, 보석 등도 가져야 하고. 집도 유지하고, 음식도 먹고, 의상실에도 가고, 양복점에도 가고, 극장에도 가고, 자동차도 유지하려면…… 돈이, 그것도 많은 돈이 필요해. 난 가능한 한도 내에서 그 돈이란 걸 추구하는 것뿐이야."

"좀 절제하는 게 좋지 않겠냐?" 안드레스가 물었다.

"뭐하려구? 늙어서 잘 살기 위해서? 아냐. 그건 아니라구. 지금이 최고야. 젊을 때인 지금이 최고라니까."

"그게 네 인생 철학이구나. 나쁜 철학은 아닌 것 같다만, 그러다가 네 집의 도덕이 무너지게 될 것 같다."

"나는 도덕 같은 건 신경 안 써." 훌리오가 대꾸했다. "여기서 너한테만 은밀히 말하겠는데, 내가 보기에 정숙한 여자라는 건 말이야, 삶에서 비롯되는, 가장 어리석고 고통스러운 산물 가운데 하나인 것 같더라."

"거 참 재밌구나."

"그래. 난 요부 같은 면이 없는 여자는 싫어. 여자라면 돈도 쓰고, 치장도 하고, 화려하게 꾸미는 게 좋다는 생각이야. 내 손님 가운데 후작이 하나 있는데 말이야, 그는 '멋진 여자란 남편을 둘 이상 거느려야 한다'고 말한다니까. 그 말을 들으면 다들 웃지."

"왜 웃는데?"

"자기 아내가 남편을 하나만 가지고 있으니까 그렇지. 하지만 그 여자 정부는 셋이나 됐어."

"동시에 말이냐?"

"응, 동시에. 아주 자유분방한 부인이야."

"정부들과 재미를 보면서도 한 남편과 살고 있다면, 대단히 자유분방하면서도 아주 보수적인 여자로구나."

"네 말이 맞아. 보수적인 자유부인이라 할 수도 있지."

두 사람은 어느덧 훌리오의 고객 집에 도달해 있었다.

"너 어디로 갈 거냐?" 훌리오가 물었다.

"아무 데나. 특별히 할 일이 없어."

"시벨레스에서 내려줄까?"

"좋아."

"시벨레스로 갔다가 되돌아옵시다." 훌리오가 운전수에게 말했다.

두 동창은 그곳에서 헤어졌다. 안드레스는 친구가 제아무리 출세를 해도 부러워할 일만은 아니라고 생각했다.

페르민 이바라

며칠 뒤 안드레스는 길거리에서 우연히 페르민 이바라를 만났다. 페르민은 몰라보게 달라져 있었다. 키도 커졌고, 몸도 튼튼해져서 이제는 지팡이 없이도 걸을 수 있었다.

"나 조만간 여길 떠난다." 페르민이 안드레스에게 말했다.

"어디로?"

"지금으로선 벨기에로 갈 생각이야. 그 후에는 두고 봐야지. 여기 있고 싶은 생각이 없어. 아마 돌아오지 않을 거야."

"안 돌아온다고?"

"응. 여기서는 아무것도 할 수 없어. 그동안 고안해낸 상품 특허를 두세 개 정도 갖고 있는데, 썩 괜찮다는 생각이야. 벨기에 사람들이 내 물건들을 사려고 했지만, 먼저 스페인에서 한번 시험해보고 싶었어. 그런데 여기선 맥이 풀리고 의욕이 없어져. 아무것도 할 수 없다니까."

"나도 같은 생각이야." 안드레스가 거들었다. "여긴 네가 하는 일에 맞는 분위기가 아니야."

"정말, 그래." 페르민이 맞장구를 쳤다. "발명이란 말이야, 발견된 면모들을 요약하고 종합하는 것을 의미해. 많은 경우에 하나의 발명은 과거의 업적으로부터 비롯되는 아주 쉬운 결과물이지. 별다른 노력 없이 그 스스로 생겨났다고까지 말할 수 있다니까. 어떤 발견의 진전 과정을 제대로 연구할 수 있는 곳이 스페인 어디에 있겠냐? 어떤 방법으로? 어떤 작업실에서, 어떤 실험실에서?"

"아무 데도 없지."

"하지만 내가 이것 때문에 짜증을 내는 건 아냐." 페르민이 덧붙였다. "나를 짜증 나게 하는 건 여기 사람들의 의심하는 마음, 사악한 의도, 성마른 태도 같은 것이야. 여기엔 건달들과 놀기 좋아하는 사람들밖에 없어. 피레네 산맥에서 카디스까지 온통 건달들이 판을 쳐. 정치가들, 군인들, 교수들, 사제들, 모두가 과대망상증에 걸린 건달들이라니까."

"그래, 그건 사실이야."

"외국에 있을 때면 우리 나라가 문명의 사각지대가 아니고, 여기서도 토론들을 하고 사고들을 한다는 걸 인정하고 싶은데 말이야. 막상 스페인 신문 하나를 집어 들면 구역질이 난다니까." 페르민이 말을 이었다. "정치와 투우 얘기뿐이라구. 부끄러운 일이야."

페르민 이바라는 마드리드, 바르셀로나, 빌바오에서 자기가 한 일에 관해 말했다. 백만장자가 하나 있는데, 무턱대고 돈을 대주지는 않고, 실험이 성공하면 50퍼센트를 주겠노라고 말했다는 것이다.

"스페인 돈은 가장 비열한 망나니들 손아귀에 들어가 있어." 페르민은 이런 말로 대화를 끝맺었다.

몇 달 뒤 페르민이 벨기에서 안드레스에게 편지를 보내왔는데, 어느 작업실의 부서장 직을 맡고 있으며, 일이 잘 되어간다고 씌어 있었다.

재회

정부 고위직에 있는, 안드레스 아버지의 친구가 안드레스에게 직장을 구해주기로 약속했다. 아버지의 친구는 산 베르나르도 거리에 살고 있었다. 안드레스가 그 사람 집에 여러 번 찾아갔지만 그는 항상 마땅한 자리가 없다고 했다. 어느 날인가 그가 다음과 같이 말했다.

"우리가 자네에게 해줄 수 있는 건 앞으로 비게 될 공중보건의 자리를 내주는 거라네. 그게 마음에 들지는 모르겠네만, 자네가 괜찮다면 우린 자네를 염두에 두고 있겠네."

"저는 괜찮습니다."

"그럼, 때가 되면 자네에게 알려주겠네."

그날 그 고위 공무원의 집에서 나오던 안드레스는 페스 거리와 만나는 안차 거리 모퉁이에서 룰루를 만났다. 예전과 똑같았다. 전혀 변하지 않은 모습이었다.

룰루는 안드레스를 보자 약간 당황해하는 것 같았다. 그녀로서는 보기 드문 일이었다. 안드레스는 반가운 눈길로 그녀를 바라보았다. 아주 곱고, 화사하고, 우아한 숄을 걸치고 있던 룰루는 얼굴을 살짝 붉히고 미소를 머금은 채 그를 바라보고 있었다.

"우리 할 말이 많죠." 룰루가 안드레스에게 말했다. "당신과 얘기를 나누고는 싶지만, 지금은 주문 받은 것을 갖다줘야 하거든요. 토요일이면 엄마와 함께 루나 카페에 가는데, 거기로 올래요?"

"예, 갈게요."

"내일이 토요일이니까, 내일 봐요. 아홉 시 반에서 열 시 사이에요. 꼭 와요, 네?"

"예, 꼭 갈게요."

두 사람은 그렇게 헤어졌다. 안드레스는 다음 날 저녁 루나 카페에 나타났다. 도냐 레오나르다와 룰루는 안경을 낀 젊은 남자와 함께 있었다. 안드레스가 룰루 어머니에게 인사를 건네자 그녀는 덤덤하게 인사를 받았다. 안드레스는 룰루와 멀리 떨어져 있는 의자에 앉았다.

"여기 앉아요." 등받이 없는 긴 소파에 앉아 있던 룰루가 안드레스에게 자리를 내주며 말했다.

안드레스는 룰루 옆에 앉았다.

"와줘서 정말 기뻐요. 오지 않을까 봐 걱정했는데." 룰루가 말했다.

"오지 않을 이유가 있겠습니까?"

"당신은 도무지 예측할 수 없는 사람이니까 그렇죠!"

"그런데 이 카페를 선택한 이유가 뭔지 잘 모르겠군요? 이젠 그 푸카르 거리에 살지 않는가 보죠?"

"아, 참! 우린 지금 여기 페스 거리에 살고 있어요. 근데, 우리가 사는 문제를 아주 시원하게 해결해준 사람이 누군지 알아요?"

"누군데요?"

"훌리오예요."

"정말입니까?"

"그래요."

"어머니는 당신이 말한 것처럼 훌리오가 그렇게 나쁜 사람이 아니라는 걸 이제 아셨어요."

"그렇지 않아요. 똑같아요. 내가 생각했던 것과 같거나 더 나빠요. 그에 관해서는 조금 있다 말해줄게요. 그건 그렇고, 그동안 뭘 하며 지냈어요? 어떻게 살았어요?"

안드레스는 자신의 생활과 알콜레아에서 고군분투한 일에 관해 간략하게 말했다.

"어머! 당신은 어쩔 수 없는 사람이군요! 늑대 같아!" 룰루가 큰 소리로 말했다.

도냐 레오나르다와 대화를 하고 있던 안경 낀 남자는 룰루가 계속해서 안드레스하고만 얘기를 하자 자리에서 일어나 나가버렸다.

"그래, 자네가 룰루에게 관심이 있고 룰루도 호응하는 걸 보니, 퍽 좋기도 하겠구먼." 도냐 레오나르다가 시큰둥한 목소리로 매정하게 말했다.

"왜 그런 말씀을 하시는 거죠?" 안드레스가 물었다.

"애가 정말 희한하게도 자네에게 애정을 느끼고 있다니까. 애가 왜 그러는지 정말 모르겠어."

"사람들이 뭔가에 애정을 느끼는 이유가 뭔지는 나 역시 잘 모른다구요." 룰루가 퉁명스럽게 대꾸했다. "특별한 이유 없이 좋아하거나 좋아하지 않을 수도 있잖아요. 그뿐이라구요."

도냐 레오나르다는 가당치 않다는 표정을 지으며 석간신문을 들어 읽기 시작했다. 룰루는 계속해서 안드레스와 얘기를 나누었다.

"자, 훌리오가 우리 사는 문제를 어떻게 해결해주었는지 한번 들어보세요." 그녀가 목소리를 낮춰 말했다. "내가 언젠가 당신에게 훌리오는 천박한 사람이고, 니니와 결혼하지 않을 거라고 말했잖아요. 사실이에요. 훌리오는 본과 과정을 마치자 슬슬 피하더니 결국에는 집에도 나타나지 않더군요. 난 그가 좋은 집안 아가씨와 연애하고 있다는 걸 알아챘죠. 그를 불러 얘기를 나눴어요. 그는 언니와 결혼할 생각이 전혀 없다고 분명하게 말하더군요."

"그렇게 단도직입적으로요?"

"그래요. 결혼할 생각이 없다고 하더라니까요. 가난한 여자와 결혼하는 게 자기 삶에 방해가 된다나요. 잠자코 듣고 있다가 훌리오에게 말했죠. '여보세요, 난 댁이 직접 돈 프루덴시오를 만나 그 사실을 알려주길 바래요.' 그러자 훌리오가 묻더군요. '그 사람에게 뭐라 말해주길 원하는데요?' 그래서, 그랬죠. '특별한 말 필요 없어요. 댁은 돈이 없으니 니니와 결혼하지 않을 거라고 말해줘요. 그 이유에 관해서는 댁이 내게 직접 밝혔잖아요.'"

"훌리오가 무척 놀랐을 텐데요." 안드레스가 큰 소리로 말했다. "훌리오는 자신이 그런 말을 하는 날에는 당신 집안에서 난리가 날 거라 생각하고 있었거든요."

"어찌나 놀랐는지 얼어붙은 듯 가만히 있더니, 결국 이렇게 말하더군요. '좋아요, 좋아요. 그 사람을 만나서 다 말할게요.' 내가 엄마께 그 소식을 전했을 때, 엄마는 한바탕 소동을 벌이실 생각이었지만 결국은 그만두셨죠. 나중에 내가 니니에게 그 사실을 말했더니 언니는 울고 불고 난리를 피우면서 복수를 하겠다더군요. 엄마와 언니가 조용해지자, 난 언니에게 돈 프루덴시오가 찾아올 건데, 그 사람이 언니를 좋아하고 있다는 걸 알고 있으니까, 해결책은 그 사람에게 있다고 했죠. 실제로, 며칠 후, 돈 프루덴시오가 찾아와 언니를 다독였어요. 그는 훌리오가 일자리도 제대로 찾지 못하고 있다느니, 시골로 가는 것도 싫어한다느니…… 이런저런 얘길 했어요. 언니는 감격해하더군요. 그때부터 난 여자라는 존재를 믿지 않기로 했어요."

"그 말 한번 재미있군요." 안드레스가 말했다.

"정말이라니까요." 룰루가 대꾸했다. "남자들이 거짓말쟁이라는 건 당신도 알잖아요. 물론, 여자들은 훨씬 더하지만요. 채 며칠이 지나지 않아 돈 프루덴시오가 우리 집에 와서는 니니와 엄마에게 결혼 얘기를 꺼내더군요. 그리고 며칠 후, 훌리오가 언니에게 편지들을 되돌려주러 왔죠. 엄마가 입이 함박만 해지셔서 돈 프루덴시오가 재산이 수천 두로나 되고, 여기저기 별장도 갖고 있다는 등 이러저런 얘길 하시자 훌리오가 입술을 일그러뜨리며 고통스럽게 웃더군요. 당신이 그 모습을 봤더라면 참 좋았을 텐데요."

"다른 사람들이 자기보다 돈이 많다고 생각하며 씁쓰레한 표정을 짓고 있는 훌리오가 눈에 선하군요."

"그래요. 얼굴이 붉으락푸르락해졌죠. 신혼여행에서 돌아온 돈 프루덴시오가 내게 묻더군요. '처제 어떻게 하고 싶어요? 언니와 나랑 함께 살고 싶어요, 아니면 엄마와 함께 살고 싶어요?' 형부에게 말했죠. '난 결혼 같은 건 안 할 거예요. 일 없이 지내는 것도 싫어요. 실내복 같은 걸 만들어 파는 작은 가게나 하나 차려서 계속 일을 하고 싶어요.' 그러자 형부가 그러더군요. '그럼 됐소. 필요한 게 있으면 내게 말해요.' 그렇게 해서 가게를 차렸던 거예요."

"그럼 그 가게는 당신 겁니까?"

"그럼요. 여기 페스 거리에 있어요. 처음에 엄마는 아버지가 어떤 분이셨는데 네가 그따위 가게를 하느냐는 둥 말도 되지 않는 소리를 하시며 반대하셨어요. 사람은 각각 자기 능력대로 사는 거죠. 안 그래요?"

"물론이죠. 노동의 대가로 사는 건 아주 떳떳한 거예요!"

안드레스와 룰루는 오랫동안 대화를 나누었다. 그녀는 얼마 전까지만 해도 푸카르 거리에 있는 집에서 오랫동안 살았기 때문에 그 주변 환경과 관련된 것에만 관심이 있었다. 두 사람은 그녀의 이웃에 사는 모든 사람들에 관해 되짚어보았다.

"키 작은 할아버지 돈 클레토 기억나나요?" 룰루가 물었다.

"기억나죠. 그 할아버지는 어떻게 되셨나요?"

"그 불쌍한 할아버지가 돌아가셨어요……. 참 안됐어요."

"왜 돌아가셨는데요?"

"굶주려서 돌아가셨죠. 어느 날 밤 베난시아와 내가 그 할아버지 방에 들어가보니 사경을 헤매고 계시던 할아버지가 예의 그 작은 목소리로 말씀하시더군요. '됐어요, 난 괜찮으니까 걱정들 말아요. 몸이 좀 약해진 것뿐이라구요.' 그리고 나선 돌아가시더군요."

밤 한 시 반에 레오나르다와 룰루는 자리에서 일어났고, 안드레스는 그들을 페스 거리까지 데려다주었다.

"여기 또 올 거예요?" 룰루가 말했다.

"예, 그렇구 말구요!"

"훌리오도 가끔씩 와요."

"훌리오가 밉지 않아요?"

"밉다구요? 미워하기보다는 무시하고 있어요. 하지만 그 사람이 날 재밌게도 해줘요. 마치 유리컵 밑에 깔려 있는 해로운 벌레를 보는 것처럼 재미있다니까요."

공중보건의

공중보건의로 임명되어 업무를 시작한 지 채 며칠이 지나지 않아 안드레스는 그 일이 자신에게 맞지 않는다는 사실을 깨닫게 되었다.

그의 반사교적 성향은 점점 더 두드러져갔고, 가난한 사람에게는 호감을 갖지 않으면서도 부자들을 증오하기 시작했다.

'매춘을 인정함으로써 매춘부들에게 허가장을 내주는 일을 해야 하면서도 사회를 이처럼 경멸하고 있다니!' 그는 늘 이렇게 자책했다. '난 매춘부 하나가 양갓집 아들 2백 명 정도는 해칠 만한 독약 하나를 지니고 있다는 사실에 즐거워하는 인간이라니까!'

안드레스는 한편으로는 호기심 때문에, 다른 한편으로는 자기에게 그 일을 맡겼던 사람이 자기를 얼빠진 사람이라 생각하지 않도록 하기 위해 자신의 운명을 받아들였다.

그런 분위기 속에서 살아야만 한다는 사실이 안드레스에게 상처를 입히고 있었다.

이제 그의 생활에는 웃을 만한 일도, 애정이 가는 것도 없었다. 벌거 벗은 채 가시나무 수풀을 헤쳐 나가야 하는 사람처럼 살고 있었다. 고통스럽고 삭막하고 씁쓸한 상태, 절망스럽고 슬픈 감정이 그의 영혼을 떠받치는 두 개의 축이었다.

분노가 그의 말투를 난폭하고 거칠게 만들기 일쑤였다.

그는 검사소에 찾아오던 어떤 여자에게 여러 번에 걸쳐 말했다.

"어디 아프세요?"

"예."

"병원으로 가고 싶어요, 자유롭게 지내고 싶어요?"

"자유롭게 지내고 싶죠."

"좋아요. 좋을 대로 해요. 내가 아가씨라면 세상 사람 반을 해칠 수 있을 텐데. 아가씨는 날 허물없이 대하는군요."

가끔 경찰관이 호송해 오는 이런 매춘부들을 보면 안드레스는 웃으면서 엄하게 꾸짖었다.

"아가씨들은 증오심조차도 없군요. 증오심을 가져요. 그렇게 되면 적어도 더 조용하게는 살 수 있잖아요."

그러면 아가씨들은 놀란 표정으로 그를 쳐다보았다. 그 아가씨들 가운데 누군가는 '내가 누군가를 증오하다니, 무엇 때문에?'라고 스스로에게 물을 것이다. 이투리오스 외삼촌이 말한 것처럼 대자연은 참으로 현명하다. 노예를 만들어놓고는 복종심을 부여하고, 매춘부를 만들어놓고는 매춘 정신을 부여했으니까.

매춘을 통해 살아가는 이 서글픈 무산계급은 자신들의 육체에 대해 자부심을 지니고 있었다. 아마도 개미들의 맛있는 먹거리로 사용될 일벌이나 진딧물도 무의식 깊은 곳에는 그런 생각을 지니고 있을 것이다.

안드레스는 그런 여성들과의 대화를 통해 특이한 사실들을 발견해냈다.

윤락가 포주들 가운데는 정말 존경할 만한 사람도 있다는 사실이었다. 윤락가에 업소 두 개를 소유한 어느 신부는 완벽한 복음 의식으로 무장한 채 업소를 운영하고 있었다. 업소 하나를 제대로 운영하는 것보다 더 가톨릭적이고, 사회를 더 잘 수호하는 일이 어디에 있겠는가!

사실, 투우장과 전당포를 동시에 갖고 있기만 해도 뭔가 더 완벽한 이익을 얻을 수 있는 일이었다.

그런 여자들 가운데 자유롭게 사는 여자들은 검사소를 찾아갔지만, 그렇지 않은 여자들은 각자의 업소에서 검사를 받았다.

때문에 안드레스는 자주 업소를 직접 방문해야 했다.

몇몇 유명 업소에서 상류층 자제들과 맞닥뜨리기도 했는데, 각종 스포츠로 다져진 근육질 몸매에 혈색 또한 좋고, 청결한 환경에서 생활하는 튼튼하고 멋진 남자들과 하얀 분가루 덕지덕지 바르고 짙게 화장한 지친 얼굴로 억지웃음을 짓고 있는 여자들을 대조해보는 것은 흥미로운 일이었다.

사회적 부정을 바라보는 구경꾼으로서 안드레스는 감옥, 빈곤, 매춘 같은 생채기들을 만들어내고 있는 장치들에 관해 숙고해보았다.

'사실 대중이 이런 것을 이해한다면, 사회적 혁명이 한낱 유토피아나 꿈에 불과할지라도, 그 혁명을 시도하는 데 몸을 바칠 텐데.'

마드리드에서는 부자들이 차츰차츰 스스로를 미화시키고, 강해지고, 귀족화되는 방향으로 변모해가고 있는데 반해, 서민들은 갈수록 더 약해지고 퇴보해가고 있다는 생각을 하고 있었다.

평행 상태로 진행되는 이 두 가지 변화는 의심할 바 없이 생물학적인 변화였다. 서민들은 부르주아 계층의 힘을 차단하는 길을 택하지 않았고, 또 투쟁할 능력도 없었기 때문에 그런 구렁텅이 속으로 빠져들고 있었던 것이다.

패배의 징후는 모든 측면에서 나타났다. 마드리드에서는 비좁은 집에서 사는 가난하고 영양 상태가 좋지 않은 청소년들의 체격이 정원 딸린 넓은 집에서 넉넉하게 사는 부유층 아이들보다 눈에 띄게 작았다.

지적 능력, 체력 역시 돈이 많은 계층의 아이들보다는 서민들의 아이들이 더 열세였다. 부르주아 계층이 빈곤층을 굴종시켜 노예로 만들기 위한 준비를 해나가고 있었던 것이다.

옷가게

한 달 정도 지난 뒤 안드레스는 다시 룰루를 찾아갔다. 가게 안으로 들어선 안드레스는 내심 놀랐다. 어린이 옷, 천에 잔주름을 잡아 만든 모자, 레이스 달린 블라우스들로 장식된 넓은 쇼윈도를 갖춘 상당히 큰 가게였던 것이다.

"결국 왔군요." 룰루가 그에게 말했다.

"진작 와보았어야 했는데요. 그런데 이 가게가 전부 당신 거예요?" 안드레스가 물었다.

"그래요."

"그렇다면 당신은 자산가로군요. 그 악명 높은 부르주아 말이에요."

룰루는 씩 웃고 나서 안드레스에게 가게와 가게에 딸린 방과 집을 구경시켜주었다. 한결같이 깔끔하게 정돈되어 있었다. 판매를 담당하는 아가씨와 심부름하는 남자 사환을 두고 있었다. 안드레스는 가게에 잠시 앉아 있었다. 가게에는 손님이 아주 많았다.

"언젠가 훌리오가 찾아왔더군요. 우린 당신 흉을 봤어요." 룰루가 말했다.

"정말입니까?"

"예. 훌리오의 말에 따르면, 당신이 날 화나게 할 만한 말을 했다던데요."

"훌리오가 뭐라 했는데요?"

"대학생이었을 때, 언젠가, 나와 결혼하는 건 오랑우탄과 결혼하는 것과 같다고 했다면서요. 그렇게 말한 게 사실이에요? 대답해봐요!"

"기억이 잘 안 나는데요. 하지만 그렇게 말했을 가능성이 농후해요."

"그렇게 말했을 거라구요?"

"그래요."

"내가 좋게 생각하는 남자가 이런 식으로 나오면 난 어떻게 해야 하는 거죠?"

"글쎄요."

"원숭이 정도는 괜찮지만, 대체 오랑우탄이 뭐예요!"

"다음엔 그렇게 불러줄 테니 걱정하지 말아요."

이틀 후 안드레스는 다시 그 가게에 갔고, 토요일이면 루나 카페에서 룰루와 그녀의 어머니를 만났다. 안경 낀 그 남자가 룰루에게 청혼하고 있음을 곧 확인할 수 있었다. 그는 페스 거리에서 약국을 경영하는 약사로, 아주 친절하고 지식이 풍부한 사람이었다. 안드레스와 그 약사는 룰루에 관해 이야기했다.

"당신은 이 아가씨에 대해 어떻게 생각하세요?" 약사가 안드레스에게 물었다.

"누구말입니까? 룰루요?"

"그렇습니다."

"참 좋게 생각하는 아가씨죠." 안드레스가 말했다.

"나 역시 그렇습니다."

"현재로서는, 결혼을 하고 싶을 정도로 탐나는 여자는 아니라 생각되는데요."

"왜죠?"

"사견입니다만, 머리는 좋은데 몸매도 볼품없고, 성적 매력도 없는 그런 여자는 모든 걸 순전히 머리로만 판단하려 들거든요."

"글쎄올시다! 난 그 말에 동의하지 않습니다."

바로 그날 밤, 안드레스는 룰루가 그 약사를 지나치게 오만하게 대하는 장면을 목격했다.

안드레스는 룰루와 단 둘이 있게 되었을 때 이렇게 말했다.

"그 약사를 너무 함부로 대하고 있어요. 그건 당신처럼 사려 깊은 여자에게는 어울리지 않아 보여요."

"왜죠?"

"그러면 안 되니까요. 한 남자가 당신에게 푹 빠져 있다고 해서 그를 무시할 이유가 있나요? 그건 세련되지 못한 행동이에요."

"난 세련되지 않게 행동하고 싶어요."

"이유 없이 무시당하는 게 어떤 건지 당신이 깨닫게 하려면 당신도 똑같은 경우를 당해봐야 할 것 같다는 생각이 드네요."

"그 사람이 내게도 똑같은 대접을 하고 있다는 걸 아세요?"

"몰라요. 하지만 그렇지 않을 거라는 생각이 드는데요. 난 여자들에 대해 아주 좋지 않은 생각을 갖고 있어서 그런 걸 믿지 않는 편이에요."

"일반적인 여자들에 대해서 그런가요, 아니면 특별하게 나에 대해서만 그런가요?"

"양쪽 다요."

"그렇게 기분 나빠 할 필요가 없잖아요, 돈 안드레스! 당신이 나이

들면 그 성깔을 견뎌낼 사람이 아무도 없을 거예요."

"나도 이제 늙었어요. 그래서 여자들이 지닌 그런 어리석음에 화가 난다구요. 그런데, 무엇 때문에 그 약사를 그렇게 경멸하는 거죠? 교양 있고, 친절하고, 호의적이고, 생활력까지 있는 사람인데……."

"좋아요, 그런 건 좋다구요. 하지만 난 그 사람이 싫어요. 이젠 됐으니 그만 좀 읊어요."

부패의 중심

룰루의 가게에 가면 안드레스는 항상 카운터 근처에 앉았다. 룰루의 눈에는 그가 우울해하고 뭔가 골똘히 생각하고 있는 것처럼 보였다.

"자, 이봐요, 무슨 일이 있는 거예요?" 어느 날 평소보다 더 뚱하게 앉아 있는 안드레스에게 룰루가 물었다.

"병원, 수술실, 교도소, 윤락가 등 세상은 진정 재미있는 곳이죠." 안드레스가 중얼거리듯 말했다. "그런데, 위험한 것들은 제각각 해독제를 갖고 있어요. 사랑 곁에 윤락가가 있고, 자유 곁에 교도소가 있잖아요. 자연적인 것은 항상 파괴적인데, 파괴적인 본능은 제각각 스스로를 억제시킬 수 있는 것들을 지니고 있어요. 사람은 누구나 깨끗한 샘물을 보면 발을 집어넣고 싶고, 그러면 물이 흐려지는 법이죠. 그게 본성이라구요."

"그게 무슨 소리예요? 무슨 일이 있었던 거예요?" 룰루가 물었다.

"아무것도 아니에요. 내가 맡고 있는 이 지저분한 업무 때문에 혼란스러워서요. 오늘 내가 담당하고 있는 파스 거리의 업소 여성들이 내게 편지 한 통을 보내왔어요. 발신인을 '불행한 여자들'이라고 썼더군요."

"내용이 뭔데요?"

"별다른 건 아니구요, 그 윤락가에서 사람들이 짐승 같은 짓들을 하는 모양이에요. 그 불행한 여자들이 편지에 아주 무시무시한 것들을 썼더군요. 그 여자들이 사는 집은 다른 집과 서로 연결되어 있는데, 의사나 관할 공무원들의 검열이 있을 때는 미등록 매춘부들을 모조리 그 집 4층에 숨긴답니다."

"왜 그러는데요?"

"발각되거나 당국의 손이 미치는 걸 방지하기 위해서죠. 포주들은, 비록 자신들이 부정한 행위를 하고 전횡을 일삼는 처지이긴 해도, 당국을 불쾌하게 생각하거든요."

"그럼 그 여자들의 삶은 열악하겠네요."

"아주 열악해요. 아무 방구석에서나 서로 몸을 포갠 채 자고, 제대로 먹지도 못해요. 인정사정없이 몽둥이질을 당하구요. 나이가 들어 효용이 없어지면 붙들어서 은밀하게 다른 도시로 데려가버리죠."

"아유 불쌍한 인생! 정말 끔찍해!" 룰루가 중얼거렸다.

"게다가 윤락가 포주들은 한결같이 매춘부들을 학대하고 있어요." 안드레스가 말을 계속했다. "일부 포주들은 매로 소 음경을 준비해 가지고 다니면서 매춘부들을 휘어잡아요. 오늘 바르셀로나 거리에 있는 어느 업소에 가보았는데요, 그곳에서 매춘부들을 등쳐먹고 사는 '코토리타'라는 게이가 뚜쟁이들을 도와 여자들을 유괴하고 있더군요. 이 변태성욕자는 여장을 하고, 귀를 뚫어 귀걸이까지 달고서 아가씨들을 사냥하러 간답니다."

"참 별난 인간이군요."

"일종의 매라고 할 수 있죠. 그 집 여자들이 내게 해준 말에 의하면,

이 고자가 그녀들을 어찌나 모질게 다루는지 다들 벌벌 떤다더군요. 그 코토리타라는 인간이 내게 말하더군요. '단 한 여자도 여길 그만두지 않아요.' 내가 물었죠. '왜죠?' 그러자 코토리타는 '그냥요'라고 대답하더니 내게 5두로짜리 지폐 한 장을 보여주더군요. 나는 계속해서 매춘부들과 상담을 했고, 네 사람을 병원으로 보냈어요. 병에 걸려 있더라구요."

"근데, 그런 여자들은 자구책이 없나요?"

"전혀 없어요. 이름도, 시민권도, 아무것도 없어요. 사람들은 그 여자들을 제멋대로 불러요. 모든 여자가 블랑카, 마리나, 에스트레야, 아프리카 등 가짜 이름을 대거든요.[6] 반면에, 뚜쟁이와 매춘부를 등쳐먹는 사내들은 건달과 정치가의 하수인들로 이루어진 경찰의 보호를 받고 있죠."

"그 여자들은 모두 제명대로 못 살겠네요?" 룰루가 말했다.

"아주 조금밖에 못 살아요. 그 여자들 모두 매우 비참한 죽음을 맞이하게 되죠. 성매매 업소 포주들 각자가 지켜본 바에 따르면 여자들이 세대를 이어가며 그런 생활을 한답니다. 각종 질병에 걸리고, 감옥에 갇히고, 병원으로 끌려가고, 알코올 중독이 되어 그런 매춘부 무리가 줄어들고 있긴 해요. 하지만 뚜쟁이들이 그런 삶에 얽혀 있는 한, 나락에 빠진 그 모든 여자, 나약하고 긴장감 없는 그 영혼들은 시체안치소로 향하게 되는 거죠."

"어떻게든 도망칠 수는 없는 건가요?"

"다들 빚에 묶여 있어요. 윤락가는 불행하고 바보 같은 이 여자들을 자신들의 촉수로 붙잡아두는 낙지 같은 존재예요. 여자들이 도망치면 도둑 누명을 씌워 고발하고, 법원은 온갖 비열한 방법을 동원해 그 여자들을 처벌해버리죠. 물론, 이런 뚜쟁이들은 수완이 좋아요. 아까 말한 바르셀로나 거리의 그 업소에서 들은 말에 의하면, 어느 소녀의 부모가 딸을 찾기 위해 며칠 전 세비야에서 소송을 제기하자, 포주는 그 소녀와 외모가 비슷하게 생긴 소녀를 법원으로 보내 판사에게 한 남자와 아주 잘 살고 있으므로 집에 돌아갈 마음이 없다고 하라 했다더군요."

"정말 지저분한 인간들이네!"

"그 모든 게 스페인 사람들에게 남아 있는 무어인과 유태인 피의 잔재예요. 여자를 노획물로 생각하고, 남을 속이려 들고, 거짓말을 하고…….그게 다 셈족이 우리에게 부여한 것들의 결과라구요. 우리는 셈족 종교에 셈족 피를 지니고 있어요. 우리의 가난, 무지, 허영심과 얽히고설켜 있는 그 해로운 효소(酵素)로부터 모든 악이 발생하고 있다구요."

"그런데 그 여자들, 정말 자기 애인한테 사기당한 여자들인가요?" 사회적인 면보다 개인적인 면에 더 관심이 많은 룰루가 물었다.

"아니에요. 일반적으로는 그렇지 않아요. 일하기를 싫어하는 여자들이에요. 다시 말하면, 일을 할 수 없는 여자들이죠. 모든 건 각자가 스스로를 완벽하게 의식하지 못한 상태에서 발생하는 현상이에요. 물론, 여기에는 흔히들 생각하는 그런 감상적이고 비극적인 면모는 전혀 없어요. 소설 같은 면모는 하나도 없고, 야만적이고, 어리석고, 순전히 경제적인 이유 때문이죠. 이 모든 여자에게 위대하고, 강하고, 무서운 것이 딱 한 가지 있는데, 그건 바로 그녀들의 머리 꼭대기에 놓여 있는 특이한 정조 관념이에요. 다른 나라에 경박스러운 여자가 하나 있다면, 그녀는 자신의 젊은 시절을 회고해보고는 틀림없이 이렇게 말할 거예요. '그때 난 젊고, 예쁘고, 건강했어요.' 반면에 이곳 여자들은, '그때 난 순결을 지키고 있었어요'라고 말할 거예요. 우린 광신적인 민족이구요, 그래서 순결에 대한 광신이 가장 강하죠. 지금 우리를 괴롭히고 있는 우상들을 우리 스스로 만들어낸 거라구요."

"그럼, 그걸 없애버릴 수는 없었을까요?" 룰루가 물었다.

"뭘 말이에요?"

"그런 업소들 말이에요."

"어떻게 막겠어요! 트레비손다의 주교나 윤리학·정치학 아카데미 원장이나 매춘부협회 회장에게 물어봐요. 다들 이렇게 대답할 겁니다. '아! 그건 필요악이죠. 이봐요 아가씨, 겸손해야 해요. 우리는 옛날 사람들보다 더 많이 안다고 자만해서는 안 되는 법이라구요……' 이투리오스 외삼촌이 웃으시며 '거미가 모기를 잡아먹는 것은 단지 자연의 완벽성을 나타낼 뿐이다'라고 하신 말씀이 결국은 옳은 거죠."

룰루는 너무나 고뇌 어린 태도로 말하는 안드레스를 안쓰럽다는 듯 바라보고 있었다.

"그 일을 그만두었어야 했어요." 룰루가 그에게 말했다.

"그래요. 언젠가는 그만두어야겠죠."

비야수스의 죽음

몸이 아프다는 핑계로 직장을 그만둔 안드레스는 훌리오 아라실의 힘을 빌어 빈민의료지원협회인 '라 에스페란사' 소속 의사로 일하게 되었다.

새로운 업무에서는 윤리적으로 분노를 느낄 만한 일들이 그리 많지 않았지만, 엄청나게 피곤했다. 하루에도 아주 멀리 떨어져 있는 동네들을 서른 번, 마흔 번씩 방문해야 했다. 계단을 오르고 또 오르고, 지저분한 판잣집에도 들어가고…….

특히 여름철에는 엄청나게 애를 먹었다. 찢어지게 가난하고, 꾀죄죄하게 사는 그 지역 사람들은 더위 때문에 짜증이 심해져 항상 화를 낼 준비가 되어 있었다. 어린 자식이 죽어가는 것을 지켜보고 있던 아버지나 어머니는 자신들의 고통을 누군가에게 전가할 필요가 있었는데, 만만한 사람이 자신들을 담당하는 의사였다.

안드레스는 가끔 그들의 원성을 묵묵히 들어주곤 했지만, 어떤 때는 그들이 비천한 돼지 같은 인간이며, 자포자기 상태에서 태만한 생활을 하기 때문에 그런 상태에서 결코 벗어나지 못할 거라고 화를 내면서 속마음을 털어놓기도 했다.

대자연은 노예를 만들었을 뿐만 아니라 노예에게 노예 정신까지 주었다던 이투리오스의 말이 타당했다.

안드레스는 개인의 지위가 향상됨에 따라 일반 법칙들을 비웃어야 하는 수단들이 더 증가한다는 사실을 알콜레아에서와 마찬가지로 마드리드에서도 확인할 수 있었다. 승리자의 수단이 증가하는 것에 비례해 법의 힘이 감소한다는 명백한 사실을 증명할 수 있었다. 법은 언제나 약한 자에게 더 가혹하다. 법은 자동적으로 가난한 사람들 위에 군림한다. 따라서 가난한 사람이 본능적으로 법을 증오하는 것은 당연하다.

그 불행한 사람들은 빈자들끼리 연대하면 부자들을 무너뜨릴 수 있다는 사실은 여전히 이해하지 못한 채 쓸데없이 신세 한탄만 하고 있었다.

안드레스는 걸핏하면 화를 내고 흥분을 했다. 더위 속에서, 뙤약볕 아래서 걸어다니느라 항상 목이 말랐던 안드레스는 맥주를 마시고 차가운 음식을 먹을 수밖에 없어 급기야는 위장이 상해버렸다.

말도 안 되는 파괴적인 생각들이 그의 뇌리를 스치기 일쑤였다. 특히 일요일에 투우를 관람하고 돌아오는 사람들 사이를 지나갈 때면, 길 입구마다 기관총을 반 타스 정도 설치해놓고 피가 낭자한 그 어리석은 축제에서 돌아오는 사람들을 남김 없이 죽여버리면 재미있겠다는 생각을 하기도 했다.

그처럼 지저분한 잡동사니 같은 야비한 인간들은 스페인이 미국과 전쟁을 벌이기 전에는 카페에서 큰 소리로 떠들고, 허세를 부리고, 거드름을 피우며 엄포를 놓더니 정작 전쟁이 발발하자 각자의 집에서 끽소리도 못하고 처박혀 있었다. 투우를 관람하는 사람들이 지닌 도덕관념이 바로 그런 인간들에게서 드러났던 것이다. 자신은 가만히 있고, 다른 사람에게, 전쟁터에 있는 군인에게, 서커스를 하는 어릿광대나 투우사에게 용기를 요구하는 비겁자의 도덕이었다. 안드레스는 잔인하고 흉악하고, 어리석고 허영심 넘치는 그 짐승 같은 군중을 보면서 사람들이 강제적으로 받게 되는 고통은 존중해줘야 한다는 생각을 했을 것이다.

안드레스의 오아시스는 룰루의 가게였다. 안드레스는 자주 어두컴컴하고 시원한 가게 안에 앉아 룰루와 대화를 나누었다. 룰루는 바느질을 하면서 손님이 오면 물건을 팔았다.

밤에는 가끔 룰루, 룰루의 어머니와 함께 로살레스 식당가를 산책했다. 룰루와 안드레스는 나란히 앉아 자신들 앞에 펼쳐져 있는, 어둠에 휩싸인 분지를 응시하며 이야기를 나누었다.

대로변과 변두리 동네에서 깜박거리는 불빛들의 행렬을 바라보던 룰루는 그 혼돈스러운 어둠을 섬들이 있는 어느 바다라 생각하며 그 바다 위로 돛단배를 타고 가는 상상을 했다.

그들은 오랫동안 이야기를 나눈 뒤 전차를 타고 돌아와 산 베르나르도 광장에서 악수를 하고 헤어졌다.

이처럼 평화롭고 차분한 시간을 제외하면 나머지 시간은 안드레스에게 불쾌감, 짜증 등만 유발시키고 있었다.

어느 날 아드레스는 빈민가에 있는 한 다락방을 방문하기 위해 이웃집 복도를 지나가고 있었다. 그때 아기를 안고 있던 노파가 다가와 집에 환자가 있는데 봐줄 수 있느냐고 물어왔다

이런 일이라면 거부한 적이 단 한번도 없었기 때문에 노파가 말한 다락방으로 들어섰다. 몹시 굶주려 비쩍 마른 남자가 초라한 침대에 앉아 노래를 부르며 시를 읊조리고 있었다. 셔츠 차림으로 이따금 자리에서 일어나 방 안을 왔다 갔다 하던 그 남자의 발에 바닥에 널려 있는 상자 두세 개가 거치적거렸다.

"무슨 병에 걸리신 거죠?" 안드레스가 여자에게 물었다.

"맹인이신데요, 이젠 미치기까지 한 것 같아요."

"가족은 없습니까?"

"제 언니와 저뿐이에요. 우리는 이분의 딸이에요."

"현재로선 이분을 치료할 방법이 전혀 없어요." 안드레스가 말했다. "일반 병원이나 정신 병원으로 모셔가는 수밖에 없을 것 같습니다. 제가 병원장 앞으로 진료 요청서를 써드리겠습니다. 환자분 성함이 뭐죠?"

"비야수스요. 라파엘 비야수스."

"이 분이 드라마를 만드시던 바로 그 분입니까?"

"예."

안드레스는 그 순간 그 사람을 기억해냈다. 10년인지 12년인지, 그동안 그는 놀랄 정도로 늙어 있었다. 하지만 딸이 더 늙어 보였다. 그녀는 오직 찌들 대로 찌든 가난만이 인간에게 줄 수 있는 그 무감각 상태, 혼미 상태에 빠져 있는 것 같았다.

안드레스는 착잡한 심정으로 그 집에서 나왔다.

'불쌍한 사람!' 안드레스는 속으로 중얼거렸다. '정말 불행한 사람이

야! 부(富)를 상대로 집요하게 투쟁하던 이 가련한 인간은 정말 특이했어! 가장 희극적인 용맹스러움을 보여준 경우였다니까! 곰곰이 따져본다면, 그가 한 행위가 옳았다고 할 수도 있겠지. 현재 그가 처해 있는 이 서글픈 처지가 방랑 생활에서 얻은 영광의 증표였던 거야. 불쌍한 바보!'

칠팔 일 후, 병이 재발한 아이를 다시 방문했을 때, 안드레스는 이웃 다락방에 살던 비야수스가 사망했다는 소식을 들었다.

작고 허름한 방에 세 들어 사는 사람들은 집에서 미친 시인이라 불리던 그가 사흘 밤낮을 껄껄껄 웃고, 악다구니를 써가며 자신의 문학적 적들에게 욕을 퍼부어댔다고 안드레스에게 말했다.

안드레스는 망자를 보러 방으로 들어갔다. 망자는 담요에 싸인 채 방바닥에 누워 있었다. 딸은 담담한 표정으로 방구석에 웅크리고 앉아 있었다. 장발 남자를 포함해 넝마 차림을 한 남자 몇이 시체를 에워싸고 있었다.

"당신 의사요?" 그 가운데 하나가 안드레스에게 건방지게 물었다.

"예, 그렇습니다."

"우리는 비야수스가 사망했다고 믿지 않는데, 당신이 몸을 좀 살펴보시오. 이건 강경증(强硬症)이오."

"말도 안 되는 소리는 하지 마시죠." 안드레스가 말했다.

보헤미안처럼 보이는 넝마 차림의 친구들은 비야수스의 감각이 살아 있는지 시험해본다면서 시체의 손톱을 성냥불로 태우는 등의 무시무시한 짓들을 했다. 그 불쌍한 인간을 죽은 뒤에까지도 평화롭게 놔두지 않았던 것이다.

안드레스는 그들이 말하는 강경증이 아니라고 확신하면서도 청진기를 꺼내 시체의 심장 부분에 대고 검사를 했다.

"사망했어요." 안드레스가 말했다.

이때 긴 백발에 흰 수염을 기른 노인이 지팡이에 몸을 의지한 채 다리를 절룩거리며 들어왔다. 만취 상태였다. 그는 비야수스의 시체로 다가가더니 신파조의 목소리로 외쳤다.

"잘 가게, 라파엘! 자네는 시인이야! 천재야! 나는 보헤미안이고, 결코 양심을 팔지는 않을 테니까, 나도 이렇게 죽을 거야! 이처럼 비참하게!"

넝마 차림을 한 남자들은 그 멋진 장면이 만족스럽다는 듯 서로를 쳐다보고 있었다.

장발 노인이 계속해서 횡설수설하고 있을 때 실크 모자를 삐딱하게 눌러 쓴 영구차 조수가 오른손에 채찍을 들고 담배꽁초를 입에 문 채 나타났다.

"자, 됐습니다." 조수가 시꺼먼 이빨을 드러내며 건방지게 말했다.

"시체를 내려갈까요, 아니면 그냥 둘까요? 다른 시체들을 에스테로 운송해야 하기 때문에 여기서 마냥 기다릴 수가 없다구요."

넝마 차림을 한 남자들 가운데 안경을 끼고, 재킷 위로 드러나 있는 떼었다 붙였다 할 수 있는 셔츠 칼라가 무척 지저분한 사람이 안드레스에게 다가오면서 우스꽝스러운 말을 내뱉었다.

"이런 몰골을 보면 다들 입천장에 다이너마이트 폭탄 하나를 설치하고 싶은 생각이 들 거야."

이 보헤미안이 지나치게 빙빙 돌려 한탄을 했기 때문에 안드레스에게는 오히려 진지하게 들리지 않았다. 안드레스는 넝마 차림의 남자들을 다락방에 놔둔 채 그 집에서 나왔다.

사랑, 이론, 그리고 실습

룰루의 옷가게에서 이런저런 얘기를 나누는 것이 안드레스에게는 커다란 즐거움이었다. 룰루는 미소를 머금은 채 그의 말을 듣다가 때로는 반박도 했다. 그녀는 안드레스를 놀릴 때면 항상 돈 안드레스라 불렀다.[7]

"나는 사랑에 관해 나름대로 작은 이론 하나를 갖고 있어요." 어느 날 안드레스가 룰루에게 말했다.

"사랑에 관해서라면야, 아주 대단한 이론을 갖고 계시겠죠." 룰루가 놀리는 투로 대꾸했다.

"그렇게 대단하진 않아요. 80년 전 의학에서 밝혀낸 것처럼, 나는 사랑에는 두 가지 방법, 즉 대중 요법과 동종 요법이 있다는 걸 발견했어요."

"알기 쉽게 설명해주세요, 돈 안드레스." 그녀가 정색을 하며 말했다.

"설명할게요. 사랑에 관한 대중 요법은 중성화(中性化)에 기초하고 있어요. 몸이 드러내는 병증과 반대되는 효과를 지닌 인자를 이용해 질병을 치료한다는 것이 기본 발상이죠. 이 원칙에 따르면 키 작은 남자는 키 큰 여자를 찾고, 백인은 피부가 가무잡잡한 여자를, 피부가 가무잡잡한 남자는 백인 여자를 찾는 겁니다. 이 방법은 자신감이 없는, 소심한 사람들이 추구하는 방법이죠. 다른 방법은……."

"그래, 다른 방법은 뭔지 어디 한번 들어봅시다."

"동종 요법이죠. 몸이 드러내는 증상과 유사한 효과를 지닌 인자를 이용해 질병을 치료한다는 것이 기본 발상이에요. 이 방법은 자신의 신체에 대해 만족하는 사람들의 방법이라고 볼 수 있어요. 피부가 가무잡잡한 남자는 피부가 가무잡잡한 여자와, 백인 남자는 백인 여자와 만나는 거죠. 제 이론이 사실이라면, 사람을 아는 데 도움이 될 거예요."

"그래요?"

"그래요. 뚱뚱하고 피부가 가무잡잡하고 코가 납작한 남자 옆에 뚱뚱하고 피부가 가무잡잡하고 코가 납작한 여자가 있는 경우는 남자가 잘난 체를 하고 자신감에 넘치는 경우예요. 하지만 뚱뚱하고 피부가 가무잡잡하고 코가 납작한 남자가 마르고 피부가 하얗고 코가 큰 여자를 선택했다면 그 남자는 자기 신체뿐만 아니라 코의 형태에도 자신감이 없다는 거죠."

"그러니까 난 피부가 가무잡잡하고 코가 좀 납작하니까……."

"아니에요. 당신은 코가 납작하지 않아요."

"좀 납작하잖아요?"

"아니라니까요."

"대단히 고맙네요, 돈 안드레스. 자, 좋아요. 댁은 아니라고 하지만 난 피부가 가무잡잡하고, 코가 좀 납작하다는 생각이 드는데, 게다가 잘난 체를 좀 한다면, 저 길모퉁이 이발소 총각이 내게 딱 어울리겠네요. 나보다 피부가 더 가무잡잡하고, 코가 더 납작하잖아요. 그리고 내가 정말 겸손한 여자라면, 코가 큰 그 약사가 좋을 것 같구요."

"당신은 평범한 케이스가 아니에요."

"아니라구요?"

"그래요."

"그럼 어떤 케이스인데요?"

"연구를 좀 해볼 만한 케이스죠."

"그럼 연구해볼 만한 케이스가 한번 되어보죠 뭐. 근데, 아무도 날 연구하려 들지 않을 걸요."

"그럼 내가 연구를 해드릴까요?"

그녀는 아리송한 시선으로 잠시 동안 안드레스를 바라보고 나서 웃음을 터뜨렸다.

"사랑에 관한 그런 이론들을 발견한 박식하신 돈 안드레스께서는 사랑에 대해 어떻게 생각하시나요?"

"사랑요?"

"그래요."

"이렇게 말하면 내가 유식한 체를 하는 것처럼 보이겠지만, 사랑이란 물신 숭배 본능과 성적 본능이 합쳐진 것이라고나 할까요."

"이해가 잘 안 되는데요."

"자, 설명해볼게요. 성적 본능이란 남자를 여자에게, 여자를 남자에게, 뭐라 특별한 이유 없이 끌리게 만드는 거죠. 하지만 상상력이 있는 남자는 '바로 이 여자야'라고 말하고, 그런 여자도 '바로 이 남자야'라고 말하며 이성을 선택하죠. 여기서 물신 숭배 본능이 시작되는 거예요. 특별한 이유 없이 선택된 사람의 몸이라도 그 몸에 더 아름다운 다른 몸의 이미지가 합쳐지고, 그렇게 되면 그 몸은 사랑을 받게 되고, 아름답게 보이는 건데요. 누구든 상상에 의해 생겨난 그 우상이 바로 실체라고 확신하게 되는 거죠. 한 여자를 사랑하는 남자는 자신의 내면에서 멋지게 변형되어 있는 여자를 보게 되고, 한 남자를 사랑하는 여자도 같은 식으로 그 남자를 변형시켜 보게 되죠. 연인들은 찬란하게 빛나는 가짜 구름을 사이에 둔 채 서로를 바라보고, 예의 그 악마 같은 태고의 종족 본능이 어둠 속에서 미소를 짓고 있죠."

"종족이라! 거기서 종족이라는 건 어떤 의미를 지니고 있는 거죠?"

"종족 본능은 자식을 갖겠다는, 자손을 낳겠다는 의지예요. 여자의 주된 생각은 아들이에요. 여자는 본능적으로 먼저 아들을 원하죠. 하지만 자연은 그런 욕구를 더 시적이고 더 암시적인 다른 형태로 포장할 필요가 있고, 그래서 사랑의 구성 요소가 되는 그런 거짓말, 그런 베일을 만들죠."

"그러니까, 사랑은 따지고 보면 하나의 속임수라는 말이네요?"

"그래요. 인생 자체처럼 하나의 속임수죠. 그래서 어떤 남자는 '어떤 여자든 다 좋고, 때로는 예상보다 더 좋다'고 진심으로 말한 적이 있는데, 일리가 있는 말이죠. 또 남자에 대해서도 똑같은 말을 할 수 있겠죠. '어떤 남자든 다 좋고, 때로는 예상보다 더 좋다.'"

"그건 사랑에 빠지지 않은 사람에게나 해당되는 말이잖아요."

"물론이죠, 환상을 갖지 않고, 속임을 당하지 않은…… 그런 사람에게나 해당되는 말이죠. 그래서 연애결혼이 중매결혼보다 더 많은 고통과 환멸을 맛보게 하죠."

"안드레스 씨도 정말 그렇게 생각해요?"

"예."

"그럼, 속고 나서 마음 아파하는 것과 한번도 속지 않는 것 가운데 어느 것이 더 가치 있다고 생각해요?"

"잘 모르겠어요. 그걸 아는 건 어려운 일이에요. 일반적인 규칙이 있을 수는 없다고 보거든요."

이런 대화는 그들을 즐겁게 했다.

어느 날 아침 안드레스가 가게로 갔을 때 룰루는 어떤 젊은 군인과 대화를 나누고 있었다. 군인은 여러 날 동안 계속해서 안드레스의 눈에 띄었다. 하지만 누구냐고 묻고 싶지는 않았다. 그 군인이 보이지 않게 되었을 때에야 비로소 그가 룰루의 사촌이라는 사실을 알게 되었.

그 당시 안드레스는 룰루가 자기를 냉랭하게 대한다고 생각했다. 아마도 룰루가 그 군인을 생각하고 있는 것 같았다.

이제 안드레스는 룰루의 옷가게에 가는 습관을 버려야겠다고 생각했지만 그럴 수는 없었다. 오직 그곳만이 그가 마음 편히 머무르곤 하는 즐거운 장소이기 때문이었다.

어느 가을날 오전, 안드레스는 몬클로아 궁으로 바람을 쐬러 갔다. 좀 우습긴 하지만 노총각들이 흔히 겪는 그런 울적함을 느끼고 있었던 것이다. 들판과 구름 한 점 없는 맑은 하늘, 터키옥처럼 파란 구아다라마 강을 바라보게 되자 마음이 괜스레 감상적으로 변해버렸다.

룰루 생각을 하다가 그녀를 보러 가기로 작정했다. 그에게 그녀는 유일한 여자 친구였다. 마드리드로 돌아온 안드레스는 페스 거리까지 가서 옷가게 안으로 들어갔다.

혼자 있던 룰루는 깃털 빗자루로 옷장들을 청소하고 있었다. 안드레스는 항상 앉던 자리에 앉았다.

"오늘은 아주 좋아 보이고, 또 아주 예뻐 보여요." 안드레스가 불쑥 말을 꺼냈다.

"도대체 무슨 좋은 일이 있었기에 이토록 친절하게 구시나요, 돈 안드레스?"

"정말이에요. 참 좋아 보여요. 여기서 옷가게를 하면서부터는 점점 더 부드러워지고 있구요. 전에는 엄청 빈정대고 조롱하는 듯한 말투를 썼는데 지금은 그렇지 않잖아요. 표정도 훨씬 더 부드러워졌구요. 아이들 모자를 사러 오는 엄마들에게 그런 식으로 대하다 보니 당신도 어머니 같은 얼굴이 되고 있다는 생각이 들어요."

"보다시피, 항상 남의 집 아이들 모자만 만드는 건 쓸쓸해요."

"뭘 더 원하는 거죠? 본인의 자식들에게 모자를 만들어주길 원하는 거예요?"

"그럴 수만 있다면요. 안 될 이유라도 있나요? 하지만 난 자식은 절대 못 가질 거예요. 누가 나 같은 여자를 사랑하겠어요?"

"카페에서 만난 약사나 중위…… 당신은 그들에게 다소곳하게 보일 수 있구요, 그러면 그들의 마음을 빼앗을 수도 있을 텐데요……."

"내가요?" 룰루는 계속해서 깃털 빗자루로 선반들을 청소하고 있었다.

"당신은 날 미워하고 있죠?" 안드레스가 말했다.

"예. 바보 같은 말만 하니까요."

"그 손 좀 이리 내봐요."

"손이라구요?"

"그래요."

"이제 내 옆에 앉아봐요."

"옆에요?"

"그래요."

"이제 내 눈을 봐요. 진지하게."

"이미 보고 있잖아요. 할 게 더 있나요?"

"당신은…… 내가 당신을 사랑하지 않는다고 생각하나요?"

"아니요…… 조금은…… 안드레스 씨는 내가 나쁜 여자가 아니라고 생각하니까…… 하지만 그것뿐이잖아요."

"그것 이상이라면요? 내가 만약 당신을 정말 애틋하게 사랑한다면, 내게 뭐라 대답할 건데요?"

"그렇지 않아요, 그건 사실이 아니라구요. 당신은 날 사랑하지 않아요. 그렇게 말하지 말아요."

"사랑해요, 사랑한다구요. 진심이에요." 안드레스는 룰루의 머리를 끌어당겨 그녀의 입술에 키스를 했다.

룰루는 얼굴이 새빨개지더니 이내 창백해졌고, 두 손으로 얼굴을 가렸다.

"룰루! 내가 기분을 상하게 했나요?" 안드레스가 말했다.

룰루는 자리에서 일어나 미소를 머금은 채 잠시 가게 안을 거닐었다.

"당신은 알고 있잖아요. 난 당신이 사랑이라고 말한 그 광기, 그 속임수를 당신을 처음 본 순간부터 느끼고 있었어요."

"진심이에요?"

"그래요, 진심이에요."

"그럼 내가 장님이었나요?"

"그래요, 장님이었어요, 완벽한 장님이었다구요."

안드레스는 두 손으로 룰루의 손을 감싸 자기 입에 갖다댔다. 두 사람은 도냐 레오나르다의 목소리가 들릴 때까지 오랫동안 이야기를 나누었다.

"그만 가보겠어요." 안드레스가 자리에서 일어나며 말했다.

"잘 가요." 그녀가 그를 껴안으며 강렬한 톤으로 말했다. "이젠 더 이상 날 혼자 내버려두지 말아요. 당신이 가는 곳마다 날 데려가줘요."

제7장 자식 경험

자식에 대한 권리

며칠 후 안드레스가 외삼촌 집에 나타났다. 그는 대화를 점차 자신의 결혼 문제로 이끌어가다가 나중에 이렇게 말했다.
"마음에 걸리는 문제가 하나 있어요."
"무슨 문제!"
"있다니까요. 한번 생각해보세요. 제가 요즘, 젊지만 관절염을 앓는, 신경이 예민한 남자를 방문 진료하고 있는데, 그는 몸이 약하고 히스테리 증세가 좀 있는 여자를 오래전부터 사귀어오다 결혼을 할 생각이에요. 이 남자가 '선생님은 제가 결혼할 수 있다고 생각하십니까?' 하고 묻더군요. 그런데 어떤 대답을 해야 할지 모르겠어요."
"나 같으면, 안 된다고 말할 거야." 이투리오스가 대답했다. "지금으로서는, 그가 원하는 걸 나중에 하라고 할 거야."
"하지만 그에게 이유 하나는 말해줘야 하잖아요."

"무슨 이유를 더! 남자는 환자나 다름없고, 여자도 그런 상태야. 그런데 남자가 결혼하기를 망설인다……. 그럼 됐어. 결혼하지 않는 거지, 뭐."

"안 돼요, 그것만으로는 충분치 않다구요."

"내가 보기에는 충분해. 나는 태어날 자식을 생각하고 있단 말이야. 나는 인간의 가장 큰 죄는 세상에 태어나는 것이라고 한 칼데론[1]과는 생각이 다르다. 내가 보기에 그건 시적인 헛소리야. 인간의 가장 큰 죄는 생명을 태어나게 만드는 거다."

"항상 그런가요? 예외는 없을까요?"

"없어. 내 판단 기준은 이거야. 건강한 자식들을 두게 되면 그들에게 가정이 필요하고, 그들을 보호해주고, 교육시키고, 보살피고…… 그런 것들을 하기 마련인데, 우리는 그런 조건을 갖춘 부모에게는 면죄부를 줄 수 있어. 반면에 부모가 결핵이나 매독, 신경쇠약 등에 걸린 병든 자식을 두게 되면 우리는 그 부모를 죄인으로 여기지."

"하지만 그런 건 미리 알 수 있잖아요."

"그래, 나도 그렇게 생각한다."

"하지만 그게 그리 쉬울 것 같지 않은데요."

"쉽지는 않아. 하지만 누구든 병든 아이를 낳을 위험성과 가능성만 있다 해도 아이를 갖지 않아야 할 이유는 충분하지. 세상에 고통을 영속시키는 것도 죄악이라는 생각이다."

"하지만 자기 자손이 어떻게 될지는 그 누구도 알 수 없잖아요. 불구자에 병까지 든 친구 하나가 얼마 전에 아주 건강하고 튼튼한 딸을 낳았다구요."

"그럴 수도 있지. 건강한 남자가 병약한 자녀를 두는 경우나 그 반대의 경우도 흔하니까. 하지만 그건 중요하지 않아. 자식의 유일한 보장책은 부모의 건강이야."

"외삼촌 같은 반(反)주지주의자께서 그처럼 지적인 태도를 취하시는 게 영 거슬리는데요." 안드레스가 말했다.

"너처럼 지적인 애가 일반 사람들의 태도를 취하는 게 내게도 거슬린다. 네게 고백하겠는데 말이야, 나중에 공동묘지로 데려가야 하거나, 아니면 교도소나 윤락가로 들어가는 사람 숫자나 늘려주려고 술거품 속에서 자식들을 낳는 그런 다산성 짐승들만큼 혐오스러운 건 아무것도 없어. 나는 병들고 썩은 육체로 이 땅을 가득 채우는 그런 양심 불량한 사람들을 진정으로 혐오한다. 일을 할 줄 몰라 자기 몸뚱이 하나도 건사하지 못하던 주정뱅이 바보와 결혼한 우리 집 하녀가 생각나는구나. 하녀와 그 놈팡이는 불쌍하고 병든 자식들을 낳아 넝마 속에서 살게 만든 공범이었는데, 그 바보는 그 많은 궁상맞은 자식들의 애비가 된 게 무슨 자랑거리라도 된다고 생각하는지 가끔 내게 와서 돈을 달라고 했지. 이가 다 빠지고 없는 하녀는 항상 배가 불룩해 있으면서도 임신이니 출산이니 아이들의 죽음 따위에는 동물처럼 무관심했어. 애 하나가 죽었다구요? 그럼 다른 애가 태어나겠죠, 뭐, 라고 냉소적으로 말하곤 했다니까. 그건 아니야, 고통 속에서 살게 될 자식을 낳는다는 건 정당하지 않아."

"저도 동감이에요."

"다산은 사회적 이상이 될 수 없어. 양이 아니라 질이 필요해. 애국자들이나 혁명가들이 짐승처럼 자식을 많이 낳는 인간을 찬양한다 해도, 난 그런 인간을 언제나 증오할 거야."

"외삼촌 말씀이 모두 옳아요." 안드레스가 중얼거리듯 말했다. "하지만 제 문제가 아직 해결되지 않았잖아요. 그 친구에게 뭐라 말해야 되는 거죠?"

"나 같으면 이렇게 말하겠다. 원하면 결혼은 하되 자식은 낳지 마세요. 부부가 피임을 하세요."

"그렇다면, 우리의 도덕이 결국은 비도덕이 되잖아요. 톨스토이가 들으면 외삼촌깨 '당신은 능력 있는 건달'이라고 하겠네요."

"푸! 톨스토이는 사도(使徒) 같은 사람이야. 사도들은 보통 다른 사람들에게는 어리석게 보이는 자신들만의 진리를 말하지. 난 네 친구에게 명확하게 말할 거다. 이렇게 말이야. '당신은 약간은 잔인하고, 힘이 세고, 건강하고, 당신이 지닌 고통을 감당할 수 있고, 타인의 고통을 이해하지 못하는 사람이죠? 그렇죠? 그렇다면 결혼해서 자식을 낳아요. 당신은 가족의 좋은 아버지가 될 거예요……. 하지만 만일 당신이 지나치게 고통을 느끼는, 감수성이 예민하고 신경질적인 사람이라면 결혼하지 말고, 만약 결혼을 한다고 해도 자식은 낳지 말아요.'"

안드레스는 멍한 상태로 옥상에서 내려왔다. 오후에 그는 결혼을 원하는 그 관절염 환자가 바로 자신이라는 사실을 적은 편지를 이투리오스에게 보냈다.

새로운 삶

안드레스 우르타도에게 형식적인 것들은 썩 중요하게 생각되지 않았기 때문에 도냐 레오나르다의 뜻에 따라 성당에서 결혼하는 것은 전혀 성가신 문제가 아니었다. 결혼하기 전 안드레스는 룰루를 이투리오스에게 데려가 인사를 시켰고 외삼촌과 룰루는 서로에게 호감을 느꼈다.

룰루가 이투리오스에게 말했다.

"안드레스가 환자들을 방문하고 올 때면 항상 기분이 몹시 상해버리는데, 안드레스가 거의 나다니지 않고 집에서 할 수 있는 일거리를 좀 찾아주실 수 있을지 모르겠네요."

이투리오스는 안드레스에게 새로운 전공 서적들을 출판하는 어느 의학 전문 잡지사를 위해 관련 기사와 책을 번역하는 일자리를 찾아주었다.

"이제 잡지사에서 네게 불어로 된 책 두세 권을 번역해달라고 할 게다." 이투리오스가 안드레스에게 말했다.

"몇 달 안에 영어 번역 일도 맡길 테니 영어 공부 좀 해두렴. 필요하다면 내가 널 도와주겠다."

"아주 좋아요. 외삼촌, 정말 고마워요."

안드레스는 '라 에스페란사'를 사직했다. 바라던 일이었다. 안드레스는 룰루의 옷가게에서 그리 멀지 않은 포사스 동네에 살 집을 마련했다.

안드레스는 집주인에게 길가 쪽에 위치한 아파트형 방 세 개 가운데 하나를 내달라고 해서는 이사를 가기 전에 도배 대신 아무 색이나 칠해달라고 부탁했다.

그는 이 아파트를 부부 침실, 사무실, 주방으로 사용할 예정이었다. 둘만의 공동 생활은 언제나 그 아파트에서 할 생각이었다.

"아마도 사람들은 여기를 거실 겸 응접실로 쓰고, 대신 잠은 집에서 가장 좋지 않은 곳에서 잘 거요." 안드레스가 말했다.

위생적인 생활을 한다는 명목으로 공간을 이처럼 배정하는 것이 특이하고 엉뚱하다고 생각하고 있던 룰루는 남편의 황당한 생각을 지적하는 의미심장한 말 한마디를 간직하고 있다가 이렇게 내뱉었다.

"생각이 참 특이한 사람이군요!"

안드레스는 가구를 사기 위해 이투리오스에게 돈을 좀 빌려달라고 했다.

"얼마나 필요하냐?" 외삼촌이 안드레스에게 물었다.

"조금요. 빈티가 나는 가구들을 사고 싶어요. 집에는 아무도 들이지 않을 생각이에요."

도냐 레오나르다는 처음에는 룰루, 안드레스와 함께 살고 싶어했다. 하지만 안드레스가 반대했다.

"안 돼요, 안 돼." 안드레스가 말했다. "장모님을 처형 부부와 함께 사시도록 해요. 그게 더 좋잖아요."

"위선자! 그러니까, 당신은 엄마가 싫다는 거군요."

"아, 물론이오! 우리 집은 길거리 집들과는 다른 온기를 유지해야 해요. 장모님은 좀 차가운 분이잖소. 그 누구도, 당신 가족이나 우리 가족 누구도 집에 들이고 싶지 않아요."

"불쌍한 우리 엄마! 당신, 도대체 우리 엄마에게 왜 그러는 거예요!" 룰루가 말했다.

"그렇지 않아요. 장모님과 나는 생각이 다르단 말이오. 장모님은 체면을 유지하며 살아야 한다고 믿는 분이시고, 나는 그렇지 않소."

룰루는 잠시 망설이다가 오랜 친구이자 이웃인 베난시아와 협의한 끝에 그녀를 집으로 데려왔다. 베난시아는 아주 충실한 여자로, 안드레스와 룰루에게 애정을 갖고 있었다.

"사람들이 나에 관해 물으면 내가 집에 없다고 하세요." 안드레스가 베난시아에게 말했다.

"그렇게 할게요, 선생님."

안드레스는 번역가로서 새로운 직업을 잘 수행할 준비가 되어 있었다.

햇볕이 잘 들어 밝을 뿐만 아니라 통풍도 잘 되고, 자신의 책과 서류들이 있는 그 집은 안드레스에게 일할 의욕을 고취시켰다.

그동안은 자신이 뭔가에 쫓기는 동물 같다는 강박 관념을 지니고 있었는데 이제는 그런 느낌도 들지 않았다. 오전에 목욕을 하고 나서 번역을 했다.

룰루가 가게에서 돌아오면 베난시아 부부에게 식사를 제공했다.

"우리와 함께 식사하시죠." 안드레스는 늘 그녀에게 이렇게 권했다.

"아니에요."

주인과 함께한 식탁에 앉아 식사를 하는 것은 그 노파에게 납득할 수 없는 일이었을 것이다.

식사가 끝나면 안드레스는 룰루를 가게에 데려다주었고, 돌아와서는 다시 자신들의 집에서 작업을 했다.

안드레스는 이제 자신이 벌고 있는 돈으로도 충분히 살 수 있으니 가게 일을 그만두라고 여러 번에 걸쳐 룰루에게 말했지만 룰루는 일을 계속하고 싶어했다.

"무슨 일이 일어날지 누가 알아요?" 룰루가 말했다. "저축을 해야 하고, 만일에 대비해 준비가 되어 있어야 한다구요."

저녁 시간에도 룰루는 재봉틀에 매달려 무슨 일인가를 하고 싶어했다. 하지만 안드레스가 허락하지 않았다.

안드레스는 자기 아내, 자기 생활, 그리고 자기 집이 점점 더 마음에 들었다. 안드레스는 그동안 룰루가 그토록 정리 정돈을 잘하고, 규칙적이고, 절약 정신이 강한 여자인지 모르고 있었다는 게 놀랍기만 했다.

안드레스는 갈수록 신나게 일했다. 커다란 그의 방은 그가 이웃 사람들, 귀찮은 사람들과 함께 집에 있는 게 아니라 어느 들판에, 어느 먼 곳에 있다는 느낌을 주고 있었다.

안드레스는 아주 세심하게 주의를 기울여 꼼꼼하게 일을 해나갔다. 잡지사 편집부에서 그에게 근대 과학에 관한 사전을 여러 권 빌려주었고, 이투리오스가 어학 사전 두세 권을 놓고 가서 작업에 많은 도움이 되었다.

어느 정도 시간이 지나고 난 뒤부터는 번역 일뿐만 아니라, 외국 연구자들이 만들어낸 자료와 그들이 갈고 닦은 지식에 관해 창의적인 공부를 했다.

안드레스는 발명이라는 것은 모두 별다른 노력을 기울이지 않고도 과거의 업적으로부터 쉽사리 도출된다고 했던 페르민 이바라의 말을 자주 상기해보았다. 어떤 결과를 얻기 위해 실험에만 전념할 수 있는 경험 많은 연구자들이 스페인에는 왜 없었던 것일까?

과학의 어느 분야를 지속적으로 발전시키기 위한 실험실, 연구소 등이 부족하다는 사실은 의심할 여지가 없었다. 스페인에는 태양과 무지는 약간 넘쳐나고, 영혼을 위해서는 총체적으로 매우 유익하지만 과학과 산업 발달을 위해서는 매우 해로운 성부(聖父)의 보호는 충분했다.

전에는 이런 생각을 할 때마다 분노를 터뜨리고 화를 냈을 텐데, 이제는 그렇지 않았다.

너무 편안하게 지내게 됨으로써 두려움을 느끼기까지 했다. 이처럼 평온한 생활이 계속될 수 있을까? 열심히 노력하면 일신을 건사하면서 쾌적하고 현명한 삶에 이를 수 있을까?

이런 비관주의 때문에 자신의 평온이 오래 지속되지 못할 거라는 생각조차 들었다.

'가장 좋을 때에 뭔가가 이 아름다운 균형을 깨뜨리러 오겠지' 하는 생각을 자주 하곤 했다.

그는 늘 자신의 인생에 심연으로 열려 있는 창문 하나가 있다는 상상을 했다. 그 창문을 통해 심연을 볼 때면 그의 영혼은 현기증과 공포에 휩싸여버렸다.

무슨 일에서든지, 무슨 이유에서든지, 이 심연이 자신의 발밑에서 다시 열릴 수 있을 거라 두려워하고 있었던 것이다.

안드레스에게는 자신과 가까이 있는 것은 다 적이었다. 실제로 장모, 니니, 니니의 남편, 이웃 사람들, 여자 수위 등이 그들 부부의 행복한 상태를 뭔가 적대적인 시선으로 바라보고 있다는 생각을 했다.

"당신, 무슨 얘길 듣든 신경 쓰지 말아요." 안드레스가 아내에게 충고했다. "우리처럼 평온하게 지내는 게 질투, 시기, 어리석음 같은 것들로 이루어진 영원한 비극 속에 살고 있는 저 사람들 모두에겐 모욕일 거요. 저 사람들이 우리에게 해를 가하려 한다는 사실을 알아야 해요."

"알았어요." 룰루는 대답은 그렇게 했지만 남편의 심각한 충고를 비웃고 있었다.

니니는 일요일 오후면 가끔씩 여동생을 극장에 초대했다.

"안드레스는 안 간데니?" 니니가 물었다.

"응. 지금 작업하고 있어."

"네 남편은 고슴도치처럼 무뚝뚝하고 비사교적인 사람이야."

"됐어. 그냥 내버려둬."

룰루는 밤에 집에 돌아와 자기가 본 영화에 관해 남편에게 이야기해주었다. 그러면 안드레스는 룰루에게 몇 가지 철학적 견해들을 피력했는데, 룰루는 아주 재미있는 견해라 생각했다. 두 사람은 저녁 식사를 한 뒤면 잠깐 동안 산책을 했다.

여름철 해질 녘이면 두 사람은 거의 매일 밖으로 나갔다. 안드레스는 작업이 끝나면 룰루를 찾아 가게로 갔고, 점원 아가씨에게 카운터를 맡기고 나와 카날리요 천변(川邊)이나 데에사 데 아마니엘 공원을 돌아다녔다.

가끔씩은 참베리 극장에 들어가기도 했는데, 안드레스는 룰루의 영화평을 재미있게 들어주었다. 룰루의 영화평은 마드리드 특유의 말투를 구사하는 평론가들의 재미없고 상투적이며 상스러운 평과는 전혀 다른, 독창적이고 참신한 마드리드식 기품을 지니고 있었다.

룰루는 안드레스에게 많은 놀라움을 선사했다. 겉으로 보기에는 그토록 대담한 여자가 내면적으로는 그처럼 완벽하게 소심할 수 있는지 안드레스는 결코 상상하지 못했었다.

룰루는 남편에 대해 과장된 생각을 지니고 있었다. 남편을 경이로운 사람이라 여기고 있었던 것이다.

어느 날 밤, 카날리요로 산보하러 갔다가 늦은 시각에 돌아오던 두 사람은 파트리아르칼 지역에 방치되어 있는 공동묘지 근처 어느 으슥한 골목길에서 인상이 험악한 사내 둘과 마주쳤다. 사방은 벌써 깜깜해져 있었다. 반쯤 쓰러져 묘지 담에 붙어 있던 가로등 불빛이 담 사이로 나 있는 석탄 가루 뒤집어쓴 시꺼먼 길을 비추고 있었다. 사내 하나가 몹시 수상쩍은 태도로 돈을 구걸하며 가까이 다가왔다. 안드레스는 돈이 한 푼도 없다고 말하며 호주머니에서 집 열쇠를 꺼냈다. 열쇠는 권총 총열처럼 번쩍번쩍 빛나고 있었다.

그 두 사내는 감히 안드레스와 룰루를 덮치지 못했고, 부부는 아무일 없이 산 베르나르도 거리에 도착할 수 있었다.

"당신, 무서웠소?" 안드레스가 물었다.

"그래요. 하지만 그리 많이 무섭지는 않았어요. 당신과 함께 있어서……."

'참 대단한 환상이군. 내가 헤라클레스라도 되는 줄로 믿고 있으니.'
안드레스는 생각했다.

룰루와 안드레스를 알고 있던 사람들은 다들 그 부부가 조화를 이루며 살고 있다는 사실에 놀라고 있었다.

"이제 우린 진정으로 서로를 사랑하게 되었소." 안드레스가 말했다. "거짓말하는 데는 우리 둘 다 흥미가 없으니 말이오."

평화 속에서

여러 달이 지났지만 부부 사이의 평화는 깨지지 않고 있었다.

안드레스는 사람들에게서 잊혀진 채 살고 있었다. 안정된 생활 방식을 유지하고 있었고, 또 뙤약볕 속을 힘들게 걸어다니지 않아도, 계단을 오르내리지 않아도, 비참한 광경을 보지 않아도 된다는 사실 때문에 안정감과 평화로움을 느끼고 있었다.

어느 철학자처럼 설명해보자면, 일반 감각^{2}이 그 당시에는 수동적이고, 평안하고, 달콤했다고 말할 수 있으리라. 그런 신체적 안락감이 그리스의 에피쿠로스 철학자들과 스토아 철학자들이 아타락시아^3, 즉 '믿을 수 없는 천국'이라 불렀던, 그 완벽한 상태와 지적 균형 상태로 들어갈 수 있도록 준비해주고 있었던 것이다.

그 평온 상태가 그의 작업에 명철함과 더불어 좋은 방법론까지 제시해주었다. 의학 전문지를 위해 그가 했던 종합적 연구들이 큰 성공을 거두었다. 편집장은 그에게 계속 그 계통에서 일해보라고 격려했다. 이제는 단순 번역 일보다는 앞으로 발간될 매호에 실릴 만한 독창적인 작업들을 해주기를 원하고 있었다.

안드레스와 룰루는 사소한 부부 싸움조차도 한 적이 없었다. 두 사람은 서로를 아주 잘 이해하고 있었다. 다만 위생과 영양 섭취 문제에 관해서만 룰루는 남편과 약간의 견해차를 드러낼 뿐이었다.

"여보, 샐러드를 너무 많이 먹지 말아요." 안드레스가 룰루에게 말했다.

"왜요? 내가 좋아하는 건데요."

"그래요. 하지만 그런 산성 식품은 당신에게 맞지 않아요. 당신도 나처럼 관절염 증세가 있잖아요."

"아이, 바보 같은 소리!"

"바보 같은 소리가 아니오."

안드레스는 자신이 번 돈을 모두 아내에게 갖다주었다.

"날 위해서는 아무것도 사지 말아요."

"하지만 당신도 필요한 게……."

"난 필요한 게 없어요. 사고 싶으면 집에 필요한 거나 당신 걸 사요."

룰루는 계속해서 옷가게를 운영했다. 때로는 숄을 두르고, 때로는 작은 모자를 쓰고 일터와 집을 오갔다.

룰루는 결혼한 이후 얼굴이 더 좋아졌다. 햇볕을 받으며 더 많이 걸어다녔기 때문인지 혈색이 건강해 보였다. 게다가 냉소적인 분위기도 누그러지고 말씨도 한결 부드러워져 있었다.

안드레스는 어떤 청년이나 나이 든 남자가 아내를 집까지 뒤따라오는 것을 발코니에서 여러 번 목격했다.

"이봐요 룰루, 조심해야겠소." 안드레스가 아내에게 말했다. "남자들이 당신을 따라다니고 있습디다."

"그래요?"

"그렇다니까요. 사실, 당신이 요즘 아주 예뻐지고 있어요. 이러다간 질투심을 느낄 것 같아요."

"그러면 많이 느껴요. 당신은 내가 당신을 얼마나 사랑하고 있는지 너무 잘 알고 있잖아요." 그녀가 대꾸했다. "가게에 있을 땐 언제나 당신이 뭘 하고 있을까 생각해요."

"가게 일 그만둬요."

"안 돼요, 안 돼. 우리가 애를 갖게 된다면 어떡하려구요? 저축을 해야 한다구요."

자식! 안드레스는 이처럼 아주 미묘한 문제에 관해서는 말하기도, 생각하기도 싫었다. 엄청난 불안감을 불러일으키기 때문이었다.

'종교나 낡은 도덕이 아직도 인간을 짓누르고 있어.' 그는 늘 스스로에게 말했다. '그래서 누구든 핏속에 죄의식을 지니고 있는 미신적인 인간을 전적으로 배척할 수만은 없는 거야.'

미래를 생각할 때마다 자주 엄청난 공포가 엄습해왔다. 심연 위에 있는 그 창문이 살짝 열려 있는 것 같은 느낌이 들었던 것이다.

부부는 자주 이투리오스를 찾아갔고, 이투리오스 역시 가끔 안드레스의 작업실에 들러 잠시 머물렀다.

두 사람이 결혼한 지 일 년쯤 되었을 무렵 룰루의 몸에 약간의 병색이 있었다. 멍하게 있기도 하고, 우울해하기도 했으며, 수심에 잠겨 있기도 했다.

'무슨 일이지? 아내의 몸에 이상이 생긴 걸까?' 그럴 때마다 안드레스는 불안스레 자문해보았다.

그 슬픈 돌풍은 일단 지나갔으나 얼마 되지 않아 더 강력한 돌풍이 다시 불어닥쳤다. 가끔 룰루의 두 눈이 흐려져 있고, 얼굴에서는 울었던 흔적이 보였다.

걱정이 되긴 했으나 애써 모른 척하고 있었다. 하지만 아내의 상태를 모른 척하고 있을 수만은 없는 순간이 닥치고야 말았다.

어느 날 밤 아내에게 무슨 일이 있는지 물었고, 아내는 그의 목을 껴안으며 자신에게 일어난 일을 겁에 질린 목소리로 털어놓았다.

그것은 안드레스가 두려워하던 문제였다. 자식이 없다는 슬픔이, 남편이 자식을 원치 않는 이유가 뭔지 모른다는 사실이 룰루의 가슴을 고통으로 채웠고, 그로 인해 룰루가 서럽게 울었던 것이다.

그런 고통 앞에서 어떻게 처신해야 할까? 자신이 자손을 가져서는 안 될 해롭고 부패한 존재임을 어떻게 아내에게 설명할까?

안드레스는 갖은 애를 다 써보았다. 아내를 위로하고, 상황을 설명하고……. 하지만 해결책이 없었다. 울면서 남편을 껴안은 룰루는 눈물범벅이 된 얼굴로 남편에게 키스를 했다.

'될 대로 되라지!' 안드레스가 중얼거렸다.

다음 날 잠자리에서 일어났을 때 안드레스는 이제 평소와 같은 평화를 느끼지 못하고 있었다.

두 달이 지나자 룰루는 환한 눈길을 보내며 자신이 임신했다고 안드레스에게 고백했다.

의심할 여지가 없었다. 이제 안드레스는 끊임없는 고뇌 속에서 살게 되었다. 자기 생애에서 현기증을 불러일으키곤 했던, 심연으로 열려진 그 창문이 다시 활짝 열려 있었다.

룰루는 임신을 하자 완전히 딴사람이 되어버렸다. 장난기 넘치고 쾌활하던 룰루가 수심에 젖어 있고 감상적인 사람으로 변했던 것이다.

안드레스는 룰루가 이제는 다른 방식으로 자기를 사랑하고 있다는 사실을 깨달았다. 룰루는 안드레스에게 질투와 짜증이 뒤섞인 애정을 느끼고 있었다. 이제는 다정다감하고 상냥하지도 않았으며, 부드러운 장난기가 넘치지도 않았다. 일종의 동물적인 사랑을 하고 있었다. 본성이 자신의 권리를 되찾고 있었던 것이다. 사실 안드레스는 재주가 비상한 데다 약간 특이하고 변덕스러운 남자였기 때문에 룰루의 남자가 될 수 있었다. 안드레스는 이런 점에서 벌써 비극의 시초를 보고 있었다. 룰루는 안드레스가 함께 다니고 안아주길 원했으며, 안드레스에게 질투심을 느끼고, 그가 다른 여자들을 넘본다고 의심하기도 했다.

안드레스는 아내의 배가 불러갈수록 히스테리가 심해지고 있다는 사실을 확인할 수 있었다.

하지만 룰루 자신은 이런 무절제한 신경질이 임신한 여자들에게 으레 나타나는 현상이라는 것을 알고 있었기 때문에 썩 중요하게 여기지 않고 있었다. 그러나 안드레스는 내심 두려워하고 있었다.

룰루의 어머니가 자주 집에 드나들기 시작했는데, 사위에 대한 감정이 좋지 않았으므로 모든 문제를 악의적으로 해석했다.

안드레스와 함께 잡지 발간 업무를 하고 있던 의사들 가운데 젊은 의사 하나가 몇 번 룰루를 검진하러 왔다.

의사의 말에 따르면 룰루의 상태는 좋은 편이었다. 그녀의 히스테리 증세는 중요하지 않다는 것이었다. 임신한 여자들에게 흔히 나타나는 일이라 했다. 매번 상태가 더 나빠져가고 있는 사람은 안드레스였다.

안드레스는 지나친 긴장감에 싸여 있었고, 보통 사람이라면 누구나 정상적인 생활에서 느끼는 그런 감정들이 그에게서는 균형을 잃고 있었다.

"좀 걷고, 외출 좀 해요." 의사가 그에게 조언했다.

그러나 이제 집 밖에만 나서면 어떻게 해야 할지 모르게 되고 말았다.

잠을 잘 수도 없었다. 여러 가지 수면제를 복용해도 소용이 없게 되자 결국 모르핀 주사를 맞기로 했다. 고뇌가 그를 죽이고 있었던 것이다.

살아가면서 즐거움을 느낀 순간이라곤 일할 때뿐이었다. 아민에 관해 종합적인 연구를 하고 있던 안드레스는 걱정거리를 잊고, 사고를 명철하게 하기 위해 온 힘을 다해 작업에 몰두했다.

선각자적인 면모

임신 말기가 되자 룰루의 배는 지나치게 불러왔다.
"쌍둥이인가 봐요." 룰루가 웃으며 말했다.
"그런 소리 말아요." 감정이 격해진 안드레스는 침울해하며 중얼거리듯 대꾸했다.

룰루가 출산일이 가까워졌다고 했을 때 안드레스는 자신의 친구이자 이투리오스의 친구이기도 한 젊은 산부인과 의사를 부르러 갔다.

룰루는 매우 고무되어 있었고, 용감해져 있었다. 의사는 그녀에게 걸으라고, 진통 때문에 웅크리거나 가구에 몸을 기대고 싶은 생각이 들지라도 쉬지 말고 방 안을 거닐라고 충고했다.

룰루는 하루 종일 거닐었다. 초산은 언제나 힘들다고 의사가 말했지만 안드레스는 분만이 정상적인 양상으로 전개되고 있지 않다는 의구심을 갖기 시작했다.

밤이 되자 룰루의 기력이 떨어지기 시작했다. 안드레스는 눈물 어린 두 눈으로 그녀를 바라보고 있었다.

"불쌍한 룰루, 고생이 많소." 안드레스가 아내에게 말했다.

"진통은 참을 만해요." 그녀가 대꾸했다. "아기가 살기만 한다면!"

"살 겁니다. 걱정하지 마세요!" 의사가 말했다.

"아니에요, 아니에요. 그럴 것 같지 않다는 생각이 들어요."

그날 밤은 무시무시했다. 룰루는 완전히 탈진해 있었다. 안드레스는 의자에 앉아 멍하게 아내를 바라보고 있었다. 룰루가 이따금 안드레스 곁으로 다가왔다.

"당신도 고생이 많군요, 불쌍한 사람." 룰루는 남편의 이마를 어루만지고 얼굴을 쓰다듬었다.

안드레스는 극심한 조바심에 휩싸인 채 의사에게 수시로 자신의 견해를 피력했다. 틀림없이 어떤 문제가, 골반 협소증이나 그와 비슷한 증세가 있어 정상 분만이 이루어지기 어려우리라는 것이었다.

"새벽까지 분만이 진행되지 않으면 어떤 조치를 취해야 할지 생각해 봅시다." 의사가 말했다.

갑자기 의사가 안드레스를 불렀다.

"무슨 일입니까?" 안드레스가 물었다.

"즉시 겸자(鉗子)를 준비하세요."

"무슨 일이죠?"

"탯줄을 뽑아내야 해요. 탯줄이 오므라들었다구요."

의사는 매우 신속하게 겸자의 집게를 집어넣어 아기를 끄집어냈다. 아기는 벌써 죽어 있었다.

나오는 순간에 사망했던 것이다.

"살아 있나요?" 룰루가 초조하게 물었다.

아무런 대답도 없자 아기가 죽었다고 생각한 룰루는 곧바로 실신하고 말았다. 룰루는 곧 의식을 회복했다. 아직 출산이 다 끝나지 않은 상태였다. 룰루는 중태였다. 자궁에 탄력이 없었기 때문에 태반이 밖으로 나오지 않고 있었던 것이다.

의사는 룰루에게 잠시 휴식을 취하라고 했다. 산모는 죽은 아기를 보고 싶어했다. 안드레스는 두 겹으로 접어놓은 시트에 누워 있던 갓난아기의 작은 몸을 안아들면서 가슴이 찢어지는 것 같은 아픔을 느꼈고, 두 눈은 눈물로 가득했다.

룰루가 고통스럽게 울기 시작했다.

"자, 자." 의사가 말했다. "됐습니다. 지금은 힘을 내셔야 합니다."

의사가 압박을 가해 태반이 나오도록 시도해보았지만 효과가 없었다. 태반이 자궁벽에 붙어 있음에 틀림없었다. 손으로 태반을 꺼내야 했다. 태반을 꺼낸 뒤 즉시 산모에게 에르고틴을 주사했으나 과도한 출혈을 막을 수는 없었다.

룰루의 몸은 극도로 허약해져 있었다. 신체 기관들이 정상적으로 반응하지 않고 있었다.

이틀 동안이나 기능 저하 상태에 있었다. 룰루는 자신이 죽을 거라 확신하고 있었다.

"당신을 생각하면 내가 죽는다는 게 너무 애석해요." 룰루가 안드레스에게 말했다. "불쌍한 당신, 내가 없으면 이제 어떡하죠?" 룰루는 이렇게 말하며 안드레스의 얼굴을 어루만졌다.

때때로 룰루는 아기 걱정을 했다.

"가엾은 내 아기. 그렇게 건강했는데. 왜 죽어버린 거죠, 하느님?"

할 말을 잃은 안드레스는 그녀를 바라만 보고 있을 뿐이었다.

삼 일째 되던 날 아침, 룰루는 죽고 말았다. 안드레스는 지친 몸으로 방에서 나왔다. 집 안에는 도냐 레오나르다와 니니 부부가 있었다. 니니는 벌써 나이가 들어 보였고, 늙은 건달인 니니의 남편 몸에는 값비싼 액세서리들이 주렁주렁 달려 있었다. 안드레스는 침실로 쓰는 작은 방으로 들어가 모르핀 주사를 맞고 깊은 잠 속으로 빠져들었다.

자정 무렵 눈을 뜬 안드레스는 침대에서 내려왔다. 룰루 곁으로 다가가 한참 동안 주검을 바라보다가 이마에 여러 번 입을 맞추었다.

안드레스도 놀랄 정도로, 대리석 인간처럼 하얗게 변한 그녀가 평온하고 태연한 모습으로 누워 있었다.

안드레스가 넋을 놓고 그녀를 바라보고 있을 때 응접실에서 사람들의 말소리가 들려왔다. 이투리오스와 의사의 목소리라는 것을 알 수 있었다. 다른 사람의 목소리도 들렸는데, 귀에 설었다.

세 사람은 은밀한 얘기들을 나누고 있었다.

"제 생각에는, 출산 시 지속적으로 이루어지는 그런 진단들은 해로운 것 같습니다." 귀에 선 목소리가 말했다. "이번 경우는 저도 잘 모르겠습니다. 하지만 누가 압니까? 이 여자분이 들판에서 아무런 진료도 받지 않은 채 출산했더라면 살 수도 있었을지. 대자연은 우리가 알지 못하는 수단들을 지니고 있으니까요."

"아니라고 말하진 않겠습니다. 충분히 그럴 수 있는 일입니다." 룰루의 출산을 담당했던 의사가 말했다.

"너무 안됐어! 이 친구, 이제 아주 잘나가고 있었는데!" 이투리오스가 외쳤다.

그들이 하고 있던 말을 들은 안드레스는 영혼이 꿰뚫리는 것 같은 느낌을 받았다. 급히 침실로 되돌아와 틀어박혔다.

그날 아침, 장례식을 거행할 시간이 되었을 때 집 안에 있던 사람들은 안드레스가 무엇을 하고 있는지 모르겠다며 서로 묻기 시작했다.

"잠에서 깨어나지 않는 게 전혀 이상하지 않습니다. 모르핀을 맞았거든요." 의사가 말했다.

"정말이오?" 이투리오스가 물었다.

"예."

"그렇다면, 깨우러 가봅시다" 이투리오스가 말했다.

그들은 안드레스가 있는 방으로 들어갔다. 안드레스는 창백한 얼굴에 입술이 새하얗게 질린 채 침대에 누워 있었다.

"죽었소!" 이투리오스가 소리쳤다.

침대 사이드 테이블 위에는 컵 하나와 두케스넬 사(社)의 아코니틴 정제를 넣어둔 플라스크 하나가 눈에 띄었다.

음독을 했던 것이다. 약물이 급속하게 몸에 퍼지는 바람에 경련도 구토도 일으키지 않았음이 분명했다.

죽음은 즉각적인 심장 마비가 겹쳐서 이루어진 것이었다.

"고통 없이 죽었군." 이투리오스가 중얼거렸다. "이 친구 살아갈 힘이 없었어. 자신은 그걸 믿진 않았다 해도, 쾌락주의자에, 귀족적인 사람이었으니까."

"그렇지만 뭔가 선각자적인 면모도 지니고 있었습니다." 다른 의사가 중얼거렸다.

■ 옮긴이 주

제1장 어느 대학생의 마드리드 생활

1   조르다엔스(Jacob Jordaens, 1593~1678)는 플랑드르 출신 화가로, 바로크 예술의 대표 주자다. 종교적이고 신화적인 작품들을 남겼다.
2   '스코티아'는 둥그런 기둥의 뿌리 부분에 깊게 도려낸 쇠시리를 말한다. 윗부분은 움푹 들어가 있고, 아랫부분은 볼록 튀어나와 있다.
3   리비히(Justus Liebig, 1803~1873)는 독일의 화학 발전을 촉진시킨 학자로 간주되고 있다. 파스퇴르(Louis Pasteur, 1822~1895)는 프랑스의 화학자이자 세균학자로, 미생물학의 창시자다. 그의 괄목할 만한 과학적 작업 덕분에 무균법(무균 기구에 의한 조치 또는 수술), 세균학적 병리학, 그리고 각종 전염병 예방 조치에 필요한 획기적인 약품들이 개발되었다. 베르틀로(Pierre Berthelot, 1827~1907)는 프랑스의 화학자다. 조직화학의 선구자이자 열화학의 창시자로 간주되고 있다.
4   『난봉꾼 돈 디에고』는 스페인의 낭만주의 시인 소리야(José Zorrilla, 1817~1893)의 대표작이다.
5   에스프론세다(José de Espronceda, 1808~1842)는 스페인의 낭만주의 시인이다.
6   '푸에르타 델 솔 Puerta del Sol'은 마드리드 중심에 위치한 광장으로, '태양의 문'이라는 의미를 지니고 있다.
7   난봉꾼 돈 후안 Don Juan은 메르세드 교단의 승려이자 스페인 극작가인 티르소 데 몰리나(Tirso de Molina, 1584~1648)가 쓴 극작품 『세비야의 난봉꾼 El burlador de Sevilla y convidado de piedra』의 주인공이다.
8   카스텔라르(Emilio Castelar, 1832~1899)는 1866년에 발생한 반란에 참여함으로써 프랑스로 망명했다가 귀국해 제1공화정의 제4대와 마지막 대통령을 지낸 정치가·문필가다. 카노

바스 델 카스티요(Antonio Cánovas del Castillo, 1828~1897)는 정치가·작가로, 여섯 번에 걸쳐 각료회의 의장을 역임했으며, 1874년에 시작된 스페인 부흥운동에서 핵심적인 역할을 했다. 에체가라이(José Echegarray, 1832~1916)는 페데릭 미스트랄과 더불어 1904년에 노벨 문학상을 수상한 극작가다.
9 프라스쿠엘로 살바도르 산체스(Frascuelo Salvador Sánchez, 1842~1898)는 스페인의 유명한 투우사다.
10 이 책에 등장하는 '카지노 casino'는 댄스, 음악 등의 오락 설비를 갖춘 도박장으로, 주로 남성들이 드나드는 곳이다.
11 '루이시토 Luisito'는 '루이스 Luis'의 애칭이다. 루이스가 형제들 가운데 가장 어리기 때문에 집에서는 그렇게 부른다.
12 '카스테야노 castellano'는 흔히 스페인어를 의미하는데, 카탈루냐 지방에서는 '카탈란 catalán'이라는 언어를 사용하기 때문에 노인들의 경우 간혹 카스테야노가 서툴 수 있다.
13 '글로리오사 Gloriosa'는 1868년 스페인에서 발발한 혁명으로, 그 결과 이사벨 2세가 프랑스로 망명했다.
14 티에르(Louis-Adolphe Thiers, 1797~1877)는 프랑스의 정치가이자 역사학자다. 1823년부터 『프랑스 혁명사』집필에 몰두하여 1827년 전 8권을 완성하였다. 공화주의자로 7월 혁명과 2월 혁명 때 활약하였으며, 1871년 파리 코뮌을 진압하고 제3공화정의 초대 대통령에 취임하였다.
15 라마르틴(Alphonse de Lamartine, 1790~1869)은 프랑스의 작가다. 나폴레옹이 몰락한 뒤 문학에 몰두했으며, 그 후 위대한 시인으로 인정받으며 엄청난 인기를 누렸다.
16 생쥐스트(Louis Antoine de Saint-Just, 1767~1794)는 프랑스의 정치가다. 혁명의 이상에 동조했고, 1790년부터 1792년 사이에 국가수비대의 대령을 역임했다. 로베스피에르에게 적극 협력했고, 쟈코뱅 당의 주요 지도자들 가운데 하나가 되었다. 로베스피에르와 더불어 기요틴의 이슬로 사라졌다.
17 이 네 가지 형용사에 실존에 관한 피오 바로하 특유의 견해가 결집되어 있다.
18 뒤마(Alexandre Dumas, 1802~1870)는 프랑스의 극작가이자 소설가다. 낭만주의적 분위기가 물씬 풍기는 사극을 썼지만 소설에서 더욱 명성을 날렸다. 대표작으로는 『삼총사』가 있다. 동명의 아들도 문필가로 유명하다. 외젠 쉬(Eugène Sue, 1804~1857)는 프랑스의 소설가로, 대중적인 인기를 향유했다. 그의 작품은 연재소설 장르의 전형으로 간주된다. 『파리의 미스테리』『방황하는 유태인』 등이 유명하다. 몽테팽(Xavier de Montepin, 1824~1902)은 프랑스의 소설가이자 극작가로, 많은 연재소설을 썼다. 가보리오(Émile Gaboriau, 1832~1873)는 프랑스 문학사상 처음으로 탐정소설을 썼다. 그의 작품에는 연재소설적 특징과 발자크의 영향이 내재되어 있다. 브래든(Mary E. Braddon, 1837~1915)은 영국의 소설가로, 오락소설들을 썼는데, 그의 작품에는 유난히 대화가 많다.
19 주로 고서적을 전시하고 판매하는 축제다.
20 이베리아 Iberia 반도에는 원래 '이베로 Ibero' 족이 살고 있었는데, 나중에 셈족의 원류인

페니키아인들이 해안 지역에 거주하기 시작했다.
21 '오르차타 horchata'는 편도 가루에 설탕을 섞어 만든 청량음료다.
22 안드레스 우르타도가 독일 철학자들에 관한 독서를 시작하면서 취한 방법은 완전히 피오 바로하적인 것으로, 피오 바로하는 나중에 쓴 『가족, 유년기 그리고 청년기』에 이에 관해 기록한다. 피히테에 관해서는 곧 싫증을 냈지만, 칸트에 관해서는, 비록 칸트의 저술들을 통해 직접 이해하지 않고 쇼펜하우어의 해석을 통해 이해했을지라도, 일생을 통해 문화의 상징, 지적 권위의 표준으로 인식했다. 칸트·쇼펜하우어의 철학과 안드레스 우르타도 사이의 관계는, 뒤에 안드레스와 외삼촌 이투리오스 사이의 논쟁을 통해 알 수 있기 때문에 여기서 언급할 필요는 없을 것이다. 바로하의 지적·윤리적 면모는 쇼펜하우어의 영향이라는 사실은 명백하고, 또 반론의 여지도 없다.
23 우리나라에서는 『인생론』이라는 이름으로 출간되기도 했다.
24 롬브로소(Cesare Lombroso, 1835~1909)는 이탈리아의 정신병리학자이자 범죄학자다. 범죄학에 관한 그의 연구들은 아주 뛰어났는데, 범죄자는 생물학적 퇴화의 결과라는 이론을 확립했다. 여러 저서들을 통해 밝힌 이런 이론들은 널리 유포되어 커다란 논쟁을 불러 일으켰다. 페리(Enrico Ferri, 1856~1929)는 이탈리아의 변호사이자 정치가로, 형법학계의 태두였다. 범죄자들의 신체적·사회적 인자들은 그의 작품에 들어 있는 주된 테마였다. 푸이에(Alfred Fouillée, 1838~1912)는 프랑스의 철학자로, 그의 이론은 그 자신이 '관념-힘'이라 명명했던 사고체계에서 출발하여 결정론적 자연주의와 유심론적 실증주의 사이의 화해를 모색했다. 자네(François Janet, 1823~1899)는 유심론 학파에 속해 있던 프랑스의 철학자다.
25 시라노(Cyrano de Bergerac, 1619~1655)는 프랑스의 작가로, 많은 극작품들과 풍자적인 연애편지들을 남겼다.
26 '사르수엘라 Zarzuela'는 스페인에서 탄생한 일종의 경희가극(經喜歌劇)으로, 이 명칭은 17세기에 칼데론 Calderón이 쓴 극이 초연된 왕실 별장 이름에서 비롯되었다.
27 '오스피탈 헤네랄 Hospital General'은 '종합병원'이라는 의미를 지니고 있다.
28 '두로 Duro'와 '페세타 Peseta'는 스페인의 화폐 단위로, 5페세타가 1두로다.
29 100센티모가 1페세타다.
30 '물레타 muleta'는 투우사가 소와 대결할 때 사용하는 붉은 천을 가리킨다.
31 자비의 수녀회 소속 수녀들을 일컫는다.

제2장 흡혈 파리들
1 타보아다(Luis Taboada y González, 1848~1906)는 발랄하고 풍자적인 작품을 쓴 작가로, 그의 작품들은 마드리드의 분위기에 대한 풍속화적 경향을 띠고 있다.
2 '에스트레야 Estrella'라는 이름에 '스타'라는 의미가 중첩되어 있다.
3 '뛰어난 프리메이슨' 정도로 번역할 수 있다.
4 '바일론 Bailón'에는 춤꾼이라는 의미가 들어 있다.

5 이사벨 2세(Isabel Ⅱ, 1830~1904)는 1833년부터 1868년까지 스페인을 통치한 여왕이다.
6 '네그라 Negra'는 '피부가 검은 여자'라는 뜻이다.
7 '니에베스 Nieves'는 '눈처럼 하얀 여자'라는 뜻이다.
8 '피투사 Pitusa'는 '귀엽고 예쁜 여자아이'라는 뜻이다.
9 '출레타 Chuleta'는 '갈비'라는 뜻을 지니고 있다.
10 '파카 Paca'는 토끼만 한 설치류 동물이다.
11 '마에스트린 Maestrín'은 '작은 선생,' '유식쟁이'라는 뜻이다.
12 '미세리아스 Miserias'는 '비참하고 불행하고 궁색하다'는 뜻이다.
13 '의인주의'는 신·동물 등을 인격화시키는 이론으로, '신인동형동성론(神人同形同性論)'이라 부르기도 한다.
14 스팔란차니(Lazzaro Spallanzani, 1729~1799)는 이탈리아의 자연주의자로, 일반 생리학과 생물학에 관한 여러 가지 근본 양상들을 연구했다. 소화에 관한 그의 연구는 위액이 어떻게 작용하는지 밝히고 있다.
15 뮐러(Fritz Müller, 1821~1897)는 독일의 자연주의자이자 임상의학자로, 다윈의 이론을 널리 전파한 학자들 가운데 하나다. 독일의 생물학자 헤켈(Ernest Heinrich Haeckel, 1834~1919)은 유럽에서 다윈의 이론에 가장 심취한 학자들 가운데 하나다. 이 소설에서는 그가 주창하고, 진화론적 이론의 기본적인 증거로 간주되어 19세기 말의 생물학을 지배했던 생물발생론에 대해 언급하고 있다.

제3장 슬픔과 고통

1 코흐(Robert Koch, 1843~1910)는 독일의 과학자로, 1882년에 폐결핵을 유발하는 박테리아를 발견했다.
2 '체 che'는 '친구'를 의미한다.
3 산토 토마스 데 비야누에바(Santo Tomás de Villanueva, 1488~1555)는 발렌시아 주교를 역임한 스페인의 금욕주의 작가다.
4 발렌시아에서는 여성 종교단체의 대표를 '클라바리에사 Clavariesa'라 부른다.
5 '오우스 피게스 Ous, figues'는 발렌시아 방언으로, '계란이요, 무화과요'라는 의미다.
6 '삽 Sap'은 발렌시아 방언으로, '너 그거 아니?'라는 의미다.
7 발렌시아 방언으로, '초리세트 Choriset'는 '작은 소시지'라는 의미를, '치타노 Chitano'는 '집시'라는 의미를 지니고 있다.
8 북아프리카, 사하라 지역에 사는 종족으로, 야만인을 의미한다.
9 왕정파를 의미한다.
10 겨자과에 속하는 월년초다.
11 '테소 Teso'는 윗부분이 편편한 구릉이다.

제4장 탐구

1 「창세기」 2장 9절에 등장하는 성구다. 이 소설의 제목으로 사용되고, 소설 속에 자주 등장하는 '과학의 나무 El árbol de la ciencia'라는 용어가 한국 성경에는 '선과 악을 알게 하는 나무'로 번역되어 있기 때문에 편의상 제목은 '과학의 나무'로 하고 본문에는 '선과 악을 알게 하는 나무'로 번역했지만, 이 두 용어의 의미는 동일하다.
2 아래에 언급된, 유태교, 기독교, 이슬람교, 이 세 가지를 가리키는 것으로 추정된다.
3 토르케마다(Tomás de Torquemada, 1420~1498)는 스페인의 성직자로, 종교재판소장이었다. 그는 종교재판에 가혹하고 야만적인 성격을 부여했다.
4 뒤부아레몽(Emil Heinrich Du Bois-Reymond, 1818~1896)은 독일의 동물생리학자이다. 처음에는 철학을 공부했으나 자연과학에 관심을 보여, 화학·물리학·수학을 연구하였고, 그 후 생리학을 전공하였다. 사상적으로는 유물론자로서, 물질의 본질이나 실재의 궁극적 근거는 인식할 수 없다는 불가지론적 입장을 주장하였다.
5 베르틀로에 관한 사항은 제1장의 주 3을 참조. 메치니코프(Élie Metchnikoff, 1845~1916)는 우크라이나 태생의 프랑스 동물학자·발생학자다. 유기체의 면역성과 자기 방어에 관한 연구로 1908년 노벨상을 수상했다. 라몬 이 카할(Santiago Ramón y Cajal, 1852~1934)은 스페인의 의사이자 생물학자다. 척추동물 조직학에 관한 연구로 1906년 노벨 의학상을 받았다.
6 데모크리토스(Democritos, B.C. 460~370)는 고대 그리스의 자연철학자다. 에피쿠로스(Epicuros, B.C. 342~271)는 고대 그리스 철학자다.
7 종교적인 이유로 스스로에게 육체적 고통을 가하는 광신적 이슬람교도들을 일컫는다.
8 '아크'는 호(弧)를 그리거나 측정하는 도구다.
9 열대 아메리카에 자생하는 독이 있는 나무다.
10 부정형(不定形) 원형질의 작은 집단이다.
11 뢴트겐(Wilhelm Konrad Röentgen, 1845~1923)은 독일의 물리학자로, 적외선에서 발생하는 특수한 열과 유리 성분 물질의 전기적·시각적 특질에 관한 심오한 연구를 수행했고, 'X선' 또는 뢴트겐 선을 발견함으로써 1901년 최초로 노벨물리학상을 수상했다. 베크렐(Antoine Henri Becquerel, 1852~1908)은 빛과 전기의 본성에 관한 연구를 수행한 프랑스의 물리학자로, 1903년 노벨 물리학상을 수상했다.
12 헤켈은 제2장의 주 15를 참조. 헤르트비히(Oskar Hertwig, 1849~1922)는 독일의 발생학자로, 수정 과정을 처음으로 관찰하고 발견했다.
13 라라(Mariano José de Larra, 1809~1837)는 스페인의 작가로, 스페인의 풍속에 관한 글들과 낭만주의적인 드라마, 그리고 역사소설들을 썼다. 에스프론세다(José de Espronceda, 1808~1842)는 스페인의 낭만주의 시인이다.
14 스페인의 성 이그나시오 데 로욜라(San Ignacio de Loyola, 1491~1556)가 만든 '예수회'를 지칭한다. 이 종교단체의 특징과 이데올로기가 이투리오스의 입을 통해 인간적인 가치에 반(反)해 가는 과정을 관찰해볼 필요가 있다.

15 제4장은 나머지 장들과 확연히 다르게, 설명이 거의 없이 직접 화법으로만 구성되어 있다. 대화체로 구성된 제4장은 전반 3개 장과 후반 3개 장의 중간에 위치함으로써 이 작품의 대칭적 구성을 잘 드러내고 있다.

제5장 시골에서 겪은 일

1 '칼라트라바 Calatrava'는 1158년 성 라이문도에 의해 설립된 종교·군사단체다.
2 '마루비알 Marrubial'은 '마루비아,' 즉 박하로 뒤덮인 땅을 의미한다.
3 '페피니토 Pepinito'는 '작은 오이'라는 뜻이다.
4 '카레토네스 Carretones'는 '큰 길'이라는 뜻이다.
5 '캄페체'는 염료용으로 사용하는 목재를 말하고, '푹신'은 진홍색을 띤 염기성 염료의 일종으로 '마젠타'라고도 부른다.
6 '프라테르니다드 Fraternidad'라는 이름은 '우정,' '동아리' 같은 의미를 지니고 있다.
7 펠리시아노 데 실바(Feliciano de Silva, 1492~1558)는 소설에서 대단히 왕성한 창작력을 보여주었던 스페인 작가다. 세르반테스는 펠리시아노 데 실바를 돈 키호테가 좋아하는 작가들 가운데 하나로 인용한다.
8 '에우테르페 Euterpe'는 아홉 뮤즈들 가운데 하나로, 음악과 서정시를 관장하는 여신이다.
9 스칼리제로(Giulio Cesare Scaligero, 1484~1558)는 이탈리아의 인문주의자로, 16세기에 예술교육 이론에 지대한 영향을 미친 시학을 저술했다.
10 우아르테(Juan Huarte de San Juan, 1529~1588)는 스페인의 의사이자 작가다. 이 소설에서 인용된 『학문을 위한 재기(才氣)의 실험』(1575)은 그의 유일한 책이지만, 괄목할 만한 성공을 거두었는데, 사람은 각자의 기질에 따라 적합한 학문이 있다는 내용을 담고 있다.
11 스페인 코르도바 출신의 프란시스코 델리카도(Francisco Delicado, 1480~1535)가 1528년에 쓴 소설이다.
12 '멜린드레 melindre'는 밀가루에 꿀과 설탕을 섞어 튀긴 과자나, 흰 설탕을 넣어 작은 도넛 모양으로 만든 빵 같은 것을 말한다.
13 마르티알리스(Marcus Valerius Martialis, ?40~?103)는 스페인 출신 로마 시인이고, 유베날리스(Decimus Junius Juvenalis, ?50~?130)는 로마의 풍자시인이다. 케베도(Francisco de Quevedo, 1580~1645)는 스페인의 풍자시인이자 소설가로, 통렬한 풍자와 절묘한 기지를 종횡으로 구사한 그의 시는 당대 제일로 평가된다.
14 발메스(Jaime Luciano Balmes, 1810~1848)는 스페인의 철학자이자 언론인이다. 그는 칸트주의나 헤겔주의 같은, 19세기의 철학적 흐름에 개인적인 거부반응을 드러낸다.
15 랑게(Friedrich Albert Lange, 1828~1875)는 독일의 철학자다. 소설에 언급된 책은 그의 대표작으로, 철학적 역사서의 고전으로 통한다. 그는 사변(思辨) 철학·형이상학은 모두 종교나 예술과 마찬가지로 개념시(概念詩)일 뿐이기 때문에 세계를 전체적으로 파악한다는 것은 학문으로서는 불가능한 일이며 오직 시(문학)로서만 가능하다고 생각했다.
16 기원전 350년 무렵, 페르시아 제국 카리아의 총독 마우솔로스의 죽음을 기리기 위해 그리

스의 할리카르나소스에 건축된 장려한 무덤 기념물이다. 면적 29×35.6m, 높이 50m에 이르는 구조물이다.
17 헤로도토스(Herodotos, B. C. 484~430)는 고대 그리스의 역사가로, '역사의 아버지'라 불린다. 그의 저서 『역사』는 설화적인 역사서로 일컬어지는 바, 역사·정치·사회적인 문제들을 다루고 있어 언뜻 보기에는 깊이가 없어 보이지만 실제로는 정연한 구성을 갖추고 있다. 헤로도토스는 과거의 사실(史實)을 시가(詩歌)가 아닌 실증적 학문의 대상으로 삼은 최초의 그리스인으로, 『역사』는 그리스 산문 사상 최초의 걸작으로 평가된다.
18 클라인(Hermann Joseph Klein, 1844~1902)은 독일의 천문학자, 기상학자다.
19 아르크투르스(목동좌의 일등성), 베가(직녀성), 알타이르(견우성), 알데바란(황소좌의 일등성) 등은 각기 다른 별자리의 일등성 이름이다.
20 월면의 적도 북쪽, 동경 18~43도에 펼쳐진 평탄한 지역으로, 물로 뒤덮여 있다고 생각한 데서 비롯된 이름이다. 북서부에는 '맑음의 바다,' 북동부에는 '풍요의 바다,' 북부에는 '감로주의 바다'가 있다.
21 황소자리 어깨 부근에 있는 수백 개의 별들로 구성된 대표적인 산개 성단이다. 맨눈으로도 3~5등성 6개 정도를 볼 수 있지만, 망원경을 통해 보면 더 많은 별들이 보인다. 눈으로 볼 수 있는 7개의 별을 '일곱 자매 별'이라 부르기도 하며, 한국과 중국에서는 이십팔수의 여덟번째인 '묘성(昴星)'으로 알려져 있고, '좀생이별'이라고도 한다. 그리스 신화에서는 하늘을 떠받치고 있는 신 아틀라스와 플레이오네 사이에 태어난 일곱 딸들이라고 전해진다.
22 '블랑코 이 네그로 Blanco y Negro'는 '흑과 백'을 의미한다.
23 '소시에다드 델 페르페투오 소코로 Sociedad del Perpetuo Socorro'는 '영구(永久) 구호 협회'를 의미한다.
24 격정이나 욕망을 이겨내 극도의 정신적 평정 부동(무감동, 냉정, 평온) 상태 ataraxia를 유지하는 것을 말한다. 이런 '평정 부동 상태'는 행복의 필수 조건으로, 바로하의 작품에는 이에 대한 모색이 빈번하게 등장한다.
25 '파라도르 델 라 크루스 Parador de la Cruz'는 '십자가 모텔'을 의미한다.
26 '카냐메로 Cañamero'는 '검은방울새'를, '포요 Pollo'는 '수탉'을 의미한다.

제6장 마드리드에서 겪은 일
1 '물라토 mulato'는 백인과 흑인의 혼혈인이다.
2 카스텔라르(Emilio Castelar, 1832~1899)는 스페인의 정치가이자 시인이자 유명한 연설가다.
3 알칼라 거리에 있는 카페로, 늘 작가들과 기자들의 모임이 열렸다.
4 '에스페란사 Esperanza'는 '희망'이라는 의미다.
5 '코토리타 cotorrita'는 '허풍쟁이,' '수다쟁이'라는 뜻이다.
6 '블랑카 Blanca'는 '피부가 하얀 여자,' '마리나 Marina'는 '여자 선원,' '에스트레야 Estrella'

는 '별,' '아프리카 África'는 '아프리카 출신 흑인'이라는 의미를 지니고 있다.
7 스페인어권에서는 특정 개인을 높여 부를 때, 이름 앞에 남자의 경우 '돈 Don,' 여자의 경우 '도냐 Doña'라는 경칭을 붙인다.

제7장 자식 경험

1 칼데론(Calderón de la Barca, 1600~1681)은 스페인 '황금세기'의 시인이자 극작가다. 200여 개 이상의 극작품을 썼다. 대표작「인생은 꿈이다 La vida es sueño」에서 인간의 삶에 관한 문제를 심오하게 다루고 있다.
2 영어로는 'Coenesthesia'라고 하는데, 신체기관의 상태와 활동에 관한 정보들을 제공해주는 감각의 총체를 의미한다.
3 '아타락시아 Ataraxia'는 참된 쾌락을 추구함으로써 고통이 없고 마음이 평온한 상태를 의미한다.

■ 옮긴이 해설

선과 악을 알게 하는 나무와 생명나무

윤리적 열망으로 가득 찬 삶

1989년 노벨 문학상을 수상한 스페인 작가 카밀로 호세 셀라는 '스페인 현대 소설은 피오 바로하에서 출발했다'고 말했다. 피오 바로하의 엄청난 다산성은 스페인 최고의 작가 페레스 갈도스와 비견될 수 있을 정도다. 60여 년에 이르는 문학적 생애를 통해 75권에 이르는 사실주의적 소설에 비망록, 에세이, 극작품, 시집, 강의록, 전기 등을 썼던 것이다. 스페인이 낳은 세계적 철학자 호세 오르테가 이 가세트의 말처럼 "성실성, 자신에 대한 충정, 픽션과 인위적인 것에 대한 혐오가 피오 바로하의 영혼과 예술과 삶을 이끌어가는 축"이었기 때문에 그 자신의 존재 이유를 적극적으로 반영하기 위한 행위가 문학을 통해 이와 같이 표출되었을 것이다. 피오 바로하의 거의 모든 작품들이 자신의 삶과 밀접하게 연계되어 있다는 사실은 이를 잘 반영하고 있다.

하지만 불행하게도 한국에는 피오 바로하에 대해 거의 소개되지 않고 있는데, 여기서 그의 생애와 사상, 문학관에 대해 간략하게 살펴보기로 하겠다.

피오 바로하 이 네시(Pío Baroja y Nessi, 산 세바스티안 1872~마드리드 1956)는 자유로운 분위기가 지배하는 가정에서 뛰어난 문화적 감각을 소유한 광산 엔지니어 아버지와 이탈리아계 어머니 사이에서 태어났다. 따라서 그의 정신세계는 바스크로 대변되는 스페인적인 것과 이탈리아적인 것이 혼합되어 있었고, 특히 바스크적인 것이 그의 성향을 형성하는 데 큰 영향을 미쳤다. 그는 자신의 유전학적 형질에 관해 다음과 같이 밝히고 있다. "나는 내 조상들에 의해 바스크적인 것과 롬바르디아적인 것이 혼합되어 있는 사람이다. 8분의 7은 바스크적이고 나머지는 롬바르디아적이다. [……] 롬바르디아적인 요소가 내게 어떤 영향을 미쳤는지는 잘 모르겠다. 하지만 의심할 바 없이 바스크적 요소가 내게 불안정하고 격정적인 정신을 주었을 것이다." 이렇듯, 그는 바스크 지방 정신과 밀접하게 연계되어 있다. 그의 태도, 세상에 대한 시각, 그리고 역사에 대한 독특한 해석 등은 그 지역의 경관과 추억과 정신의 세례를 듬뿍 받고 있는 것이다.

아버지가 직업상 스페인 각지로 옮겨다녔기 때문에 피오 바로하는 유년 시절 다양한 지역을 돌아다니며 스페인의 현실을 체험하게 된다. 팜플로나에서 고등학교를 졸업한 피오 바로하는 마드리드에서 의학 공부를 시작해 발렌시아에서 마쳤고, 다시 마드리드로 돌아와 1893년에 『고통에 관한 정신물리학적 연구』로 박사학위를 받는다.

세스토나에서 2년 동안 의사로 근무한 뒤, 마드리드에서 형 리카르도와 함께 빵 공장을 운영하기도 한다. 그 시기 그는 스페인의 '98세대'라 불리는 젊은 문필가들과 교류하며 『엘 파이스』를 비롯한 공화파 신문들과 신세대의 반체제주의적 성향을 드러내는 『비다 누에바』 같은 잡지들에 처음으로 글을 발표한다.

빵 공장 운영에서 손을 뗀 후 본격적으로 문학 창작에 몰두해, 1900년에는 첫번째 소설집 『음울한 삶들 Vidas sombrías』을 발표한다. 이 책이 출판되기 1년 전인 1899년에는 나중에 자주 가게 될 프랑스 파리를 처음으로 여행한다. 이를 계기로 여행에 열광하게 된 그는 스페인 전역과 유럽 여러 도시들을 수시로 여행하면서 척박한 현실에 대해 직접적인 지식을 습득하고, 그런 지식들은 그의 작품에 고스란히 반영된다.

피오 바로하의 지적·인간적 삶에는 그가 관찰했던 혼란스러운 사회에서 비롯된 염세주의적 회의주의가 잠재되어 있다. 그는 스스로에 대해 "니체는 (밝고, 화려하고, 조화로운) 아폴론 타입과 (어둡고, 열광적이고, 무질서한) 디오니소스 타입을 구분하려고 했다. 나는, 원하든 원치 않든, 디오니소스 타입이다. 〔……〕 디오니소스적 기질은 나를 행동하도록 만들고, 역동적인 인간으로, 극적인 것을 좋아하는 인간으로 만들고 있다. 격정적인 성향은 내가 차분한 관조자 입장을 취하는 걸 방해하고, 그렇기 때문에 나는 무의식적으로 내가 보고 있는 사물들을 변형시켜야 한다. 그 사물들에 사로잡혀 사물들을 관조하는 것이 아니라 내 방식으로 소유하고 싶기 때문이다"라고 밝히고 있다.

그는 자신의 사상과 신념을 행동으로 옮기고자 하는 격정적인 성향을 지니고 있었을 뿐만 아니라 동시에 윤리적 열망을 느끼고, 그것을 믿고 있었다. 따라서, 이런 윤리적 열망, 역동성, 사물과 사상을 섭렵하려는 욕망, 행동에 대한 열정, 무기력에 대한 혐오, 미래에 대한 열정이 그의 문학적 기질의 근간을 이루고 있다. 그는 반전통주의자에다 과거의 적이다. 왜냐하면, 특히 스페인의 경우, 모든 과거는 영광스럽게 보이는 것이 아니라 검고 음울하고, 인간적인 면모가 결여되어 있는 것처럼 보

었기 때문이다. 항상 급진적이고 개인적이며 무정부주의적인 자유주의
자였던 그는 교회의 적이고 정부의 적이었다.

　이와 관련하여 피오 바로하의 조카이자 저명한 인류학자인 훌리오 카로 바로하는 다음과 같은 견해를 밝히고 있다. "삼촌은 개인의 의식을 방해할 의도로 설정된 기존 제도들을 증오했고, 극우도 극좌도 증오했다. 관료주의적으로 조직된 사회 안에 잘 자리잡고 있는 개인들에 대해 깊은 반감을 지니고 있었다. 아나키즘에 대한 애정을 지니고 있었다. 불가능한 것을 이루겠다는 꿈을 지니고 있었다. 그것은 개인의 장점들이 인정받는 사회를 건설하는 것이었다. 그래서 그는 자유주의자였다."

　그가 작품을 통해 니체적·쇼펜하우어적 허무주의 성향을 드러내고 있다고 생각한 사람들은 그가 실제로도 허무주의자라는 인상을 지니고 있는 것 같다. 물론 사상 면에서는 허무주의적인 면모를 지녔다는 점이 십분 인정된다. 하지만 실제 삶에서는 사교적인 모임과 대화를 좋아했고, 자기에게 다가오는 사람이라면 누구에게나 다정다감하게 대했다. 훌리오 카로 바로하의 말을 더 인용해보자. "내 삼촌에 대해 써놓은 글들을 읽어본 사람들은 삼촌이 음울하고 거친 사람이라는 인상을 받을 수도 있을 것이다. 그럼에도 불구하고 실제 대부분의 삶에서 삼촌은 당시 스페인의 그 어떤 작가보다 더 쾌활했다."

　그는 인간과 삶에 대해서는 뜨거운 애정을, 현실에 대해서는 예리한 통찰력을 지닌 탁월한 인문주의자·관찰자였을 뿐만 아니라, 끊임없는 지적 탐색 작업을 통해 얻은 치밀한 철학적 논리를 바탕으로 자신이 관찰하고 해부했던 것을 장르를 뛰어넘는 수많은 작품에 문학적으로 형상화하고, 대중에게 전달한 매개자였던 것이다.

스페인 현대 소설은 바로하에서부터

문학비평가 에우헤니오 데 노라는 피오 바로하의 문학을 세 단계로 나눈다. 1912년까지 지속된 첫번째 단계에서는 그의 개성과 '98세대' 정신의 정수라고 할 만한 소설들이 생산되었다. 1912년에서 1936년에 이르는 두번째 단계에서는 문학적 기교가 두드러지지만 첫번째 단계에서 표출되었던 역동성이 결여되어 있고, 모험적 사건과 역사의 재구성을 통해 현실에서 도피하려는 경향이 두드러진다. 마지막 단계는 1936년 이후부터인데, 소설가로서 쇠퇴기에 해당한다.

피오 바로하는 찰스 디킨스, 에드거 앨런 포, 발자크, 도스토옙스키, 스탕달을 통해 문학을 배웠다. 하지만 전(前) 세대의 위대한 소설가들과는 달리 자신만의 독특한 세계관과 인생관을 담담하게 표현했는데, 그 세계관과 인생관은 소설 인물들에 대한 지칠 줄 모르는 탐색과 사건들에 대한 다양하고 진지한 묘사를 통해 충분히 드러나고 있다. 이렇듯, 그는 소설 속에서 작가의 최대 자유를 향유하고자 했다. 그의 말에 따르면 소설은 "모든 것이 다 들어가는 자루"였기 때문이다.

피오 바로하 소설의 주인공은 작가와 정신적 유대를 맺고 있는 경향이 있다. 즉, 모든 소설에서 자신의 '제2자아'가 주인공을 통해 드러난다고 할 수 있다. 물론 주인공은 주위 환경에 적응하지 못하는, 아나키즘과 연계된 개인주의적 성향·반종교적인 성향·기존 제도에 비판적인 성향을 드러내고, 사회와의 불공평한 투쟁 과정에서 실패하는 인물인 경우가 대부분이다. 이는 전 생애를 통해 '98세대' 정신에 충일해 있던 피오 바로하가 니체적·쇼펜하우어적 허무주의 성향을 드러내는 것과 깊은 연관이 있다.

예리한 메스로 기존 제도와 관습, 사회적 병폐를 해부하고 그 속에 들어 있는 암적 요소들을 고발하고 있는 바로하의 문체는 19세기 소설에서 드러나는 유려하고 웅변적인 문체와 달리 간결하고, 명확하고, 역동적이고, 예리하다. 이처럼 젊고 유아독존적인 문체를 맨 처음 대했을 때는 빈약하다는 느낌을 갖게 되지만, 나중에는 매력적이고, 활기차고, 생동감 있고, 소박하지만 리듬감이 넘친다는 느낌을 받는다.

인간 존재에 대한 철학적 탐색

『과학의 나무』는 피오 바로하의 자전적인 면모가 가장 많이 엿보이는 대표작이다. 그의 문학 여정의 첫번째 단계인 1911년에 씌어졌지만, 실제로는 젊은 시절에(1888년에서 마드리드에 돌아온 1896년까지) 대한 자화상이라고 할 수 있는 이 소설은 침체된 사회적 분위기와 투쟁하는 개체로서의 인간의 모습이 작가 자신의 체험을 바탕으로 전개되고 있다. 그는 이 작품을 통해 '스페인 제국에는 태양이 지지 않는다'는 명성을 유지하던 스페인이 거의 모든 식민지를 잃고 '위대한 스페인'에 대한 희망이 사라져갈 19세기 말의 침체된 스페인 사회 전반에 만연되어 있던 비합리성과 모순을 의학을 전공한 청년 안드레스 우르타도의 눈을 통해 생생하게 지적하고 있다.

안드레스 우르타도는 배움에 대한 열망, 진리를 배우겠다는 열망으로 마드리드 대학에 입학하지만, 외양만 중요시하며 부패한 사회를 대변하는, 가르칠 의사가 없는, 광대 같은 교수들에 의해 이루어지는 강의에 무기력하게 참여할 수밖에 없게 된다. 교수들은 학생들을 제대로 가르치겠다는 생각보다는 학자연한 태도로 일관하면서 아무런 열정도 없이 부실한 강의를 구태의연하게 진행시키고 있었다. 이런 상황에서 안드레스는 학문뿐만 아니라 세상 전체에 대해 염세주의적인 기조를 더욱

더 확고하게 유지하게 된다. 이런 태도는 그의 전 생애에 걸쳐 나타나는데, 그가 대학을 졸업하고 어느 지방에서 임시 의사로 근무할 때는 대부분의 환자들과 동료들에 대해 반감을 갖기에 이르고, 더 나아가 19세기 스페인 각 지방의 전통적 관습을 거부하기까지 한다.

이 소설의 시간적 배경은 '과학'이 스페인 사회에서 근본적인 역할을 획득하기 시작하던 시기다. 책 제목에도 드러나 있듯 과학적인 발견들이 무수히 이루어지고, 현대 과학의 근간이 마련되는 19세기에 가장 진지하게 논의되었던 테마들 가운데 하나가 바로 '과학'이다. 19세기는 가히 '과학의 세기'였던 것이다. 바로하 또한 인간에 대한 탐색의 도구·수단으로서 종교, 철학과 더불어 과학에 대한 관심이 지대했다. 그 당시 젊은이들은 과학을 인간의 모든 불행을 희석시킬 만한 새로운 것으로 여겼다. 다시 말해, 과학에 관한 한 거대한 환상과 낭만주의가 형성되고 있었는데, 그 이유는 과학을 통해 인간과 개인의 삶이 개선되리라는 희망을 가지고 있었기 때문이다. 이제 인간은 무한 존재처럼, 그 당시에 시작되어 영원히 사라지지 않을 존재처럼 나타나고, 인간이 나아가는 방향에 과학은 지대한 도움이 된다는 것이었다. 따라서, 젊은 대학생들은 과학에 대한 탐구가 자신들의 미래, 대단한 기술적 진보가 이루어지는 더 나은 삶의 조건, 근무 조건을 갖춘 더 나은 미래를 향해 문을 열 수 있는 열쇠가 될 거라 믿고 있었다.

하지만 이것도 잠시, 젊은이들은 정체되어 있는 스페인 사회와 현실적인 삶에 대한 과학의 무기력에 환멸을 느끼기 시작하고 있었다. 안드레스는 의사 외삼촌 이투리오스와 함께 『구약 성서』 「창세기」 2장 9절에 등장하는 '선과 악을 알게 하는 나무와 생명나무'라는 비유를 통해 철학적 논쟁을 벌임으로써 세계와 인간의 과학적·철학적 실존에 대한 해답을 찾으려 한다(이 소설의 지적 토대를 제공해주고 있는 부분으로, 피오 바로하의 독특한 철학적 관점, 인문주의자적 감성을 잘 엿볼 수 있다). 하지만, 그는 그 누구도 자신에게 진리를, 성공이 보장되는 미래를 맞이하는 데 도움이 될 수 있는 진리를 가르쳐줄 수 없다는 사실을 깨닫는다.

이런 상황으로 인해 안드레스는 환멸을 느끼고 실의에 빠지는데, 그의 동생이 폐결핵으로 죽게 되었을 때 그 환멸은 절정에 이른다. 그 순간 그는 무력감을 느끼고, 자신이 의사였음에도 불구하고 모든 것을 치료할 수 없고 단지 작은 부분만을 겨우 치료할 수 있다는 사실을 깨닫는다.

그럼에도 불구하고 예전부터 알고 지내던 룰루와 결혼함으로써 잠시 행복한 생활을 영위하지만 그 행복은 첫아이가 사산되고 며칠 후에 부인 룰루마저 죽는 바람에 산산이 부서지고 만다. 이런 상황에서 삶을 포기한 안드레스는 독극물을 마시고 자살한다. 진리를 깨닫겠다는 그의 충동과 모든 열망은 자신이 알고자 하는 것을 가르쳐줄 사람이 아무도 없다는 사실을 깨달으면서 사라져갔고, 그 자신이 알고 싶어하는 것이 무엇인지도 제대로 모른다는 사실을 깨달았을 때는 극도의 절망감에 사로잡혀 결국 죽음에 이르고 만 것이다.

이렇듯, 진지한 철학적 의구심들을 지닌 감수성 넘치는 젊은 지성인 안드레스 우르타도는 혼탁한 세상, 어리석은 인간사와 접하면서 느낀 감정과 인상을 비판적으로 기록함으로써 쇼펜하우어와 니체적 실존에 관한 문제들을 우리에게 심도 있게 전해주고 있다. 다시 말하면, 선과 악을 제대로 구분할 줄 모르고, 생명의 진정한 의미를 모르는 사회와 인간의 부조리와 어리석음을 문학을 통해 고발하고 있는 것이다.

이 소설이 씌어진 뒤 많은 세월이 흘렀고, 현재는 다양한 삶의 패러다임들이 각각 제 기능을 발휘하고 있지만, 당시 피오 바로하가 스페인 사회에 대해 행했던 과학적·철학적 분석과 인간 존재에 대한 탐색은 현재를 살아가는 우리에게도 여전히 유효할 것이다. 이 혼탁한 세상을 제대로 바라보고 자신의 존재 이유를 명확히 깨달으면서, 냉철한 이성과 논리에 뜨거운 감성을 실어 올곧게 살고자 하는 열망을 지닌 한국의 독자들에게 이 책을 권한다.

■ 작가 연보

1872   12월 28일 스페인 북부 바스크 지방의 해안 도시 산 세바스티안에서 태어남
1879   아버지의 직장 때문에 마드리드로 이주함.
1881   팜플로나로 이주해 5년 동안 거주하며 스페인의 현실을 체험하면서 작가로 성장하는 기반을 마련함.
1886   다시 마드리드로 이주해서 고등학교를 졸업하고, 이듬해에 센트랄 대학교에서 의학 공부를 시작함.
1891   가족이 발렌시아로 이주하게 되어 발렌시아에서 의대를 졸업함.
1894   마드리드에서 『고통에 관한 정신물리학적 연구』로 의학박사 학위를 받고 세스토나에서 의사로 일하게 되나, 무뚝뚝하고 반항적인 성격 탓에 그 지역 유지들과 갈등을 빚고, 또 의사라는 직업이 자신과 맞지 않는다는 사실을 인식하고 사직함.
1895   산 세바스티안으로 돌아감.
1896   마드리드로 가서 형 리카르도와 함께 빵 공장을 운영함. 이 시기에

스페인의 '98세대'라 불리는 젊은 문필가들과 교류하며 문학에 몰두, 『엘 파이스 El País』를 비롯한 공화파 신문들과 반체제 성향을 드러내는 『비다 누에바 Vida Nueva』 같은 잡지에 처음으로 글을 발표함. 쇼펜하우어, 니체 같은 철학자들의 사상을 연구함.

1899 파리 여행. 작가 마차도 형제와 오스카 와일드 등을 만남.

1900 세스토나에서 의사 생활을 하면서 겪은 경험을 토대로 첫번째 소설집 『음울한 삶들 Vidas sombrías』을 출간함으로써 20세기 스페인 단편소설의 새로운 막을 올림과 동시에 평생 친구로 지낼 작가 아소린을 만남. 장편소설 『아이스고리 가(家) La casa de Aizgorri』를 출간함.

1901 빵 공장 운영의 경험을 투영한 소설 『실베스트레 패러독스의 모험, 발명, 그리고 속임수 Aventuras, inventos y mixtificaciones de Silvestre Paradox』를 출간함.

1902 『완성의 길 Camino de perfección』을 출간함.

1903 『엘 글로보 El Globo』 신문의 특파원으로 모로코 탕헤르를 여행함. 『라브라스의 장자 상속 El mayorazgo de Labraz』을 출간함.

1904 『모색 La busca』『잡초 La mala hierba』를 출간함.

1905 『붉은 오로라 Aurora roja』를 출간함.

1906 다시 런던과 파리를 여행함. 『패러독스 레이 Paradox Rey』를 출간함.

1907 1년 동안 스위스와 이탈리아를 여행하고 스페인으로 돌아옴. 유럽 여행을 통해 척박한 현실에 대해 직접적인 지식을 습득하고, 나중에 그런 지식들을 작품에 고스란히 반영함.

1908 『떠돌이 숙녀 La dama errante』를 출간함.

1909 『모험가 살라카인 Zalacaín el aventurero』『안개 도시 La ciudad de la niebla』『세사르 아니면 없다 César o nada』를 출간함.

1911	친척인 에우헤니오 데 바이라네타에 관한 얘기를 들은 뒤, 진지하게 역사를 탐색하면서 19세기 스페인의 역사를 조망한 22권짜리 소설 『어느 행동가의 회고록 Memorias de un hombre de acción』을 쓰기 시작함. 『과학의 나무 El árbol de la ciencia』를 출간함.
1912	아버지 사망. 『세상은 그런 것이다 El mundo es ansí』를 출간함.
1913	다시 파리를 여행함.
1914	고고학자이자 인류학자인 조카 훌리오 카로 바로하가 마드리드에서 태어남. 이후 몇 년 동안 빌바오, 바르셀로나, 산 세바스티안 등지에서 강연을 하고, 신문에 글을 발표하면서 각지를 여행함.
1920	『문란한 관능성: 어느 쇠퇴기를 살아간 한 남자의 사랑에 관한 에세이 La sensualidad pervertida: ensayos amorosos de un hombre ingenuo en una época de decadencia』를 출간함.
1923	『인어들의 미로 El laberinto de las sirenas』를 출간함.
1926	독일, 네덜란드, 덴마크 등지를 여행함.
1928	『모험가 살라카인』이 영화로 만들어짐.
1930	『치미스타 대위의 별 La estrella del capitán Chimista』을 출간함.
1931	공화정이 시작됨. 과격하고 개인주의적이고 무정부주의적 자유주의자인 그는 정치적 견해 차이로 친구인 호세 오르테가 이 가세트와 멀어짐.
1935	어머니 사망. '스페인 왕립 한림원 Real Academia de la Lengua'의 회원이 됨. 기념비적인 역사 소설 『어느 행동가의 회고록 Memorias de un hombre de acción』이 완간됨.
1936	스페인 내전이 발발함. 체포되어 투옥된 지 하루 만에 풀려나 프랑스로 떠날 결심을 함.

1948	1941년부터 써온 자서전 『길의 마지막 반환점으로부터 *Desde la última vuelta del camino*』가 완간됨으로써, 그의 생애와 작품에 관해 총체적으로 파악할 수 있게 됨.
1951	1946년부터 출간되기 시작한 그의 작품 전집이 마드리드에서 완간됨.
1956	10월 30일 평생 66편의 장편소설 외에 5편의 단편집, 4편의 콩트집, 2편의 희곡, 3편의 자서전을 비롯해, 에세이, 시 등 100편이 넘는 작품을 집필한 뒤, 마드리드에서 84세를 일기로 사망함. 세계적인 대문호 어니스트 헤밍웨이, 카밀로 호세 셀라 등이 그의 관을 운구함.

■ 기획의 말

'대산세계문학총서'를 펴내며

　　근대 문학 100년을 넘어 새로운 세기가 펼쳐지고 있지만, 이 땅의 '세계 문학'은 아직 너무도 초라하다. 몇몇 의미 있었던 시도에도 불구하고, 전체적으로는 나태하고 편협한 지적 풍토와 빈곤한 번역 소개 여건 및 출간 역량으로 인해, 늘 읽어온 '간판' 작품들이 쓸데없이 중간되거나 천박한 '상업주의적' 작품들만이 신간되는 등, 세계 문학의 수용이 답보 상태에 머물러 있었음을 부인하기 힘들다. 분명한 자각과 사명감이 절실한 단계에 이른 것이다.

　　세계 문학의 수용 문제는, 그 올바른 이해와 향유 없이, 다시 말해 세계 문학과의 참다운 교류 없이 한국 문학의 세계 시민화가 불가능하다는 의미에서, 보다 근본적으로, 우리의 문화적 시야 및 터전의 확대와 그 질적 성숙에 관련되어 있다. 요컨대 이것은, 후미에 갇힌 우리의 좁은 인식론적 전망의 틀을 깨고 세계 전체를 통찰하는 눈으로 진정한 '문화적 이종 교배'의 토양을 가꾸는 작업이며, 그럼으로써 인간 그 자체를 더 깊게 탐색하기 위해 '미로의 실타래'를 풀며 존재의 심연으로 침잠하는 작업이라 할 수 있다.

우리의 현실을 둘러볼 때, 그 실천을 위한 인문학적 토대는 어느 정도 갖추어진 듯이 보인다. 다양한 언어권의 다양한 영역에서 문학 전공자들이 고루 등장하여 굳은 전통이나 헛된 유행에 기대지 않고 나름의 가치 있는 작가와 작품을 파고들고 있으며, 독자들 또한 진부한 도식을 벗어나 풍요로운 문학적 체험을 원하고 있다. 새롭게 변화한 한국어의 질감 속에서 그 체험이 이루어지기를 바라는 요청 역시 크다. 그러므로 필요한 것은 어쩌면 물적 토대뿐일지도 모른다는 판단이 우리를 안타깝게 해왔다.

이러한 시점에서, 대산문화재단의 과감한 지원 사업과 문학과지성사의 신뢰성 높은 출간을 통해 그 현실화의 첫발을 내딛게 된 것은 우리 문화계의 큰 즐거움이 아닐 수 없다. 오늘의 문학적 지성에 주어진 이 과제가 충실한 결실을 맺을 수 있도록, 우리는 모든 성실을 기울일 것이다.

'대산세계문학총서' 기획위원회

대산세계문학총서

001-002 소설	**트리스트럼 샌디**(전 2권)	로랜스 스턴 지음 | 홍경숙 옮김
003 시	**노래의 책**	하인리히 하이네 지음 | 김재혁 옮김
004-005 소설	**페리키요 사르니엔토**(전 2권)	
	호세 호아킨 페르난데스 데 리사르디 지음 | 김현철 옮김	
006 시	**알코올**	기욤 아폴리네르 지음 | 이규현 옮김
007 소설	**그들의 눈은 신을 보고 있었다**	조라 닐 허스턴 지음 | 이시영 옮김
008 소설	**행인**	나쓰메 소세키 지음 | 유숙자 옮김
009 희곡	**타오르는 어둠 속에서/어느 계단의 이야기**	
	안토니오 부에로 바예호 지음 | 김보영 옮김	
010-011 소설	**오블로모프**(전 2권)	I. A. 곤차로프 지음 | 최윤락 옮김
012-013 소설	**코린나: 이탈리아 이야기**(전 2권)	마담 드 스탈 지음 | 권유현 옮김
014 희곡	**탬벌레인 여왕/몰타의 유대인/파우스트스 박사**	
	크리스 로 지음 | 강석주 옮김	
015 소설	**러시아 인형**	아돌포 비오이 까사레스 지음 | 안영옥 옮김
016 소설	**문장**	요코미쓰 리이치 지음 | 이양 옮김
017 소설	**안톤 라이저**	칼 필립 모리츠 지음 | 장희권 옮김
018 시	**악의 꽃**	샤를 보들레르 지음 | 윤영애 옮김
019 시	**로만체로**	하인리히 하이네 지음 | 김재혁 옮김
020 소설	**사랑과 교육**	미겔 데 우나무노 지음 | 남진희 옮김
021-030 소설	**서유기**(전 10권)	오승은 지음 | 임홍빈 옮김
031 소설	**변경**	미셸 뷔토르 지음 | 권은미 옮김
032-033 소설	**약혼자들**(전 2권)	알레산드로 만초니 지음 | 김효정 옮김
034 소설	**보헤미아의 숲/숲 속의 오솔길**	아달베르트 슈티프터 지음 | 권영경 옮김
035 소설	**가르강튀아/팡타그뤼엘**	프랑수아 라블레 지음 | 유석호 옮김
036 소설	**사탄의 태양 아래**	조르주 베르나노스 지음 | 윤진 옮김
037 시	**시집**	스테판 말라르메 지음 | 황현산 옮김

038 시	도연명 전집 도연명 지음	이치수 역주
039 소설	드리나 강의 다리 이보 안드리치 지음	김지향 옮김
040 시	한밤의 가수 베이다오 지음	배도임 옮김
041 소설	독사를 죽였어야 했는데 야샤르 케말 지음	오은경 옮김
042 희곡	볼포네, 또는 여우 벤 존슨 지음	임이연 옮김
043 소설	백마의 기사 테오도어 슈토름 지음	박경희 옮김
044 소설	경성지련 장아이링 지음	김순진 옮김
045 소설	첫번째 향로 장아이링 지음	김순진 옮김
046 소설	끄르일로프 우화집 이반 끄르일로프 지음	정막래 옮김
047 시	이백 오칠언절구 이백 지음	황선재 역주
048 소설	페테르부르크 안드레이 벨르이 지음	이현숙 옮김
049 소설	발칸의 전설 요르단 욥코프 지음	신윤곤 옮김
050 소설	블라이드데일 로맨스 나사니엘 호손 지음	김지원·한혜경 옮김
051 희곡	보헤미아의 빛 라몬 델 바예-인클란 지음	김선욱 옮김
052 시	서동 시집 요한 볼프강 폰 괴테 지음	안문영 외 옮김
053 소설	비밀요원 조지프 콘래드 지음	왕은철 옮김
054-055 소설	헤이케 이야기(전 2권) 오찬욱 옮김
056 소설	몽골의 설화 데. 체렌소드놈 편저	이안나 옮김
057 소설	암초 이디스 워튼 지음	손영미 옮김
058 소설	수전노 알 자히드 지음	김정아 옮김
059 소설	거꾸로 조리스-카를 위스망스 지음	유진현 옮김
060 소설	페피타 히메네스 후안 발레라 지음	박종욱 옮김
061 시	납 제오르제 바코비아 지음	김정환 옮김
062 시	끝과 시작 비스와바 쉼보르스카 지음	최성은 옮김
063 소설	과학의 나무 피오 바로하 지음	조구호 옮김